엄마가 계약결혼 했다

초판 1쇄 인쇄 | 2022년 11월
초판 1쇄 발행 | 2022년 12월 7일

지은이 시야
발행인 김예슬 김지안
제작 유인하
편집 백가연
교정교열 장희연
디자인 유한나
본문디자인 나선

펴낸곳 패러그래프
등록번호 제2022-000152호
등록일자 2021년 3월 15일
대표전화 02-739-6230 | **팩스** 02-735-5850
주소 서울시 마포구 잔다리로 113, 2층
홈페이지 www.beparagraph.com

ⓒ 시야, 2022
ISBN 979-11-91956-42-9 (04810)
ISBN(세트) 979-11-91956-41-2 (세트)

* 파본은 구입하신 서점에서 교환하여 드립니다.
* 이 책은 저작권법의 보호를 받는 저작물입니다. 무단 전재 및 유포, 공유를 금합니다.

엄마가 계약결혼 했다

시야 장편 소설 1

My mom got married on a contract

Paragraph

CONTENTS

1. 별에게 소원을 p.007
2. 감이 좋은 아이 p.151
3. 가족이란 이름 p.273
4. 황녀님의 말벗 p.355
5. 비밀의 오두막 p.389
6. 늑대, 까마귀 그리고 꽃 I p.471

Chapter 1

별에게 소원을

수도의 빈민가에서 '리리카 반스'는 제법 유명했다.

어느 집 부모든 아이들을 혼낼 때면 '리리카의 반만 해 봐라.'라고 말하기 때문이었다.

올해로 여덟 살이 된 리리카는 야무시기도 소문이 자자했다. 그런 리리카의 인생에 짐이 있다면 바로 그녀의 어머니였다.

술에 취해 비틀거리는 어머니를 부축해서 집으로 돌아온 것도 벌써 여러 번이었다. 얇은 나무판자는 소음을 전혀 막아 주지 못해 딸에게 폭언을 퍼붓는 술에 취한 목소리도 무척 잘 들렸다.

가끔 심하게 시끄러운 날이면 리리카는 빨갛게 부은 눈으로 일을 나오고는 했다.

그래도 리리카는 제 어머니를 자랑스럽게 여겼다. 어머니보다 아름다운 사람은 본 적이 없었고, 빈민가에서 글을 읽을 수 있는 사람도 어머니가 유일했다.

본래 귀족이던 어머니가 너무 고생해서 거칠어진 것뿐이라고 늘 생각했다.

리리카의 아버지가 배 타고 장사하러 간답시고 막대한 빚을 졌고, 돌아오지 않았기 때문에 어머니는 성에서 쫓겨난 것이라고 했다.

어머니는 늘 만약 리리카 자신이 없었다면 어디든 결혼하러 갔을 거라고 말했다. 리리카도 그 말에는 동의했다.

태양의 순도를 그대로 베낀 것 같은 금색 머리카락과 수레국화보다도 파란 눈동자는 이런 동네에서도 빛이 바래지 않았다.

우유 같은 흰 피부에 오밀조밀한 이목구비는 어디에 있어도, 무엇을 입어도 그녀를 돋보이게 했다.

남자들이 얼씬할 법도 하지만, 어머니가 너무 아름답기 때문인지 접근하는 이는 없었다.

리리카에게는 다행이었다. 그녀가 빗자루를 들고 달려간다고 해도 성인 남자에게 얻어맞으면 그대로 기절할 게 뻔하기 때문이었다.

살 먹지 못해 여덟 살치고도 작고 가냘픈 몸은 남자가 손으로 한 대 때리면 그대로 붕 날아가 땅에 처박힐 터였다.

집세가 밀려 그렇게 맞아 본 적이 있었는데 정신을 차리기가 어려웠다. 눈앞이 빙빙 돌고 귀가 윙윙 울리고 피 때문에 입에서는 비릿한 맛이 났다. 눈앞이 깜깜해지고 별이 반짝이는 게 보였다.

그래서 리리카는 아름다운 어머니에게 나쁜 사람들이 접근하면 어쩌나 걱정이었다.

그녀는 밤마다 양손을 모아 가장 빛나는 별에게 빌었다.

'나쁜 사람들이 어머니에게 접근하지 않게 해 주세요. 어머니가 늘

안전하게 해 주세요.'

별이 그녀의 소원을 들어준 것인지 다행히도 어머니는 딱히 문제없이 술집을 돌아다니곤 했다.

오늘은 조용한 날이었다. 어머니가 평소보다 훨씬 술을 많이 마셔서 곯아떨어졌기 때문이었다.

리리카는 갈색 머리카락을 하나로 단단히 묶고 일을 나섰다. 빈민가 아이들이 할 수 있는 일은 많지 않았다. 그래도 리리카는 부지런히 일했다.

그녀는 꼼꼼하게 일하는 데다, 물건에 손을 대거나 음식을 훔치지 않아서 평판이 좋았다.

리리카는 구두닦이 아저씨에게 '일은 신용'이라는 이야기를 들은 후로 늘 그걸 잊지 않으려 노력하고 있었다.

오늘은 주점 부엌 청소를 하는 날이었다.

바닥의 모래와 기름때를 솔로 문질러서 벗겨내고 물도 씻어내길 반복하는 작업이었다.

팔이 후들후들 떨리고 땀이 뚝뚝 떨어졌지만 리리카는 열심히 바닥을 양손으로 문질렀다.

이렇게 단순한 일을 하고 있으면 늘 하는 상상이 있었다.

첫 번째는 아버지가 돌아오는 상상이었다. 사실 아버지는 장사를 하느라 오래 집을 비웠던 거다. 그런 아버지가 배에 금은보화를 가득 싣고 돌아와서 리리카와 어머니에게 돌아와 다시 행복하게 사는 상상.

두 번째는 리리카가 가지고 있는 은밀한 상상이었다.

그녀가 수도 거리를 걷고 있을 때였다. 어느 신사가 그녀를 불쌍하게 여긴 건지 은화를 던져 주었다.

앞치마를 벌리라고 해서 당황하면서 벌렸더니 거기로 은화가 굴러 떨어졌을 때는 얼마나 놀랐는지.

"맛있는 거 사 먹으렴."

그는 그렇게 말했지만, 은화로 맛있는 걸 사 먹는다니. 그럴 수는 없었다. 리리카는 이 은화를 늘 부적처럼 가지고 다녔다.

이 은화로 닭을 두 마리 사서, 병아리를 까서 닭을 많이 키우는 거다. 그 닭을 팔아 염소도 사고, 소도 사고, 나중에는 말도 사 부자가 되는 상상을 하고는 했다.

이 두 가지가 늘 리리카가 하는 상상이었다. 이런 생각을 할 때면 일이 끝날 때까지도 힘든지를 몰랐다.

마지막으로 물로 바닥을 싹 쓸어내고 리리카는 큰 동화 한 개를 받았다.

작은 동화 다섯 개가 큰 동화 한 개인데, 큰 동화 한 개면 **빵**을 하나 살 수 있었나.

이 큰 동화를 열 개 모으면 백동화가 되는데, 리리카도 백동화는 종종 보지만 은화는 아주 보기 드물었다.

리리카는 빵 반 개를 사 들고 집으로 향했다. 조심스럽게 집 안으로 들어가니 아직 어머니는 잠들어 있었다.

'좋아.'

리리카는 살며시 담요를 들어 올리고 그 아래 마룻바닥을 들어올렸다. 그 안에 리리카의 비밀창고가 있었다.

은화와 작은 동화가 잔뜩 들어 있는 주머니.

은화를 몇 번이나 어루만지고 확인한 다음에, 주머니에 도로 집어넣었다.

다음 달 집세가 여기에 들어 있었다. 어머니에게 들키면 술값이나 쓸데없는 데에 나가기 때문에 이렇게 몰래몰래 돈을 모아야 했다.

주머니가 제법 묵직해서 집세를 내고도 돈이 남을 듯했다. 생각만 해도 행복해져서 리리카는 웃으며 마룻바닥을 도로 닫고 담요를 덮었다.

그때였다.

"꺄아아악!!"

어머니가 침대에서 발작하듯 팔다리를 허우적거리며 비명을 질렀다.

리리카는 깜짝 놀라 순간 얼어붙었다.

"싫어! 뜨거워!! 아냐, 내가 아니야! 아아악!!"

어머니가 침대에서 굴러떨어졌는데도 그걸 모르는 듯 계속 버둥거려 리리카는 그제야 후다닥 달려갔다.

"어머니? 어머니, 괜찮으세요? 어니 안 쫗으세요?"

"살려줘! 살려……"

리리카가 손을 꽉 붙잡자 그제야 어머니는 파드득 몸을 떨다가 멈췄다. 벌벌 떨리는 눈꺼풀을 들어 이리저리 둘러보는데, 도무지 초점이 맞지 않았다.

리리카는 더럭 겁이 났다.

술을 많이 마셔서 머리가 망가지는 사람들 이야기를 들었는데, 혹시라도 어머니가 그렇게 된 게 아닌가 걱정이 들었다.

"여, 여기가 어디야, 너, 넌……. 설마, 리리카?"

허둥지둥 어머니가 상체를 일으켜서 리리카가 손을 잡아 일어나는 걸 도와주었다. 그녀가 바싹 다가앉으며 말했다.

"네, 어머니. 저 리리카예요."

어머니가 멍하니 리리카를 바라보았다. 리리카는 초조해져서 빤히 어머니를 마주 보았다.

"괜찮으세요? 여기는 우리 집이고요. 어제, 음……."

리리카가 말끝을 흐렸다. 술을 많이 마셨다는 이야기를 하면 어머니는 늘 화를 냈다. 어떻게 이야기를 해야 할지 알 수가 없었다.

"아무래도 안 좋은 꿈을 꾸신 거 같아요."

"리리, 어려졌구나."

"네?"

리리카는 순간 말문이 막혔다. 제가 지금 여덟 살인데 그보다 더 어려지면 몇 살로 보인다는 걸까.

당황해 눈을 이리저리 굴리자 어머니가 숨을 삼켰다.

"리리, 살아 있니?"

"네? 네! 그럼요. 살아 있지요."

제가 죽는 꿈이라도 꾸셨던 건가. 리리카는 탕탕 제 가슴을 치며 말했다. 어머니가 멍하니 리리카를 바라보다가 말했다.

"살아 있어. 살아 있어, 어, 어려진 게 아니라. 세상에. 리리카, 몇 살이니?"

"여덟 살이요."

"말도 안 돼. 이게 뭐람."

어머니는 갑자기 자리에서 벌떡 일어나서 이리저리 집 안을 돌아다니기 시작했다.

"맙소사, 빈민가잖아. 말도 안 돼. 이건, 세상에……."

창밖을 내다보고 집 안을 둘러보고 이리저리 다니다가 아주 작은 거울 조각을 집어 들어서 유심히 보더니 숨을 삼켰다.

"돌아왔어……."

"어머니?"

리리카는 슬슬 무서워지기 시작했다. 어머니가 정말로 머리가 이상해진 것 같았다.

어떻게 해야 하지?

의사는커녕 약도 제대로 살 수 없는 게 이곳이다. 어쩌면 의사를 부르는 데 은화를 써야 할 수도 있었다.

각오하며 리리카가 자리에서 일어났다.

"맙소사! 돌아왔어! 이럴 수가! 어떻게 이런 일이 있을 수 있지? 세상에!"

어머니가 소리를 지르는 바람에 그녀는 찔끔 굳었다. 이럴 때 나가면 흥분한 어머니에게 맞을지도 몰랐다.

술집에서도 저렇게 흥분해서 소리 질러대는 사람은 피해야 한다. 어머니가 진정되기를 기다리며 리리카는 가만히 어머니를 바라보았다.

어머니는 제 팔다리를 더듬어 보고 머리카락을 만져보고, 얼굴을 만지며 연신 '돌아왔다'는 말만 반복했다.

그러다가 휙 리리카 쪽으로 돌아섰다. 리리카가 움찔했다. 어머니가 달려와 리리카에게 손을 뻗었다.

맞는다.

눈을 질끈 감는데 양 뺨에 부드러운 손길이 와 닿았다. 살며시 눈을 뜨니 어머니의 새파란 눈동자가 아주 가까이에 있었다. 눈물이 글썽거렸다.

"리리카, 살아 있어. 내 소중한 리리카. 엄마가 미안해, 다 잘못했어. 엄마가 너무 어리석었어. 엄마가 너무 멍청해서—"

너무 놀라 눈을 깜박이는데 어머니가 와락 자신을 끌어안았다. 어머니는 흐느끼며 몇 번이나 '내 보물, 내 소중한 아기, 내 리리카, 사랑한다.' 하는 꿈같은 말을 속삭였다.

온기가 닿는 곳부터 긴장이 스르륵 풀려나갔다. 어머니의 말이 가슴속에 간질간질하게 스며들기 시작했다.

저도 모르게 눈물이 흘러넘쳐서 리리카는 울었다.

무슨 꿈인지는 모르겠지만, 어쩌면 자신이 꿈을 꾸는 건지도 모르겠지만 어머니가 너무 따뜻했다.

품에 안긴다는 게 이렇게 좋은 거구나.

리리카는 깊이깊이 깨달았다. 어머니는 머리를 쓸어 주고 젖은 뺨에 입 맞춰 주었다.

한참 후에 진정이 되었는지 어머니가 후, 하고 한숨을 내쉬며 리리카를 마지막으로 꼭 끌어안았다가 놓아주었다.

리리카는 모든 게 갑작스럽고 신기하고 동시에 불안했다. 어머니가 또 갑자기 바뀌면 어쩔까 하는 걱정도 들었다.

"리리, 오늘이 몇 년 몇 월 며칠이니?"

"오늘은 음, 485년 새싹월(4월) 15일이에요."

리리카의 말에 어머니가 잠시 생각하다가 손가락을 튕겼다.

"황궁 무도회!"

어머니가 갑작스럽게 소리치는 바람에 놀랐지만, 리리카는 고개를 끄덕였다. 봄 무도회가 열리는 것을 수도 사람들 모두가 알고 있었다.

이럴 때는 수도에 활기가 돌았고, 빈민가도 그 활기에 전염되고는 했다.

모든 귀족들이 줄줄 수도로 올라와서 황궁에서 열리는 화려한 무도회에 참여한다.

올해 무도회에는 황제도 참석하는데, 황제는 무척이나 무시무시한 분이라는 소문도 함께 돌았다.

아이들에게 "너 자꾸 이렇게 굴면, 황제 폐하께 보낼 거야!" 하고 혼을 내곤 했다.

어린아이의 심장을 꺼내 먹는다거나, 마음에 들지 않는 사람은 전부 얼려 죽였다는 이야기가 들렸다.

사실인지 아닌지는 모르지만, 왕족들은 특별한 능력을 갖고 있다고 했다.

물을 마음대로 조종하고, 뭐든 마음대로 얼리거나, 손도 대지 않고 물건을 움직일 수 있다고 한다. 그뿐 아니라 신기한 마법 도구도 잔뜩 가지고 있다고 했다.

그런 능력으로 황제가 사람을 마구 죽이고 황제 자리에 올랐다는 이야기도 있었다.

전 황제를 죽인 것도 지금 황제라는 이야기도 있었다.

현재 황태자는 전 황제의 아들이었다. 지금 황제는 황태자가 성인이 될 때까지만 황위에 머물러 있어야 하는데, 어느 누가 그걸 믿겠냐는 이야기도 함께 돌았다.

하여간 대부분 지금 황제가 이상하고 무섭다는 소문뿐이었다.

그런데 황궁 무도회라니 갑자기 무슨 말인가 싶어 리리카는 눈을 깜박였다.

어머니는 덥석 리리카의 어깨를 잡았다.

"리리, 엄마는 꼭 그 무도회에 참석해야 해."

"……"

너무 허무맹랑한 소리라서 리리카는 대답도 할 수 없었다. 어머니의 푸른 눈이 번개 치듯 번득였다.

"어떻게든 그 무도회에 참석해서 폐하를 만나야 해. 기회는 지금뿐이야. 오늘 준비해서, 내일쯤 들어가면……."

"그건 말도 안 돼요."

리리카는 순간 절망스러운 기분을 맛보았다. 어머니가 변했다고 생각했는데, 잠깐이라도 그런 생각을 한 게 잘못이었다.

황궁 무도회라니.

황제 폐하라니.

너무나도 터무니없는 소리에 기가 막혔다. 여덟 살짜리도 아는 걸 왜 어머니는 모르시는 걸까?

"어떻게 황궁 무도회에 들어가겠어요?"

"들어가는 방법은 있어. 물론 이런 옷으로는 안 되겠지. 전당포에서 적당한 옷을 빌려야 해. 그것만 되면 나머지는 엄마가 알아서 할 수 있어. 그러니까 리리."

뒷말을 알 것 같아 리리카는 입술을 떨며 말했다.

"도, 돈 없어요. 어머니……."

"리리, 부탁이야. 딱 이번 한 번만 엄마를 믿어 줘. 응?"

리리카는 고개를 저었다. 당장 집세도 내야 하는데, 또 얻어맞고 싶지 않았다.

게다가 황궁 무도회라니, 혹시라도 어머니가 병사들에게 잡히면 어쩐단 말인가? 아니, 분명히 잡힐 터였다.

어머니가 어르고 달랬지만 리리카는 입을 꾹 다물었다. 빈민가에서 자란 소녀의 고집을 만만히 보면 안 된다.

결국 어머니가 한숨을 내쉬고 두 손을 들었다.

"알았어, 리리. 네 뜻이 그렇다면 어쩔 수 없지."

리리카는 고개를 치켜들었다. 어머니는 딱히 화난 것 같지도 않았다. 잠시 생각하다가 어머니가 제 어깨를 다시 힘주어 잡으며 말했다.

"리리, 딱 한 가지는 알아주렴. 엄마는 리리를 위해서 최선을 다할 거야. 리리가 이런 게 없어도 행복해지는 아이라는 건 알아. 이건 엄마의 욕심이지. 엄마의 욕심으로 나름대로, 리리를 위해서 최선을 다할 거야. 알겠니?"

리리카는 고개를 끄덕였다. 어머니는 웃으며 그녀를 끌어안았다.

"그럼 오늘은 일찍 자자꾸나."

어머니의 말에 리리는 얼른 빵 반쪽을 꺼내놓았다.

"저는 먹고 와서 괜찮아요."

리리카의 말에 어머니는 잠시 빵 반쪽을 바라보다가 말했다.

"그래도 나눠 먹자."

딱딱한 빵은 힘을 잔뜩 줘야 쪼개졌다. 빵을 나눠 먹고 리리는 좁은 엄마의 침대에서 함께 잠들었다.

무척 행복해서 리리카는 은화 꿈도 꾸지 않고 푹 잠들었다.

다음 날 일어났을 때 엄마는 보이지 않았다. 대신 널브러진 담요와 함께 열려 있는 마룻바닥이 보였다.

당연히 동전도, 주머니도 전부 사라져 있었다.

망연자실해진 리리카는 바닥에 털썩 주저앉았다. 다리에 힘이 풀려 어쩔 수 없었다. 이제 와서 어머니를 쫓아가야 한다는 생각도 들지 않았다.

"어헝—"

리리카는 저도 모르게 소리 내 엉엉 울기 시작했다. 처음으로 엄마가 미워졌다.

리리카는 울고 또 울었다.

너무 울어서 귀가 먹먹하고 머리도 빙글빙글 돌았다. 슬프고 괴로워서 이렇게 쓰러져 있을 수 있다면 좋겠지만, 그럴 수도 없었다.

수중에 한 푼도 없으니까.

"울지 마. 그만 울어, 리리카 반스. 애도 아니잖아. 여덟 살짜리가 울다니, 부끄럽지도 않니?"

스스로를 다독이며 리리카는 숨을 몰아쉬고 자리에서 일어났다. 빈민가에서 살아가려면 끈질겨야 했다.

게다가 '일은 신용'이다. 오늘 슬프고 아프다고 일을 쉴 수는 없었다. 이렇게 말없이 일하러 가지 않는다면 그동안 쌓아 온 신용에 금이 가게 될 것이다.

다른 건 몰라도 그것만은 리리카의 자부심이었다. 리리카는 뺨을 찰싹찰싹 두들기고 일어났다.

찬물로 세수를 한 리리카는 집을 나섰다.

오늘은 빈민가가 아닌, 수도 가장자리의 번듯한 술집에 일을 하러 가는 날이었다.

술집에는 비싼 유리잔이 많은데 길고 가늘게 생긴 잔에는 어른의 큰 손이 들어가지 않는다. 하지만 어린아이의 손은 쏙 들어가서 리리카는 유리잔을 씻고 얼룩이 남지 않게 닦는 일을 했다.

조심성 없는 빈민가 어린애에게는 맡기지 않는 일이지만, 리리카는 평판이 좋아 일자리를 얻을 수 있었다. 게다가 큰 동화 두 개를 주는 일이어서 놓칠 수 없었다.

실수로 유리잔을 깬다면, 평생 여기서 일해도 갚지 못할지도 모르니 리리카는 아주 조심스럽고 진중하게 일했다.

신경이 많이 쓰이는 일이라 피곤했지만, 덕분에 어머니 생각은 떨쳐 버릴 수 있었다.

일이 끝났을 때는 기운이 쭉 빠졌다. 너무 신경을 곤두세우고 일한 탓이었다.

주인이 건네주는 큰 동화 두 개를 받은 리리카는 인사하고 집으로 돌아갔다.

아니, 돌아가야 했지만, 오늘은 집에 돌아가기 싫었다. 큰 동화 두 개를 잘그락거리며 리리카는 빙빙 거리를 돌았다.

그러나 거리 사람들은 지저분한 리리카를 피했고, 리리카는 곧 부끄러워져서 빈민가 골목으로 돌아갔다.

해가 저물 때가 되어서야 그녀는 집으로 향했다. 어쩌면 어머니가 돌아와 있을지도 모른다.

미안하다고 하실지 모르고, 돈을 그대로 가져 왔을지도.

아니면, 어쩌면, 아버지가.

리리카는 쓴웃음을 지었다. 어린아이답지 않은 미소였다.

문을 열고 들어서자마자 뭔가 다른 걸 느꼈다. 집주인만이 느낄 수 있는 기척이었다. 훔칠 건 아무것도 없지만, 그래도 무슨 일이 일어나도 이상하지 않을 동네라 리리카는 바싹 긴장했다.

털을 곤두세운 새끼고양이처럼 느릿하게 움직이며 리리카는 주변을 살폈다.

"리리카 반스 양."

어둠속에서 들려온 목소리에 리리카는 펄쩍 뛰었다. 목소리가 들린 쪽으로 홱 돌아서니 거기에는 후드를 쓴 남자가 서 있었다. 허름한 후드였지만, 리리카는 알 수 있었다.

높은 사람이다.

아니, 적어도 부자다.

허름한 옷 안에 입은 옷은 언뜻 봐도 비싸 보였고, 무엇보다도 신발을 보면 알았다. 그는 비굴하지 않고 당당하고 곧은 자세로 서 있었다. 머리 숙일 일이 별로 없는 사람임이 틀림없었다.

"많이 늦으셨군요."

"누구세요?"

그가 해칠 의사가 없고 대화를 하려는 사람이라는 걸 알게 되자 리리카가 먼저 말을 걸었다.

"모시러 왔습니다."

"네?"

놀라 리리카가 눈을 동그랗게 떴다. 그녀의 눈이 곧 의심으로 가느스름해졌다.

"집세 때문인가요? 아니면—"

"아뇨, 반스 양의 어머님께서 반스 양을 모셔오라고 하셨습니다."

생각지도 못한 말에 리리카는 놀라 되물었다.

"어머니가요? 저를요?"

"네."

"무슨 일이 생기신 건가요? 역시 잡혀가신 건가요? 그게 아니면……."

"자세한 이야기는 가서 들으시지요. 전 그냥 심부름꾼일 뿐이니까요. 들키지 않게 뒤쪽으로 나가는 게 좋겠습니다."

남자의 말에 리리카는 팔짱을 끼고 단호하게 말했다.

"모르는 사람은 따라가면 안 된다고 했어요."

순간 남자는 당황한 듯 보였다. 그는 잠시 생각하다가 자기소개를 했다.

"저는 라우브 울프입니다."

'그래서요?'

그런 표정으로 리리카가 그를 바라보자, 그가 심각한 어조로 말했다.

"사실은, 반스 양의 어머님께서 많이 아프십니다."

"네?"

"사고가 나셔서 저에게 데리고 오라고 부탁하신 겁니다. 아주 간절하게 아가씨를 찾고 계십니다."

"그럴 수가……."

리리카는 어쩔 줄을 몰랐다. 어머니가 사고를 당하셨다니 어쩌면 좋아? 혹시 황궁 무도회에 억지로 들어가려고 하다가 다치기라도 하신 걸까?

어젯밤에 소리 지르며 울던 어머니의 모습이 떠오르자 심장이 세차게 뛰었다.

"가, 가요. 얼른 가요!"

"이쪽으로."

라우브가 서둘러 뒤쪽 벽 판자를 열었다. 멀쩡하던 판자가 빠져 있었지만 리리카는 그걸 인지하지도 못했다.

라우브는 그녀를 데리고 어두운 골목길을 날쌔게 빠져나갔다. 조금 큰 골목으로 나와 그가 휘파람을 불자 숨어 있던 마차가 앞에 와서 멈춰 섰다.

"세상에……."

이렇게 큰 마차를 이만큼이나 가까이서 보는 건 처음이었다. 그리고 마차에 타 보는 것도 처음이었다.

라우브가 문을 열고 리리카가 마차에 올라가는 걸 도와주었다. 바퀴가 커서 그녀가 혼자서는 마차에 올라갈 수 없었다.

그가 안절부절못하는 리리카에게 충고했다.

"반스 양, 이렇게 쉽게 사람을 믿으면 안 됩니다."

"?!"

당황한 리리카가 무어라 말하기도 전에 마차 문이 닫혔다.

마차가 멈춰 섰을 때 리리카는 약 오른 고양이처럼 마차 구석에 바싹 붙어 있었다.

자신의 감을 너무 믿었다고 생각했다. 매 순간 위험에 노출되어 살아온 탓인지, 리리카는 나쁜 일에 대한 감이 무척 좋았다.

덕분에 몇 번이나 위험한 일을 피했는지 모른다.

이건 구두닦이 아저씨도 인정한 바다.

감이 오지 않아서 그만 방심했다.

리리카는 마차 손잡이를 붙잡고 절대로 밖으로 내리지 않고 버티겠다는 눈빛을 쏘았다.

문을 연 라우브는 잠시 어떻게 해야 하나 고민했다.

억지로 꺼내자니 할퀼지도 모르고, 그렇다고 이대로 놔둘 수도 없었다.

"반스 양."

"저, 저리 가요!"

리리카가 필사적으로 소리치며 노려보았지만, 그는 조금의 위협도 느끼지 못했다.

그녀가 자신을 할퀴는 건 상관없었다. 하지만 그 과정에서 혹시나 리리카를 다치게 할까 봐 걱정되었다. 어찌나 연약해 보이는지 그가 아무것도 하지 않아도 그에게 부딪쳐서 뼈가 부러지게 생겼다.

"어머니가 다치셨다는 게 사실인가요?"

그 와중에도 걱정이 담긴 질문이었다. 라우브는 대답했다.

"아닙니다. 어머님께서는 건강하십니다."

마차 안에서는 제법 그럴듯한, 귀족 소녀라면 들어 본 적도 없을 빈민가 사람들이 내뱉는 욕설이 흘러나왔다.

결국 그는 팔짱을 끼고 그녀가 진정할 때까지 기다리기로 했다.

리리카는 자신을 끌어내리려고 하면 힘껏 걷어차리라고 생각했는데, 그가 잠잠해지자 조금씩 몸에 힘을 뺐다.

활짝 열린 마차 문밖으로 보이는 풍경이 그녀를 사로잡았다. 난생처음 보는 아름다운 정원과 화려한 건물이 보였다.

심지어 물이 퐁퐁 솟아오르는, 아름다운 분수대는 명랑한 소리를 내고 있었다. 주변은 소란스럽지도, 인신매매 현장처럼 보이지도 않았다.

조금씩 주변을 살피려고 리리카는 엉덩이를 슬금슬금 밀어서 문가로 다가갔다.

문가에서 라우브를 보니 그는 한 번에 손이 닿지 않을 거리에 물러나 있었다. 문밖으로 고개를 빼꼼 내밀고 리리카는 이리저리 둘러보았다.

이쪽을 봐도 정원이고, 저쪽을 봐도 정원이다. 잘 관리된 잔디와 수형이 잡힌 나무들은 신비하기까지 했다.

"여기가 어디예요?"

리리카가 쭈뼛쭈뼛 물었다. 라우브는 간단히 답했다.

"별궁입니다."

"별궁이요?"

"황궁에 딸린 작은 궁 중 하나지요. 이제 내릴 준비가 되셨습니까?"

그 말에 리리카는 마차 문을 꼭 붙잡았다. 라우브가 그녀를 빤히 바라보았다. 리리카가 슬슬 마차 안으로 다시 들어가기 시작했다.

구멍 밖으로 다 나온 새끼 고양이를 놓친 기분으로 라우브가 낮게 탄식하는데 궁에서 사람이 뛰어나왔다.

"리리카? 리리카 왔니?"

"어, 어머니?"

목소리는 익히 아는 어머니인데 차림새가 너무나 눈부셨다. 리리카는 그 여자가 제 엄마가 맞는지 몇 번이나 확인해야 했다.

치렁치렁한 드레스 자락을 한 손으로 붙잡고 달려오다시피 한 루디아를 발견하자, 리리카가 마차에서 풀쩍 뛰어내렸다.

"어머니!"

"리리카! 다행이다. 미안해, 걱정했지? 응? 엄마가 미안해. 다 잘못했어."

어머니의 옷은 부드럽고 사각사각 좋은 소리가 났다. 품은 여전히 따뜻했고 맞닿은 뺨은 보드라워서 리리카는 저도 모르게 말했다.

"저 정말로, 화났어요."

아주 작은 목소리로 자신의 불만을 이야기했다. 그런데도 어머니는 화내거나 밀쳐내지 않고 오히려 더욱 강하게 그녀를 안았다.

"알아, 엄마가 잘못했어. 정말 못된 짓을 했어. 그런데 다른 생각이 안 나서. 너무 미안해. 응?"

어머니가 울먹이는 목소리로 연신 사과하는 바람에 리리카는 마음이 약해졌다.

"알겠어요. 그런데 이게 다 어떻게 된 거예요? 여기는 어디고요? 무슨 일이에요?"

"그래, 안으로 들어가서 다 이야기해 줄게."

엄마가 웃으며 자리에서 일어나 그녀의 손을 꼭 잡았다. 그리고 라우브를 돌아보았다.

"감사해요."

"아닙니다. 레이디 루디아."

라우브가 깍듯하게 인사했다. 리리카도 머뭇거리다가 손을 흔들어 보였다. 라우브는 그녀에게도 살짝 고개를 숙였다 리리카는 깜짝 놀라 엄마에게 매달렸다. 성인 남성이 자신에게 고개를 숙이는 건 처음 보는 광경이었다.

"자, 들어가자."

엄마는 그게 당연하다는 듯 별다른 반응이 없었다. 태연하게 그녀를 데리고 걷기 시작했고 리리카는 안으로 들어가며 힐끔 뒤를 돌아보았다. 라우브는 여전히 똑바른 자세로 서 있었지만, 곧 나무에 가려 보이지 않게 되었다.

별궁의 화사함은 금세 어린 소녀의 마음을 휘어잡았다. 황궁에 딸린 여러 별궁 중에서도 '새벽 별궁'은 그 이름답게 핑크 색조가 섞인 대리석으로 지어졌고, 금색 장식으로 둘러 있었다. 별궁 중에서는 소박한 편이지만 리리카에게는 압도적인 위압감을 주었다.

그녀는 숨을 죽이고 궁 안을 둘러보았다.

리리카의 어머니, 루디아는 먼저 제 딸을 씻기기로 마음먹었다. 갈색 머리카락은 기름져 있었고, 손톱이며 귀밑은 지저분하게 까맸다.

하녀들은 없었지만, 뜨거운 물은 한가득 준비되어 있으니 어려움은 없었다.

리리카는 "이게 욕조예요?" 깜짝 놀라 물었다. 이렇게 큰 욕조를 뜨거운 물로 가득 채운다는 것에 놀랐고, 물이 이렇게 까매지는 것에 또 한 번 놀랐고, 비누라는 게 향은 좋지만 맛도 쓰고 눈도 따갑게 한다는 것에도 놀랐다.

모든 것이 놀라운 일뿐이었다.

솔로 손톱 밑까지 싹싹 닦으며 리리카는 가죽 한 장이 벗겨진 게 아닌가 생각했다.

따뜻하고 달콤한 향이 나는 향유를 바르고 새 옷을 입었다. 놀랍도록 부드럽고 도톰한 속옷을 입고, 레이스가 잔뜩 달린 드레스를 걸쳤다.

이렇게 멋진 옷은 처음이라서 숨이 막혀 왔다.

비단 양말에 부드러운 어린 양가죽 부츠까지 신자, 리리카는 제가 아무래도 꿈을 꾸는 게 아닌가 싶었다.

몇 번이나 부드러운 옷을 쓸어내리며 감촉을 음미하는데 엄마가 간단한 주전부리를 들고 들어왔다.

녹아버릴 듯한 푹신한 빵과 보석처럼 반짝이는 잼은 처음 맛보는 것이었다.

너무 예쁘다고 하니 엄마가 "라즈베리 잼이야." 하고 알려 주었다. 목이 막혀 컥컥 기침을 하자 어머니가 노란색 음료수를 주셨는데 그 역시 놀라운 맛이었다. 오렌지 주스라는데 오렌지가 뭔지는 모르겠지만, 세상은 정말 넓고 맛있는 건 많다는 생각이 들었다. 정신없이 빵을 먹고 있는데 어머니가 물었다.

"리리카, 많이 놀랐지? 이제 좀 괜찮니?"

리리카는 고개를 끄덕였다. 너무 놀라기만 해서 기운이 빠졌다. 이제 더는 놀랄 일이 없을 것 같았다.

"어떻게 된 거예요?"

리리카가 작게 속삭이자 엄마가 빙긋 웃으며 목소리를 더욱 낮춰서 말했다.

"엄마가 황궁 무도회에 참석하겠다고 그랬잖아."

"그랬죠."

"황궁 무도회에 참석했단다."

"정말요?"

"그래. 정말이지. 그래서 거기서 황제 폐하를 만났어."

"폐하를요?!"

깜짝 놀라 목소리가 높아졌다가 다시 소곤거렸다.

"폐하는 아주 무서운 분이시라는데요."

리리카가 걱정스러운 얼굴로 소곤거리자 루디아는 쿡쿡 웃었다.

"괜찮아, 폐하는 합리적인 분이시니까."

합리적인 것과 무서운 것 사이에 무슨 연관이 있는 걸까, 고민하다가 리리카가 이어 물었다.

"그래서요?"

"그래서 엄마는 내일모레 황제 폐하와 결혼한단다."

리리카는 너무 놀라 손에서 빵이 떨어진 것도 몰랐다. 또 놀랍게도 푹신한 빵은 떨어져도 소리가 나지 않았다.

리리카는 멍하니 어머니를 바라보았다.

아름다운 어머니는 언제나 리리카의 자랑이었다. 구불거리는 금빛 머리카락과 어둠 속에서도 빛나는 것 같은 푸른 눈동자.

오늘 어머니는 더욱 아름다웠다. 자신이 순간 알아보지 못할 정도로 말이다.

어머니에 비하면 자신은 평범한 갈색 반곱슬 머리카락이었다. 구름처럼 틀어 올릴 수 있는 머리카락이면 좋을 텐데. 그래도 어머니와 비슷한 색조의 터키색 눈동자만큼은 그녀의 자랑이었다.

'아, 안 돼. 리리카. 현실 도피하지 마.'

리리카는 고개를 휙휙 젓고 땅에 떨어진 빵을 집어 들었다. 도로 입에 넣으려는 걸 어머니가 더럽다고 빼앗았다. 여기가 집보다 더 깨끗할 것 같은데…….

아까운 빵을 보며 리리카가 말했다.

"황제 폐하요?"

"그래. 놀랐지?"

싱글싱글 웃으며 어린아이처럼 장난스러운 표정을 짓는 루디아 때문에 리리카는 사실인지 아닌지 알 수가 없어졌다.

"정말요? 폐하랑요? 어머니가요? 그것도 모레요?"

"그래. 물론 평범한 결혼은 아니야. 리리카에게만 살짝 비밀을 이야기해 줄게."

어머니가 주변을 둘러보고 몸을 숙였다.

리리카도 같이 몸을 숙였다.

"사실 이건 계약결혼이야."

리리카는 놀랐지만, 곧 침착해졌다. 어머니가 황제 폐하와 사랑에 빠져서 결혼한다는 이야기보다 이 이야기가 훨씬 믿을 만했다.

리리카가 진지한 표정을 하고 물었다.

"그러니까 일을 맡으셨다는 말인가요?"

루디아는 딸 입가에 붙은 빵부스러기를 떼어 주며 고개를 갸웃했다.

'일을 맡았다.'

그렇게 단순하게 말하기에는 복잡하지만, 그렇다고 그렇게 말하지 못할 이유도 없었다.

조건이 뭐든, 방법이 뭐든, 거래는 거래고 계약은 계약이다.

"그렇지."

어머니의 말에 리리카는 오히려 안도했다. 일이나 계약이라면 받아들이기 쉬웠다.

리리카 반스가 누구인가?

빈민가 제일의 일꾼, '일은 신용'이라는 마음가짐으로 일하는 소녀 아닌가. 금세 침착해진 리리카는 야무지게 새 빵을 집어들 수 있었다.

'그렇지만 어머니가 황제 폐하와 결혼이라니. 그러면 황후님이 되는 건가?'

생글생글 웃고 있는 어머니는 정말로 아름다웠고, 황후라고 해도 손색이 없지만.

'어머니가?'

볼이 불룩해지게 빵을 입 안으로 밀어 넣고, 오렌지 주스로 밀어내며 리리카는 결심했다.

아무래도 자신이 어머니를 도와서 일을 해야 한다고.

"그럼 저는 어떻게 되나요?"

리리카가 묻자 루디아는 어쩐지 뾰로통한 표정을 했다.

"리리가 좀 더 놀랄 줄 알았는데."

"충분히 놀랐어요."

"리리카는 양녀로 받아 주기로 했어. 그러니까 내일모레부터 리리카는 황녀님."

"황녀……."

제 일이 되니 순간 얼이 빠졌으나, 리리카는 재빠르게 정신을 차렸다.

그렇다면 이건 계약 황녀. 어쨌든 열심히 수행해야 하는 업무다. '업무'라는 어려운 단어를 아는 자신에 약간 우쭐하며 리리카는 고민했다.

그런데 대체 황녀란 뭘 하는 걸까?

의아해하면서도 리리카는 물었다.

"계약이면 언제까지인 거예요?"

리리카가 주변을 둘러보고 낮은 목소리로 소곤소곤 물었다. 어머니가 답했다.

"태자 전하께서 성인이 되셔서 황제가 될 때까지. 그러니까 앞으로 8년 정도겠지."

"8년."

아주아주 긴 시간이다. 8년이라니 감도 잡히지 않았다. 어머니가 이어 말했다.

"그리고 나면 우리 둘이 수도 변두리에 집을 사서 함께 행복하게 살자. 작은 정원도 가꾸고, 응?"

"정말요?"

황궁이니, 황녀니 하는 것보다 작은 정원이 딸린 오두막이 더 마음에 와 닿았다.

"그래. 편하게 놀러도 다니고 그러자꾸나. 받기로 한 돈이 어마어마하거든. 대신……"

루디아가 진지하게 말했다.

"절대로 아무에게도 말하면 안 돼. 이건 철저하게 비밀이야. 밝혀지면 절대로 안 된다."

"네. 절대로 말하지 않을게요. 제가 죽어도요."

순간 어머니의 입술이 떨렸다. 어머니는 리리아를 와락 끌어안았다.

"알아, 리리. 네가 그럴 거라는 걸 알아."

루디아의 목소리가 희미하게 떨렸다. 리리카는 괜찮다는 의미로 어머니의 등을 토닥였다.

역시 큰일을 막상 하려니 겁이 나시나 보다.

리리카가 자신 있는 목소리를 내려 배에 힘을 주었다.

"걱정 마세요, 어머니. 제가 열심히 도와 드릴게요."

그 말에 어머니가 작게 웃고 몸을 뗐다.

"그럼 일단 첫 번째 일부터 도와줘야겠구나."

"뭔가요?"

"결혼식 화동."

어머니가 방긋 웃었다.

그 후 이틀은 정신없이 지나갔다. 리리카는 정신을 붙잡고 있으려 애썼지만 그럴 수가 없었다.

모든 게 너무 순식간에 흘러갔기 때문이었다.

물론 그런 건 리리카만은 아니었다. 황실, 아니 황도—제국은 그야말로 충격에 빠졌다.

갑작스러운 황제의 결혼 소식도 그랬고, 결혼 상대가 아무것도 없는, 게다가 어린 딸이 딸린 여성이라는 것도 어마어마한 이야깃거리가 되었다.

"모레 결혼할 거다."

황제는 그 한마디만 하면 됐지만, 아랫사람들은 그렇지 않았다. 다행히도 봄 무도회 중이라서 수도에 귀족들이 모여 있었기 망정이지, 그렇지 않았다면 텅 빈 신전에서 예식을 치를 뻔했다.

부랴부랴 마련한 웨딩드레스도 기성품이었다. 새하얀 드레스를 보고 루디아는 "드레스 자락을 전부 모아서 엉덩이 쪽을 부풀려 줘요."라고 이야기했다.

다들 뭐라고 하지도 못할 만큼 시간이 촉박했기에 신부의 말대로 드레스를 필사적으로 수선하여 주름을 잔뜩 잡았다.

패션의 시대가 크리놀린에서 버슬 스타일로 넘어가는 현장이었다. 그때는 그런 것도 인지하지 못했다.

황제의 결혼식이란 최소 1년은 두고 순차적으로 이루어지는 건데, 그게 단 이틀 만에 치러진 것이다.

그야말로 모든 게 혼란의 도가니였다. 루디아에 대한 소문이 퍼지기도 전에 식이 끝났으니 말이다.

결혼식 다음 날은 리리카를 양녀로 입적하는 의식이 있었다. 이건 거의 곁다리로 지나갔다.

그날 어머니를 만났는데 잠을 못 잔 듯 피곤해 보여 리리카는 걱정이 되었다.

그날을 기점으로 리리카는 더 이상 리리카 반스가 아니고 '리리카 나라 타카르' 라는 이름을 가지게 되었다.

"리리카 황녀님께서 고개를 숙이실 상대는 단 세 분입니다. 황제 폐하, 황후마마, 그리고 황태자 전하이십니다."

리리카는 진지한 얼굴로 이야기를 들었다. 마른 그녀의 얼굴은 어린 아이답게 볼이 통통하지는 않았지만, 커다란 눈은 반짝거리고 있었다.

그녀에게 가르침을 내리는 글렌데린 부인은 새삼스러운 눈으로 리리카를 바라보았다.

처음 리리카를 가르쳐 달라는 이야기를 들었을 때 부인은 망설였다. 빈민가 출신 아이를 가르칠 수 있을까, 걱정이 되었기 때문이었다.

하지만 궁정 출입권이 그녀의 마음을 사로잡았다.

제국의 귀족은 두 종류로 나뉘는데 태양궁 출입권이 있는 귀족과 없는 귀족이다.

하늘궁까지야 귀족이라면 누구든 드나들 수 있었으나, 황제가 기거하는 태양궁은 달랐다.

황제가 내리는 권리 중 하나인데, 고위귀족이라면 대부분 가지고 있었다.

물론, 황제의 마음에 들지 않으면 자격을 박탈당하기도 했다. 황권 강화를 위한 수단이라는 걸 모두가 알고 있었지만, 모른 척 넘어갈 수밖에 없었다.

그래서 궁정 출입권이 있는 귀족은 귀족이 아니라 권족이라고 농담

반, 진담 반으로 부르고는 했다.

영토 없는 궁정 귀족인 글렌데린 부인에게는 두 번 다시 오지 않을 기회였다.

그러니 가르치는 상대가 어떤 상대라도 참아야 한다고 다짐했는데, 막상 직접 만난 소녀는 상상과 전혀 달랐다.

산만하고 부산스럽게 굴거나, 여기저기 뛰어다니거나 상스러운 말을 내뱉지도 않았다.

오히려 버릇없는 귀족 아이들보다 훨씬 태도가 좋았다.

가르치는 사람에게 배우려고 애쓰는 사람보다 더 좋은 상대는 없다.

글렌데린 부인은 생각보다 퍽 편하고 즐겁게 리리카를 가르치고 있었다.

물론 아직 뻣뻣하기는 하지만 그 정도는 차차 나아질 터였다.

"그럼 다시 인사해 봅시다."

리리카는 자리에서 벌떡 일어났다. 무릎을 굽혀서 인사하는 커트시를 유려하게 하는 게 목적이지만 아직 리리카의 커트시는 씩씩한 맛이 더 강했다.

푹 앉았다가, 벌떡 일어난다고 할까.

몇 번 더 인사를 하고, 글렌데린 부인은 다음으로 넘어갔다. 가르칠 건 너무 많고, 시간은 적었다.

대부분의 시간을 수업으로 보내며 리리카는 걱정이 생겼다. 글렌데린 부인이 오후에 입궁하기 때문에 그녀가 어머니를 만날 수 있는 시간은 오전뿐이었다.

그런데 오전 중에 어머니를 만나러 가면 피곤해서 주무시고 계시다는 이야기를 들을 때가 많았다.

자신에게 이야기하는 시녀의 태도에는 귀찮음이 역력했지만, 리리카는 어머니가 걱정이 되었다.

'대체 밤에 무슨 일이 있으신 걸까. 계속 피곤해서 주무시고.'

몇 번이나 찾아가고서야 리리카는 어머니를 만날 수 있었다. 가운을 입은 채로 침대에서 자신을 맞아주는 어머니는 딱 보기에도 무척 피곤해 보였다.

"어머니, 괜찮으세요?"

리리카가 묻자, 루디아는 고개를 끄덕였다.

"그럼 괜찮지."

"하지만 너무 피곤해 보이시는걸요? 밤에 잘 주무시나요?"

"밤에……."

중얼거리고 루디아가 이를 뿌득 갈았다.

"잠을 잘 못 자지."

"푹 주무셔야 해요."

걱정 어린 말에 루디아가 웃으며 "걱정하지 마. 괜찮아." 하고 대답하고 이런저런 질문을 던졌다.

궁 생활은 괜찮냐는 이야기인데, 사실 리리카는 온종일 예절교육을 받으니 피곤할 일이 없었다.

리리카는 피곤한 어머니를 오래 괴롭히기 싫어서 일찍 자리를 떴다. 시녀들이 어머니를 잘 돌봐줄지 걱정이 되었다.

어린 소녀는 한숨을 폭폭 쉬며 중얼거렸다.

"어머니께서 왜 저리 피곤하실까?"

그 말에 리리카를 위해 문을 열어 주던 시녀가 킥킥 웃었다.

"그야 폐하께서 밤마다 괴롭히시니까 그렇죠."

비아냥거림이 섞인 말이었지만 리리카에게는 그저 충격이었다.

"폐하께서?!"

깜짝 놀라 리리카가 시녀를 돌아보자 시녀가 "네, 그럼요." 하고는 노골적인 웃음을 지으며 말했다.

"있죠. 제가 말했다는 건 비밀이에요?"

리리카는 충격에 빠져 고개를 끄덕였다.

'폐하께서, 어머니를 밤마다 괴롭히고 계신다니.'

대체 무슨 일을 하시는 걸까, 생각만 해도 식은땀이 났다. 무시무시한 황제라는 소문은 리리카도 알고 있었다.

밤마다 어머니를 때리거나 소리 지르고, 학대하는 게 아닐까. 오늘 피곤했던 어머니의 얼굴을 생각하니 불안은 확신으로 변했다.

'안 돼. 내가 무슨 수를 내야 해. 하지만 내가 뭘 할 수 있을까? 리리카 나라 타카르.'

익숙하지 않은 제 이름을 연신 부르며 익숙해지려 애썼다. 리리카는 머리를 굴렸다.

그러나 생각보다 걱정이 앞섰다.

긴 복도를 걸어 제 방으로 돌아온 리리카가 침을 삼키고 시녀에게 말했다.

"폐하께 알현 의뢰를 넣어 주실 수 있나요?"

시녀가 놀란 듯 리리카를 바라보았다.

"알현을 청하신다고요?"

"네, 아니, 응."

"알겠습니다."

시녀는 시종을 불러 리리카의 말을 전했다. 시종도 놀란 듯했으나 곧 자리를 떴고 얼마 되지 않아 돌아왔다.

"폐하께서 지금 잠깐이라면 시간이 된다고 하십니다."

"가, 갈게."

리리카가 자리에서 벌떡 일어났다. 알현이 받아들여지자 시녀들은 당혹 반, 기대 반인 표정이었다.

그중 한 명이 옷을 갈아입어야 하는 게 아닌가 운을 뗐지만, 시녀들은 꼼짝도 하지 않았다.

무엇보다 시종이 먼저 그걸 막으며 말했다.

"정말 잠깐입니다. 옷을 정돈할 시간은 없습니다."

리리카는 고개를 끄덕였다. 시종이 정중하게 고개를 숙였다.

"그럼 이쪽으로. 제가 모시겠습니다."

"가자."

사람들에게 반말하는 게 어색하지만 이것도 황녀가 해야 할 일이라면 해야 했다. 리리카는 시종의 뒤를 따라 걷는 동안 꽉 쥔 손이 떨리는 걸 느꼈다.

'괜찮아. 리리카. 괜찮아.'

그녀가 스스로 연신 다독이는 동안 순식간에 집무실 앞에 도착했다. 그 길었던 복도가 지금은 왜 이리 짧은지, 원망스러울 정도였다.

이곳은 처음 와 보는 곳이라 긴장되었다. 리리카는 깊게 숨을 들이마셨다. 시종이 입을 열었다.

"리리카 황녀님께서 도착하셨습니다."

안쪽에서 말없이 집무실 문이 열렸다. 시종이 '저는 여기까지입니다' 하듯 허리를 숙여 보여 리리카는 혼자 안쪽으로 들어갔다. 정면을 보면 안 된다는 말은 긴장해서 잊어버렸다.

황제의 집무실에 서 있는 사람은 보이지도 않았다. 커다란 책상에 앉아서 서류에서 시선을 떼지 않는 황제를 똑바로 보고 있다가 리리카는 허둥지둥 무릎절을 올렸다.

"무슨 일이지?"

낮고 묵직한 목소리가 울려 리리카는 등에 식은땀이 흐르는 걸 느끼며 말했다.

"부탁이 있어서 왔습니다."

"말해."

"어, 어머니를……."

한 박자 쉬고, 리리카는 배에 힘을 주었다.

"어머니를 밤마다 괴롭히는 걸 그만둬 주세요!"

나름 힘껏 목소리를 냈으나 그리 크지 않았다. 그런데 집무실은 갑자기 시간이 멈춘 것처럼 조용해졌다. 그리고 다음 순간 "풉.", "큭." 하는 작은 웃음소리가 주변에서 새어 나왔다.

놀란 리리카는 저도 모르게 변명처럼 덧붙였다.

"바, 밤에 제대로 주무시지 못하는 것 같고, 그러니까, 아침에 일어나지도 못하시고…… 힘드시니까…… 그만 괴롭혀 주세요……."

황제는 멍하니 리리카를 보다가 당혹한 듯 입을 열었다.

"잠깐, 분명히 네 엄마도 좋—"

"어흐흠!"

"커흠, 커흠!!"

여기저기서 갑자기 헛기침 소리가 터져 나와서 리리카는 놀랐다. 황제는 인상을 팍 쓰고 입을 다물었다.

배우지는 못했지만, 혹시 황제가 말을 할 때 헛기침을 하는 게 예의인 걸까?

눈치를 살피다가 리리카가 작게 입을 열었다.

"콜록, 콜록?"

"푸하하하."

폭발적인 웃음소리가 들렸다. 놀란 리리카가 고개를 들었다. 커다란 집무실 책상 앞에 서류를 들고 있던 덩치 큰 사내가 몸을 웅크리고 어떻게든 웃음소리를 죽이려고 애쓰고 있었으나 참지 못하는 듯 등이 계속 떨렸다.

황제의 표정에 짜증이 서렸다.

그제야 리리카는 집무실에 다른 사람이 서 있는 걸 깨달았다. 아니, 보긴 했지만, 그제야 구체적으로 인지했다.

웃고 있는 덩치 큰 사람은 기사님 같았고, 다른 사람은 서류를 도와주는 사람일까?

상황을 파악하지 못한 리리카가 당황스럽게 서 있는 걸 보고, 뒤쪽에 서 있던 남자가 다가왔다. 부드러운 인상에 갈색 머리카락과 갈색 눈을 가진 남성이었다.

한쪽 눈에 외눈 안경을 쓰고 있는 게 눈에 들어왔다.

눈가의 눈물점이 인상적이었다.

그가 리리카와 시선을 맞추기 위해 한쪽 무릎을 꿇고 말했다.

"저 멍청이가 황녀님을 놀리는 게 아니니 걱정하지 마십시오. 용감한 황녀님."

싱긋 웃고 그가 덧붙였다.

"폐하께서 더는 황후마마를 밤마다 괴롭히는 일이 없을 겁니다."

"야."

황제가 말을 막았지만, 남자는 놀랍게도 눈썹 하나 까닥하지 않고 황제를 돌아보며 물었다.

"그렇지요?"

황제는 뻘이 들어간 조개라도 씹은 얼굴이 되었다가 리리카를 보았다. 희고 창백한 그 얼굴에 그는 한숨을 내쉬었다.

"알았다."

"가, 감사합니다!"

리리카가 활짝 웃으며 감사 인사를 올렸다.

그녀는 곧 고개를 숙이고 얌전히 두 손을 모았다.

"그럼 전 이만 물러나겠습니다."

"왜?"

황제가 삐딱하게 되물은 탓에 리리카는 놀라 다시 고개를 들었다.

"네?"

"이리 와."

황제의 손짓에 리리카는 쭈뼛쭈뼛 앞으로 한두 걸음 걸어 나갔다.

"이리 오라니까."

"왜 귀여운 황녀님을 괴롭히려고 하십니까."

갈색 머리 남자가 하는 말에 황제가 미간을 찌푸렸다.

"내가 언제 괴롭혔어? 이리 오라고 한 것뿐이잖아. 이쪽으로 와 봐."

리리카는 용기를 내서 책상을 돌아 그 앞에 섰다. 그러자 놀랍게도 폐하께서 그녀를 번쩍 들어 올리더니 마주 볼 수 있게 무릎 위에 앉혔다.

"뭔 사탕 껍질을 들어 올리는 거 같네. 옷 소리만 나고. 자기 딸을 엄청 예뻐하는 것 같더니, 굶긴 거 아냐?"

그 말에 리리카는 발끈했다. 나는 몰라도 어머니를 욕하는 건 참을 수 없다는 마음이었다.

"안 굶었어요!"

"그런데 왜 이렇게 가벼워. 손가락으로 밀면 쓰러질 거 같은데?"

"몸은 튼튼해요."

저도 모르게 리리카가 대꾸했다. 건강하지 않으면 일거리를 받을 수 없기에, 입에 밴 말이었다.

"하지만 봐 봐, 이렇게."

황제가 엄지로 중지를 붙잡더니 튕겼다. 딱! 하는 소리와 함께 눈앞이 번쩍했다.

"?!"

불안정한 자세로 마주 보고 앉아 있던 리리카는 벌렁 뒤로 넘어져서 바닥에 떨어졌다.

"!!"

리리카의 얼굴이 빨개졌다.

이마도 아프고 머리도 아팠지만, 그보다 민망하고 부끄러워서 리리

1장 별에게 소원을 43

카는 허둥허둥 자리에서 일어나려 했다.

다행히 푹신한 카펫이 깔려 있어서 큰 부상은 면했다.

하지만 다른 두 사람은 경악해서 소리쳤다.

"폐하!"

"알테어스!"

황제의 이름을 저도 모르게 부른 기사가 다가와 리리카를 번쩍 안아 일으켜 주었다.

"오, 황녀님. 꼭 설탕 과자처럼 가볍네요."

"폐하, 세상에 이게 무슨……. 황녀님, 괜찮으십니까? 이마가 빨갛게 되셨어요. 뒷머리는 어떠신가요? 자, 이리 만질 때 아프십니까?"

다정하게 말하며 걱정하는 표정을 보자 리리카는 눈물이 불쑥 나오려는 걸 꾹 참았다.

"괘, 괜찮아요."

그러나 눈물이 그렁그렁해지는 건 누구나 볼 수 있었다. 남자의 목소리가 싸늘해졌다.

"폐하."

"얘가 튼튼하다고 그랬어."

"폐하."

"아틸은 멀쩡하거든?"

"황태자 전하는 남자아이고 타카르시잖습니까."

그 말에 폐하가 한숨을 푹 내쉬더니 말했다.

"미안하다, 딸은 처음이라."

"어의라도 부르지요. 자, 편히 앉으세요. 황녀님."

그가 집무실 한쪽에 있는 소파에 리리카를 앉히고 말했다.

"그러고 보니 제 소개를 안 했군요. 전 라트 산다르라고 합니다. 저쪽의 덩치 큰 남자는 탄 울프, 탄이라고 부르시면 됩니다. 제국에게는 불행이지만, 놀랍게도 근위 기사단장이지요."

그 말에 탄이 코웃음을 치고 으르렁거리듯 말했다.

"네가 재상인 게 제국의 불행이겠지."

"남이 한 말에 남이 한 말로밖에 대꾸하지 못하는 재치는 처량한 거 같네."

"뭐—"

탄이 무어라 말하려는데, 라트가 무시하며 말을 이었다.

"이런, 황녀님. 이마에 혹이 생기겠습니다."

라트가 한숨을 내쉬었고, 알테어스가 시종을 불렀다. 어의를 부른 그가 덧붙였다.

"아무거나 간식거리 가져와. 황녀가 좋아할 만한 걸로."

알테어스의 말에 시종의 눈이 이채를 띠었다. 그가 재빠르게 물러나는 걸 보며 라트가 재미있다는 얼굴로 알테어스에게 말했다.

"맛있는 걸로 상황을 무마하시려는 노력은 하급이라고 생각하지만, 지금 상황에서는 그렇지도 않군요."

이제 막 결혼한 황후에 대한 평가야 그렇다 치고, 양녀인 리리카에 대해서 어떻게 대해야 할지 다들 고민하고 있을 터였다.

그럴 때 황제가 집무실로 리리카를 부르고, 어의와 간식까지 내어준다면 당연히 모두의 태도는 달라질 수밖에 없다.

황궁에서 최고의 뒷배는 결국 황제니 말이다.

알테어스는 새로 생긴 딸을 빤히 바라보았다. 사실 딸의 존재는 완전히 잊고 있었다. 그런데 이제는 잊을 수 없게 되어버렸다.

'이런 임팩트 있는 등장이 어디 있담?'

갈색 반곱슬 머리카락에 어딘지 야무져 보이는 인상은 제 어머니와 완전히 달랐으나, 눈동자 색만은 닮았다.

리리카는 자신을 빤히 바라보는 폐하의 시선을 마주 바라보았다. 이마가 욱신거렸다.

황제는 처음 봤던 인상 그대로였다. 키가 크고 무척 잘생겼지만, 어딘지 인간 같지 않은 면모가 있었다.

굉장히 무서운 사람이라고 듣고, 생각하고 있지만 이렇게 보니 어쩐지 좋은 사람이라는 생각도 들었다.

잠시 후 어의가 들어왔다. 왕진 가방을 들고 들어온 어의는 집무실 안의 면면들을 보고 움찔했다.

황제 폐하와 재상, 그리고 근위 기사단장. 제국의 핵심세력이 모두 모여 있었다.

어의는 "어디 세게 부딪치셨습니까?" 하고 리리카의 상처를 살피고 연고를 바르면 금방 가라앉을 거라 말해 주었다.

잠시 후 어의가 이마에 연고를 바르고 위에 건포를 대 주었다. 그가 물러남과 동시에 시종이 간식을 들고 들어왔다.

작은 잔에는 쇼콜라가 담겨 있고, 그릇에는 막대 모양 튀김 빵이 담겨 있었다. 짧은 시간 간식을 만들어야 하는 요리사가 머리를 짜낸 흔적이 보였다.

"빵을 컵에 담긴 쇼콜라에 찍어 드시면 됩니다."

시종은 친절하게 설명하고 물러났다. 리리카가 아름다운 은쟁반을 바라보고 머뭇거리며 물었다.

"같이 안 드시나요?"

"됐어. 애나 먹어."

"황녀님을 위해 주문한 거잖아요? 편히 드시죠."

알테어스와 탄이 번갈아 말했다. 리리카는 조심스럽게 은 포크로 튀김 빵을 찍어 쇼콜라에 담갔다가 입에 넣었다.

"!!"

리리카의 눈이 동그래지고 표정이 확 밝아졌다. 성인 남성 셋은 저도 모르게 흐뭇한 얼굴이 되었다.

리리카는 '세상에 이런 게 있었다니.' 생각하며 열심히 빵을 쇼콜라에 찍어 먹었다.

"마실 것도 시키죠."

"우유면 되지 않을까?"

달콤한 빵을 먹고 우유로 입가심까지 한 리리카는 "휴." 하고 숨을 내쉬었다.

"잘 먹었습니다."

떨어트릴까 봐 양손으로 유리컵을 꼭 잡고 리리카는 감사 인사를 했다.

인사하고 고개를 드니 세 사람이 너무 빤히 자신을 바라보고 있어서 놀랐다.

"저기, 저 얼굴에 뭐가 묻었나요?"

먹으면서 칠칠치 못하게 입가에 묻힌 걸까, 하니 라트가 고개를 흔들었다.

"아뇨, 그냥 황녀님께서 무척 귀여우셔서요."

라트의 말에 리리카의 얼굴이 빨갛게 물들었다. 남에게 귀엽다는 말을 들은 건 처음이었다.

어머니는 굉장히 아름답지만, 자신은 거기에 미치지 못해서 부끄러운데, 이런 말을 들으니 저도 모르게 손가락 발가락을 꼼지락거리게 되었다.

"그, 감사합니다."

"사실을 이야기한 건데요. 그보다 황녀님, 그 이야기는 혹시 황후마마께서 하신 말씀이신가요?"

"네?"

"밤마다 황후마마께서 괴롭힌 당하신다는 그 이야기요."

"아뇨, 아니에요!"

리리카가 놀라 고개를 휙휙 저었다. 혹시나 어머니가 저를 앞세워서 뭔가 한 것이라 오해할까 봐 겁이 났다.

"저 혼자 온 거예요."

"그럼 누가 그런 말을 해 주었습니까?"

라트의 말에 리리카는 곤란해져서 손에 든 컵으로 시선을 떨궜다.

"그게, 그냥……."

"알겠습니다."

라트가 고개를 끄덕이고 이어 물었다.

"그럼 이건 다른 질문이지만, 지금 생활은 마음에 드십니까?"

라트의 말에 리리카가 고개를 들고 답했다.

"열심히 하고 있어요."

엉뚱한 대답이었지만 라트는 미소 지었다.

"그것도 알겠습니다. 폐하, 브린을 황녀님의 시녀로 하는 게 어떻습니까?"

탄이 쓱 한쪽 눈썹을 추켜올렸고, 알테어스는 잠시 라트를 바라보다가 고개를 끄덕였다.

"그러지."

"네, 아무래도 젊은 사람이 좋겠지요."

라트가 온화한 웃는 얼굴로 말하고 리리카를 돌아보았다. 리리카는 라트가 온화해 보이는 만큼 착한 사람은 아닐 거로 생각했다.

'높은 사람은 착한 사람이 드문걸.'

착하다는 게 마음이 약하다는 것과 동의어는 아니지만, 리리카가 생각하기에는 비슷한 말이었다.

높은 자리에 올라가 있는 사람은 단호하고 때때로 차갑고 냉혹하기까지 하다.

그러니 재상인 라트 역시 그렇지 않을까 생각했다.

"자, 그럼 두 사람은 일 이야기를 하게 내버려 두고. 제가 황녀님을 바래다 드리지요."

탄이 손을 저어 상황을 파했다. 리리카가 얼른 소파에서 깡충 내려오며 말했다.

"괜찮아요. 혼자 돌아갈 수 있어요."

"안 되죠. 황녀님을 혼자 다니게 하면. 시종을 붙일 수도 있지만, 오늘은 제가 하겠습니다."

탄이 찡긋 윙크하며 말했다.

"덕분에 잠깐 일도 땡땡이치고 말이지요."

리리카가 어떻게 반응해야 할지 몰라 당황하는데 탄이 그녀를 번쩍 안아 들더니 목말을 태웠다.

"꺄악?!"

놀라는 리리카의 다리를 탄이 단단히 붙잡았다. 안에 입은 속바지와 몇 겹의 패티 코트 때문에 민망한 일은 벌어지지 않았으나, 충분히 당황스러운 자세였다.

"타, 탄 님."

"그냥 탄이라고 부르면 됩니다. 타카르는 자기들끼리 아니면 절대로 그렇게 안 부르죠."

탄이 히죽 웃고 리리카를 목말 태운 채로 집무실을 나섰다. 대기하고 있던 시종의 눈에 경악이 서렸다.

물론 리리카는 그런 걸 눈치채지 못할 정도로 부끄러웠다. 높고 또 떨어질까 봐 무서······지는 않았다.

탄의 손이 단단히 그녀를 붙잡고 있었고, 어깨를 넓고 편했다. 게다가 이렇게 높이서 주변을 내려다보는 건 나름 즐거운 일이었다.

'좋아, 그냥 부끄러움을 버리자. 황녀님은 이렇게 다니는 걸지도 모르잖아? 넌 황녀야 리리카. 황녀답게 하자.'

그녀는 목말을 탄 자세에서 위엄을 되찾으려 애썼다.

"황녀님 거처까지 안내해."

탄의 말에 시종이 앞장서서 걷기 시작했다. 리리카는 주변을 둘러보다가 문득 생각난 걸 물었다.

"그런데 탄."

자신보다 나이도 훨씬 많고 높은 사람의 이름을 부르려니 간질거렸다.

"네, 황녀님."

하지만 탄은 그런 건 신경 쓰지 않는다는 듯 시원시원하게 대답했다.

"울프면, 라우브 기사님과도 아는 사이인가……?"

끝말이 늘어진 건 존대에서 반말로 바뀌었기 때문이었다. 탄이 고개를 끄덕였다.

"녀석도 제 일족이죠. 멀리 육촌쯤 될까요."

"역시 그랬구나. 험한 말 해서 미안하다고 전해줘."

리리카가 작게 소곤거리자 탄이 흥미진진한 얼굴로 물었다.

"험한 말이요?"

"그게, 라우브가 날 납치하려는 줄 알고……."

덧붙인 말에 탄이 다시 시원하게 웃었다.

"황녀님이 험한 말을 해 봐야 얼마나 했을까 싶기는 하지만. 전하겠습니다."

"응."

그제야 마음이 가벼워져서 리리카는 시선을 정면으로 돌렸다. 그가 도착한 방 앞에서 리리카를 내려 주고 말했다.

"주변이 다 험악한 놈들뿐이라, 상당히 즐거웠습니다. 그럼."

정중하게 인사하고 휙 돌아가는 탄은 어쩐지 기사다워서 리리카는 숨을 길게 내쉬었다.

오늘은 아침부터 너무 많이 힘을 썼다. 글렌데린 부인이 올 때까지 쉬어야겠다.

'그래도 튀김 빵은 맛있었지. 쇼콜라도.'

그 환상적인 맛을 뭐라고 해야 할까. 그 까만색 액체가 그렇게 맛있을 줄이야.

리리카가 그러며 창가에 가져다 놓은 높은 의자에 폴짝 뛰어올랐다. 여기서는 정원 일부가 보여서 이렇게 붙어 앉아야 했다.

정원을 멍하니 바라보다가 철자 책을 펼치는데, 밖이 소란스러워졌다.

문이 활짝 열리고 열다섯쯤 되어 보이는 소녀가 들어왔다. 단정한 단발머리에 반짝이는 머리띠가 눈에 들어왔다.

그녀가 성큼성큼 걸어오더니 앉아 있는 리리카 앞에 능숙하게 커트시를 해 보이고 말했다.

"브린 솔이라고 합니다. 황녀 전하. 오늘부터 황녀 전하의 시녀가 되었습니다. 잘 부탁드려요."

'아! 맞다. 아까 라트가 그런 말을 했었지.'

리리카는 고개를 끄덕였다.

"나도 잘 부탁해."

브린이 자리에서 일어나 양손을 꼭 잡으며 말했다.

"그럼 황녀님, 먼저 방을 옮기시라는 폐하의 명이 있으셔서요. 방을 옮기겠습니다."

"어?"

"자, 걱정하지 마시고 절 따라오세요. 짐은 시종들이 고스란히 옮겨 줄 겁니다."

리리카는 당황했지만, 황제의 명이라면 따르는 수밖에 없었다.

새로 옮긴 방에 들어서서 리리카는 탄성을 내질렀다. 원래 있던 방도 무서울 정도로 화려하고 예뻤다.

하지만 지금 여기만큼은 아니었다. 방에 들어서면 사랑스러운 응접실이 있고, 통창으로 정원이 한눈에 내려다보였다.

침실도 마찬가지로 창이 커다랗고 창틀은 가늘고 아름다웠다.

처음에 있었던 곳보다 최소한 세 배쯤은 더 넓은 것 같아 보여서 이 방을 걸어 다니는 것만으로도 운동이 될 것 같았다.

브린이 물었다.

"어떠세요, 황녀님. 새 방이 마음에 드시나요? 황후마마 거처와도 가까워요."

"정말? 응, 마음에 들어. 창문으로 이렇게 정원도 훤히 내다보이는데……. 나가 봐도 돼?"

예전 방에는 발코니가 없었는데, 이번 방은 제법 크게 발코니가 달려 있었다.

"물론이죠."

브린이 창문을 열어 주어서 리리카는 조심스럽게 발코니로 나섰다.

"와!"

즐거운 탄성이 터져 나왔다. 이렇게 높은 곳에 서 있으니 심장이 두근거리기도 했지만, 즐거웠다. 아까 기사단장님이 목말 태워 주었을 때와 비슷한 기분이다.

발코니는 제법 넓어서 차를 마실 수 있을 정도였다.

브린이 흐뭇하게 웃었다.

"황녀님 마음에 드신다니 다행이에요. 이 방의 이름은 '백룡실'이랍니다."

"백룡?"

"네, 타카르의 초대 황제 폐하는 용이라는 걸 알고 계시지요? 태양궁에서 황족분들을 위한 방은 전부 용이 붙어 있지요. 황태자 전하께서는 흑룡실에 기거하고 계신답니다. 황후마마의 방은 언제나 은룡실로 정해져 있지요."

"그랬구나."

전혀 몰랐다.

'그럼 예전 방은 무슨 이름이었을까?'

물어보면 어쩐지 브린이 곤란한 얼굴을 할 거 같아서 묻지 않았다. 어쨌든 용이 들어간 방은 아니었을 거 같다.

오늘은 리리카도 이마를 다쳤으니 글렌데린 부인에게는 입궁하지 말라고 했다고 브린이 전했다.

"황후마마께 연락을 드려서 한 번 가 보시는 게 어떨까요? 마침 차 시간인걸요."

"그래도 될까?"

리리카가 반색하자 브린이 싱긋 웃었다.

"그럼요. 물론이죠."

브린이 다른 시녀에게 "황후마마께 기별하게." 하고 명령했다. 시녀들도 전부 바뀌었는데 본래 브린이 데리고 있던 시녀인 듯 손발이 잘 맞았다.

잠시 후 시녀가 돌아와 "황후마마께서 어서 오라 하십니다." 하고 공손히 말했다.

리리카는 활짝 웃으며 달려가고 싶은 마음을 꾹 참고 복도로 나섰다.

정말로 어머니의 방은 그리 멀지 않아서 계단만 하나 올라가면 바로였다.

"리리, 요 귀여운 것!"

응접실에 들어서자마자 어머니가 와락 그녀를 끌어안았다. 리리카는 행복이 섞인 웃음을 터트렸다.

이제 아무런 걱정이 없었다. 폐하께서 어머니를 괴롭히지 않겠다고 약속했으니, 아침마다 어머니를 뵐 수 있겠지.

루디아가 리리카를 꼭 끌어안고 브린을 바라보았다.

"너는?"

"브린 솔이라 합니다, 마마. 리리카 황녀님의 시녀로 새로 임명되었습니다."

"솔 가문 사람이라."

어머니가 묘한 어투로 말해서 리리카는 고개를 들었다. 어머니는 미소를 지으며 브린을 바라보았고, 브린 역시 미소 지은 채로 살며시 시선을 내리깔고 있었다.

"좋겠지."

어머니는 그리 말하고 품속에서 의아한 듯 갸웃거리고 있는 제 딸을 바라보았다.

'정말이지.'

루디아는 웃음이 나왔다. 걱정과 동시에 딸이 자랑스러웠다.

그녀가 황후로서 자리를 잡을 때까지 리리카는 어쩔 수 없이 손님방에 묵게 하는 수밖에 없었다.

황제는 그런 것에 신경 쓰지 않으니 말이다. 그녀가 황궁 시녀장을 갈아치우고 내궁을 장악할 때까지는 리리카 주변의 시녀나 선생에게 간섭하지 못할 것이라 생각했다.

루디아, 하룻밤에 황후가 된 그녀를 인정하지 못한다는 핑계로 은근히 방해 공작을 거는 인간들이 가득하니 말이다.

그런데 리리는 직접 황제를 찾아가더니 제 손으로 제 자리를 쟁취해 오지 않았는가?

'하긴, 이렇게 귀여운데.'

황제도 빠질 수밖에 없겠지.

그녀는 속으로 코웃음을 쳤다. 우리 리리에게 손가락 하나라도 대기만 해 봐.

"어머니?"

말없이 웃기만 하는 자신을 보고 리리카가 고개를 갸웃했다.

그 모습이 제법 귀여웠다. 어쩜 이리 귀여울까. 그리고 난 왜 이걸 몰랐을까.

과거 자신의 어리석음을 후회하며 루디아는 두 배로 힘을 줘서 리리를 끌어안았다.

짜부라질 것 같은 기쁨 속에서 리리카는 킥킥 웃었다. 어머니가 그녀의 어깨를 감싸고 안으로 들어가 자리에 앉았다.

손짓에 따라 재빠르게 다과가 상에 놓였다.

"그래, 황제 폐하께 찾아갔었다면서?"

리리카는 그 말에 깜짝 놀라 어머니를 보았다. 설마 어머니가 벌써 알고 있을 줄은 몰랐다.

루디아가 빤히 제 딸을 바라보며 말했다.

"폐하께서 왔다 가셨단다."

"폐하께서요?"

"그래."

루디아는 한숨을 내쉬고 딸의 어깨를 끌어안았다.

"리리, 마음은 고맙지만 네가 위험을 무릅쓸 필요는 없어. 엄마는 소식을 듣고 얼마나 놀랐는지 몰라."

"하지만……."

리리카가 고개를 푹 숙였다. 어머니가 그런 자신을 꼭 끌어안고, 머리카락을 부드럽게 쓰다듬으며 말했다.

"알지, 리리가 엄마 걱정해서 그런 거. 하지만 엄마도 리리가 걱정되어서 하는 말이야. 앞으로는 폐하께 함부로 찾아가면 안 된다. 알았지?"

"네……."

루디아가 빙긋 웃고 딸의 이마에 입 맞췄다. 리리카가 작게 말했다.

"그래도 폐하가 나쁜 분 같지는 않았어요."

"그래서 위험한 거야."

루디아가 진지하게 말했다.

"조금 다정하고 상냥하게 대해줬다고 그대로 믿으면 안 돼. 알았니?

1장 별에게 소원을

그 새, 아니. 그분은 웃는 얼굴 그대로 목을 칠 수도 있는 분이니까."

리리카는 침을 꼴깍 삼키고 고개를 끄덕였다. 루디아가 굳은 표정을 풀었다.

"겁을 주려는 건 아니지만 조심하는 게 좋으니까. 그래도 고마워. 덕분에 몸은 이제 편해지겠어. 오늘 엄마랑 같이 잘래?"

"정말요?"

"그래. 오랜만에 같이 자자."

어머니의 말에 리리카는 환하게 웃었다. 차도, 과자도 전부 맛있었지만, 무엇보다도 어머니와 함께한다는 게 가장 기뻤다.

중간에 재단사가 찾아왔는데 새로운 스타일의 드레스 디자인을 가져왔다.

전부 아름다웠지만, 리리카는 살짝 아쉬웠다.

'버슬 스타일'이라고 명명된 드레스는 물론 예뻤다. 어머니도 앞으로는 "이 드레스가 사교계를 점령할 거예요." 하고 말했고 재단사는 웃으며 답했다.

"이미 점령하고 있지요."

하지만 리리카는 아무래도 공주님 드레스는 푹 퍼진 크레놀린 드레스가 아닐까 싶었다.

그런 이야기를 어머니께 할 수는 없었지만 말이다.

새로운 드레스를 가봉하는 어머니를 지켜보고, 같이 이야기도 하고, 파티 초대장을 새로 만드는 이야기를 하니 시간은 훌쩍 지나갔다.

밤에 잠옷을 입고 매끄럽고 푹신한 침대에서 어머니 품에 안겨 좋은 냄새를 맡으며 잠드는 건 무엇과도 비교할 수 없이 행복했다.

리리카는 오랜만에 늦잠을 잤다.

'분명히 어머니가 폐하를 찾아가지 말라고 하셨는데…….'

어쩐지 그날 이후로 매일매일 황제의 집무실에 불려가고 있었다. 가면 딱히 하는 일도 없었다.

간식이 나오고, 간식을 먹으면서 그냥 황제와 라트 그리고 종종 등장하는 탄의 이야기를 들을 뿐이었다.

어머니는 이 사태에 대해서 어이가 없어 하고, 황제와 말다툼을 한 것 같았지만, 결국 황제가 이긴 것 같았다.

매일매일 바뀌는 간식은 맛있었고, 슬슬 집무실 분위기에도 익숙해지고 있어서 리리카는 조금 느슨해졌다.

그때마다 어머니의 말을 떠올리며 정신을 다잡았다.

황제는 가끔 질문을 던졌는데, 리리카는 최대한 진지하게 대답했다.

그러면 어쩐지 탄은 시원하게 웃었고, 라트는 고개를 돌려 가볍게 기침을 하고는 했다.

알테어스는 요리사가 구운 휘낭시에를 야금야금 먹고 있는 리리카를 바라보다가 탄식했다.

"왜 안 자라지?"

라트가 무슨 소리냐는 얼굴로 고개를 들었다.

"갑자기 그게 무슨 말씀이십니까?"

"꼬맹이 말야. 분명히 이렇게 잘 먹이는데 왜 안 크지?"

"폐하, 아직 열흘도 되지 않았습니다."

"아틸은 맨날 크는 게 보였는데. 아무래도 무슨 병이라도 있는 거 아냐?"

"폐하. 황녀님은 타카르도 아니고, 바라트도 아니고 산다르도 아니고 울프도 아니고, 하여간 권족이 아닙니다."

리리카는 눈을 굴렸다. 그녀가 손을 번쩍 들어 올리자 알테에스가 물었다.

"왜?"

"저는 아무런 병도 없고 튼튼해요. 그리고 잘 자라고 있습니다. 브린이 그러는데 옷을 더 크게 맞춰도 될 거 같대요."

리리카가 조심스럽게 덧붙였다.

"그리고 저도 타카르예요."

양녀지만, 어쨌든 타카르였다.

리리카 나라 타카르.

그게 그녀의 새로운 이름 아닌가? 계약 황녀인 만큼 그녀는 '타카르'가 맞다고 주장해 보았다. 중요한 곳에서 물러서면 계약한 의미가 없지 않은가?

라트가 리리카의 말에 빙긋 웃었다.

"맞습니다. 황녀님도 타카르시지요."

"자라고 있다고? 일주일에 손가락 한마디씩은 자라야 하는 거 아냐?"

알테에스가 그렇게 말하며 빤히 리리카를 바라보았다. 이렇게 보면 확실히 처음 봤을 때보다 얼굴도 매끄러워지고, 덜 푸석해 보이긴

했다.

"그렇게 자라는 사람은 없지 않을까요. 그거야말로 병인 거 같은 걸요."

리리카의 말에 알테어스가 눈썹을 치켜올렸다가 씩 웃었다.

"난 그렇게 컸는데?"

"그야 폐하께서는 사람이 아니시잖아요."

농담처럼 던진 말인데 미묘한 분위기가 물결처럼 퍼졌다. 어른스러워져야 했던 아이는 부정적인 감정에 민감했다.

자신이 뭔가 잘못 말한 걸까? 사람이 아니라는 말은 굉장히 무례하게 들릴 수 있을 것 같았다.

"누가 그런 소리를 했지?"

알테어스가 가볍게 물었지만 리리카는 그런 게 아니라는 걸 알았다. 제대로 대답해야 한다. 리리카는 작게 말했다.

"브린이 그랬어요. 황족은 용의 후손이라고……. 그래서 폐하는 용과 같다고……."

순간 맥이 탁 풀린 알테어스가 한숨을 팍 내쉬었다. 라트가 말했다.

"황녀님의 말씀이 맞습니다. 그렇지만 사람이 아니라는 말은 오해의 소지가 있으니 하지 않는 게 좋겠네요."

"뭐 어때. 다들 그렇게 생각하는 거 아닌가."

알테어스가 코웃음을 쳤다. 리리카가 얼른 말했다.

"전 굉장히 멋있다고 생각했어요! 진짜로 멋지다고요."

브린이 방 이름에 대해서 설명해 줄 때, 리리카가 "그럼 폐하의 방은 뭐라고 해?" 하고 묻자 브린이 웃으며 답했다.

"폐하의 방에는 용의 이름이 붙지 않습니다. 폐하, 바로 그분이 용이 시니까요."

그 이야기에 얼마나 감탄했던가. 꼭 옛날이야기 같다고 생각했다.

그 감동을 황제에게 전하고 싶어서 리리카는 애썼다.

리리카의 말에 알테어스는 손을 까닥했다. 이제 저 손짓이 가까이 오라는 뜻이라는 걸 알아 리리카는 쪼르르 그의 앞으로 향했다.

알테어스는 그게 재미있다고 생각했다.

그가 손 한번 까닥하면 죽을 텐데, 겁도 없이 다가온다.

아니, 아예 겁이 없는 게 아니다.

그가 충분히 위협적인 존재라는 걸 인지하고 있으면서도 그가 자신을 해치지 않을 거라고 믿고 이렇게 쪼르르 달려오는 걸 보면 어쩐지 그 신뢰를 무너트리고 싶지 않은 마음이 들었다.

그가 리리카를 번쩍 안아 들어서 무릎에 올렸다. 이제 익숙해져서 예전보다 자세가 훨씬 나아졌다.

어린아이의 심장은 훨씬 빠르게 뛰고, 소리는 작다. 체온은 높고, 몸은 놀랄 정도로 가볍다.

정면으로 자신을 바라보는 사람이 적은데, 이렇게 있으면 리리카는 똑바로 자신을 바라보고는 했다.

'루디아도 똑같지.'

자신에게 계약결혼을 제시한 루디아도 이렇게 똑바로 자신을 바라보았다.

황태자인 아틸이 황제가 될 때까지 그는 그녀의 든든한 뒷배가 되어 줄 것이다.

제국의 황후로서 모든 일을 할 수 있도록 말이다. 하지만 황제가 할 수 있는 일은 한계가 있고, 사교계는 완전히 다른 전쟁터다. 그녀가 사교계의 여우와 꽃, 뱀과 늑대를 다룰 수 있을까.

지금까지는 기대 이상으로 잘해 주고 있다.

그런데 그런 어머니에 비하면…… 딸은 뭐라고 해야 할까?

'한 번도 본 적 없는 타입인데.'

궁정에서는 보기 힘든 유형의 인간이라 흥미로웠다.

"폐하?"

고개를 갸웃하며 리리카가 그를 조심스럽게 부르자 알테어스는 히죽 웃었다.

"왜 폐하야?"

"네?"

"아바마마 아닌가?"

"네에?"

"맞잖아."

"그게, 네……, 그렇죠?"

"그럼?"

자, 이제 불러 봐.

그리 말하는 알테어스를 보고 리리카는 이리저리 시선을 굴렸다. 라트는 흥미진진하게 이 상황을 지켜보고 있었다.

"그게, 그러니까……."

머리가 빙글빙글 돌아가기 시작했다. 황제는 무섭지만 좋은 사람이다. 하지만 그렇다고 아바마마라고 불러도 되는 걸까?

일일 뿐인데?

일이니까 그렇게 불러야 하는 건가?

건방지다는 이야기를 듣지 않을까.

리리카는 머릿속으로 단어를 굴렸다.

아버지. 아바마마.

그녀에게 아버지는 꿈속의 무언가였다. 그런데 눈앞에 있는 이 사람이 적어도 8년 동안은 그녀의 아버지가 된다.

현실에 존재하는.

그 생각을 하니 어째서인지 눈물이 먼저 주르륵 흘렀다. 리리카는 깜짝 놀라서 제 뺨을 두들겼다.

'이렇게 우는 아이를 좋아하는 어른은 없어.'

"죄, 죄송해요. 죄송해요."

"하지 마."

알테어스가 그녀의 양손을 잡았다. 때릴 데가 어디 있다고 스스로 때린단 말인가.

"죄송해요, 죄송—"

"아니, 네 어머니랑 결혼했다고 내가 마음대로 아버지가 되는 건 아닌데, 그렇게 강요했으니 내가 잘못했지."

알테어스는 그렇게 말하고 라트에게 손을 내밀었다.

"손수건."

라트는 말없이 제 깨끗한 손수건을 건네주었다. 알테어스가 리리카의 얼굴을 닦아 주며 말했다.

"괜찮아. 네가 잘못한 건 없어. 널 울린 걸 알면 네 어머니가 또 한바탕 난리 칠 텐데."

그가 한숨을 내쉬자 리리카는 저도 모르게 웃었다. 이러니저러니 해도 어머니와 황제의 사이가 좋아 보여서 다행이었다.

"자, 흥."

코까지 풀라고 하는 말에 리리카의 얼굴이 새빨개졌다. 라트가 말했다.

"부끄러워하니까 그만두시죠."

"제, 제가 닦을게요."

알테어스 손에서 손수건을 받아들여 리리카는 눈물 콧물을 훔쳤다. 알테어스가 거칠게 그녀의 머리를 쓰다듬었다.

거칠지만 배려가 담긴 손길이라는 걸 알아서, 리리카는 웃어 보였다. 리리카 손에서 손수건을 빼앗아 라트에게 던지고 알테어스가 말했다.

"자, 그럼 업무를 볼까."

리리카를 무릎에 앉힌 채로 그가 책상으로 의자를 돌렸다.

그는 더 이상 '아바마마'라 부르라고 추궁하지 않을 모양새였다. 리리카는 어쩐지 그게 아쉬워서 입 안으로 '아바마마'라는 단어를 굴리며 몸을 꼼지락거렸다.

무섭던 황제 폐하가 갑자기 더욱 가깝게 느껴졌다.

'아바마마, 아바마마.'

나중에 다시 부르라고 해 주시지 않으려나?

속이 간질간질하면서도 뭔가 부끄러워서 혼자 몸을 꼬다가 리리카는 깜짝 놀랐다.

'더러워!'

1장 별에게 소원을 65

서류 때문에 가려서 몰랐는데, 잉크병 입구에는 잉크가 덕지덕지 묻어 있었다. 펜촉도 마구 굴러다니고, 구겨진 종이도 가득했다.

아바마, 아니, 폐하의 책상이 이렇게 더러운 걸 참을 수가 없었다. 그녀는 황제에게 뭔가 해 주고 싶어졌다.

리리카가 조심스럽게 말했다.

"저기, 폐하."

"왜?"

"잉크병 제가 닦아 드려도 될까요?"

"잉크병?"

"입구에 잉크가 말라붙어 있는걸요. 따뜻한 물로 닦아내면 훨씬 깔끔해질 거예요."

리리카가 그의 잉크병을 가리키며 말했다. 라트가 미간을 찌푸리며 뭐라고 하려는데 알테어스가 순순히 허락했다.

"좋아."

"폐하!"

"뭐 어때? 누가 왔다 갔다 하는 게 싫어서 하는 말인데. 리리카, 네가 원하는 대로 사람을 써도 되니까 집무실 편히 정리해."

알테어스의 말에 라트는 이마를 손바닥으로 꾹 눌렀다. 선심 쓰듯 말하지만 사실은 부려먹겠다는 것이나 다름없었다.

어린아이가 집무실을 정리한답시고 돌아다니는 생각만 해도 어지러웠다.

일이 더 늘어날 가능성이 더 높았다.

안 그래도 알테어스는 사람이 많은 게 싫다며 옆에 재상인 라트, 간혹 탄 정도만 집무실에 상시출입이 가능하도록 했다.

그러니 재상인 라트가 시종이 해야 할 서류 정리 업무까지 하고 있는 와중인데 거기에 일이 더 늘어난다고 생각하니 어지러웠다.

리리카는 얼른 시종을 불러서 따뜻한 물과 천을, 자루와 발 디딤판을 가져오게 했다. 사람 부리는 게 이제 제법 익숙해 보였다.

그녀는 잉크병을 깨끗하게 닦아 내고, 이리저리 움직이며 사무실을 정리하기 시작했다.

쓰레기는 자루에 넣어서 한 번에 밖으로 내 두고 처리된 서류와 아닌 서류를 분리하는 정도로 정리했다.

놀랍게도 리리카는 글자를 읽을 줄 아는 것 같았다.

라트가 물어보니 얼굴이 빨개져서 "다 아는 건 아니야." 하고 작게 말했다.

그 외에도 새로운 종이도 보충하는 등 라트의 생각보다 훨씬 바지런히 움직이고 있었다.

중간에 들어온 탄은 금방 집무실이 난잡함에서 벗어난 걸 눈치챘다.

"황녀님 덕분에 집무실이 깔끔해졌네요."

그는 훌륭하다고 칭찬을 늘어놓더니 알록달록한 사탕이 가득 담긴 유리병을 주고 갔다.

리리카는 기뻐하며 사탕을 알테어스와 라트에게 나눠 주고 나중에 브린에게도 나눠 주었다.

"어머? 울프 경이요?"

브린은 유리병에 든 사탕을 바라보며 되물었다. 리리카가 고개를 끄덕였다. 그녀는 소중히 유리병을 양손으로 감싸 들어 올렸다. 유리병도,

안에 든 색색의 사탕도 아름다운데 심지어 달콤하기까지 했다.

"그런데 울프 경이라고 하면 너무 많지 않아? 그리고 나는 이름에다가 경을 붙인다고 알고 있는데, 틀린 건가?"

리리카의 질문에 브린이 킥킥 웃으며 말했다.

"그렇지요. 하지만 울프 경의 대명사는 탄 울프 경이니 괜찮지 않을까요."

그녀는 리리카가 하사해 준 사탕을 입 안에서 굴리며 단맛을 만끽했다.

솔가(家)는 대대로 황족을 섬기는 가문으로, 타카르를 섬기는 일에 무한한 자부심을 가지고 있는 가문이었다.

그러니 솔 가문의 직계인 '브린 솔'을 황녀의 시녀로 붙였다면 그건 양녀를 진짜 황족과 같이 대접하겠다는 말과 다름없었다.

물론 솔 가문 내에서는 '진짜 타카르도 아닌 아이'에게 브린을 붙였다고 분개하는 자도 있었다. 브린은 그 말이야말로 우습다고 생각했다.

황제의 명이다. 타카르의 명이라면, 상대가 타카르가 아니더라도 타카르처럼 섬겨야 한다.

게다가 황제의 성격상 수틀리면 솔 가문도 전부 밀어 버릴 텐데, 그걸 모르는 걸까.

브린은 진짜 타카르보다 이 황녀님이 훨씬 더 마음에 들었다. 그녀의 손위 형제인 브란은 황태자의 시종인데 벌써 위장약을 달고 살지 않는가?

괴물 천지인 이 궁 안에서 평범해서 오히려 더 눈에 띄는 것도 마음에 들었다.

그때 황녀님이 사탕 병을 들여다보다 진지하게 물었다.

"저기, 브린."

"네, 황녀님."

"나 안 자라는 거 같아?"

은근히 알테어스의 말이 신경 쓰이는 리리카였다.

브린은 그 말에 갸웃하고 물었다.

"아뇨, 잘 자라고 있으신데요. 무슨 이야기를 들으셨나요?"

"사실은—"

리리카가 알테어스와 라트가 나눈 대화를 들려주자 브린이 쿡쿡 웃고 말했다.

"황녀님, 제가 재미있는 이야기 하나 들려 드릴까요?"

"브린의 이야기는 뭐든 좋아."

리리카의 말에 브린이 화사하게 웃는 낯으로 이야기를 시작했다.

"폐하께서, 그러니까 타카르 가문이 용의 후손이라는 건 제가 이야기했지요?"

"응."

"건국 이야기를 좀 더 해 볼까요? 옛날 사람들은 아주 위대한 마법사였다고 해요. 생각하는 대로 뭐든 할 수 있었죠. 신께서 '의지'를 좋은 곳에 사용하라고 하셨지만, 사람들은 그렇지 않았어요. 분란이 일어나 인간이 사는 대륙은 부서져 가라앉고 말았습니다."

리리카는 귀를 쫑긋 세웠다. 처음 듣는 이야기였다. 빈민가에 있으면 들리는 건 욕설과 돈 이야기뿐, 이런 옛날이야기를 들은 기회는 없다.

"하지만 몇몇 사람들은 신의 명령을 듣고 산꼭대기에 배를 만들었지요. 대륙이 부서져 가라앉는 순간 용이 날아와 배를 붙잡고 날아올랐습니다. 그렇게 배에 탄 사람들은 살아남았어요. 그리고 그 사람들은 지금 저희가 있는 이 땅으로 넘어왔죠."

브린의 목소리가 낮아지며 으스스해졌다.

"그때 이 땅은 어두컴컴한 숲과 늪지대로 덮여 있었고 온갖 괴물들이 살고 있었습니다. 용과 인간은 터전을 잡고 괴물들과 싸워 가며 나라를 개척했지요."

"그 용이 타카르야?"

불쑥 리리카가 질문해 브린이 고개를 끄덕였다.

"맞아요. 용은 인간의 모습으로 변해서 사람들을 이끌었다고 해요. 그렇게 나라가 넓어지자 몇몇 지성 있는 괴물들은 자기들도 함께하게 해 달라고 용에게 부탁했습니다."

브린이 제 손을 높이 들어 올리며 말했다.

"그중에는 이렇게 큰 늑대도 있었지요. 그들의 후손이 울프 가문이라고 해요. 아름드리나무만큼 굵고 커다란 뱀도 있는데, 그들의 후손이 산다르라고 하지요."

리리카는 눈을 동그랗게 떴다. 그러니까 라트의 조상님이 뱀이고 탄의 조상님은 늑대라는 이야기인 거지?

브린이 이야기를 마무리했다.

"용이 그들을 인간의 모습으로 만들어 주었고, 그들은 용에게 충성을 맹세했대요. 만약 용을 거스르면 본래의 모습으로 돌아가 버린다고 해요. 그래서 높으신 귀족 분들의 문장을 보면 동물인 경우가 많아요."

이어 약간 질린 얼굴로 그녀가 소곤거리듯 말했다.

"그리고 정말 그걸 증명하는 것처럼 다들 하나같이 튼튼하시고, 으음, 또 튼튼하시지요."

"그렇구나."

리리카는 긴 숨을 토해냈다. 어두운 밤 모닥불 가에서 듣는다면 훨씬 더 흥미진진했겠지만 지금 이야기도 너무 재미있었다.

'그렇구나. 라트가 뱀이고 탄이 늑대. 어울려. 사이가 안 좋은 것도 이해되네.'

"그러니 황녀님은 잘 자라고 계세요. 그분들이 지나치게 잘 자라는 것뿐이지요."

"응."

리리카가 고개를 힘차게 끄덕였다. 그녀가 이어 물었다.

"그럼 브린의 가문도 그런 이야기가 있어?"

"네, 저희는 갈까마귀였다고 해요. 영리하고 똑똑해서 시종으로 곁에 두셨지요."

브린의 말에 리리카는 그렇구나, 하고 웃었다. 어쩐지 브린의 머리띠가 언제나 반짝거렸던 게 이해가 간다.

'브린이 나보다 황궁에 대해서 훨씬 많이 아는구나.'

당연히 그럴 것이라 생각했지만, 이런 이야기를 들을 때마다 새삼스럽게 깨닫는다.

'하지만 잘 몰라서는 일을 할 수가 없는데.'

계약 황녀. 계약 딸.

어머니의 '계약 황후'에 부가적으로 딸려온 일이고 계약서에는 쓰여 있지 않다 해도 리리카의 자존심이 달린 일이었다.

리리카는 어떻게든 이 계약을 훌륭하게 마무리 짓고 싶었다. 그래야 계약을 끝내고 어머니와 정원 딸린 집으로 이사할 때 뿌듯할 것 같았다.

그러니까 정보가 필요했다.

훌륭한 황녀님이 될 수 있는 정보가.

"브린."

"네, 황녀님."

"이리 앉아 봐."

리리카가 제 옆자리를 툭툭 두들겼다. 브린은 "황송합니다." 하고는 가볍게 소파에 앉았다.

"나 훌륭한 황녀가 되고 싶어."

어차피 황녀가 될 거라면, 그저 그런 황녀보다는 훌륭한 황녀가 더 낫지 않겠어?

리리카가 덧붙인 말에 브린은 진지하게 "그렇지요." 하고 고개를 끄덕였다.

리리카가 말했다.

"그런데 황궁에 대해서는 아는 게 아무것도 없거든. 귀족에 대해서도 그렇고 무엇보다도 황족에 대해서는 정말 아무것도 몰라. 브린은 오랫동안 황족을 섬겨 왔으니까 나보다 훨씬 더 잘 알잖아."

리리카가 브린의 손을 꼭 잡고 최대한 똘망똘망한 표정을 지으며 말했다.

"그러니 이제 브린이 날 도와주지 않을래?"

"어머나……."

브린이 열이 오른 얼굴로 가느다란 한숨을 내쉬었다.

오랫동안 타카르를 섬겨온 솔 일족으로서 타카르에게 이런 말을 듣게 될 거라고는 상상도 하지 못했다.

뼛속 깊이 새겨진 솔 가문의 피가 들끓어 올랐다.

"물론입니다. 황녀님. 저 브린 솔이 전심전력으로 황녀님을 돕겠습니다. 맡겨 주세요."

"고마워, 브린!"

브린이 반짝이는 리리카의 눈동자를 보고 물었다.

"그래서 가장 먼저 뭘 알고 싶으세요?"

"황궁."

"궁이요?"

의외인 듯 브린이 갸웃했다. 리리카가 말했다.

"이제부터 여기가 내 집이잖아. 그런데 아직까지도 구조를 잘 모르고 있는 건 안 돼. 누가 살고 있는지도 모르고."

어떤 집에 가서 무슨 일을 하려 해도 그 집의 구조를 파악하는 게 우선이다.

동선을 파악하고 사람들을 파악해야 한다. 그다음에야 그 안에서 자유롭게 움직이면서 일을 할 수 있다.

브린이 활짝 웃었다.

"알겠습니다. 저만 믿으세요."

다음날 브린이 긴 통에 소중히 넣어서 온 것은 황궁 평면도였다. 비밀 통로까지 꼼꼼하게 표시되어 있는 물건을 가지고 있는 게 알려졌다가는 목이 달아나겠지만, 리리카는 그저 신기하기만 했다.

"이렇게나 방이 많은 거야? 굉장하다. 이 통로는 뭐야?"

"그건 하인용 통로예요. 저런 하인용 문들과 이어져 있지요."

"하인용 통로가 따로 있구나? 몰랐어. 그럼 이건?"

"그건 비밀 탈출로랍니다."

"비밀 탈출로인데 이렇게 그려놔도 되는 거야?"

"보통은 안 되지요."

브린이 태연히 대답했다.

"하지만 솔 가문은 황실과 인연이 깊으니까요."

"역시 브린에게 부탁하길 잘했어."

"후후."

브린이 가볍게 웃어 보인 후에 다시 평면도를 돌돌 말아 넣고 말했다.

"대충 머릿속에 구조를 넣으셨으면 이제 직접 걸어 다녀 봐요. 귀찮아도 자신의 발로 걷는 게 최고랍니다."

"응, 전혀 귀찮지 않아."

방 안에만 있는 것도 지겨운 일이라 리리카는 얼른 의자에서 뛰어내렸다.

리리카는 브린과 함께 성안 구석구석을 돌아다녔다. 종종 병사들에 의해 출입이 막힌 공간이 보였다.

그때마다 브린의 눈이 가늘어졌으나 아쉬움을 달래며 돌아서야 했다.

태양궁만 해도 어마어마한 넓이를 자랑했기 때문에 돌아보는 게 쉽지 않았다.

게다가 활발히 돌아다니니, 만나는 사람마다 복도 쪽으로 물러나며 리리카에게 허리를 숙여 절하는 것에 익숙해질 수밖에 없었다.

"황녀님."

"라트!"

익숙한 얼굴을 본 리리카는 반갑게 인사했다. 인사한 라트가 고개를 들고 물었다.

"바빠 보이시는군요."

"궁의 구조를 파악하려고 돌아다니고 있어."

"구조를요?"

"응, 내 집인데 알아야 할 거 같아서."

"맞는 말입니다."

라트가 그렇게 말하고는 빙긋 웃었다.

"혹시 들어갈 수 없는 곳도 있지 않으십니까?"

"아! 응. 병사들이 막아선 곳이 있었어."

"저런."

라트가 차갑게 웃고는 리리카에게 상냥하게 말했다.

"근위 기사단실에 가면 탄이 있을 겁니다. 그에게 이야기하고 기사를 붙여 달라고 하세요."

"응."

"황녀님의 성은 뭐지요?"

"타카르."

"네, 그걸 잊지 마십시오."

라트가 허리를 펴며 브린을 바라본 후에 말했다.

"솔 가문의 조력을 얻다니 훌륭하십니다."

브린이 빙긋 웃었다. 라트가 리리카에게 먼저 실례하겠다는 인사를 하고 리리카가 허락하자 빠른 걸음으로 회랑을 걸어 사라졌다.

리리카가 브린을 돌아보며 물었다.

"근위 기사단실이 어디 있는지 알아?"

"물론이죠."

브린은 경쾌한 걸음걸이로 걷기 시작했고, 리리카도 그녀를 따라 걸었다.

태양궁과 하늘궁 사이에는 상당한 거리가 있고, 그 양쪽에 다시 작은 건물들이 있는데 근위 기사단실은 그중 하나였다.

뒤쪽으로 넓은 연무장을 갖추고 있는 기사단 건물 앞을 기사들이 지키고 서 있었다.

다들 삼삼오오 모여서 잡담을 나누고 있는데 한 사람만 동떨어져서 열심히 문 앞을 지키고 서 있었다. 그 사람이 낯익어 리리카는 눈을 동그랗게 떴다.

"라우브 경."

라우브는 마주 인사했다.

"황녀님을 뵙습니다. 여기까지는 무슨 일로 오셨습니까?"

"탄을 만나러 왔어."

"울프 기사단장님은 안에 계십니다."

리리카가 안으로 들어서자 "황녀님을 뵙습니다!" 하는 우렁찬 목소리가 들렸다.

리리카는 놀라 굳었다가 간신히 대답했다.

"나도 만나서 반가워."

어쩐지 모두가 초롱초롱한 눈으로 이쪽을 보고 있었다. 리리카는 허리를 쭉 폈다.

다들 키가 무척 커서 조금이라도 더 크게 보이고 싶었다. 까치발이라도 들고 싶었지만, 치마가 짧아 까치발을 하면 티가 날 터였다.

그래도 아주 살짝, 티가 나지 않을 정도만 뒤꿈치를 들었다.

"엥? 황녀님? 여기까지는 무슨 일이십니까?"

밖이 소란스러워지자 안에서 후다닥 탄이 달려 나왔다. 안쪽에서 "단장님, 제발 서류—!" 하는 비통한 외침이 흘러나왔다.

"할 이야기가 있어서 왔어. 아까 라트를 만났는데—"

리리카는 불현듯 말을 멈췄다. 이렇게 많은 사람 앞에서 해도 되는 이야기일까, 하는 염려 때문이었다.

탄이 머뭇거리는 리리카를 보고 알겠다는 듯 고개를 끄덕였다.

"잠시 실례하지요."

그가 그녀를 번쩍 안아 들었다. 리리카가 놀라 작게 소리를 질렀다. 탄이 그녀에게 고개를 돌려 보이며 말했다.

"자, 이러면 귓속말이 가능하죠? 그러니까 거기 시녀는 무기를 넣어도 괜찮아. 늑대 사이에서 그런 거 꺼내면 죽어."

놀라 돌아보니 브린이 언제 꺼냈는지 모를 단검을 들고 서 있었다. 주변 기사들이 팽팽한 시선으로 그녀를 바라보고 있다.

그중 몇몇 기사들이 동공이 작아지는 게 보였다. 리리카는 '진짜 늑대 같아.' 생각하고 재빨리 말했다.

"브린, 괜찮아."

"함부로 황녀님의 귀체에 손을 대면 안 됩니다."

브린이 날카롭게 말하고 단검을 도로 넣었는데, 어디에 어떻게 넣었는지도 리리카는 알 수가 없었다.

브린이 어깨를 으쓱했다.

"그러니까 실례한다고 했잖아. 그리고 우리의 우정에 이 정도쯤이야 괜찮지 않습니까?"

"우정?"

리리카가 놀라 눈을 동그랗게 뜨자 탄이 멋쩍은 얼굴을 했다.

"아닙니까?"

"아냐, 그럼 기뻐. 엄청 기뻐."

리리카가 밝은 얼굴로 환하게 웃으며 말했다. 탄은 '귀여워라.' 하고 다시 제 귀를 들이댔다.

"그래서요?"

"있지—"

주변을 둘러보고 리리카가 그의 귀에 작게 소곤거렸다. 귀가 좋은 늑대 일족에게야 전부 들리는 이야기였지만 형식이 중요한 거 아니겠는가.

"그래서 기사를 빌려 달라고 온 거야."

리리카의 말에 탄이 턱을 가볍게 문지르고 웃었다.

"제가 가죠."

리리카가 얼빠진 목소리를 냈다.

"어?"

"제가 가지요."

"하지만……."

"뭔가 문제라도 있으신가요?"

리리카가 단장실 문가에 퀭한 얼굴로 서 있는 문관을 바라보았다. 리리카의 시선을 따라 시선을 돌린 탄이 엄하게 말했다.

"황가의 일이 먼저라는 걸 알고 있겠지."

문관은 한숨을 푹 내쉬고 고개를 숙였다.

"다녀오십시오, 단장님."

"음."

근엄하게 고개를 끄덕이고 탄은 그녀를 한쪽 팔로 가볍게 안아 든 채 근위 기사단실을 나왔다.

리리카가 작게 말했다.

"안 된다고 그럴 줄 알았는데."

"하하."

탄은 소리 내 웃고 리리카에게 말했다.

"황녀님, 황녀님께서 고개를 숙일 상대가 몇 명이라고 배우셨지요?"

"세 명."

리리카가 손가락을 셋 펼쳐 보였다. 탄이 진지하게 고개를 끄덕였다.

"맞습니다. 황녀님. 폐하의 명령은 용언(龍言)이라고 합니다. 용언은 이 제국 안에서 절대적입니다. 폐하께서 허수아비를 세워두고 타카르라고 한다고 해도, 제국의 귀족들은 전부 그 앞에 절해야 한다는 이야기지요."

리리카는 눈을 휘둥그레 떴다. 물론 그동안 열심히 '나는 황녀다. 나는 황녀다.' 하고 마음속 주문을 외웠지만 그렇게 대단하다고 생각해 본 적은 없었다.

물론 폐하는 대단하고 어머니도 굉장하지만.

자신은 그렇다고 생각하지 못했다. 리리카는 갑자기 눈이 뜨이는 기분이었다.

"폐하께서는 정식으로 리리카 님을 딸로 입적하셨습니다. 그 말은 리리카 님께서 타카르 제국에 유일무이한 황녀님이라는 뜻이지요."

뒤에서 브린이 고개를 끄덕끄덕했다.

리리카의 안에서 온갖 부정적인 말들이 나오려 했다.

탄은 모르겠지만, 나는 계약 황녀고, 잠깐뿐이고, 양녀인데…….

바닥으로 떨어지는 시선을 탄이 부드럽게 위로 들어 올렸다. 그가 장난스럽게 눈을 찡긋해 보였다.

"턱짓으로 제국의 근위 기사단장을 부리는 황녀님이시지요."

"어어?"

당황해 이상한 소리가 나왔지만 탄은 큰소리로 웃을 뿐이었다. 걸어 올 때는 그렇게 멀던 거리가 탄이 걷자 순식간에 줄어들었다.

그는 가벼운 목소리로 아무렇지도 않게 말했다.

"현존하는 타카르는 넷뿐입니다. 폐하와 황후마마 그리고 황태자 전하와 황녀님이십니다. 한 마디로 지금 황녀님께서는 황위 계승 서열 2위시라는 말이지요."

그건 리리카의 인지를 뛰어넘은 말이라, 그다지 실감도 나지 않았다.

리리카가 말했다.

"응, 뭐, 그렇지만 어차피 전하께서 이으실 거니까 상관없지 않아?"

탄이 고개를 끄덕였다.

"그렇지요. 제 말은 황녀님께서는 그만큼 높은 분이라는 말입니다."

태양궁 입구에 도착해 탄이 물었다.

"그래서, 어디서 길이 막히셨습니까?"

"제가 안내해도 될까요?"

브린이 생글생글 웃는 얼굴로 말해 탄이 고개를 끄덕였다. 브린이 말했다.

"현장을 잡는 게 어떤가요?"

탄은 그 말에 멈칫했다가 히죽 웃었다. 그가 리리카를 내려놓으며 말했다.

"그럼 잡아 볼까요?"

자, 저는 이쪽에 숨어 있을 테니 어서 가세요, 하고 그가 양손으로 손짓해 보여서 리리카는 상황을 파악했다.

그녀는 헛기침을 하고 당당하게, 그러나 남이 보기에는 좀 뻣뻣해진 걸음걸이로 걷기 시작했다.

병사가 다시 앞을 가로막았다.

"여기를 나는 못 가는 건가?"

누가 들어도 삐걱거리는 목소리였다. 병사가 눈을 찌푸리고 말했다.

"못 지나가십니다."

움찔했지만 등 뒤에 브린과 탄이 있다고 생각하니 물러서지 않을 수 있었다.

무기를 든 커다란 남자에게 목소리를 높이는 건 매우 많은 힘이 필요했다.

"어째서 못 가는 거지?"

"폐하의 명령입니다."

"아……."

폐하께서 그렇게 명령하셨으면 어쩔 수 없는 거 아닌가?

리리카가 그런 눈으로 브린을 돌아보았고, 브린의 미소는 더 짙어졌다.

그녀가 입을 열었다.

"폐하의 명령이 구체적으로 황녀님께서 이곳을 지나가는 걸 막는 것인가요?"

병사가 창의 물미로 바닥을 한 번 쾅 찧었다.

"하여간 안 됩니다!"

"뭐가 안 돼?"

등 뒤에서 낮고 으스스한 목소리가 들렸다. 리리카는 깜짝 놀라 등 뒤를 돌아보았다. 브린은 꼼짝하지 않고 앞만 보고 있었다.

탄의 얼굴에는 평소 같은 장난기 서린 표정이 싹 사라지고 육식동물 특유의 무표정함이 자리 잡았다.

병사는 놀라 숨을 삼켰다.

"말해 봐, 뭐가 안 되는데?"

탄이 느릿하게 다가오는데도 압박감이 느껴졌다. 병사의 얼굴이 점점 희게 변했다.

어느새 바로 앞까지 다가온 탄은 병사의 손에서 창을 빼앗아 들었다.

"관등성명."

창대를 살피던 탄이 별 어려움 없이 창대를 잡고 구부리기 시작했다.

병사가 빠르게 대답했다.

"제1근위병대 1급 병사 존 엔더스입니다."

"그래, 엔더스, 그래서 뭐가 안 되는데?"

"그, 그것이……."

"알지, 태양궁 안쪽은 권족이라도 출입증 등급에 따라서 출입할 수 있느냐가 다르니까. 하지만. 황족에게 그 등급이 필요하던가?"

"아닙니다."

"측근 시녀 표식을 알아보지 못하나?"

"아닙니다."

"측근 시녀를 거느리고 있는 건 황족이라는 기본을 모르나?"

"아닙니다."

식은땀을 줄줄 흘리며 병사는 빠르게 대답했다. 탄은 그사이에 구부린 창대를 빙글빙글 꼬아서 꽈배기를 만들었다.

"그럼 가서 상급자를 데려와."

탄이 구부러진 창대를 그에게 돌려주며 말했다.

병사는 부들부들 떨리는 손으로 꽈배기가 된 창대를 붙잡고 걷기 시작했다. 저러다가 쓰러지면 어쩌나 싶은 걸음걸이였다. 탄은 비딱하게 그걸 바라보았다.

황녀님의 길 앞을 가로막았다는 것도 기가 차는데, 인상을 쓰지 않나, 창대로 바닥을 쳐서 위협하지 않나.

어린 것들을 소중히 여기는 울프가에서는 있을 수 없는 일이었다.

탄은 환멸감을 느꼈다.

아무리 양녀라고 해도 리리카는 적법한 황녀다. 감히 일개 병사 따위가 앞을 가로막을 상대가 아니었다.

'반발은 예상했지만, 이런 곳에서 어린애에게. 그것도 고작 1급 병사가.'

탄이 빙긋 웃고 리리카에게 말했다.

"그럼 황녀님은 편히 가 보셔도 됩니다. 여기서부터는 제가 처리하지요."

처리하는 모습을 보여 줄 필요는 없으니까.

리리카는 그의 말에 은근히 걱정되었다. 싸움이라면 혼자보다는 여럿이 있는 게 그래도 든든하지 않을까?

"혼자서 괜찮아? 내가 같이 있어 줘도 돼."

탄은 그 말에 눈을 깜박였다. 그로서는 참 오랜만에 듣는 말이었다. 그 안에 담긴 배려가 상당히 즐거웠다.

혹여나 하고 리리카가 덧붙였다.

"물론 탄이 혼자서 잘할 수 있는 건 알지만, 그래도……."

"무서우면 폐하께 이르러 갈 테니 걱정하지 마세요."

탄이 눈을 찡긋했다.

"이르러 올 필요 없어."

리리카가 놀라 뒤를 돌아보았다. 언제 왔는지도 모르게 황제가 서 있었다. 그 뒤에 라트가 리리카를 향해 살며시 눈인사를 해 보였다.

"폐하를 뵙습니다."

리리카가 얼른 인사하고, 탄도 하는 둥 마는 둥 인사한 후에 탄식했다.

"저는 병사를 혼내 주려고 했지, 명복을 빌어 주려고 여기 온 게 아닌데요."

"재미있지 않아? 일개 병사가 무슨 배짱으로 이런 짓을 하는지 말이야. 상당한 뒷배가 있는 게 아닐까?"

알테어스는 그렇게 말하며 리리카를 바라보다가 이마를 손으로 꾹 눌렀다.

"!!"

이번에도 좀 휘청했지만 그래도 넘어지지는 않았다. 리리카가 의기양양하게 버티고 서자 알테어스가 픽 웃었다.

"너는 타카르야. 그건 네가 어떤 인간인지, 무얼 가졌는지, 가지지 못했는지, 가치 있는지, 없는지 그것과는 전혀 상관없어. 내가 널 딸로 삼았다. 그럼 만인은 네 앞에 무릎을 꿇어야 마땅해. 그렇지 않으면 날 거역하는 거다."

라트가 탄에게 물었다.

"누구였어?"

"제1근위병대, 1급 병사. 존 엔더스."

탄의 대답에 라트가 기분 좋게 웃었다.

"예상 범위 내라는 건 참 즐겁네요, 폐하. 그럼 황녀님. 마음껏 태양궁을 즐겨 주세요. 이곳은 저희에게 맡기시면 됩니다."

리리카는 물끄러미 라트를 바라보았다. 역시 재상은 착하다고 되는 건 아닌 듯했다.

"응. 알았어. 그럼 전 이만 물러날게요."

리리카는 인사하고 브린과 함께 안쪽으로 들어갔다. 그 뒤로는 막힘이 없었다.

병사들이 가로막았던 곳으로 브린과 함께 가니 아까와는 다른 병사가 극진한 태도로 리리카를 대했다.

'경례 받았어.'

병사 앞을 지나서 리리카가 브린에게 작게 말했다.

"엄청 빠르게 소식이 전해졌나 봐."

브린이 쿡쿡 웃었다.

"당연하죠. 황녀님의 일이니까요. 황실의 일에 민감하지 않은 사람은 없답니다."

브린이 장난스럽게 덧붙였다.

"그래서 권력의 맛은 어떠신가요, 황녀님."

권력의 맛.

생각도 못 한 단어에 리리카는 눈을 휘둥그레 떴다. 브린과 태양궁을 돌아보는 내내 그 단어가 머릿속을 맴돌았다.

'권력의 맛.'

방으로 돌아와, 리리카는 간식으로 들어온 애플파이를 빤히 바라보았다. 이것도 황녀가 되지 않았다면 먹지 못했겠지?

'권력의 맛.'

푹신한 침대에서 누워서도 그 생각이 들었다. 푹신한 침대의 감각도 황녀가 아니었으면 못 느꼈겠지?

'이게 권력의 맛인가!'

집무실에서 리리카가 라트에게 그 이야기를 하자, 서류를 보던 라트가 빙긋 웃었다.

"황녀님, 그건 권력보다는 돈의 맛인 거 같습니다."

리리카가 고개를 갸웃했다. 라트의 말을 듣고 보니 그 말도 그럴듯했다.

"권력은 얼마나 제멋대로 굴 수 있느냐지."

알테우스가 그렇게 말하며 서류를 아무렇게나 바닥에 던졌다. 리리카가 쪼르르 달려가서 그 서류를 줍자, 알테우스는 책상에 있던 다른 서류도 던졌다.

리리카가 그것도 주우러 달려갔다. 알테우스는 휙휙 서류를 던졌고, 리리카는 굴러떨어지는 도토리를 모으는 다람쥐처럼 열심히 서류를 주웠다.

"폐하."

라트가 미간을 찌푸리며 알테우스를 부르자 그가 턱을 괴고 마지막 서류를 슬쩍 떨궜다.

서류가 바닥에 떨어지기 전에 리리카가 "에잇." 하고 서류를 낚아챘다.

그리고 만족스러운 얼굴로 서류를 가지런히 정리해 라트의 책상에 올려놓았다.

라트는 떨어진 서류를 줍는 동시에 종류별로 정리한 황녀님의 부지런함에 감탄했다.

"그럼 저는 충분히 권력을 가진 거 같아요."

요즘처럼 마음대로 편하게 지내는 건 처음이었다. 일을 하지 않으니 찜찜하기까지 했다. 집무실에서 일이라도 있어서 다행이지.

리리카가 빙긋 웃고 커트시를 해 보이며 말했다.

"그럼 전 이만 가 볼게요. 오늘 브린이 시녀들을 소개해 준다고 했거든요."

"그러셨군요. 즐거운 시간 되십시오."

라트가 일어나 리리카를 배웅했다. 집무실 문을 닫은 라트는 재상의 상징인 모노클을 벗어 가볍게 옷자락으로 문질러 닦으며 말했다.

"황녀님 덕분에 근위병대도 물갈이하고, 태양궁 내부는 근위 기사단으로 싹 바꾸게 되었군요. 외부야 여전히 체면을 생각해서 근위병을 쓰겠지만, 이대로 근위 기사단에 흡수시켜 버리죠. 그리고 황후마마께서 얼마 전에 시녀장과 그 측근들도 바꾸셨다고 들었습니다."

"루디아가 시녀장을 바꿔도 되냐고 물어서 그쪽은 황후 소관이라고 해 줬지."

루디아는 횡령증거를 잡아 시녀장과 시녀들을 싹 물갈이해 버렸다. 내궁에 들어와 있던 귀족파 끄나풀들을 일소해 버린 것이다.

라트는 만족스러운 얼굴을 했다. 새로 뽑은 인선도 어찌 그리 적절한지. 그가 그동안 조사했던 자료를 어디서 보고 온 게 아닌가 싶을 정도였다.

알테어스는 이렇게까지 과감하게 움직일 거라고는 생각하지 못했다. 도무지 외척 세력이 없는 황후의 움직임 같지 않았다.

체스 판에 놓인 말이 아니라, 체스를 두고 있는 자처럼 움직였다.

자신이 생각한 것을 뛰어넘었다. 알테어스는 적잖이 그녀에게 감탄하는 와중이었다.

라트가 말했다.

"변화가 생기니 물밑의 고기들이 튀어 오르네요. 낚기만 하면 되니 지금은 편하지만."

재상이 물끄러미 황제를 바라보며 물었다.

"호위 기사를 붙이지 않아도 되겠습니까?"

"아직은 굳이?"

"알겠습니다."

라트가 고개를 숙였다. 탄이 들었다면 냉혈동물 놈들은 역시나 냉혈한이라고 한소리 했을 법한 대화라고 했겠지, 뱀은 속으로 생각하며 희미하게 웃었다.

리리카는 요즘 도서관에 재미를 붙이고 있었다. 집무실 서류에서 보았던 어려운 단어들을 책 속에서 찾아보는 즐거움이 바로 그중 하나였다.

타카르 도서관에 있는 백과사전은 제국에 딱 한 질만 있는 것으로 유명했다. 전부 쇠사슬로 감겨 있음에도 리리카는 아무런 절차 없이 마음껏 사전을 꺼내 볼 수 있었다.

"수차, 수차……. 이게 수차구나."

리리카는 그림을 보고 감탄했다. 빈민가의 삶이 그동안 그녀 삶의 전부였다.

농촌이나 어촌 사람들이 어떻게 사는지는 생각해 본 적도 없었다. 물론 귀족이 어떻게 사는지도 마찬가지지만 말이다.

그러니 새로운 세계가 있고, 전혀 다른 삶이 있다는 걸 알게 되는 것만으로도 즐거웠다.

"황녀님, 이제 그만 읽으세요. 부엌에 가기로 한 시간이에요."

"맞다."

리리카는 자리에서 벌떡 일어났다. 브린이 무거운 백과사전을 도로 자리에 꽂아 넣었다.

황궁은 넓어서 음식을 가져오는 동안 어쩔 수 없이 식어 버린다. 그런데 오늘은 부엌에서 갓 나온 뜨끈뜨끈한 빵을 먹으러 가자고 브린이 권유했다.

거절할 이유가 없었다.

더위를 피해 북향으로 지어진 부엌의 크기는 어마어마했다. 황실에서 여는 파티를 소화할 수 있는 크기의 부엌은 사람 수가 상당한데도 한산해 보였다.

알테어스가 황제가 된 이후로 무도회는 하늘궁에서만 열리고 태양궁에서 열린 적이 없기에 이 부엌은 오랫동안 황제와 황태자의 식사만 준비하고 있었다.

그런데 새로운 황후가 들어오니 요리사도 새로 고용하고 부엌은 활기를 띠었다.

곧 황후가 소규모 파티를 열 것이라는 소문도 돌았다. 그런 가운데 황후가 애지중지하는 황녀님의 등장이다.

귀찮아하는 사람은 아무도 없었다. 오히려 높으신 분이 직접 내려온다고 생각하니 반가웠다.

황제나 황후 본인이 직접 온다면 '그래도 부엌까지…….' 싶지만 어린 황녀님이라면 이야기가 달라진다.

덕분에 리리카는 뜨거운 환대와 친절 속에서, 갓 나온 희고 푹신한 빵을 맛볼 수 있었다.

물론 황후마마께 은근히 어필하기 위해서 새로 생각해 낸 쿠키나,

버터크림 같은 것도 황녀님 앞에 슬쩍 내밀어졌다.

오렌지의 원래 모습까지 확인하고 오렌지 주스와 다과를 챙겨 넣은 바구니를 챙겨 든 리리카는 부엌을 나왔다.

"어머니께 가자. 얼른 나눠 드리고 싶어."

리리카의 말에 브린이 바구니를 들어 주며 고개를 끄덕였다.

리리카는 가벼운 걸음으로 복도를 지나다가 문득 멈춰 섰다.

문 앞에 흑룡이 그려진 방문을 바라보며 그녀가 그동안 궁금하던 걸 물었다.

"그러고 보니 황태자 전하는 한 번도 뵙지 못했는데?"

"전하께서는 지금 영지에 가 계시거든요."

"영지?"

"네, 황태자 전하께는 기본적으로 주어지는 황령이 있답니다. 로웬 공작이라고 하면 황태자 전하를 이르는 말이죠."

"그렇구나. 그럼 언제쯤 돌아오셔?"

"글쎄요. 이제 곧 돌아오실 때가 되었을 것 같아요."

브린의 말에 리리카는 흑룡을 빤히 바라보다가 걸음을 옮겼다.

은룡실에 도착하니, 어머니는 책상에 앉아 편지를 읽고 있었다. 리리카가 들어오자 루디아는 얼른 자리에서 일어났다.

"리리, 달콤한 냄새가 나네."

딸을 끌어안고 뺨에 연신 입 맞추며 하는 말에 리리카는 까르륵 웃으며 엄마를 끌어안았다.

"오늘 브린이랑 같이 부엌에 갔었거든요. 거기서 맛있는 거 먹고 다과도 챙겨 줬어요."

"부엌에?"

루디아는 멈칫했다가 곧 자신이 부엌 인원까지 손을 대서 갈아치웠다는 걸 기억하고 안심했다.

적어도 아직까진 딸에게 이상할 걸 먹일 사람은 없다.

"엄청 맛있는 거 많아요."

"그랬구나."

루디아는 시녀장에게 손짓해 바구니를 받아들게 했다. 브린과 시녀장이 다과를 차리는 동안 루디아는 리리카와 소파에 나란히 앉았다.

"오늘도 집무실에 다녀왔니?"

"네, 폐하께서 서류를 이리저리 날리셨어요."

리리카가 웃으며 하는 말에 루디아는 얼굴이 싸늘해지려는 걸 간신히 참았다.

황제 놈이 자신의 딸을 부려먹고 있는 게 편치 않았다. 하지만 얼마 전에 황녀를 함부로 대했다고 근위대가 물갈이되었고, 그 덕분에 리리카의 위치가 더할 나위 없이 확고해진 것도 사실이라, 한숨을 쉴 수밖에 없었다.

"리리가 고생하는구나."

"전혀 아니에요. 오히려 즐거운걸요."

리리카는 어머니의 손을 꼭 잡으며 고개를 흔들었다. 리리카가 물었다.

"그보다 무슨 편지가 저렇게 많이 왔나요?"

"초대장에 대한 답장이란다. 살롱을 개방할 예정이거든. 그거랑……."

어머니가 작게 속삭였다.

"슬슬 받은 계약금을 투자하려고 하거든."

"계약금이요?"

"이 일을 시작할 때 착수금을 받았단다."

루디아가 다과를 차린 시녀들에게 물러나란 손짓을 하고 말했다.

"지금 쓰는 돈이나 장신구, 옷은 일이 끝나면 전부 두고 가야 하잖니? 이 자리에 있을 때 확실히 벌어둬야 해."

계약금을 투자해서 팍팍 불려 나갈 예정이었다. 그녀의 투자처는 그야말로 무궁무진했다.

어머니의 자신만만한 말에 리리카는 걱정이 되었다.

"어머니, 만병통치 성수나, 행복해지는 항아리 같은 걸 사시면 안 돼요. 사기꾼을 꼭꼭 조심하세요."

"어머, 리리도. 걱정하지 마. 그런 일은 없으니까. 엄마는 백 퍼센트 이익을 볼 투자처에만 투자할 거야."

걱정하지 말라고 루디아가 하는 말에 리리카는 오히려 더욱 걱정이 되었다.

백 퍼센트 안전한 투자처가 세상에 어디 있단 말인가?

리리카가 말했다.

"어머니, 혹시 투자하시게 되면 저에게도 알려 주셔야 해요? 꼭이에요."

"그럼 물론이지."

루디아가 그렇게 말하고 딸의 손을 꼭 잡았다.

"그리고 리리에게 엄마가 줄 게 있단다."

"줄 거요?"

"가져와라."

루디아가 명령하자 시녀장이 얼른 쟁반을 들고 왔다. 쟁반 위 벨벳 쿠션 위에는 은화가 하나 놓여 있었다.

리리카가 화들짝 놀랐다.

"내 은화!"

"똑같은 은화를 찾아내는 게 힘들어서 시간이 오래 걸렸지 뭐니. 분명히 따로 보관하겠다고 약속해 놓고, 그 영감이."

살짝 눈을 찡그렸다가 루디아가 미소 지었다.

"네 은화가 맞니?"

"네, 네, 제, 제 은화예요."

리리카가 홀린 얼굴로 은화를 집어 들었다. 얼룩도, 흠집도, 전부 기억하고 있었다.

그 은화였다.

마음속 깊이 섭섭하지만 포기하고 있었다. 은화를 받고 싶다는 생각도 하지 못했다.

만약 새로 은화를 받는다고 해도 그 은화가 아닐 테니까 필요 없었다. 하지만 이런 말을 하는 건 어리광이고 억지 같아 하지 않았다.

그랬는데.

리리카는 몇 번이나 은화를 어루만졌다. 밤마다 행복한 생각을 하게 해 주던 은화였다.

그 은화다.

시야가 뿌옇게 물들었다. 요즘 눈물샘이 고장 난 건지 뭐만 하면 눈물이 난다.

하지만 어머니가 꼭 안아 주고 머리를 쓰다듬어 주자 마음껏 눈물을 흘려도 괜찮다는 걸 느꼈다.

기쁨과 안도 속에서 리리카는 울었다. 마음속 상처가 녹는 느낌에 울었다.

"감사해요, 어머니."

"아냐. 오히려 엄마가 고맙고 미안하지. 하지만 다른 동전은 똑같은 걸 찾지 못해서……."

"괜찮아요! 중요한 건 은화인걸요!"

다른 동전은 가져다줘도 구별하지 못할 터였다. 루디아는 가슴을 쓸어내렸다. 그녀가 작은 지갑을 내밀었다. 똑딱이 단추로 여는 지갑에는 산딸기 모양이 귀엽게 수놓아져 있었다.

"이 안에 동전이 들어 있어."

열어 보니 백동화가 몇 개 들어 있었다.

"이거면 충분해요."

사실 돈은 아무래도 좋았다. 은화가 큰돈이라서 중요한 게 아니었으니까. 그녀는 귀여운 지갑에 행복해하고, 은화를 소중하게 작은 지갑 안에 넣었다.

행복해하는 리리카를 보며 루디아도 환하게 웃었다. 이 은화를 찾는 데 품이 많이 들었지만, 딸의 웃는 얼굴을 보니 그런 수고가 아무것도 아니게 느껴졌다. 이 웃는 얼굴을 계속 지키리라.

예전처럼 바보같이 굴지 않으리라.

매일매일 딸과 이렇게 시간을 보내는 게 이렇게 즐거운 일인지 알게 되어서 다행이었다.

이제 리리카는 보기 좋게 살이 올랐고, 머리카락도 윤기가 흘렀다. 반짝반짝 광이 나는 손톱만 봐도 빈민가 아이였다고는 생각하기 힘들었다.

브린과도 잘 지내고 있는 것 같았다.

'브린 솔은 전생에서도 훌륭한 시녀였으니까.'

솔 가문의 충성심은 알아주니까, 충성심이 어느 방향을 향하고 있는지만 안다면 걱정할 필요는 없다.

리리카가 지갑을 꼭 붙들고 잠시 입을 오물거렸다. 루디아가 물었다.

"왜 그래? 돈이 부족하니?"

"아뇨! 그게 아니라. 그, 어머니……."

"무슨 일이야?"

"황태자 전하 말인데요."

"왜? 무슨 소문이라도 들었니?"

"아뇨, 그게 아니라. 곧 돌아오신다고 들었는데 환영파티를 해도 될까요?"

"음, 그만두는 게 좋을걸."

"그런가요……."

딸의 어깨가 축 처지자 재빠르게 루디아가 이유를 설명했다.

"황태자 전하는 음식을 무척 가리시거든. 측근들이 가져온 음식이 아니면 손을 대지 않는단다. 그러니 파티가 있어도 재미없을 거야."

"그래도, 오랜만에 돌아오시잖아요? 게다가 갑자기 저랑 어머니가 있으니까. 혹시나 오해하면 어떻게 하지요?"

생각해 보니 결혼식에서도 보지 못했다.

갑자기 옆방에 생긴 사촌 여동생에 대해서 어떻게 생각할까?

계모에 대한 수많은 나쁜 이야기를 떠올리면 걱정에 심장이 두근거렸다.

자신들이 그를 박대할 거라고 오해하고 있지 않을까?

리리카가 그 이야기를 열심히 하는 걸 보며 루디아는 '아니, 아틸이 그럴 성격이 아닌데.' 하고 생각했지만, 굳이 딸아이의 걱정을 꺾을 필요는 없었다.

어차피 차기 황제는 아틸이니, 잘 지낼 생각이었고.

어릴 때부터 워낙 암살 시도가 잦아서 현재 아틸은 인간을 믿지 못하는 상태였다. 그리고 얼마 후 오랫동안 그를 섬겨 온 호위 기사가 그를 암살하려 시도하는 사건이 생기면서 완벽한 인간불신에 빠지고 말 것이다.

'그 사건을 막아 주고 적당한 거리를 유지할 생각이었는데.'

"그럼 환영파티 말고 다른 걸 생각해 보자. 우리가 환대한다는 것만 알려 주면 되는 거잖니?"

"네!"

루디아의 말에 리리카의 얼굴이 확 밝아졌다. 그녀는 손가락을 꼽으며 말했다.

"제 생각에는요. 방에 꽃도 가져다 놓고, 맛있는 것도 놓고 그러면 좋지 않을까요?"

루디아는 고개를 끄덕였다.

"그리고 피로가 풀리시면 작은 티 파티를 열어서 같이 차를 마시는 거예요."

"그래."

루디아는 여러 가지 생각이 떠올랐다가 사라졌지만, 딸아이의 반짝이는 눈을 보니 반대하고 싶은 마음도 사라졌다.

루디아가 진지하게 물었다.

"그런데 리리, 정말로 황태자 전하와 잘 지내고 싶니?"

"잘 지내고 싶지만, 전하의 마음은 모르니까요. 일단 제가 먼저 잘 지내고 싶다고 이야기하고 싶어요."

"그래, 그렇다면 알았어. 엄마도 적극적으로 도와줄게."

"감사합니다."

리리카가 환하게 웃으면서 루디아를 끌어안았다. 루디아는 딸에게 티 파티 용품을 잔뜩 보내야겠다고 생각했다.

리리카의 계획은 재상인 라트와 황제 폐하에게도 물론 흘러 들어갔다.

라트는 웃으며 "선물을 보내도 될까요?" 물었고 리리카는 우아하게 허락했다.

한 달 사이 노력에 노력을 거듭해서 예법이 몸에 붙기 시작했다.

얼마 뒤 리리카는 하녀들이 들고 들어오는 선물 상자에 즐거운 비명을 질렀다.

크고 아름다운 상자들은 매끄러운 비단 리본으로 묶여 있었는데 빛나는 리본들은 브린이 도로 가져가서 잘 활용하겠다고 말했다.

파스텔 빛 상자를 열 때마다 저절로 환성이 터졌다.

투명하게 비쳐 보이는 아름다운 유리그릇들, 섬세한 금장식이 그려진 찻잔들은 전부 리리카에게 딱 맞는 작은 크기였다.

소꿉놀이용이라고 하기에는 지나치게 사치스러웠다.

분홍색과 푸른색 그림이 그려진 접시들이며, 아기자기한 은 식기들은 그녀의 손에 꼭 맞았다.

수를 놓은 테이블보는 물론이요, 도자기로 된 티 포트에도 귀여운 동물들이 그려져 있었다.

다람쥐, 토끼, 새끼 곰, 족제비 같은 걸 아기자기하게 그려놓아 봐도 봐도 질리지 않았다.

금으로 상감된 상자를 열어 보면 거기에 여러 모양으로 만든 각설탕까지.

눈이 빙글빙글 돌아갈 정도로 아름다운 물건들이었다.

그런 것들이 종류별로 가지런히 열과 오를 맞추어 수많은 상자 안에 누워 있었다.

산다르 가문에서 보내온 찻잎도 열 종이나 되었는데, 하나하나가 굉장히 귀한 것이라고 브린이 설명해 주었다.

"차는 산다르 영지의 특산품이죠. 산다르 영지는 남쪽에 있으니까요. 그 가문 사람들은 추위에 무척 약하답니다."

"그렇구나."

새로운 사실을 알아서 리리카는 고개를 끄덕였다.

리리카는 종이를 몇 번이나 버려가면서 또박또박 초대장을 써서 보냈다.

아직까지는 유려하게 글씨가 써지지도 않고, 펜촉도 잘 다루지 못해서 잉크가 번지기도 했다. 한참을 고생했으나 가장 괜찮은 걸 골랐다.

비싼 종이가 낭비되어서 마음이 아팠지만, 어쩔 수 없었다.

인봉은 용 모양인데 백분을 뿌려 백룡실에서 보낸다는 걸 표시했다. 신기하게도 흰 가루인데 눈처럼 반짝였다.

브린에게 물어보니 "눈 보석을 가공한 거예요." 하는 대답이 돌아왔다.

그 말에 리리카가 한숨을 내쉬었다. 눈 보석은 눈과 함께 내리는 보석으로, 눈 결정과 같은 모양이지만 녹지 않는 것이다.

"나도 꼭 줍고 싶었는데, 한 번도 주워 본 적이 없어."

"올겨울에 또 도전해 봐요."

"응."

리리카가 고개를 끄덕였다.

동시에 본격적으로 준비가 시작되었다.

폐하께서 흑룡실을 열 수 있게 허락해 주셨지만 리리카는 고민했다.

"마음대로 자기 방에 들어갔다는 걸 알면 싫어하시지 않을까?"

브린은 리리카의 물음에 재미있다는 표정을 했다.

"그건 생각도 못 해 봤는걸요. 왜냐면, 그건 불가능하니까요."

"아……."

황궁에서는 모든 방에 하인과 하녀가 수시로 들락거리며 잡무를 처리했다. 그러니까 방에 아무도 들어오지 않는 삶은 불가능했다.

"정 그게 신경 쓰이신다면 거실만 장식하면 되지요."

리리카는 그 말에 고개를 끄덕였다. 백룡실과 흑룡실은 구조가 거의 비슷했다.

먼저 문을 열고 들어오면 현관 겸 대기실이 크게 있고, 거기서 한 번 더 문을 열어야 거실로 들어올 수 있었다. 거실 양쪽으로 응접실이 있고 그 옆으로 다시 방들이 이어졌다.

"그럼 거실에만 장식하자."

황태자 전하가 언제쯤 돌아오는지 묻자 브린이 고개를 저었다.

"전하께서는 언제 들어오겠다고 알리지 않고 측근들과 조용히 다니시거든요. 그래서 언제 오실지는 알 수 없어요. 그래도 브란을 통해서 알아볼까요?"

"브란?"

"제 손위 형제랍니다. 지금 황태자 전하를 모시고 있지요."

"정말? 그럼 뭘 좋아하시는지도 물어봐 주겠어?"

"네, 그럴게요."

브린이 고개를 끄덕였다.

브란을 통해 들은 소식에 따르면 황태자가 일주일 안에는 도착할 것이라 해서 리리카의 마음은 더욱 분주해졌다.

묵은 공기를 환기하고, 시트도 새것으로 갈고, 벽에 리본 장식이며 색색의 종이 고리도 만들어 달았다.

정원사에게 부탁한 꽃도 한 아름 가져다 놓아서 누가 봐도 삭막하던 흑룡실의 분위기는 무척 사랑스러워졌다.

더해서 브린이 알아봐 준 취향에 따르면 황태자 전하는 단 것을 좋아하신다고 했다. 리리카는 동질감을 느끼며 차 종류와 달콤한 간식을 골랐다.

어머니가 "음식의 색과 종류에 맞춰서 다기도 골라야 한단다." 하고 조언해 주어서 리리카는 브린과 함께 이리저리 테이블 위에 종류별로 찻잔이며 그릇을 올려두고 조합을 찾아보았다.

요리사도 매일 새로운 과자를 만들어 올렸다. 과자를 만드는 요리사는 어머니가 채용한 사람이었는데, 신기하고 새로운 과자들을 잘 만든다고 했다.

5월의 정원은 제법 화사해져서 리리카는 정원에 테이블을 펴도 되냐고 물었다.

브린은 좋은 생각이라고 말했고, 어머니도 괜찮다고 해서 리리카는 티 파티 장소를 고친 초대장을 다시 써서 테이블 위에 올려 두었다.

혹시나 보지 못할 수도 있으니까 인형을 하나 두고 인형이 초대장을 들고 있게 만들었다.

모든 준비가 끝났다.

리리카는 언제 황태자 전하가 오시나 궁금해하며 수시로 창밖을 내다보았다.

'마음에 드셨으면 좋겠다.'

새벽녘, 황태자 일행은 벼락처럼 황궁에 들이쳤다. 거칠게 흑룡실 문을 연 아틸은 그대로 굳어 버렸다.

"······이게 뭐야?"

그의 뒤에 서 있던 연한 베이지색 머리를 가진 또래의 소년이 말했다.

"우와, 이거 설마 전하 취향인가요? 귀여워라."

"파이, 좀 닥쳐."

거칠게 그를 밀어낸 아틸은 대기실 문을 열고 그 자리에 멈춰 섰다. 거실은 어둡지 않았다.

리리카가 밤에도 불이 꼭 켜져 있어야 한다고 주장한 덕에 여기저기 초가 켜져 있고, 활활 타오르는 벽난로 불이 새벽 한기를 몰아내고 있었다.

벽에 단 장식들은 벽난로 빛을 반사하며 반짝거렸다.

'돌아오신 걸 환영합니다.'

색종이를 잘라 붙인 글씨를 아틸은 가만히 바라보았다.

"냄새 좋네. 꽃도 잔뜩 가져다 놨네요. 북쪽에서 내려오느라 봄이 온 것도 몰랐어요."

그의 뒤를 따라 들어온 베이지색 머리의 소년—파이가 연신 감탄사를 터트렸다.

"누가 이렇게 해 놓은 거지?"

"와, 이거 진짜 귀엽네."

파이가 거실 테이블 위에 놓인 집사 옷을 입은 곰 인형을 얼굴 가로 들어 팔을 흔들었다.

"집에 돌아오신 걸 환영해요, 황태자 전하. 편지 글씨를 보니 이건 새로 생긴 소문의 사촌 여동생 분이신 거 같은데요."

"이리 줘."

아틸이 그의 손에서 초대장을 빼앗아 들었다. 초대장을 다 읽고 그는 차갑게 웃었다.

"가겠다고 해."

파이는 놀라 고개를 들었다. 뒤이어 들어온 브란이 주변을 둘러보았다.

"이렇게 환영받은 건 처음이군요. 식사를 준비하라고 할까요? 아니면 씻으시겠습니까?"

"둘 다 됐어."

아틸이 손을 저었다.

"초대에 응하신다고요?"

파이가 다시 물었다.

"그래."

아틸이 초대장을 파이에게 던지며 말했다.

"간다고 해. 혼자 소꿉놀이나 실컷 하라지. 서너 시간 땡볕에 서 있으면 정신이 들겠지."

"와, 악당."

파이가 눈살을 찌푸렸다. 상대가 어떤 사람인지도 모르는데 적으로 만드는 행동부터 하는 게 측근으로서는 영 탐탁하지 않았다.

그가 그렇게 날을 세우는 이유는 알지만, 그래도.

파이가 뭐라고 하기 전에 아틸이 손을 내저었다.

"난 이제부터 잔다. 일어날 때까지 건드리지 마."

그가 안으로 들어가 버리자 파이가 초대장을 바라보고 '이런' 하며 한숨을 내쉬었다.

브란이 갸웃했다.

"배고프실 텐데요."

"그러게. 지금 나도 뱃가죽이 달라붙겠는데. 그보다 브란."

"네."

파이가 히죽 웃으며 브란을 돌아보았다. 파이는 산다르 후작가의 직계로 아틸의 말벗이자 측근이었다.

그가 손가락으로 장식과 환영한다는 글자를 가리키며 물었다.

"이거 브란은 알고 있었어?"

"이쯤에 도착하실지도 모른다는 이야기는 전했습니다. 그것과 단 음식을 좋아하신다는 정도요. 하지만 그것뿐이랍니다."

"흠."

파이는 테이블 위에 놓인 과자를 하나 집어 들었다. 입 안에서 파삭 부스러지는 맛이 훌륭했다.

오래 말을 타고 달려온 피곤이 사르르 녹는 기분이었다.

'눅눅해지지도 않았고, 제대로 만든 과자야.'

정확한 도착일은 브란도 몰랐다. 그건 아틸에게 달린 문제니까.

그런데도 꽃은 생생하고 과자는 바삭하다. 슬쩍 찻주전자를 만져보니 아직 따뜻했다.

수시로 꽃이며 과자, 차를 새걸로 갈고 있는 게 틀림없었다. 상당히 신경 쓴 태가 났다.

'황녀가 무슨 생각인지 궁금한데. 아니지. 이건 황녀가 아니라 황후의 입김이 닿았다고 보는 게 좋겠군. 이쪽도 소문을 좀 수집해 봐야겠네. 너무 오래 황궁을 비워뒀어.'

1장 별에게 소원을 105

덕분에 황제의 결혼식이라는 사상 초유의 이벤트에도 참여하지 못한 것 아닌가.

파이는 접시에 놓인 과자들을 전부 하나씩 맛보았다. 독이 든 것도 없고, 맛이 이상한 것도 없었다.

그가 곰 인형을 바라보다가 초대장을 도로 인형 다리 위에 올려두었다.

'나도 졸리다.'

밤새워서 동틀 때까지 말을 몰아왔다. 아틸의 편집증적 불안을 모르는 건 아니지만 측근을 혹사하는 건 참아 줬으면 좋겠다고 생각했다.

'난 늑대처럼 튼튼하지는 않단 말야.'

파이는 그렇게 투덜거리며 제 방으로 향했다.

리리카는 새벽녘에 눈이 떠졌다. 그녀는 침대에서 부스스 일어났다.

'음, 전하, 오셨을까? 차가 식지는 않았나? 과자를 갈아 둘까.'

요즘 황태자 전하에게 신경을 쓰고 있어서 가장 먼저 떠오르는 건 과자 걱정이었다.

리리카는 침대에서 내려와 걸쳐진 가운을 입었다.

'가서 과자나 차가 식었는지 살짝 확인만 하자.'

하녀들에게 시키기는 했지만 중간 중간 이렇게 본인이 확인을 해 주어야 했다.

주인이 신경을 쓰지 않는데, 아랫사람이 제대로 신경 쓸 리가 없다.

리리카는 슬리퍼를 신고 잠깐 멈춰 섰다가 비밀 문을 열었다. 괜히 브린을 깨우고 싶지 않았다.

하인들이 쓰는 복도를 통해서 밖으로 나온 리리카는 흑룡실도 마찬가지로 하인들이 쓰는 복도를 통해서 안으로 들어갔다.

"!!"

문을 살짝 열고 거실로 들어선 리리카는 그대로 굳어 버렸다.

누군가가 거실 테이블에 앉아서 열심히 과자와 차를 먹고 있었기 때문이었다.

서로의 눈이 마주쳤다.

리리카는 단숨에 상대가 누군지 알아봤다. 브린에게 몇 번이나 물어봐서 황태자 전하께서 어떻게 생기셨는지 들었기 때문이었다.

이런 차림으로, 이런 식으로 황태자 전하랑 마주치다니.

'안 돼!'

속으로 비명을 지르며 리리카는 고개를 푹 숙였다. 어떻게든 변명거리를 짜내야 했다. 리리카가 작게 말했다.

"차나 과자가 더 필요하신가 해서 왔습니다."

난 하녀예요. 난 하녀예요.

제발.

못 알아챘으면 좋겠다.

그런 리리카의 필사적인 바람과는 달리, 아틸 역시 단번에 상대가 누군지 알아보았다.

저런 차림새로 황궁 안을 돌아다니는 게 황녀가 아니라면 지금까지 먹은 과자를 토해낼 수 있었다.

푹 숙인 갈색 정수리를 바라보며 아틸은 욕이 튀어나오려는 걸 눌렀다.

'쟤는 왜 저기서 나와?'

허겁지겁 준비한 과자를 먹는 모습을 보여 주다니. 밤새 달려와서 배가 고팠고, 거실에 먹을 게 있다는 생각에 끌린 것뿐이다.

하나 집어먹은 과자는 훌륭했고, 미지근하긴 해도 차 역시 나쁘지 않았다. 한 개를 먹으니 그다음 과자를 먹는 것도 쉬웠다.

적이 차려 준 밥상을 먹는 꼴을 들킨 기분이라 아틸은 더더욱 기분이 저조해졌다.

'살금살금 구경거리라도 찾으러 온 건가?'

그는 과자 접시를 들고 자리에서 벌떡 일어나 리리카에게 다가갔다. 그녀 머리에 과자라도 부어 버리고 한소리 하려는 마음에서였다.

그녀 앞에 서서 과자 접시를 들어 올리다가 손속을 멈췄다. 그는 그제야 리리카가 부들부들 떨고 있고, 귀까지 새빨갛게 물들어 있다는 걸 알아챘다.

그녀가 그보다 훨씬 더 작고 왜소하다는 것도.

그는 입술을 깨물었다.

"하, 진짜."

한숨인지 웃음인지 모를 것이 흘러나와 사라졌다.

그 작은 반응에도 움찔하는 걸 보니 괴롭힐 마음이 사라졌다. 그보다 얼굴을 보고 싶었다.

귀가 이렇게 빨갛게 될 정도면 얼굴은 얼마나 빨간 거야?

왜 잠옷 차림에 가운 하나 걸치고 하인들이 다니는 복도에서 튀어나온 건지도 궁금해졌다.

그가 접시를 그녀에게 내밀었다.

"먹어."

"네? 아, 아뇨. 저는 괜찮습니다."

리리카의 목소리가 기어들어 갔다.

"먹어."

다시 말하니 더듬더듬 쿠키를 집어 입에 넣는 게 보였다. 그런데 여전히 얼굴은 보이지 않았다.

볼록 튀어나온 볼만 보일 뿐이었다.

"우아, 황태자 전하가 불쌍한 여자아이를 괴롭힌다."

놀란 리리카가 고개를 돌리니 거기에는 부드러운 베이지색 머리를 한 남자아이가 서 있었다.

"안 괴롭혀."

아틸이 날카롭게 말했다. 파이가 부드럽게 웃으며 다가와서 종이를 내밀었다.

"자, 황녀님께서 보내신 초대장에 대한 답장입니다. 황태자 전하께서 참석하신다고 하셨답니다."

"!!"

펄쩍 뛰며 리리카가 답장을 받아들었다. 휙 고개를 들어 그를 올려 다보았다가 깜짝 놀라 도로 고개를 숙였다.

파이가 쿡쿡 웃고 아틸을 바라보았다. 아틸은 한순간 보인 리리카의 얼굴에 화내고 싶은 기분이 사라졌다. 기쁨에 가득 찬, 반짝이는 얼굴이었다.

그는 한숨을 내쉬고 말했다.

"이제 가 봐."

"네, 네!"

리리카는 후다닥 다시 비밀 복도로 들어가 문을 콩 닫았다.

파이가 웃음을 눌러 참았고, 아틸은 어이가 없어져 말했다.

"왜 저쪽으로 나가는 거야?"

"설정상 귀여운 하녀라서 그런 게 아닐까요?"

"설마 잘 속여 넘겼다고 생각하는 건 아니겠지."

"글쎄요. 그보다 대담한데요. 시종도 없이 혼자서 하인용 통로를 통해서 잠입하다니."

"저게 잠입이면 난 목숨의 위협이라는 게 뭔지 모르고 살았겠지."

심드렁히 대답한 아틸이 파이를 돌아보았다.

"답장?"

"전하의 부지런한 측근 아닙니까? 부지런히 답장을 써 뒀지요. 아, 황녀님이 귀여워서 적은 아니었으면 좋겠네요."

황후마마가.

파이의 말에 아틸이 그에게 과자 접시를 내밀며 말했다.

"하나도 안 귀여워."

'지, 진짜 놀랐어.'

리리카는 두근거리는 가슴을 꼭 눌렀다. 설마 들킨 걸까?

'어떻게 하지. 한심한 아이라고 생각하시면. 아냐, 안 들켰을 수도 있어.'

고개를 아주 잠깐 들었으니까, 들키지 않았을 수 있다.

그때 누군가가 제 어깨를 짚어서 리리카는 펄쩍 뛰었다. 비명이 나오려는 것을 간신히 참은 건 방 안에 황태자가 있다는 사실 때문이었다.

돌아보니 키가 큰 남자가 서 있었다. 어둠 속에서도 리리카는 그가 반짝이는 브로치를 하고 있는 걸 알 수 있었다.

"브—"

남자는 입가에 손가락을 대고 싱긋 웃고는 나가는 길을 가리켰다. 리리카는 양손으로 입을 막고 고개를 끄덕였다.

복도를 종종걸음으로 나와 리리카는 한숨을 크게 내쉬었다. 남자가 뒤따라와 물었다.

"리리카 황녀님께서 무슨 일이십니까?"

그가 자신이 황녀라는 걸 눈치챘다는 사실에 어깨에서 힘이 빠졌지만, 곧 다시 힘이 들어갔다.

브린의 손위 형제면 그녀에 대해 들었을 테니 아는 게 당연하다.

"전하가 오신 줄 몰랐어. 과자랑 차가 눅눅해지거나 식지 않았는지 보러 간 것뿐인데……."

"브린은 어쩌시고요?"

"잠깐 확인만 하고 올 거라 깨우기 싫어서……."

리리카가 그의 표정을 보고 다시 한숨을 내쉬었다.

"그러면 안 되는 거였지."

"그러면 안 되는 거셨습니다. 브린이 걱정할 테지요."

"황태자 전하께서 날 알아보셨을까? 이상한 하녀라고 생각하셨으면 좋겠는데……."

"음—"

브란은 뭐라고 해야 좋을까, 하는 표정이었다. 그 얼굴이 브린과 무척 닮아서 괜히 친밀하게 느껴졌다.

"전하께서 모르실 수도 있을 것 같습니다. 일단 제가 잘 이야기해 놓겠습니다."

"정말? 고마워!"

리리카가 활짝 웃고 답장을 든 손을 팔랑거렸다.

"그럼 나 이제 얼른 돌아가 볼게. 브린이 걱정할 거야."

"예."

브란은 싱긋 웃으며 그녀를 배웅했다. 브린이 말한 대로 황궁에서는 보기 드문 타입의 황녀님이었다.

'브린이 말해 준 대로 황후마마께서 황녀님을 이용할 생각도 없다고 한다면.'

황궁 안에서는 아이들도 방심하면 안 된다. 모든 귀족 아이 뒤에는 가문이 버티고 있다.

악의가 없으니 아이들은 더욱 이용하기 편리했다.

부모는 그저 어린 아들딸에게 '이곳에서 숨바꼭질을 하자고 하렴' 혹은 '이 과자를 전하께 전해 드려' 또는 '숲속에 탐험할 만한 곳이 있는데 그곳으로 전하와 함께 가 보는 게 어떠니?' 하고 말을 해 두면 그만이었다.

그런 함정에 당하는 건 한 번으로 충분하다.

복도 끝에서 방으로 들어가기 전에 이쪽을 보며 살짝 손을 흔드는 황녀님께 브란은 기분 좋게 마주 인사했다.

리리카는 방으로 돌아가자마자 브린에게 잔소리를 들었다.

"밀회를 하시더라도 시녀를 데리고 가셔야 하는 거예요."

"그럼 밀회가 아니지 않아?"

사전을 열심히 읽은 덕에 어려운 단어에 익숙해진 리리카가 되물었다. 브린이 고개를 저었다.

"귀부인은 밀회를 해도 시녀를 대동합니다. 그만큼 측근 시녀는 중요한 존재예요."

"알았어."

황녀가 되는 건 생각보다 더 어렵구나. 리리카가 고개를 끄덕였다.

사실 그보다 브린에게 얼른 자랑하고 싶은 게 있었다. 그녀가 답장을 흔들어 보였다.

"황태자 전하께서 티 파티에 와 주신대."

"어머나. 잘됐네요, 황녀님."

"응. 그리고 과자도 열심히 드시던걸? 어머니는 측근이 가져온 과자만 드신다고 그랬는데. 과자가 무척 마음에 드신 모양이야."

브린은 먹지 않는다고 말한 과자를 먹는 모습을 들킨 사춘기 소년의 반응이 어떨까, 떠올리면서 물었다.

"괜찮으셨어요? 혼나지는 않으셨고요?"

"응, 날 하녀라고 생각하신 거 같아. 음, 아마도."

자신이 없어 마지막 말은 작은 목소리로 덧붙였다.

"하지만 브란이 잘 이야기해 준다고 했어."

"브란을 만나셨나요?"

"응, 브린과 닮았더라."

"흐음, 그렇군요."

"물론 브린이 더 미인이야."

"그렇지요."

브린이 방긋 웃었다. 남자 형제와 닮았다는 건 사실일지언정 칭찬은 아니다.

"그럼 티 파티 준비를 해야겠군요."

리리카는 그 단어를 몇 번이나 속으로 음미했다.

티 파티.

티 파티.

어딘지 달콤하고 황홀한 구석이 있는 단어였다.

그녀가 직접 파티를 주최하는 건 처음이었다. 긴장이 목구멍까지 올라왔지만 브린이 옆에서 격려해 주었다.

그동안 몇 번이나 연습했으니 잘 될 것이다. 토끼 인형이며 곰 인형을 자리에 앉히고 우아하게 인사하며 차를 권하는 연습을 며칠씩이나 했다.

세상에서 가장 즐거운 소꿉놀이이기도 했다.

황제가 지하 얼음 저장고에 남아 있는 얼음을 써도 된다고 말하여서, 커다란 얼음덩어리까지 얻었다.

리리카는 이런 날씨에 얼음이 있다는 사실에 경악했지만, 황녀답게 침착한 얼굴을 해 보이려 애썼다. 고귀한 공주님은 얼음에 놀라지 않을 거야.

5월 말.

정원은 연녹색 새순과 짙은 빛 잎사귀로 알록달록했다. 일찍 피는 장미들이 봉우리를 터트려 거기에 색조를 더하고 있었다.

커다란 파라솔에 달린 장식 술이 햇빛에 반짝이며 흔들리고 나뭇가지를 휘어 리본으로 단단히 묶어 그늘을 드리웠다.

바람은 적당히 살랑살랑 불어왔고, 봄바람은 따뜻했다.

나뭇가지 사이로 튄 햇빛 조각들이 마치 금장식처럼 도자기에 흩뿌려졌다.

그림 속에서 뽑아낸 것처럼 완벽한 날씨와 세팅이었다.

모든 준비를 끝내고 리리카는 황태자를 기다렸다. 시간은 더디게 흘러갔다.

바스락 소리라도 나면 리리카는 귀를 쫑긋 세우며 그쪽으로 시선을 돌렸다.

시간이 상당히 지나도록 아틸은 나타나지 않았다. 기다리고 있는 시종들의 표정이 굳어가기 시작했다.

리리카가 브린에게 속삭였다.

"혹시 일이 있어서 많이 늦으시는 걸까?"

"지금 시종을 보내서 알아보도록 하지요."

브린이 손짓하니 열 끝에 서 있던 시종이 재빠르게 빠져나갔다.

잠시 후 돌아온 시종이 어두운 표정으로 말했다.

"흑룡실에서 늦으신다고 전하라 하셨습니다."

"그게 끝인가?"

브린의 물음에 시종이 "그렇습니다." 하고 답했다. 브린이 리리카를 바라보았고, 리리카가 답했다.

"늦으신다면 기다리지."

리리카는 한참 더 기다렸다. 가만히 서 있는 건 아이에게는 더욱 힘든 일이다.

그녀는 이쪽저쪽 무게중심을 이동하며 서 있었다. 다시 전령을 보내도 '늦는다.'뿐이었다.

두 시간이 지나고 나서야 시종이 고개를 푹 숙인 채로 새로운 답을 들고 돌아왔다.

"오늘 너무 바빠 함께하지 못한다 전하셨습니다."

브린의 검보라색 눈동자가 차갑게 빛났다. 그녀는 재빠르게 제 주인의 안색을 살폈다.

리리카는 깜짝 놀란 얼굴이었다. 브린이 뭐라고 말해야 하나 고민하는데 리리카가 먼저 말했다.

"그렇게나 바쁘셔?"

시종은 놀란 듯 고개를 들었다가 다시 숙였다.

"예? 네에……."

"그렇구나. 너무 미안해하지 말라고 전해 주겠어? 기다리게 하셔서 분명히 걱정하고 계실 거야. 난 괜찮다고 전해 줘. 걱정하시지 말라고 말이야."

브린은 웃음이 나오려는 걸 꾹 참았다. 시종이 진지하게 리리카의 말에 고개를 끄덕였다.

"알겠습니다."

"아, 맞다. 새로 만든 다과도 같이 보내도 될까? 브린, 어떻게 생각해?"

"괜찮다고 생각합니다."

"그래? 그럼 바구니를 가져와 줘. 어마마마께서 요리사를 시켜 만든 과자를 맛보지 못해서 아쉬우실 테니까."

얼마 뒤 바구니를 든 시종이 떠나는 걸 보며 브린은 즐거워졌다. 리리카가 한숨을 내쉬며 말했다.

"바쁘면 약속을 어길 수도 있는데, 그거 때문에 미안해하실까 봐 걱정이야."

약속을 어긴 사람은 당연히 미안할 거라고 생각하는 그 선한 순진함에 브린은 즐거워하며 고개를 끄덕였다.

"미안해하지 않으셔도 된다고 몇 번이나 전했으니까요. 괜찮으실 거예요."

너는 그만큼 미안한 짓을 한 거야, 사과하지 않으면 넌 예의 없는 인간이겠지? 라고 돌려 먹이는 일이지만 악의 없이 정말 진심으로 말한다는 점이 우리 황녀님의 미덕이지.

브린이 흐뭇해하는데 리리카가 말했다.

"그럼 차는 우리 둘이서 마실까? 그냥 접기에는 너무 아까워."

"황송합니다."

브린이 우아하게 인사했다. 두 시간이나 시간이 흘러 차 마실 만한 시간이 훌쩍 지났다. 이제 해가 넘어가고 있었다.

노을이 비끼는 정원에 등불을 가져오게 하고 둘은 자리에 앉았다.

디저트는 식어도 상관없는 것으로 준비했으니, 뜨거운 물만 다시 가져오면 되었다.

황태자가 언제 올지 몰라 계속 부엌에서는 끓는 물을 보충하고 있었으니 물은 금방 도착했다.

리리카는 직접 차를 우렸다. 작은 손이 능숙하게 움직였다. 브린과 함께 오늘을 위해서 수없이 연습했기 때문이었다.

디딤판에 올라서서 차를 우려내고 자신의 잔에 먼저, 그리고 브린의 잔을 채워 주었다.

리리카가 가볍게 손을 들어 주먹을 쥐었다가 펴 보였다.

시종들이 대화가 들리지 않을 정도로 멀어졌다. 리리카가 신기해서 제 손을 바라보았다.

"정말로 통하는구나."

"물론이죠. 시종을 부리는 가벼운 수신호는 언제, 어디서나 통한답니다."

"그럼 반대로 주먹을 쥐면 가까이와도 된다는 신호랬나?"

"네."

브린이 느긋하게 찻잔 테두리를 만지며 말했다.

"병사가 있을 때는 수신호를 조심하는 게 좋습니다. 시종을 부르는 척하면서 그걸 신호로 공격을 할지도 모르니까요."

"정말?"

"네, 역사적으로 몇 번이나 있었던 일이지요."

브린의 말에 리리카는 '높은 사람들도 나름대로 힘들구나.' 생각하며 고개를 끄덕였다.

브린이 걱정스럽게 물었다.

"황녀님, 정말로 괜찮으신가요? 심기가 상하지는 않으셨는지요."

"음, 괜찮아."

리리카가 빙긋 웃었다. 그녀가 낮은 목소리로 말했다.

"있지, 도와준 브린에게는 미안하지만 이렇게 될지도 모른다고 생각했거든."

브린이 눈을 깜박였다. 눈앞에 보이는 순진한 황녀님이 모략이나 심계를 꾸미는 데에 익숙할 것 같지는 않았다.

"어째서요?"

그러니 당연히 질문이 나갔다. 리리카가 눈썹을 모으며 그녀 특유의 진지한 표정으로 말했다.

"폐하의 집무실에 가면 항상 바쁘게 일하고 계시거든. 그러다가 라트 재상이 '오늘 약속입니다.' 하면 '나 오늘 바빠서 안 가.'라고 하시는 일이 비일비재해서."

그러면 꼭 라트가 머리를 잡고 신음을 흘렸다. 종종 "바빠도 나가셔야죠." 하고 읍소할 때도 있었다.

1장 별에게 소원을

"으음, 그렇지요."

황제가 제멋대로 약속을 파투를 낸다는 사실은 유명했다.

"황태자 전하는 폐하 다음인 거지? 그럼 굉장히 바쁘시지 않을까? 그래서 약속을 잡아도 오지 못하실지도 모른다고 각오했어."

리리카는 가슴을 두드리며 "나도 일하는 사람의 사정은 이해하거든." 하고 의젓하게 말했다. 브린이 활짝 웃으며 답했다.

"역시 황녀님이세요."

"에이, 뭘."

칭찬에 익숙지 않은 리리카의 뺨이 붉게 물들었다. 하지만 속으로는 은근히 자신의 눈치 빠름을 자찬했다. 이어 얼른 브린에게 마음이 상하지 않았다고 다시 한 번 말했다.

"그래도 덕분에 이렇게 브린과 즐겁게 차를 마실 수 있잖아? 전하와 마셨으면 분명 제대로 즐기지 못했을 거야."

분명히 긴장해서 무슨 맛인지도 몰랐을 거라고 리리카는 고개를 저으며 말했다.

브린이 고개를 끄덕였다.

"황녀님께서 괜찮으시다면, 시녀인 저는 당연히 괜찮아요."

리리카와 브린은 황혼과 함께 차를 마셨다. 붉은 찻물처럼 하늘도 붉게 물들었다.

등불의 빛이 점점 더 밝아지는 것처럼 느껴질 때쯤, 발소리가 들려왔다.

커다란 덩치가 수풀 속에서 불쑥 드러났다.

"탄!"

리리카가 반가워 자리에서 벌떡 일어났다. 브린도 잽싸게 일어나 예를 갖추었다.

"탄 경을 뵙습니다."

"아니, 괜찮습니다. 정원에서 목소리가 들려서 뭘 하시나 했더니."

탄이 씩 웃었다.

"시녀와 차를 마시고 계셨군요. 이 시간에 차 모임을 가지는 건 드문 일인데요."

"노을이 예뻐서. 탄도 함께 마시지 않을래? 과자도 차도 충분하거든."

"초대해 주시면 사양하지 않고 함께하겠습니다."

브린이 재빠르게 제 자리를 정리하고 새로 다기를 내왔다. 완벽하게 시녀의 자리로 돌아간 브린은 시중을 들기 시작했다.

탄은 차가 무척 좋다고 평했고, 리리카가 겸손히 답했다.

"라트가 선물해 준 찻잎이야. 산다르는 찻잎이 특산품이라고 들었어."

"어쩐지. 울프 영지의 특산품도 드리고 싶은데, 아직 황녀님께는 무리군요."

"특산품이 뭐길래?"

"증류주입니다."

히죽 웃으며 탄이 답해서 리리카는 "그렇구나." 하고 탄성을 질렀다.

"과자도 새롭고요."

"어머님이 새로 데려온 요리사라고 해."

"이거 맛있네요."

탄이 과자를 휙휙 입으로 가져갔다. 그의 덩치에는 과자가 무척 작아서 한두 개로는 만족할 것 같지 않았다.

리리카가 다과를 더 가져오라 시켰다. 시종들이 재빠르게 가져온 다과가 속속 쌓였다.

생크림을 맛본 탄이 눈을 동그랗게 떴다.

"이거 맛있는데요?"

"어머니가 요리사에게 말해서 만든 건데, 생크림이라고 한대. 버터크림 대신에 이걸 사용하시려나 봐."

묵직한 파운드케이크 위에 올라간 생크림은 버터크림에 비해서 가볍고 산뜻했다. 북쪽은 우유와 버터를 구하기 힘들어서 이런 농후한 단맛은 수도에서만 맛볼 수 있는 즐거움이었다.

울프가 사람들이 괜히 단것에 약한 게 아니다. 증류주에 각설탕을 집어 먹는 게 이들이었다.

"좋은걸요. 우리 쪽은 추워서 크림을 구하기 힘드니까 이런 건 어렵네요."

"추우면 크림이 더 안 상하지 않아?"

리리카의 질문에 탄이 씩 웃으며 "추우면 젖이 잘 안 나오거든요." 하고 답했다.

"그렇구나."

새로운 사실을 하나 알아서 리리카는 머릿속에 저장해 두었다.

그런 이야기를 나누는 사이 정원이 어두워졌다. 깜깜하니 탄이 리리카를 거처까지 데려다주겠다고 청했다.

리리카는 그 말에 탄을 바라보다가 물었다.

"그럼 잠깐만 밤 정원 둘러봐도 돼?"

"물론이죠."

"그럼 브린만 데려갈래. 사람 많으면 고즈넉함이 사라지니까."

리리카의 말에 브린이 싱긋 웃으며 알겠다고 답했다. 탄은 유리 등불을 들고 걷기 시작했고, 리리카가 그와 나란히 섰다. 브린은 한 발 뒤에서 따라왔다.

밤 정원은 고요했고, 공기는 장미 향에 흠뻑 젖어 있었다. 깊게 들이마시면 몸속 깊은 곳까지 꽃향기가 배어드는 기분이 들었다. 고요함이 무서울 수도 있었지만, 탄이 곁에 서 있으니 무섭지 않았다.

그냥 조용히 걷는 것만으로도 즐거웠지만, 리리카는 입을 열었다.

"오늘 와 줘서 고마워."

탄이 씩 웃었다. 성(姓)의 유래를 알게 돼서인지 정말로 늑대 같아 보이는 웃음이었다.

"저도 덕분에 맛있는 걸 먹었으니까요. 대접해 주셔서 감사합니다."

리리카가 빙긋 웃자 그가 이어 물었다.

"정말로 괜찮으십니까?"

"응?"

"오늘 올 손님이 따로 계셨지요? 마음 상하지 않으셨나 해서 말입니다."

"아."

그제야 리리카는 탄이 우연히 온 게 아니라는 걸 깨달았다.

"마음 안 상했어. 그리고 태자 전하에 대해서도 '다정한 분이구나.' 했는걸."

"예?"

탄이 놀라 되묻자, 리리카가 히죽 웃었다.

"계속 날 만나러 오려고 하셨던 거잖아. 조금만 더 하면 일이 끝날 거야, 끝날 거야, 하면서 어떻게든 일을 끝내려고 하셨겠지."

하지만 그러다 보니 시간이 훌쩍 흐른 게 틀림없었다. 그래서 결국은 못 오겠다고 이야기를 전한 거고.

어떻게든 그녀를 만나려고 계속 "조금 이따가 올게."라고 말한 것이 다정한 점이라 생각했다.

리리카의 파격적 논리에 탄은 뭐라고 해야 할까 고민하는 눈치였다. 리리카는 그런 그의 기색을 별달리 신경 쓰지 않고 말을 이었다.

"그래도 마음 상할까 봐 와 준 거지? 고마워, 탄. 나 혼자였으면 분명히 마음 상했을 거야. 슬펐을지도 몰라. 그런데 브린과 탄이 있어 줘서 괜찮았어."

탄이 멈춰 서서 리리카를 바라보았다.

그녀의 얼굴은 진지한 표정이라 웃음이 나왔지만, 눈동자에는 웃지 못하게 만드는 신뢰가 담겨 있었다.

한 번도 '진짜로' 그녀를 상처 준 적 없고 누구도 '진짜로' 그녀를 상처 입히려 들지 않으리라고 믿는.

어린아이답다고 치부하기에는 결이 다른 신뢰와 애정이었다.

자신을 믿고 몸을 기댄 새끼고양이를 굴려 떨어트리거나, 기쁘게 다가오는 강아지를 걷어차는 정도의 악의를 가진 인간이 아니라면 깨고 싶지 않아지는 그런 눈길이었다.

탄은 감탄했다.

리리카는 평탄한 삶을 살아온 게 아니다. 그녀가 어떤 삶을 살았는지는 보고서를 통해서 알테어스도, 라트도, 그리고 자신도 잘 알고 있었다.

그런데도 그녀는 상처받아 애정을 갈구하며 비굴해지거나, 반대로 날카롭게 날을 세우지도 않는다.

이건 어른에게도 어려운 일이었다.

"고마워하실 필요 없습니다. 아까도 말했다시피 맛있는 걸 먹었으니까요. 게다가 나머지 업무를 땡땡이쳤는걸요."

탄이 히죽 웃었다.

"라트와 가위바위보에서 제가 이겼거든요."

"라트와?"

"네, 저와 라트 두 사람 중에 누가 갈까, 하다가 가위바위보로 정한 거지요."

리리카는 "두 사람 모두 와도 괜찮았는데." 하고 안타까워하자 탄이 고개를 끄덕였다.

"그랬지만, 그러면 업무는 누가 하겠어요."

"하긴. 그런 줄 알았으면 라트에게도 바구니를 보낼 걸 그랬어."

"바구니요?"

"응, 사실은 황태자 전하께는 보냈거든. 바쁘시니까 드시면서 일하시라고."

그 말에 탄은 다시 어깨를 떨며 웃음을 터트렸다. 음식을 하사하는 건 보통 위에서 아래로 내려가는 일이다.

물론 사촌 동생이 새로 만든 과자가 너무 맛있다며 보내는 정도는 상관없겠지.

없겠지만.

그런 의도로 받아들여질까, 하고 탄은 큭큭 웃었다. 아무래도 다음에는 전하와 이야기 할 필요가 있겠다.

이 순진한 황녀님은 아무래도 그냥 순진한 게 아닌 듯했다. 배려심이 있고, 다정하며, 그걸 지킬 만한 심지도 있었다.

'이거 흥미로워지는데.'

알테어스가 '결혼한다.'라고 할 때만 해도 여러모로 걱정이 많이 들었는데, 지금 보니 걱정할 필요가 전혀 없었다.

정원을 한 바퀴 돌고 제 거처 앞에서 리리카가 한숨을 내쉬며 작게 말했다. 그가 커다란 몸을 웅크려야만 할 정도였다.

"사실 속상한 게 딱 하나 있어."

"뭡니까?"

"어머니가 속상하실 거 같아서, 그게 걱정이야."

그녀가 황태자를 초대한다고 이렇게 준비하는 걸 도와주었는데, 자기가 두 시간이나 기다리고, 황태자가 약속을 일방적으로 깨버렸다는 소식을 들으면 무척 속상해하시지 않을까.

"난 괜찮은데."

리리카의 말에 탄이 고개를 끄덕였다.

"황녀님이 괜찮다고 하시면, 분명히 괜찮을 겁니다."

"그럴까?"

"그럼요."

탄의 장담에 리리카의 표정이 밝아졌다.

"고마워, 탄."

다시금 인사하고 리리카는 방 안으로 들어갔다. 브린이 생긋 웃으며 탄에게 인사하고 문을 닫았다.

탄이 문 앞에서 한숨을 흘리며 말했다.

"정말로 황후마마께서 괜찮기를 바랄 뿐이랍니다."

리리카의 예상대로 어머니는 무척 속상해했지만, 리리카가 괜찮다고 몇 번이나 달래자 속을 풀었다. 그리고 속삭였다.

"걱정 마라, 리리. 나중에 아틸은 분명 이번 일을 후회하게 될 테니까."

"네?"

깜짝 놀라 리리카는 어머니를 바라보았다. 후회라니.

리리카는 그런 건 전혀 바라지 않았으나, 어머니 마음이 풀린다면 이런 이야기 정도는 괜찮겠지 싶었다.

그녀는 어머니가 태자 전하를 후회하게 할 만한 힘이 있다고는 전혀 생각지 못했다. 어머니의 기운을 북돋기 위해서 리리카가 고개를 끄덕였다.

"알겠어요."

루디아가 빙긋 웃고 딸을 꼭 끌어안은 다음 놓아주었다.

"리리, 기분이 풀리라고 새로 주문한 게 있단다."

기다란 선물 상자를 보고 리리카가 눈을 동그랗게 떴다. 대체 뭐가 들어 있을지 짐작이 가지 않았다.

선물 상자를 열어 보니 거기에는 양산이 들어 있었다.

레이스와 보석, 반짝이는 모든 것으로 만든 듯한 작은 양산이었다.

"너무 예뻐요."

리리카가 감탄했다. 옆에서 브린이 탄성을 내질렀다.

"설마 엘제르크 레이스인가요?"

"그럼. 진짜 엘제르크 레이스지."

빙긋 웃으며 루디아가 하는 말에 리리카가 고개를 갸우뚱거렸다.

"엘제르크 레이스요?"

브린이 얼른 설명했다.

"엘제르크 지방에서 나는 레이스예요. 굉장히 섬세해서 짜는 데 오래 걸려 가격이 무척 비싸지만, 그만큼 아름답기로 이름 높지요."

"그렇구나."

양산대는 상아로 만들어졌고, 손잡이는 금이었다. 그야말로 이 양산 하나로 성채도 살 수 있을 정도였다.

이전까지 양산은 직접 드는 게 아니라, 시종이 들어 주는 커다란 양산이 대부분이었다. 루디아는 크레놀린보다 훨씬 활동적인 버슬 드레스를 유행시키며 작고 예쁜 양산도 같이 끌고 나왔다.

그러며 리리카를 위해 크기가 작은 어린이용 양산을 함께 주문한 것이었다.

어린이가 쓰기에는 사치스럽다고 사람들이 입을 모아 말해도 루디아는 귓등으로 듣지도 않았다.

그녀는 딸에게 뭔가를 해 주는 게 가장 중요했다.

리리카가 눈을 빛내며 물었다.

"지금 산책해도 되나요?"

"물론이지."

리리카는 활짝 웃으며 양산을 집어 들었다.

"?"

양산은 생각보다 훨씬 무거웠다. 그녀는 또래보다 마른 편이라 더욱 그랬다.

그러나 그걸로 어머니를 실망시키고 싶지 않아서 리리카는 아무렇지도 않은 척했다.

"저 얼른 나가 볼게요."

"그래, 그래."

루디아는 흡족한 미소를 띠며 고개를 끄덕였다. 리리카는 양손으로 양산을 붙잡고 밖으로 나왔다.

양산을 펴자 양산 가장자리에 매달린 크리스털 장식들이 햇빛을 무지갯빛 파편으로 튕겨냈다.

"세상에."

숨을 삼키고 리리카는 양산을 어깨에 걸쳤다. 이렇게 하니 그래도 좀 가벼워졌다.

햇볕이 내리쬐는 정원을 여유롭게 걸으며 리리카는 제 양산을 빙글빙글 돌렸다. 여기저기로 빛 조각들이 튀었다.

새로 신은 어린 염소 가죽 구두는 경쾌한 굽 소리를 냈고, 마음은 가벼웠다.

때마침 봄바람만 불지 않았다면 말이다. 그러잖아도 무거운 양산이 바람에 휩쓸리자 리리카는 몸이 휙 딸려가는 걸 느꼈다.

"황녀님!"

놀란 브린이 소리쳤다.

"괜찮아!"

리리카도 소리쳤지만 거센 봄바람이 순식간에 그녀의 양산을 멀리 날려 보내고 말았다.

"안 돼!"

성채가 날아간다고 생각하니 눈앞이 까맣게 되었다. 리리카는 양산을 쫓아 뛰기 시작했다.

정원의 길을 따라서 뛰어야 한다는 생각은 버렸다. 풀숲과 작은 시냇물을 건너뛰어 리리카는 달렸다.

"황녀님! 뛰지 마세요!"

뒤에서 브린이 외쳤지만 리리카의 눈은 양산에만 고정되어 있었다.

다행히도 바람이 멈추고 양산이 바닥으로 떨어지는 듯 했다. 리리카는 마지막으로 속도를 냈다.

"꺄악?!"

양산 바로 앞에서 그녀는 굴러 넘어졌다.

"하하, 양산 타고 날아와서 떨어졌나?"

웃음소리에 그녀는 그제야 제가 사람에게 걸렸다는 걸 알아챘다. 허둥지둥 치맛자락을 누르며 그녀는 몸을 일으켰다.

"정말로 죄송……합니다……."

말이 한 박자 느려진 건 눈앞의 사람이 너무 화려하게 생겼기 때문이었다.

리리카 마음속에 언제나 가장 아름다운 사람 1위는 어머니가 차지하고 있기 때문에, 이 사람은 단숨에 2위가 되었다.

어머니 말고 이런 사람을 본 적이 없었다.

은색 머리카락은 달빛으로 자아낸 것처럼 빛났고, 이목구비는 서늘하게 화려했다.

극단까지 정련한 은제 칼날 같은 아름다움이었다.

이제 열두어 살쯤 되었을까.

소년은 빙긋 웃었다.

"괜찮아?"

"네? 네. 괜찮아요. 죄송해요!"

리리카는 그제야 정신을 차려서 다시 잽싸게 사과했다. 소년이 다시 웃었다. 그가 떨어진 양산을 들어 올려 빙그르르 돌렸다.

크리스탈에 투과된, 오색으로 빛나는 햇빛 조각이 그의 은발에 튀는 걸 리리카는 멍하니 바라보았다.

"네가 들기에는 너무 무겁지 않아? 좀 더 가벼운 게 좋겠는걸."

그의 시선이 뒤쪽으로 향했다가 다시 리리카에게로 돌아왔다.

"그렇군. 요즘 소문이 자자한 황녀님이셨구나. 하긴, 이런 양산을 들고 다니는 사람은 그녀뿐이겠지."

본인이 눈앞에 있는데, 묘하게 제삼자에 대해 말하는 것처럼 이야기했다.

"사치스러운 악녀인가 했더니, 의외네."

리리카는 그 말에 눈을 찌푸렸다. 어머니에 대해서 하는 말이라면 화를 냈겠지만, 자신에게 하는 말이라면. 뭐.

하지만 황녀의 위엄을 주워 담기 위해서 가슴을 펴며 당당히 훈계했다.

"직접 보지 않고 소문으로 사람을 판단하면 안 돼."

"응, 그렇지만 가십과 험담은 정말 재미있잖아요."

생글생글 웃으며 소년이 자리에서 일어났다. 그가 손을 내밀어 리리카는 그 손을 잡고 자리에서 일어났다. 그제야 소년의 옷차림이 눈에 들어왔다.

외모만큼이나 화려한 옷차림이었다. 소매 장식이 풍성하게 달린 블라우스에 조끼 차림이었다.

황궁 안에서 입기에는 격식 없는 차림이지만, 그런 차림에도 외모가 조금도 밀리지 않는다는 점에 리리카는 감탄했다.

"바라트 소공작님, 예를 갖추시죠."

뒤에서 브린의 목소리가 들려왔다. 소년은 히죽 웃고 우아하게 양산을 어깨에 걸치며 커트시를 해 보였다.

리리카는 저도 모르게 입을 벌렸다. 그녀가 본 것 중에서 가장 우아하고 멋있는 커트시였다. 글렌데린 부인도 이렇게 커트시를 하지는 못한다.

바지를 입고 하는 커트시는 독특했지만, 단숨에 시선을 빼앗겨 버렸다.

"이렇게 하면 되나?"

히죽 웃으며 하는 말에 브린은 눈을 찌푸렸다. 리리카는 순전히 감탄하며 말했다.

"정말로 우아해요……. 아니, 진짜로 우아해."

리리카의 말에 소년은 고개를 갸웃했다가 웃음을 터트렸다.

그는 웃음을 멈추고 부드럽게 말했다.

"진심으로 하시는 말씀이군요?"

그의 행동은 충분히 조롱으로 비칠 수 있는 행동이었으나 그녀는 엉뚱한 곳에 감탄하고 있었다.

"하지만 진짜인걸?"

리리카의 말에 그는 다시 킥킥 웃으며 말했다.

"소인은 피요르드 바라트라고 합니다. 바라트 최고의 걸작품이지요."

마지막 말에는 비아냥거리는 투가 가득했는데, 그게 스스로에게 하는 말인지 아닌지는 알 수 없었다.

리리카도 응수했다.

"만나서 반가워, 바라트 소공작."

"그냥 피요르드라고 불러 주시면 됩니다."

"피요르드."

입 안에서 이름을 중얼거리고 리리카가 불쑥 말했다.

"나에게 커트시를 가르쳐 주지 않겠어?"

"제가 황녀님께 커트시를요?"

"응, 그렇게 멋있게 커트시를 하는 사람은 처음 봤어. 꼭 배우고 싶어."

리리카가 힘주어 하는 말에 그가 뺨을 긁적였다.

"일단 황녀님을 가르치려면 황실의 허가가 있어야 합니다. 먼저 받아 오시는 게 어떨까요?"

"그, 그렇구나. 전혀 몰랐어. 갑작스럽게 미안해."

진지하게 사과하는 어린 황녀를 보며 피요르드는 묘한 표정을 지었다.

그가 쓸쓸하게 웃으며 양산을 접어 그녀에게 내밀었다.

"아무래도 놀려 주려는 작전은 통하지 않을 거 같네요. 그럼 이만 돌아가시죠. 여기서 바라트를 만났다고 하면 좋은 소리를 못 들으실 테니까요."

"어?"

"황녀님, 그게 좋겠습니다."

브린이 호응해서 리리카는 고개를 끄덕였다. 돌아보니 브린은 조금이라도 빨리 이 자리를 떠나고 싶은 듯 보였다.

리리카가 그녀의 뒤를 따라 숲을 빠져나오다가 뒤를 돌아보았다. 그 자리에 서 있던 피요르드가 다시 한번 커트시를 해 보여 리리카는 저도 모르게 손을 흔들었다.

숲을 빠져나오자 브린이 한숨을 내쉬었다.

"설마 여기에서 바라트를 만날 줄은 몰랐네요."

"바라트가 어쨌길래?"

브린이 "으음." 하고 미간을 모으며 생각에 잠겼다가 말했다.

"제가 뭐라고 이야기해 드릴 수는 없는 부분인 거 같습니다. 글렌데린 부인도 마찬가지고요. 황후마마께 여쭤보는 게 어떨까요?"

가문 간의 정치적 역학 구도는 시녀가 설명할 것도 아니고, 권족도 아닌 예법 선생이 할 이야기도 아니다.

"응, 그런데 굉장히 아름다운 사람이었어."

리리카가 한숨을 쉬듯 말했다. 브린이 웃으며 물었다.

"황후마마보다요?"

"아니, 엄마는 언제나 제일이지! 이 세상에 어머니보다 아름다운 사람은 없어."

하지만 두 번째로 예쁜 사람이었다. 아직도 그 무지갯빛 파편이, 은색 머리카락이 눈앞에 선했다.

바라트가 궁금해진 리리카는 얼른 어머니께로 향했다. 마침 알현이 끝난 터라 루디아는 마음 편히 딸아이를 맞았다.

"어머니, 피요르드 바라트라고 아세요?"

"그럼 알지."

루디아도 그 이름을 잘 알고 있었다.

바라트 공작의 걸작품 아닌가?

'지금쯤이면 열둘 정도인가? 삼 년 후면 죽겠네.'

피요르드 바라트가 의문사하면 바라트 공작은 지금보다 더 미쳐 날뛰게 된다.

"피요르드 바라트는 왜?"

"정원에서 만났거든요. 제 양산을 주워 줬어요."

딸의 말에 루디아는 눈을 찡그렸다.

"피요르드 바라트가? 태양궁 정원에?"

"네."

"그렇구나."

루디아는 생각에 잠겼다.

바라트 공작가는 호시탐탐 황좌를 노리고 있었다. 황제파와 완벽하게 대척점을 이루는 귀족파의 머리가 바로 바라트 공작이었다.

하지만 귀족파의 수장으로 만족하지 못하고 황좌를 노리고 있었다. 루디아 자신도 회귀 전에는 바라트 공작 편에 서서 황태자를 노리지 않았는가?

황태자만 죽으면 바라트 공자가 황위를 잇는다.

현재 황태자 외에 타카르 가문의 직계는 단 한 명도 없다. 바라트 공작가가 만들어 낸 천재일우의 기회.

심지어 황태자의 어머니는 신분이 미천했다. 혈통으로만 따지자면 바라트 소공작이 더욱 황좌에 가까웠다.

단.

타카르만이 사용할 수 있는 '권능'이 바라트 공작가의 가장 큰 적이었다.

'절대로 바라트는 타카르를 못 이겨.'

현 황제의 정체를 알고 있는 루디아는 코웃음이 나왔다.

바라트 편에 섰다가 딸아이도 잃고 반역자로 화형대에 오르지 않았는가.

'아니지.'

루디아는 이를 악물고 정정했다.

'나 때문에 리리가 죽고, 내 멍청한 짓 때문에 내가 불탔지.'

사실, 가능하면 귀족이나 황족과 얽히고 싶지 않았다. 만약 계약결혼이 아닌 다른 방법으로 그 빈민가를 빠져나올 수 있었다면 그 방법을 썼을 것이다.

그러나 루디아 자신이 회귀로 얻은 지식을 가장 잘 활용할 수 있는 건 아무리 생각해도 이 방법뿐이었다.

'하지만 피요르드에 대해서는 별로 생각해 본 적이 없네.'

어차피 도중에 죽는 사람이라 처음부터 논외인 인물이었다. 그보다는 그다음에 나오는…….

바라트 공녀.

떠올리자마자 눈을 찡그렸다가 루디아는 생각을 돌렸다.

왜 귀족파 수장의 아들이 태양궁을 어슬렁거리는 걸까. 좋은 소리는 못 들을 텐데.

생각에 잠겨있는 어머니를 보며 리리카가 용기를 내어 말했다.

"어머니 그런데 피요르드가 커트시를 무척 잘해서요. 배우고 싶은데, 허락이 필요하다고 해서…….”

"피요르드 바라트에게 커트시를? 엄마는 분명히 남자애라고 알고 있는데."

"남자아이 맞아요. 그런데 커트시를 정말로 잘해요!"

황태자의 정적과 어울리게 해도 되는 걸까.

'어차피 3년 후에 죽으니까 괜찮겠지?'

게다가 딸이 나서서 뭔가를 먼저 부탁한 건 처음이었다.

아틸이 딸아이와의 티 파티 약속을 깬 것도 괜찮다고 하지만 속상할 테니 뭔가 해 주고 싶었다.

루디아는 제 계획을 점검해 보았다. 그녀의 목표는 단순했다.

황후 노릇을 하는 동안 돈을 잔뜩 벌어서 이혼 후에도 적당히 자리 잡고 딸과 행복하게 사는 것.

큰 욕심을 부릴 생각은 없다. 욕망에 휩쓸려 모든 걸 태워 버리는 삶은 한 번으로 충분했다. 지금 와서는 손안에서 굴리는 황후의 관조차도 한낱 장난감. 그녀는 황제와 계약에 충실해서 사교계를 쥐고 흔들고 한편으로는 알뜰하게 돈을 모아서 귀여운 딸과 함께 은퇴할 생각뿐이었다.

'하지만 그렇다고 그냥 은퇴하면 뒤통수 맞기 쉬우니까.'

좋은 인맥 정도는 남겨 둘 생각이었다. 나중에 리리에게 무슨 일이 생긴다 해도 매끄럽게 대응할 수 있게 말이다.

귀족 사회에 연줄 하나 남겨두지 않고 깨끗하게 떨어져 나가 줄 생각 따위는 없었다.

"알았어. 바라트 가문에 요청해 보마. 하지만 될지 안 될지는 몰라."

바라트 가문에 돌멩이 하나 던지는 것도 나쁘지 않았다.

어떤 파문이 그려지고, 물고기들이 어떻게 움직이는지 보자.

바라트 아래서 하수인으로 움직였던 루디아는 그들의 계획을 대충은 꿰고 있었다.

그래도 확인은 늘 필요하지.

"정말요? 감사해요!"

리리카가 환하게 웃으며 루디아를 끌어안았다. 루디아가 가볍게 웃었다.

살이 오른 딸아이를 안으면 부드럽고 좋은 향기가 났고, 웃음소리는 듣기 좋게 명랑했다.

'역시 우리 딸이 세상에서 제일 귀여워.'

문제는 다른 놈들도 우리 딸이 세상에서 가장 귀엽다는 걸 알아챈 듯하다는 거다.

갑자기 아이에게는 아빠가 어쩌고 하는 헛소리를 시전하는 용 새― 아니, 황제를 떠올리며 루디아는 딸을 꽉 안았다.

'절대로 리리는 못 줘! 리리 엄마는 나뿐이야!'

돌이켜 보면 저번 생에도 권족들은 리리카에게 관심이 많았다. 그때야

수수한 리리카가 신기한가 보다, 그렇게만 생각했다.

'지금 생각하면 아니지. 그것들이 눈치는 빨라서.'

숨이 막히는 듯한 리리카를 놓아 주고 루디아는 방긋 웃었다.

"리리가 부탁하는데 물론 들어줘야지."

그 말을 음미하는 딸의 모습이 역시 사랑스러웠다.

우아한 다정함과 단단한 온유함은 눈이 있는 자만 알아볼 수 있는 보물이다.

"이제 곧 엄마는 부자가 될 거야. 그러면 리리가 원하는 건 뭐든 사 줄 수 있어."

"부자요?"

리리카의 목소리에 약간 불안함이 섞였다. 루디아는 고개를 끄덕였다.

"응, 엄마가 훌륭한 투자처를 찾았거든."

"어떤 투자처인데요?"

"우바라는 사람인데, 탐험대에 투자해 줄 사람을 찾고 있단다. 조금 전에 나갔어. 리리도 이야기를 들었으면 즐거워했을걸."

"탐험대요?"

"그래."

루디아가 고개를 끄덕이자 리리카는 불안해졌다. 탐험대라니.

루디아는 솔직하게 말했다.

"여기저기서 사기꾼이라는 소리를 듣고 있지만, 사실은 정직한 사람이란다."

"네에?"

"옷차림이 좀 그래서 그렇지, 걱정하지 않아도 괜찮아."

먹구름처럼 급격히 불안이 몰려 들어와서 리리카가 소곤거렸다.

"그래서 얼마나 투자하신 거예요?"

"계약금 전부."

"!!"

놀란 토끼 같은 얼굴을 한 딸을 루디아는 몇 번이나 안심시켰다.

"걱정 말라니까. 엄마만 믿어."

리리카는 차마 '그게 가장 신뢰가 안 가요.' 하는 말을 할 수가 없었다. 그녀가 우물거리다가 자리에서 벌떡 일어났다.

"제가 직접 가서 이야기해 보겠어요."

"네가? 그래. 아직 궁을 나가지 못했을 테니까 지금 부르면—"

"아뇨, 제가 가서 만날래요."

사기꾼에게 준비할 시간을 주지 않을 셈이었다. 날쌔게 달려가서 갑작스럽게 공격할 거라고 말하는 딸을 보고 루디아는 고개를 끄덕였다.

"그럼 그러려무나."

"네."

리리카는 우바에게서 어머니의 투자금까지 받아낼 생각으로 쪼르르 달려나갔다. 브린이 루디아에게 가볍게 인사하고 그 뒤를 따랐다.

루디아는 작게 웃었다. 딸아이가 씩씩한 건 보기 좋았다.

우바는 곤혹스럽겠지만,

'그 혓바닥이라면 알아서 잘 설득하겠지.'

사기꾼이라고 불리는 데에는 그 번지르르한 이야기 솜씨도 한몫했을 거다.

그러나 사기꾼이라 불리던 사내는 곧 탐험대의 전설이 될 터였다.

제국은 무척 넓지만, 개척하지 못한 땅은 훨씬 더 넓었다.

한쪽은 범죄자와 도망자들이 사는 끝없는 사막이 있고 또 다른 한쪽에는 이곳이 있다.

사람을 잡아먹는 괴물들이 살고, 나침반도, 별자리도, 심지어 떠오르는 태양도 소용없는 미지의 땅.

그곳은 나무의 바다.

수해(樹海).

하지만 수해 안은 새로운 것들의 보고(寶庫)였다. 진귀한 향신료나, 식물을 수해에서 가져오고는 했고 그건 매우 비싼 값에 팔려나갔다.

그래서 탐험대를 꾸려서 수해로 모험을 떠나는 사람들이 많았지만, 돌아오지 못하는 자들도 빈번했다.

그래서 탐험대를 꾸리는 데에는 돈이 많이 들었고, 귀족의 후원이 필수적이었다.

우바도 귀족의 후원을 받기 위해 돌아다녔으나 모두가 그를 사기꾼이라고 생각했다.

귀족에게 거절당하고서 그는 평민들에게 합자 투자를 최초로 받았고 어마어마한 성과를 거둬서 돌아왔다.

그 뒤로 합자 탐험대가 성행하지만 그건 루디아가 알 바가 아니었다.

그녀는 우바에게 전 재산을 몽땅 투자할 생각이었다.

아무래도 리리카는 자신을 믿지 못하는데, 그건 자신의 탓이 컸다.

몇 번 큰 성공을 보여 줘서 엄마에 대한 신뢰를 심어 줄 생각이었다.

일어서서 창가로 다가가니 달려가는 리리카가 보였다. 루디아는 저도 모르게 웃었다.

그녀는 앞으로 벌어질 몇 가지 큰 사건을 정리했다.

지금 그녀는 사교계에서 자리를 잡기도 바빴다.

이제 그녀가 나가는 파티장은 눈으로 확연하게 구별이 되는 옷차림이 보였다.

버슬파와 크리놀린파.

크리놀린파 사람들은 대체로 귀족파로, 어디서 왔는지도 모를 황후에게 영향을 받지 않겠지, 라는 결의가 눈에 보였다.

'그래 봐야 자기들 손해인데.'

어차피 다음에 대극장에서 불이 나면 크리놀린을 입은 여자들은 빠져나오지 못하고 활활 불타게 될 터였다.

그다음에야 버슬 드레스가 완전히 자리잡는데, 지금은 황후인 그녀가 인위적으로 유행을 앞당긴 상태였다.

'뭐, 그래도 활활 타게 둘 수는 없지. 나도 사람 좋아졌어.'

루디아는 이런저런 계획을 세우며 머리를 굴렸다. 하지만 지금은 귀여운 리리카의 부탁을 들어줄 차례였다.

루디아는 새 편지지를 꺼냈다.

퇴궁하는 길은 하나뿐이었다. 정원을 가로질러 달리자 뒤에서 브린이 "황족은 뛰지 않아요." 하고 말했지만, 리리카는 지금은 황족일 필요가 없다고 생각했다. 그녀는 금방 그를 따라잡을 수 있었다.

"잠깐! 멈춰!"

시종을 따라 회랑을 걷던 사내는 놀라 멈춰 섰다. 리리카는 숨을 깊게 들이마셨다.

옆에 있던 시종이 먼저 고개를 숙이며 인사했다.

"황녀님을 뵙습니다."

남자는 깜짝 놀라 깃털 달린 화려한 모자를 벗으며 허리를 숙였다.

"황녀님을 뵙습니다."

"그대가 우바인가?"

리리카가 팔짱을 끼며 최대한 날카로운 목소리를 냈다.

"그렇습니다."

"잠깐 이야기 좀 하지."

"알겠습니다."

우바는 정중히 답했다. 리리카는 화려한 그의 옷차림이 놀라웠다. 그녀가 궁에서 생활하면서 한 번도 본 적 없는 옷차림이었다.

낯짝도 반반하고 손에 들고 있는 것 역시 화려한 깃털이 달린 삼각모였으며, 입고 있는 옷도 굉장히 화려했다. 머리카락은 가늘게 몇 가닥씩 땋아서 비즈 장식을 달았는데 뭐라고 해야 할까…….

'연극배우?'

연극을 직접 본 적은 없지만, 간판에 그려진 그림에서 본 연극배우 같았다.

'정말로 사기꾼 같아.'

안 그래도 없던 신뢰도가 바닥을 뚫고 떨어지는 걸 느끼며, 리리카는 눈을 가늘게 떴다.

브린은 눈치를 보는 시종에게 물러가라고 턱짓했다. 시종은 잽싸게 인사를 하고 회랑을 종종걸음으로 빠져나갔다.

리리카는 직설적으로 말했다.

"방금 어마마마께서 그대에게 투자를 약속하셨다는 이야기를 들었다."

"네, 그렇습니다."

우바는 제국의 화제인 '황녀님'을 직접 볼 줄은 몰랐던지라 눈을 마주치면 안 된다는 걸 알면서도 힐끔거릴 수밖에 없었다.

그런데 황녀님의 입에서 나온 이야기는 마른하늘에 날벼락 같은 소리였다.

"그대가 사기꾼이라는 소문이 자자해. 분명히 마음 약한 어마마마를 속인 거겠지."

리리카가 분노한 새끼 양처럼 탕, 발을 굴렀다.

"당장 가서 어마마마께 사실을 고하도록 해."

눈을 부릅뜨고 하는 말에 우바가 황급히 말했다.

"잠시만 기다려 주십시오, 황녀님. 사기꾼이라뇨. 저는 억울합니다. 황녀님도 제 이야기를 들어보시면 사실이라는 걸 아실 수 있을 겁니다."

우바는 진지하게 호소했다. 어떻게 얻은 후원자인데 이렇게 잃을 수는 없었다.

필사적인 그의 말에, 리리카는 잠시 생각에 잠겼다.

이야기도 들어 보지 않고 바로 내치는 건 리리카가 생각해도 너무했다.

그녀는 제법 근엄한 목소리로 말했다.

"좋아, 그럼. 먼저 이야기를 들어 보지."

"감사합니다, 황녀님."

우바가 침을 삼키며 연신 고개를 숙였다.

브린이 권했다.

"황녀님, 여기서 이럴 게 아니라 안으로 들어가서 이야기를 들으시지요."

"아냐, 밖에서 걸으면서 듣겠어. 걷는 건 괜찮겠지?"

"물론입니다."

리리카는 그를 방 안으로 초대하고 싶지 않았다. 그러면 내쫓을 때 더욱 마음 아플 것 같았다. 정원을 걸으면서 이야기하면 '역시 사기꾼이었어.' 하고는 쪼르르 자리를 피해 어머니께 가서 고하면 되는 거 아닌가?

리리카와 우바는 나란히 걷기 시작했다. 우바가 헛기침을 하고 이야기를 시작했다.

"저는 이미 수해에 들어갔다가 나온 게 세 번이나 됩니다. 첫 번째에는 제 동료들을 전부 잃었지요."

그렇게 시작된 그의 모험담은 리리카를 단번에 사로잡았다.

우바의 입담은 능수능란해서 그가 이야기를 다 끝냈을 무렵, 리리카는 눈물을 글썽거리고 있었다.

"그랬구나. 난 그것도 모르고 우바를 사기꾼이라고 생각했어."

우바가 미소 지었다. 그가 정원 흙바닥 위에 양 무릎을 꿇었다.

"이렇게 저를 위해서 울어 주시니 감사합니다. 황녀님, 부디 아까 그 이야기는 거두어 주세요. 전 반드시 돌아올 겁니다."

리리카가 코를 훌쩍였다.

"응, 알겠어."

그녀는 후, 한숨을 내쉰 후에 주머니에서 은화를 꺼냈다.

낡고 얼룩진, 그녀의 모든 꿈이 담겼던 은화다.

그녀가 그걸 우바에게 내밀며 말했다.

"나도 우바에게 투자할게. 얼마 되지는 않지만."

리리카는 빈민가에서 있었던 일을 작게 설명하고 빙긋 웃었다. 우바는 손바닥 안에 떨어지는 은화의 무게를 심장으로 느꼈다.

"정말로 믿어 주시는 거군요."

저도 모르게 입 밖으로 말이 흘러나왔다. 우바는 은화를 바라보았다.

"그야 사실을 말하고 있는 거잖아?"

리리카의 말에 그가 퍼뜩 고개를 들어 어린 황녀님을 바라보았다.

'닮았어.'

그녀의 어머니와 닮은 게 당연한지도 모르지만 닮아 있었다.

우바는 투자처를 찾기 위해 많은 귀족가에 발걸음을 했다.

대부분 사기꾼이라고 문전박대당했고, 이야기를 들어 주겠다고 해서 이야기를 더욱 맛깔나게 했더니 웃음을 터트리며,

"그 이야기가 듣고 싶어서 불렀지. 이야, 자네 그냥 연극배우를 해 보지 그러나?"

하고 빈정거렸다. 그가 이야기를 잘한다고 소문이 났다며 이야기 값을 주고 그를 내보내기도 했다.

절망스러웠으나 무엇보다도 비참했다.

새 황후가 그를 불렀을 때도 기대는 없었다. 감히 높은 분의 부르심을

거절할 수 없어서 나온 것이지.

내뱉는 이야기는 자신이 생각해도 성의가 없었으나, 황후는 "그대를 믿는다." 하고 말했다.

그가 얼떨떨해져서 오히려 "저를 믿으신다고요?" 하고 반문할 정도였다.

황후는 그저 웃으며 그 자리에서 어음을 끊어 주었다.

우바는 황녀의 아름다운 눈동자를 가만히 바라보았다.

"반드시 성공시키겠습니다."

어떻게든.

무엇을 걸어서라도.

우바의 말에 리리카가 조심스럽게 말했다.

"그래도 몸조심해."

우바가 빙긋 웃었다.

"명을 따르겠습니다."

"응."

리리카는 고개를 끄덕였고, 이야기가 끝나는 타이밍에 브린이 적절히 시종을 불렀다.

우바는 다시 리리카에게 인사하고 시종을 따라 궁을 떴다. 브린이 물었다.

"괜찮으시겠어요, 황녀님? 그 은화를 그렇게 줘 버리시고."

브린도 리리카에게 그 은화가 얼마나 소중한지 잘 알았다. 그런데 아무래도 사기꾼인 것 같은 사람 손에 그 은화가 넘어가다니.

은화야 상관없지만, 그를 믿었던 리리카가 후에 힘들어할까 봐 걱정이었다.

'게다가 황후마마께서도 상당한 투자를 약속하신 듯하고.'

이 소문이 퍼져 나가면 분명 사교계의 웃음거리가 될 터였다. 브린도 이야기를 함께 들었지만, 이야기가 너무 드라마틱해서 전부 거짓말처럼 들렸다.

이게 실화라면 저 남자는 대단한 사람이다. 마지막에 친구에게 지분을 빼앗겨서 무명의 빈털터리가 되었다는 말까지 너무 사기꾼 같았다.

그래서 다들 투자하지 않은 거겠지.

리리카는 고개를 끄덕였다.

"거짓말하는 거 같지 않았어."

브린이 고개를 갸웃했다.

"거짓말하는지 아닌지 알 수 있으신가요?"

"그건 아니지만. 일종의 감이라고 할까."

리리카는 진지한 얼굴이었다. 브린은 고개를 끄덕였을 뿐이었다.

'그래, 뭐든 경험해 보는 게 낫겠지.'

브린은 그리 생각했다.

Chapter 2

감이 좋은 아이

"아틸에게 차였다며?"

집무실에 출근하니 알테어스가 히죽 웃으며 말했다. 리리카가 입을 비죽였다.

"차인 거 아니에요. 전하께서 너무 바쁘셔서 그렇지요."

리리카의 말에 알테어스는 잠시 그녀를 바라보다가 중얼거리듯 말했다.

"사실 그 애에게 필요한 건 나보다 너 같은 인간일지도 모르는데."

"네?"

"아틸이 바보짓을 했다는 이야기."

알테어스는 그렇게 말하고 서류로 시선을 내렸다. 리리카가 살그머니 근처로 다가와 책상에 양손 끝을 올려 두고 물었다.

"걱정이 있으신가요?"

그녀의 말에 라트가 고개를 들었다. 알테어스도 시선을 양녀에게 돌렸다.

리리카가 고개를 갸웃거리며 물었다.

"뭔가 걱정이 있으신 거 같아서요."

알테어스는 턱을 괴고 빤히 리리카를 보았다. 그가 손을 뻗어 이마를 꾹 눌러도 이제 제법 힘을 주어 잘 버티고 있었다.

"걱정 없어."

그의 말에 리리카는 그게 정말일까, 하는 얼굴을 했다. 알테어스가 물었다.

"그보다 왜?"

"네?"

"왜 걱정이 있다고 생각했어?"

"걱정이 있어 보이시니까요?"

그걸 뭐라고 설명해야 하나, 리리카가 다시 반대로 갸웃했다. 알테어스가 말했다.

"시간 때우기 용으로 딱 좋다고 생각했는데 말이야. 점점 흥미가 생기고 있어서 그 점이 곤란하게 느껴진다, 라고 해야 하나."

"?"

리리카는 알아들을 수 없지만, 열심히 귀담아들었다. 힘들고 지칠 때는 그저 하소연하는 것만으로도 위로가 될 때가 있지 않은가?

다른 건 못해도, 그런 건 자신이 있었다.

알테어스가 픽 웃었다.

"됐어. 마침 딱 좋네."

"뭐가—"

말인가요, 하고 말이 끝나기도 전에 문 두드리는 소리가 들렸다. 라트가 자리에서 일어나 문을 열어 주었다.

아틸이 보고서를 들고 안으로 걸어 들어오다가 멈춰 섰다. 그는 황제의 책상 옆에 붙어 있는 리리카를 빤히 바라보았다. 리리카는 깜짝 놀라 몸을 돌려 인사했다.

"황태자 전하를 뵙습니다."

여기서 대놓고 그녀를 무시할 수는 없었다. 아틸이 가볍게 고개를 까닥했다.

그가 시선을 알테어스에게 돌렸다.

"폐하, 부탁하신 보고서를 가지고 왔습니다."

라트가 옆에서 대신 보고서를 받아들더니 바구니를 하나 아틸에게 건넸다.

"이게 뭡니까?"

"그거 들고 얘랑 호숫가에서 배라도 타."

알테어스가 리리카의 등을 밀며 말했다.

아틸이 리리카를 보던 시선을 알테어스에게로 돌렸다.

"명령이십니까?"

"일종의."

"그렇다면 알겠습니다."

아틸이 고개를 숙였다. 리리카는 당황해 알테어스를 바라보았다가 라트를 보고 마지막으로 아틸을 바라보았다.

여기서 그녀에게 선택권은 없어 보였다. 라트는 곤란한 그녀의 얼굴을 보고 이해한다는 듯 고개를 끄덕였지만, 편을 들어주진 않았다.

"얼른."

알테어스가 다시 등을 떠밀었다. 리리카는 떠밀려 앞으로 몇 걸음 걸어 나갔다.

'어차피 이렇게 된 거.'

리리카가 아틸에게 말했다.

"잘 부탁드릴게요."

"가자."

"즐거운 시간 보내십시오."

라트가 싱긋 웃으며 둘을 배웅했다. 리리카는 한숨을 삼키며 아틸의 뒤를 따라 나갔다.

그녀가 복도를 걸으며 물었다.

"바구니 제가 들까요?"

"됐어."

아틸은 짤막하게 답했다.

호숫가까지 둘은 아무런 말도 하지 않았다. 아틸은 대화할 생각이 없다는 걸 명백히 보였다.

리리카는 그의 뒤를 따라 걷다가 하늘을 바라보았다.

"와—"

아틸이 힐끗 시선을 그녀에게 던졌다. 리리카가 웃으며 말했다.

"하늘 정말 파래요. 구름도 예쁘고, 날씨도 엄청 좋아요. 세상에, 호수가 너무 예뻐요."

연신 감탄사를 터트리며 리리카는 주변을 둘러보았다.

호수는 상당히 궁 바깥쪽으로 걸어야 해서 그녀는 아직 여기까지는 와 본 적이 없었다.

"사람이 별로 없네요. 호수는 꽤 넓은데……. 어디로 이어지는 걸까요. 와, 가운데 저거 섬이죠? 섬에도 작은 건물이 있네요. 신기해라."

아틸이 답하지 않아도 상관없었다. 리리카는 들떠서 호수를 바라보며 조잘거렸다.

아틸은 가만히 그녀의 목소리를 들었다. 야외라 그런지 시끄럽다는 생각은 들지 않았다.

단지 어색했다.

저런 목소리를 들어 본 게 너무 오랜만이었다. 근심, 걱정이 없는 밝은 목소리.

그는 호숫가에 정박되어 있던 보트에 바구니를 올려놓고 리리카에게 손을 내밀었다.

리리카는 눈을 동그랗게 떴다가 웃으며 그 손을 잡았다.

그제야 그는 그녀의 얼굴을 보았다. 그때 순간 스쳐 지나갔던 얼굴과는 또 달랐다.

보트에 올라탄 리리카가 말했다.

"제가 폐하께 이렇게 해 달라고 부탁드린 거 아니에요."

"알아."

그런 식으로 바람맞혔는데, 리리카가 먼저 부탁해서 그를 만나자고 할 리가 없겠지.

아틸은 밧줄을 풀어내고 발로 보트를 호수 쪽으로 밀어냈다.

리리카는 아틸의 말에 뭐라 하려다가 덜컹거리는 보트에 놀라 말을 멈췄다.

곧 보트가 물결을 따라 흔들흔들 매끄럽게 움직이기 시작했다. 생전 처음으로 느껴보는 감각에 리리카는 보트 양쪽을 꽉 잡고 있다가 점점 힘을 뺐다.

아틸은 능숙하게 서서 노를 저었고, 리리카는 그걸 신기하게 바라보았다.

"저 보트 타 보는 거 처음이에요. 그렇구나. 이런 느낌이구나."

리리카는 금방 적응해서 신이 났다. 호수에 손가락을 살짝 넣었다가 빼고 리리카는 아틸을 올려다보았다.

"전하."

아틸은 그녀를 바라보았다. 리리카는 솔직하게 입을 열었다.

"전하가 어떻게 생각하실지는 모르지만, 저는 늘 형제가 가지고 싶었어요. 또래 아이들이 싸우면 늘 언니, 오빠가 와서 도와주고는 했거든요. 전 혼자니까, 그게 늘 부러웠어요."

그녀가 살짝 웃었다.

"그래서 사실 사촌이라도 오빠가 생긴다는 게 기뻤어요. 전하께서는 어떻게 생각하실지 모르겠지만."

아, 했던 이야기 또 하네.

리리카는 스스로 그렇게 생각하면서 말을 이었다.

"저는 가깝게 지내고 싶어요."

리리카가 눈에 힘을 잔뜩 주고 물었다.

"안 될까요?"

아틸은 눈을 깜박였다. 이렇게 '가깝게 지내고 싶어요.'라는 말을 대놓고 들은 건 처음이었다.

그의 푸른색 눈동자가 리리카의 청록빛 눈동자를 바라보았다.

에메랄드빛 바다 같은, 여기가 아닌 아주 먼 이국(異國)으로 데려다줄 것 같은 눈동자.

그에게 혈육은 단 한 사람도 없었다. 아니, 알테어스가 있기는 했으나 그는 살가운 사람은 아니었다.

혼자.

언제나 그는 철저하게 혼자였다. 아틸은 그 생각을 하지 않으려 애썼다.

그러나 고작 이런 여자아이의 말에도 마음이 흔들렸다.

그는 입술을 깨물었다가 말을 돌렸다.

"내 아버님은 형제자매가 아주 많으셨어."

리리카는 가만히 그의 뒷말을 기다렸다.

"모두 여섯 명이나 됐어. 그런데 아버님께서 황위에 오르실 때는 아버님 혼자 남으셨지."

리리카는 눈을 휘둥그레 떴다.

"다들 돌아가신 건가요?"

"그래."

"굉장히 슬프셨겠어요."

리리카가 중얼거렸다. 아틸은 저도 모르게 웃었다.

그런 말을 들은 건 처음이었다. 다들 '암살'이나 '황위 다툼' 같은 이야기에 더욱 관심을 쏟지, 그런 감정을 이야기하는 사람은 없었다.

"맞아, 그러셨겠지."

아틸은 그래서 그렇게 대답할 수밖에 없었다. 형제가 있어도 황위를 두고 다투거나, 암살 위협을 하는 관계밖에 되지 않는다는 이야기를 꺼낼 수가 없었다.

리리카가 제 가슴을 두들겼다.

"전 안 죽을게요."

"뭐?"

"저는 절대로 안 죽을 테니까 걱정하지 않으셔도 괜찮아요. 전하를 슬프게 만들지 않을 거예요."

아틸이 픽 웃었다.

"그리고 늘 내 편을 들어주고? 필요하면 달려오고?"

"물론이죠! 그게 형제가 하는 일이잖아요. 누군가 전하를 괴롭히면 제가 가서 혼내 줄게요."

쪼끄만 게 장담하는 모습이 우스웠다.

"난 그런 말 안 믿어."

"하지만 이런 말이 필요 없는 사람은 없어요."

날카롭게 뱉은 말에도 리리카는 태연하게 답했다. 아틸은 말을 멈췄다.

리리카가 뺨을 붉게 물들였다.

"저도 알아요. '언제나'나 '늘' 같은 말은, 허무하게 들릴 수도 있고, 저도 알지만 그래도."

리리카가 자리에서 벌떡 일어났다. 그래도 여전히 키 차이 탓에 시선이 맞지 않았으나 앉아 있을 때보다는 좀 더 얼굴이 가까워졌다.

"저는 필요했어요."

리리카는 이어 말했다.

"그리고 존재한다고 믿어요."

아틸은 노를 쥔 손에 힘을 꾹 주었다.

믿고 싶지만 믿을 수가 없다.

아틸은 대답 대신 시선을 돌렸지만, 리리카는 실망하지 않았다. 고집 센 길고양이가 생각났다.

빈민가에서 꼬리를 바싹 세우고 다니는 새까만 고양이.

늘 도도하고, 절대로 아이들이 던지는 돌에 맞지 않을 만큼 날쌔고 아름다운 고양이.

신뢰는 손 한 번 내밀거나 말 한마디로 이루어지는 게 아니니까.

그 사이 보트는 작은 섬에 도착했다. 밧줄을 선착장 말뚝에 던져 고정하고 둘은 섬에 내렸다.

익숙하게 아틸은 바구니를 들고 걷기 시작했고, 리리카가 그 뒤를 따랐다. 작은 섬에는 테이블과 의자가 놓여 있는 가제보가 세워져 있었다.

바구니를 열어 음식을 테이블 위에 늘어놓는데 누군가 다가왔다.

아틸은 상대를 보고 긴장을 풀었다.

"로윈."

"호위도 없이 다니시면 안 됩니다."

"뭐, 폐하께서는 늘 즉흥적이시니까."

아틸이 한숨 쉬듯 말하고 리리카에게 소개했다.

"내 호위 기사인 로윈."

"로윈 그레이라고 합니다. 황녀님."

"만나서 반가워."

리리카가 가볍게 인사했다. 그녀는 묘한 느낌을 받았다.

'감이 안 좋아.'

아틸의 호위 기사라고 하지만, 감이 안 좋았다. 마음 한구석에서 경보음이 들렸다. 이상할 정도로 선명하고 뚜렷했다. 이 사람은 분명히 해를 끼칠 사람이다.

"어떻게 알고 온 거예요?"

리리카의 질문에 로윈이 어깨를 으쓱했다.

"시종에게 물었습니다."

아틸이 그에게서 등을 돌리며 바구니를 열었다. 리리카는 로윈을 힐끗힐끗 바라보았다.

"별걸 다 넣으셨네."

그 말에 저도 모르게 리리카가 까치발을 들어 바구니 안을 들여다보았다.

순간, 등줄기에 쭉 소름이 돋았다. 로윈이 검 손잡이를 잡는 걸 곁눈으로 보았다.

폭력에 익숙한 빈민가 출신의 집중력이 단숨에 그쪽으로 향했다. 언제나 그녀를 살려 줬던 감이 이제는 비명처럼 소리를 지르고 있다.

리리카의 손이 저도 모르게 아틸에게 향했다. 그 순간 번개처럼 로윈이 검을 휘둘렀다. 동시에 리리카가 힘껏 아틸을 잡아당겼다.

"!!"

로윈의 검이 아슬아슬하게 아틸을 스쳤다. 머리카락 몇 올이 허공에 날렸다.

리리카가 먼저 손을 뻗지 않았다면 늦었을 터였다.

"이런."

로윈의 목소리가 태연해서 리리카는 그가 검으로 벌레라도 퇴치한 건가, 싶을 정도였다.

리리카는 긴 의자 위로 뛰어 올라가 로윈과 아틸 사이를 두 팔 벌려 막아섰다.

"어째서……."

등 뒤에서 아틸의 떨리는 목소리가 들려왔다.

'어떡하지? 어떡하지?'

검을 든, 잘 훈련된 성인 남성을 어떻게 따돌릴 수 있을까?

리리카는 빤히 로윈을 바라보았다. 로윈이 한숨을 내쉬었다.

"8년간 황태자 전하를 섬겨 온 것은 이때를 위해서였습니다. 적어도 정을 생각해서 모른 채로 보내드리고 싶었는데."

"대체, 왜……!"

아틸의 목소리는 흔들리고 깨어진, 쥐어짜는 목소리였다. 리리카가 소리쳤다.

"그야 이놈이 악당이니까요!"

로윈이 멈칫했다. 리리카가 소리쳤다.

"배신자! 나쁜 놈! 자기는 그럴듯한 이유를 가지고 있다고 생각하는 제일 나쁜 놈!! 뻔뻔하게 어린아이를 죽이려고 하면서!"

악을 쓰는 리리카에게 질렸다는 표정으로 로윈이 말했다.

"이런 천박한 계집을 황녀로 삼다니, 출신 모를 황제답군요. 그런 자가 제국의 황제라는 게 문제입니다. 이제 제국은 새로운—"

그때 리리카의 등 뒤에서 뭔가가 날아왔다. 로윈이 검을 휘둘러 그걸

쳐낸 순간 병이 깨지는 소리와 함께 후춧가루가 사방에 퍼졌다.

동시에 아틸이 리리카의 손을 잡고 뛰었다.

하지만 도주는 오래가지 못했다.

"꺅!"

머리채를 잡힌 순간 리리카는 아틸의 손을 놓았다.

그러나 아틸은 놓지 않았다. 그는 멈춰 서서 돌아보고 이를 악물었다.

"뛰어요!"

리리카가 소리쳤지만 아틸은 듣지 않았다. 리리카는 숨이 턱 막혀 왔다.

눈앞이 깜깜해졌다.

'어?'

뿌드득 하는 기묘한 소리가 들렸다.

정말로 물리적으로 눈앞이 깜깜해졌다. 머리채를 잡은 손이 느슨해지고, 눈가를 덮은 손바닥의 온기가 느껴졌다.

'뭐지? 뭐가 어떻게 된 거야?'

'털썩.'

누군가 쓰러지는 소리가 났다.

"둘 다 괜찮아 보이네."

눈을 가렸던 손이 떨어져 나갔다. 뒤를 돌아보려고 하니, 누군가의 손이 그녀가 시선을 돌리지 못하게 막았다.

"아니, 뒤쪽은 보지 말고."

그래서 위를 올려다보니 폐하가 서 있었다. 알테어스가 빙긋 웃었다.

그제야 다리가 후들후들 떨려왔다. 눈물이 고이는 걸 리리카는 필사적으로 참았다.

아틸이 허탈한 표정으로 죽은 로윈을 바라보다가 시선을 알테어스에게로 돌렸다.

"저를…… 미끼로 쓰신 겁니까?"

목소리 끝이 살짝 떨려왔다. 알테어스는 그 말에 갸웃했다가 웃었다.

"글쎄다."

아틸은 입술을 깨물었다. 동시에 리리카가 소리쳤다.

"싫어요!"

"뭐?"

리리카는 돌아서려고 했지만, 여전히 알테어스가 양손으로 머리를 잡고 있어서 돌아설 수가 없었다.

"그, 그렇게 말하는 건 너무해요. 그런 식으로, 그렇게! 확실하게 말해 주세요. 우리를 미끼로 쓴 거예요? 그렇다면 굉장히 슬프고 화날 테지만, 그러면 이유를 물을 수 있고, 아니면 오해한 거니까. 하지만 그런 대답은 정말로 싫어요."

한바탕 쏟아낸 리리카가 헉헉거리며 입을 꾹 다물었다. 아틸은 멍하니 리리카를 바라보았다. 알테어스는 잠시 침묵하다가 말했다.

"아냐."

아틸이 고개를 번쩍 들었다.

"미끼로 쓴 게 아냐. 정말로 그냥 즉흥적인 결정이었어. 네 어머니가 갑자기 난리를 쳐서."

알테어스가 "대체 어떻게 알았는지……." 하고 작게 중얼거리고 말을 이었다.

"찾으러 가려던 참에 아틸이 위험한 걸 알게 돼서 급히 날아온 거야. 내가 먼저 온 거고, 곧 네 엄마도 올 거다. 저기, 아니 넌 안 보이겠군. 하여간 보트 타는 게 보이네."

순간 리리카가 주르륵 미끄러져서 털썩 주저앉았다. 눈에서 눈물이 후두둑 떨어졌다.

놀란 아틸이 다가왔다.

"윽, 흐윽, 어흑—"

결국 우엥 울음을 터트린 리리카를 보고 알테오스가 물었다.

"상처라도 입었나?"

아틸이 그 말에 놀라 그녀 앞에 한쪽 무릎을 꿇었다.

"설마 로윈이 잡을 때 뭔가 잘못 됐—"

와락, 리리카가 그를 끌어안았다. 아틸은 숨을 삼켰다.

"무, 무, 무서웠, 엄청 무서웠어요, 어흑, 어흐흑, 다행, 다행이라……."

후엥, 우엥, 엉엉, 다양한 울음소리를 내며 리리카가 그를 끌어안았다.

아틸은 당황해서 뻣뻣하게 굳어 버렸다. 누군가가 그를 껴안은 건 처음이었다.

어린아이의 팔과 몸은 놀랄 정도로 가늘었고, 체온은 뜨거웠다.

놀랍게도 우는 소리가 싫지 않았다.

아이들이 우는 게 거슬린다거나 귀찮다고 말하는 걸 들은 적 있었다.

하지만 품 안에서 리리카가 우는 소리는 싫지 않았다.

어떻게 해야 하나, 하다가 천천히 등을 토닥이니 리리카는 한층 더 강아지처럼 품을 파고들어 왔다.

어쩐지 저도 모르게 한숨처럼 목소리가 흘러나왔다.

"안 죽는다며."

그 말에 품 안에서 "절대 안 죽어요." 하고 웅얼거리는 소리가 났다. 아틸은 저도 모르게 픽 웃었다.

"리리! 맙소사, 리리!"

그때 비명 같은 소리를 지르며 창백하게 질린 황후가 달려오는 게 보였다. 알테어스가 "둘 다 무사해." 하고 말했으나 들리지 않는 것 같았다.

당황한 아틸이 리리카를 밀어내려고 했으나 리리카는 떨어지지 않았다.

뭐라고 이야기해야 할까.

이 상황에 대한 변명을, 황후마마께 어떻게 하나.

아틸이 그런 생각을 하는데 루디아가 두 사람을 동시에 끌어안았다.

"무사해서 다행이다. 다행이다, 정말로."

"!!"

아틸은 숨을 삼켰다.

다행이라고 말하는 안도하는 목소리, 머리카락을 거칠게 쓰다듬는 손.

한 번도 어머니에게 안겨 본 적 없는 아틸은 눈물이 나려는 걸 필사적으로 참았다.

알테어스가 비딱한 목소리로 말했다.

"구해 준 건 나인데, 왜 난 안 안아 주는 거야?"

"지금 그런 말이 나와요?!"

루디아가 자리에서 벌떡 일어나며 말했다. 화를 내려던 그녀의 시선이

시체로 향했다.

"으, 세상에. 일단 여기를 뜨죠. 애들 교육에 안 좋아요."

아틸과 리리카의 눈을 가리며 루디아가 눈살을 찌푸렸다.

그제야 한바탕 소란이 벌어졌다. 보트를 타고 반대로 건너가니 안색이 하얗게 질린 브린과 브란이 기다리고 있었다.

파이도 안절부절못하며 서 있다가 몇 번이나 가슴을 쓸어내렸다. 탄과 라트도 와 있었는데 두 사람은 알테어스와 낮게 이야기를 나누었다.

루디아는 "자, 두 사람은 좀 쉬자." 하고 말하며 등을 떠밀어댔다.

리리카는 뜨거운 물로 목욕하고 푹신한 소파에 앉아서 큰 컵 가득 담긴 따뜻한 쇼콜라를 마시고 있게 되었다.

전에 먹었던 진득한 쇼콜라가 아니라 우유를 탄 부드러운 밀크 쇼콜라였다. 한 모금 마실 때마다 속이 따뜻해졌다. 날카로워졌던 신경도 누그러들었다.

브린이 물었다.

"이제 좀 괜찮으세요?"

"응……."

고개를 작게 끄덕이고 리리카가 물었다.

"전하는?"

"전하는 브란이 돌보고 있을 거예요. 제가 한번 알아볼까요?"

"응."

리리카가 고개를 끄덕였다. 브린이 다른 시녀에게 눈짓하자 그녀가 잽싸게 밖으로 나갔다.

브린이 말했다.

"그래도 다치지 않으셔서 다행이에요. 머리카락이 잡히셨다고 그랬죠?"

"응, 하지만 이제 괜찮아. 정말로 혼자 다니면 안 되는구나 실감했어. 브린 말이 맞았어."

"이런 식으로 알게 되시는 걸 바라지는 않았는데요. 그리고 사실 이건 폐하 탓이죠."

어린아이 둘만 소풍을 보낸 사람 탓이다. 알테어스는 주변에 사람이 있는 걸 싫어 했다. 브린은 항상 리리카를 집무실에 데려다주고는 대기하지 않고 물러났는데 그게 문제였다며 눈을 찡그렸다.

그때 문이 벌컥 열렸다.

"리리!"

"어머니."

루디아가 리리카를 덥석 끌어안기 전, 아슬아슬하게 브린이 리리카의 손에서 컵을 빼냈다.

"놀랐지? 정말, 엄마도 얼마나 놀랐는지 몰라. 세상에. 하필 오늘 이런 일이 있을 줄이야."

한숨을 푹푹 내쉬며,

"이래서 사람은 착하게 살아야 하나 봐."

하고 리리카에게 말했다. 아틸이 호위 기사에게 습격당할 것을 알면서도 방치했다.

리리에게 상처입혔으니까, 너도 당해 보라는 심보였는데, 그게 고스란히 자신에게 돌아올 줄이야.

"엄마도 리리처럼 다정할 수 있으면 좋을 텐데."

리리카가 그 말에 얼굴이 빨개지며 더듬거렸다.

"저 다정하지 않아요. 오늘도 폐하께 싫다고 크게 소리치고, 그리고, 음. 다정하지 않은 어머니도 좋아요. 음, 다정한 게 싫은 건 아니고요."

"어머? 알테어스는 그런 소리를 들어도 싸. 참나."

코웃음을 치며 계약 남편을 사정없이 폄하한 루디아가 빙그레 웃었다.

"그래도 리리가 그렇게 말해 주니까 힘이 나네."

부드럽게 머리카락을 쓰다듬는 손길이 기분 좋았다. 긴장이 풀리니 꾸벅꾸벅 졸음이 오기 시작했다.

두 사람이 소곤거리는 소리가 잠결에 들려왔다.

"황녀님께서 주무시네요."

"긴장이 풀린 거겠지. 가엾어라, 얼마나 놀랐을까."

이마를 쓸어 주는 부드러운 손길이 느껴졌다.

"이대로 푹 자게 내버려 둬. 뒤의 일정은 전부 취소하고."

"네, 황후마마."

"함께 있어 주면 좋겠지만, 이 뒤에 회의가 이어져서—"

목소리가 점점 희미해지고, 리리카는 완전히 잠으로 떨어졌다.

"—!"

리리카는 발로 허공을 차며 눈을 번쩍 떴다. 식은땀이 축축했다. 심장이 두근두근 크게 울렸다.

"황녀님, 악몽을 꾸셨나요? 괜찮으세요?"

바로 불이 켜지고 브린이 가까이서 조용히 말을 걸었다. 리리카가 상체를 일으키며 고개를 끄덕였다.

"……몇 시야?"

"이제 한밤중이 지났어요. 다시 주무세요. 제가 옆에 있을게요."

리리카는 잠시 멍하니 허공을 바라보았다. 브린이 갸웃하고 물었다.

"쿠키와 따뜻한 우유라도 가져올까요? 바람이라도 쐬시겠어요?"

"브린."

"네, 황녀님."

"전하께 가 보면 안 될까?"

"황태자 전하께요?"

"응. 안 될까?"

브린이 빙긋 웃었다.

"안 될 건 없지요. 한번 여쭈어 보겠습니다."

"응. 고마워."

"별말씀을요."

브린이 빙긋 웃고 침실 밖으로 나갔다. 리리카는 다리를 접어 끌어 안았다.

어머니는 분명 폐하와 함께 계실 테니까, 방해하면 안 된다.

그리고 이제 나도 다 컸으니 악몽을 꿨어요. 하고 찾아갈 수는 없지.

'아주아주 나쁜 사람.'

로윈이라는 이름이 잊히지 않을 것 같았다. 구두닦이 아저씨가 그랬다.

나쁜 짓을 하면서 나쁜 짓이라고 생각하지 않는 사람이 가장 나쁜 놈이라고.

―그런 놈들이 하는 말은 전부 독이야.

그렇게 이야기했었지.

'달칵.'

문이 열리는 소리에 리리카가 휙 고개를 들었다.

"뭐라셔? 괜찮…… 전하……?"

등을 들고 서 있는 건 아틸이었다. 그가 성큼성큼 다가와서 협탁에 등불을 내려놓았다. 놀라 일어나려는 리리카의 어깨를 잡아 누르고 아틸이 침대에 엉덩이를 걸쳤다.

"잠이 안 와?"

비딱하게 묻는 그 말투에 리리카는 멍하니 그를 보다가 작게 고개를 끄덕였다.

"이 정도로 잠이 안 오면―아니다, 잠이 안 올 수도 있지. 그래서?"

"네?"

"그래서 난 왜 찾아오려고?"

막상 당사자가 찾아오자 우물우물하게 되었다.

"뭔데?"

그가 다시 추궁해서 리리카가 작게 말했다.

"같이……."

슬쩍 그를 돌아보며 말을 이었다.

"같이 자자고 하려고요……."

줄어드는 목소리에 아틸은 눈썹을 치켜올렸다. 말소리는 줄어드는 주제에 아틸을 바라보는 시선은 떼지 않았다.

리리카는 아틸이 제 손을 놓지 않았던 걸 기억하고 있었다. 그 상황에서 그는 자신을 놓고 뛰어 도망치지 않았다.

그러니까.

그러니까…….

지그시 바라보는 그 시선에 결국 아틸은 다시 푹 한숨을 내쉬었다.

"그래, 자자."

"!!"

반색하며 리리카가 꾸물꾸물 옆으로 엉덩이를 밀어 옮기고 옆자리를 탁탁 두들겼다.

아틸은 그 옆자리를 바라보았다. 리리카가 다시 팡팡 옆자리를 두들겼다.

아틸은 느릿하게 침대 위로 올라갔다. 침대 헤드에 놓인 커다란 베개에 몸을 기대고 그가 물었다.

"이제 됐어?"

"네."

생글생글 웃으며 답하는 리리카의 머리를 베개로 밀며 아틸이 말했다.

"이제 자."

"네."

베개에 얼굴을 묻고 리리카가 쿡쿡 웃었다.

"뭐가 그렇게 좋아?"

"이렇게 같이 자는 게요. 저 형제가 생기면 꼭 해 보고 싶었거든요."

형제.

아틸은 그 말을 천천히 곱씹었다. 그는 그 단어를 이렇게 깊이 생각해 본 적 없었다.

생각하면 아프니까.

알테어스 숙부가 있기는 하지만, 늘 혼자라는 생각을 지울 수 없었다.

그가 느릿느릿 손을 뻗었다. 머뭇거리며 허공을 머무는 그 손을 보고 리리카가 고개를 번쩍 들어 올려 머리를 손바닥 아래 가져다 댔다.

'쓱쓱.'

둥근 머리를 쓰다듬으며 아틸은 신경이 느슨해지는 걸 느꼈다. 리리카가 생글생글 웃었다.

그 웃는 얼굴을 보니, 아까 그녀가 소리쳤던 게 거짓말 같았다.

설마 그와 암살자 사이를 가로막을 거라곤 예상 못 했다.

암살자에게 소리칠 거라는 것도 몰랐다.

심지어 폐하께 한소리 할 것이란 것도.

그 행동에서 그녀가 얻을 이익은 아무것도 없었다.

'그러고 보니 아까 황후마마께서도······.'

리리카가 브린의 손에 이끌려 부들부들 떨리는 몸을 뜨거운 욕조에 담그고 있을 때 아틸은 알테어스와 함께 있었다.

아니, 정확히 말하면 황제 부부와 함께 있었다.

'설마 황후마마께서 숙부님께 무어라 할 줄은 몰랐는데.'

몸은 괜찮은가? 앞으로 로윈의 뒷조사를 할 생각이다, 같은 이야기를 하는데 대화 중에 루디아가 눈에 불을 켜고 목소리를 높였다.

"그런 식으로 이야기하니까 얘가 사람을 못 믿게 되는 거 아니에요? 당신이 인간 불신이라고 남까지 그렇게 만들지 말아 줄래요?"

"뭐?"

"세상에, 그런 두루뭉술한, 주변을 다 적으로 상정하고 움직여라 같은 소리를 꼭 지금 해야 해요?"

아틸은 그 말에 눈만 깜박이고 서 있었다. 설마 황제 폐하 앞에서 목소리를 높일 수 있는 사람이 있을 거라고는 생각 못 했다.

"인간 불신? 내가?"

알테어스의 목소리가 낮아졌다. 루디아는 그 앞에 똑바로 버티고 섰다.

"그래요."

"하, 네가 나에 대해 뭘 안다고 함부로 지껄여?"

"그럼 당신은 나에 대해 뭘 알기에 내가 모른다고 생각하죠?"

알테어스가 그녀에게 바짝 다가갔다. 가슴에 코가 닿을 듯했지만 조금도 물러나지 않는 루디아를 보며 아틸은 저도 모르게 감탄했다.

"너—"

알테어스가 으르렁거리려는 순간, 루디아가 그때 손을 들었다.

"잠깐만요."

그런 상황에서 나오는 말과 동작이라기에는 너무나 태연한 '정지 요청'이었다.

그 순간 누가 그런 말을 하겠는가?

그녀가 휙 아틸 쪽을 돌아보아, 아틸은 긴장했다.

"네가 황제가 될 때까지 나는 널 지지할 거야. 폐하와 나 사이에서 아이를 가질 생각도 없고. 알테어스가 다 방치하고 있는 것 같지만, 널 황위에 올릴 거야. 그 정도 생각은 있으니까."

생각지도 못한 발언에 얼이 빠졌다. 아까부터 계속 논리가 상황을 따라가지 못하고 있었다.

알테어스가 뭐라고 하려고 했으나 루디아가 다시 막으며 말했다.

"애 앞에서는 안 싸우기로 했잖아요?"

알테어스는 그 말에 쯧 혀를 차더니 짧은 숨을 내쉬었다. 이어 팔짱을 끼고 입을 꾹 다물었다. 루디아가 말을 이었다.

"그리고 나도 그래. 널 황위에 올리는 그의 계획을 지지해. 이건 네가 믿거나 믿지 않거나 상관없어. 사실을 통보하는 거니까."

"아이에게 그런 식으로 이야기하다니."

뒤에서 알테어스가 빈정거렸지만, 루디아는 돌아보지도 않았다.

"그럼 이제 나가 보렴. 아, 그리고 아틸. 지금까지 암살에 알테어스가 관여한 적은 한 번도 없어. 그렇죠?"

"당연하지!"

알테어스가 눈을 찡그렸다.

"내가 왜 아틸을 죽이려고 하겠어?"

"그렇단다. 자, 이제 나가보렴. 이제 난 이분과 이야기해야 할 게 있으니까."

그리고서 아틸은 쫓겨나듯 집무실을 나왔다.

브란과 파이가 달려와서 괜찮으냐고 물었으나 대답할 정신이 없었다. 머릿속에서 폭풍이 몰아치는 기분이었다.

생각에 잠긴 그를 보고 브란도 파이도 입을 다물었다.

아틸의 머릿속은 복잡했다.

한밤중에도 잠이 오지 않았다. 그래서 리리카의 이야기를 들었을 때 직접 오겠다고 말했다.

얼굴을 보면 뭔가 복잡한 머릿속이 가벼워질 것 같았다.

'그리고 이 생글생글 얼빠진 얼굴을 보니……'

있던 고민도 다 사라질 거 같았다. 어떻게 이 녀석은 이렇게나 무방비할까?

심지어 약하면서.

"전하."

리리카가 그를 불렀다.

"왜?"

"전하는 안 무서우세요?"

아틸은 그녀의 머리를 꾹 눌러서 베개에 파묻히게 만들었다.

"꺅?"

"익숙해. 이게 벌써 네 번째 암살 시도니까."

"네 번째요?!"

놀라 몸을 일으키려는 그녀의 머리를 누른 채로 아틸이 고개를 끄덕였다. 그는 저도 모르게 중얼거렸다.

"난 폐하께서 다 알고 방치하고 계신 줄 알았는데."

체스 말처럼 자신을 이용하고 있다고 생각했다.

죽어도 상관없는.

아니, 그가 황제 지위를 유지하기 위해서 목숨만 붙어 있으면 되는 그런 존재로.

하지만 오늘 이야기를 들어보니 아니었다.

'아니었어.'

숙모님—이 단어가 아틸은 괜히 쑥스러웠다.—과 이야기하는 숙부님의 모습은 아틸에게 신선한 충격을 주었다.

"그래도, 저는 네 번째라고 해도 무서울 거 같아요."

한숨을 푹 내쉬며 리리카가 말했다. 그녀의 목소리를 들으며 아틸은 난처해졌다.

이걸 뭐라고 해야 할까.

그와 가장 가까운 사람은 파이나 브란이라고 할 수 있었다. 하지만 그들에게는 가문과 가족이 있었다.

내일 세상이 멸망한다면, 그들은 그를 내팽개치고 가족에게 달려갈 터였다.

그가 죽는다 해도 그들은 그의 자리를 다른 주군으로 채우겠지.

아틸은 언제든지 대체 가능한 존재였다.

하지만 가족은 없어지면 영영 그 자리는 빈자리로 남는다.

대체할 수 없는 무언가.

그에게는 빈자리뿐이었다. 곁에 있는 존재는 단 하나도 없었다.

지금까지는 분명히 그랬는데.

약하고 무모하고 무방비하기까지 한 존재가 생겨났다.

곤란하다. 난처하다.

이걸 어떻게 해야 하나?

'이걸 내가 지켜주는 수밖에 없나.'

아틸은 비딱하게 그런 생각을 하며 말했다.

"무서운 것보다는 배신감이 더 크지."

리리카가 그녀의 머리를 쓰다듬고 있는 그의 손을 꼭 쥐고 그쪽으로 돌아누웠다.

아틸이 픽 웃었다.

"그런 표정 안 해도 괜찮아. 네가 그렇게 소리 질러서 시원해졌으니까."

그가 그녀의 눈동자를 바라보았다. 머나먼 이국으로 그를 데려다줄 것 같은 눈동자는 어둠 속 촛불에도 환하게 빛났다.

'정말로 이국에 온 기분이야.'

어제와, 아니 방금까지와 바뀐 게 아무것도 없는데, 모든 게 바뀌었다. 하지만 그런 말을 리리카에게는 절대로 하지 않을 작정이었다.

그건 열두 살 소년의 자존심 문제니까.

"그러니까 더 이상 걱정하지 말고 자."

그가 이불을 끌어 올려 어깨까지 덮어 주자 리리카는 눈을 감았다. 아틸이 잡은 손을 빼지 않고 있기에, 그녀는 그 손을 꼭 잡았다.

그때 너무 무서웠지만, 아틸이 손을 놓지 않아서 안심했다. 그 손을 꼭 잡고 리리카는 잠이 들었다.

아틸은 리리카의 숨소리가 고르게 변한 걸 느끼고 초를 껐다.

'왜 지금일까.'

그는 눈을 감았다.

로윈은 왜 '지금' 그를 죽이려고 시도했을까?

지금껏 얼마든지 죽일 수 있었으나 그는 기다렸다. 분명 적당한 때와 상부의 지시를 기다리고 있었을 터였다.

그리고 그게 지금, 이라고 판명 났다.

'달라진 건 역시 황후마마의 존재와……'

그가 힐끗 리리카를 보았다.

'이 녀석인가.'

로윈이 어디에서 명령을 들었는지는 알 수 없지만, 아마 처음부터 이럴 목적으로 그와 함께한 게 틀림없었다.

그동안의 관계가 전부 거짓이라고 생각하면 숨이 막힌다. 폐 속에 물이 차는 것처럼 고통스럽다.

인간 따위 전부—

"음……."

그가 저도 모르게 손에 힘을 줬는지 리리카가 작게 소리를 냈다. 아틸은 놀라 손에 힘을 뺐다. 다행히도 그녀는 깨지 않았다. 작은 손이 그의 손을 꼭 쥐고 있었다.

"……."

가족.

단 한 방울의 피도 섞이지 않은 여동생.

하지만 그렇기에 끊어지지 않을 무언가.

아틸은 침대 헤드에서 스르륵 미끄러져서 베개를 베고 그녀를 마주 보았다.

누군가와 나란히 잠드는 것도 처음이다. 너무 많은 처음이 있어서 얼떨떨하다.

그래도 리리카의 숨소리는 거슬리지 않았고, 그도 곧 잠이 들었다.

'이렇게 쉽게 잠드는 밤도 처음이야.'

그것이 잠들기 전 마지막 단상이었다.

그 후 3일 내내 어머니와 폐하의 얼굴을 뵐 수가 없었다.

집무실에 나가니 라트가 '두 분은 회의가 길어지셔서 침식을 함께하시며 업무에 나오지 않으신다.'고 말했다.

아틸은 굉장히 '알고 싶지 않은 걸 알아 버렸다.' 하는 얼굴을 했고 리리카는 걱정됐다.

"그렇게 회의가 길어지셔서 괜찮으실까요? 그보다 어머니보다는 라트가 회의에 함께 하는 게 좋을 거 같은데요."

어머니께서 폐하와 이야기할 게 있으실까? 라트가 훨씬 더 잘 알 거 같은데.

리리카의 말에 라트는 질색하는 얼굴로,

"저는 절대로 그 회의에 참석 안 합니다."

하고 답했고, 탄은 혼자 미친 듯 웃었다. 탄의 뒤통수에 라트가 종이 뭉치를 던지고 말했다.

"그러니 당분간은 편히 있으셔도 됩니다. 집무실에 나오지 않으셔도 괜찮습니다. 두 분 모두요."

라트가 던진 두 번째 종이 뭉치를 잡아채며 탄이 돌아섰다. 여전히 웃음을 참는 듯한 얼굴로 그가 말했다.

"일이 생기면 소식이 갈 테니 걱정하지 마세요."

재상과 기사단장의 말에 두 사람은 집무실에서 떠밀려 나왔다. 리리카가 어깨를 늘어트리고 걱정스럽게 말했다.

"어머니, 괜찮으실까요?"

"체력적으로는 어려우실 수도 있지만, 숙부도 설마 그 정도는 아니겠지."

아틸이 아무렇지 않게 답하고 멈칫한 후에 리리카를 바라보았다. 리리카가 그런 그를 보고 "어휴." 하고 고개를 저었다.

"체력은 둘째 치고 어머니와 회의하신다는 게 이상해서요. 물론 저는 어머니를 무척 좋아하지만……."

어머니께서 왜 암살자에 대해서 폐하와 이야기를 이리 오래 나누는지는 모르겠다.

아틸이 헛기침을 했다.

"쓸데없는 걱정이야."

"그렇겠죠?"

"무슨 이야기를 그리하십니까? 기다리던 사람은 애가 탔는데 말입니다."

근처에서 기다리던 파이가 종종걸음으로 다가왔다. 언제부터인지 브린과 브란은 잽싸게 두 사람 뒤에 붙어 있었다.

파이가 빙긋 웃으며 리리카를 바라보았다.

"안녕하세요, 황녀님. 정식으로 인사를 드리지 못했군요."

"이쪽은 파이, 이쪽은 리리카."

아틸의 설명에 파이가 미간을 찡그렸다.

"꼭 그러셔야 합니까?"

"왜? 뭐?"

"그런 건 꼭 황제 폐하를 닮으셨네요."

파이의 말에 아틸의 얼굴이 살짝 굳었다. 그가 뭐라고 하기 전에 파이가 잽싸게 리리카에게 깊이 허리를 숙여 보였다.

"높으신 '나라 타카르'를 뵙습니다. 그대의 이름이 별처럼 빛나길 바랍니다. 저는 산다르 가문의 파이. 그저 파이입니다."

리리카는 눈을 동그랗게 떴다. 배우기는 했지만, 정식으로 인사 받는 건 처음이었다.

이런 고풍스러운 인사는 예식이 아니면 잘 쓰지 않는다고 들었는데.

"만나서 반갑습니다. 산다르 가문의 파이. 리리카라고 합니다."

파이가 고개를 들고 싱글 웃었다.

"첫 번째 이름을 소개받아 영광입니다, 황녀님."

황족에게는 첫 번째 이름과 두 번째 이름이 있었다. 대외적으로는 두 번째 이름으로 활동하고, 첫 번째 이름은 친근한 자들이 부르는 것이다—라는 의식이 백 년 전만 해도 남아 있었지만, 지금은 모두가 첫 번째 이름을 쓴다.

글렌데린 부인이 그리 알려 줬는데.

어쩐지 정말 황녀가 된 것 같아서 두근거렸다. 파이가 옆에 서 있는 브란을 잡아당기고 말했다.

"이쪽은 브란 솔입니다. 알고 계시지요?"

"응, 브린의 손위 형제지?"

브란이 고개를 숙여 인사했다.

"높으신 '나라 타카르'를 뵙습니다."

"리리카라고 불러 줘."

솔 가문은 작위가 없기 때문에 가문과 이름을 황족 앞에서 소개할 수가 없었다.

그렇지만 '솔 가문'을 모르는 황족은 없다는 게, 솔 가문의 재미있는 점이라고 리리카는 생각했다.

파이는 베이지색 생머리를 어깨 길이 정도까지 기르고 가르마와 함께 머리카락을 오른쪽으로 땋아 내리고 있었다.

'그러고 보니 라트도 머리카락이 길어. 산다르 가문 사람들은 다 머리카락을 기르는 건가?'

나중에 물어봐야지, 하고 리리카가 잽싸게 브린을 잡아끌었다.

"제 측근 시녀인 브린 솔이에요. 무척 소중한 제 지인이랍니다."

브린이 '어머나.' 하고 감격한 듯 가슴에 손을 얹었다가 치맛자락을 잡으며 우아하게 인사했다.

"높으신 분들을 뵙습니다."

파이는 인사를 한 번에 퉁치는 브린의 대담함에 감탄했고, 브란은 위가 있는 부분을 꾹 눌렀다.

아틸은 브린을 비딱하게 보았다. 리리카가 '소중한 지인'이라고 말한 게 마음에 들지 않았다.

솔 따위를?

그는 대놓고 브린의 인사를 무시하며 리리카의 손을 잡아끌었다.

"어? 전하?"

리리카가 놀라 따라 걷기 시작하니 나머지 인원들도 줄줄 따라 걷기 시작했다.

아틸은 리리카의 목소리에 무슨 이야기를 할까 하다가 턱 하니 말을 던졌다.

"사기꾼에게 투자했다면서?"

"사기꾼이요?"

"그래. 그 우바인가? 뭔가 하는 놈. 사기꾼이 틀림없다고 하던데 황후마마께서 투자하셨다고 들었어. 설마 너도 했어?"

리리카가 멈춰 섰다.

아틸은 힘으로 그녀를 당기지 않고 거의 동시에 멈춰 섰다. 그가 리리카를 돌아보니 그녀가 진지하게 말했다.

"사기꾼 아니에요."

"뭐?"

"우바는 사기꾼이 아니에요. 좋은 사람이라고요."

"그게 사기꾼의 특징이지."

"사기꾼 아녀요."

"어떻게 알아?"

"이야기를 들으면 알 수 있어요. 사기꾼이 아니라고요."

"수해에 들어가는 건 늘 도박이야. 그걸 어떻게 백 퍼센트 가능하다고 장담할 수 있어? 그런 장담 자체가 사기꾼이나 하는 거야."

"아니에요. 우바는 다른 경험이 있는 거라고요."

리리카가 지지 않고 대답하자 아틸 역시 표정이 굳기 시작했다.

"너 어쩌려고 그래?"

"뭘 말이에요?"

"그 자식 사기꾼이야. 세상에 다 좋은 사람만 있는 줄 알아?"

"그건 제가 제일 잘 알아요! 하지만 우바는 사기꾼이 아닌걸요."

"그럼 어쩔 건데?"

"뭘 어째요?"

"그 자식이 사기꾼이면 어떻게 할 건데?"

둘의 대화가 점점 격렬해지자 당황한 파이가 둘 사이에 슬쩍 끼어들었다.

"아니, 그 사람 이야기로 두 분이 왜 싸우십니까?"

"맞아요. 두 사람이 싸우실 이야기는 아니라고 생각합니다."

브란도 맞장구를 쳤다. 아틸은 팔짱을 끼고 리리카를 내려다보았고, 리리카도 지지 않고 그를 바라보았다.

"만약 그 자식이 사기꾼이면, 앞으로는 누군가에게 투자할 때 내게 와서 허락받는 걸로 해."

리리카는 허리를 쭉 폈다.

"좋아요. 그럼 사기꾼이 아니면, 아니면……."

리리카는 미간을 찌푸렸다.

"제가 믿는 사람들에게 사기꾼이라고 하지 말아 주세요."

"좋아."

"저도 좋아요."

두 사람 모두 만족스러운 표정을 지었다. 리리카가 얼른 다시 아틸의 손을 잡았다.

아틸은 놀라 리리카를 보았다. 방금 이렇게 다퉜으니까 이대로 헤어질 것이라 생각했다.

하지만 리리카는 '이건 이거고 그건 그거예요.' 하는 얼굴로 그의 손을 붙잡았다.

'그렇구나.'

리리카와는 이 정도 다툼은 괜찮구나.

아틸은 그녀의 손을 마주 잡았다. 리리카가 물었다.

"저 궁금한 게 있는데요."

"뭔데?"

"정말로 영지가 있으세요? 어떤 영지예요?"

"영지가 있기는 한데, 북쪽이라서 작물이 잘 자라지 않는 게 문제야."

"밀은 냉해에 약하니까요. 작물 종류를 바꿔봐야 할지도 몰라요. 뭐 작물을 바꿔도 큰 가치를 낼 수는 없겠죠."

파이가 어깨를 으쓱했다. 리리카가 갸웃했다.

"좋은 땅이 아니에요?"

황태자의 땅이면 당연히 좋은 땅일 것이라고 생각했는데.

"인로 가문의 땅처럼 아예 혹한이 몰아치는 땅은 아니지만, 그렇게 좋은 땅도 아니에요."

파이의 말에 아틸이 덧붙였다.

"그런 땅을 잘 일궈낼 수 있어야 황제라는 거지."

"그렇군요."

하지만 추운 땅이라니, 싫다.

리리카는 눈을 좋아하지 않았다. 맨발로 눈을 밟으면 발바닥이 불타오르는 것 같거나 베인 것처럼 날카로운 통증이 느껴진다. 여름 더위야 버틸 수 있어도 겨울 추위는 무서웠다.

코나 발가락이 똑 떨어져 버리면 어쩌나.

밤이면 그런 걱정을 늘 했다.

"그래도 여름에는 무척 아름다워."

아틸의 말에 파이가 고개를 끄덕였다.

"자작나무 숲이 멋있죠. 여름은 정말 예뻐요. 블랙베리, 라즈베리, 블루베리— 온갖 베리들이 천지에 넘치죠. 이때 잔뜩 따서 잼이나 시럽을 만들어요. 양동이 가득 따도 잔뜩 널려 있어요. 곰들이 정신없이 먹고 있기도 하고요. 아, 그리고 꿀도 무척 나오지요. 견과류도 제법 나오고요."

리리카는 눈을 동그랗게 떴다.

"굉장히 멋지게 들려."

"여름에 영지에 내려갈 때 꼭 초대해 드리고 싶네요. 올해는 아무래도 수도에 머무를 거 같지만요."

"응, 꼭 초대해 줘. 아니, 초대해 줘요."

리리카의 말에 아틸은 고민하듯 눈을 찌푸렸다가 말했다.

"네 호위 기사가 생기면."

"하하, 맞아요. 그 호위 기사 전하께서도 하나 뽑으셔야 한다는 거 아시죠?"

파이가 은근슬쩍 덧붙였다. 아틸은 별말 없이 다시 걷기 시작했다.

파이와 브란은 서로 시선을 마주쳤다가 한숨을 내쉬었다.

리리카가 말했다.

"라즈베리 잼은 먹어 본 적 있거든요. 굉장히 예뻤어요. 보석처럼 반짝거리고, 맛도 무척 달콤하고……. 그게 잔뜩 있다는 거잖아요?"

굉장하다. 꿈같은 영지다.

리리카가 그렇게 중얼거려서 브란이 웃었다. 아틸이 툭 하고 리리카의 머리를 치고 말했다.

"잼은 설탕으로 졸인 거니까. 실제 라즈베리는 그렇게 달지 않아."

"그래도요. 저도 양동이 가득 따 보고 싶어요."

아틸이 잠시 머뭇거렸다. 그는 멈춰 서서 생각에 잠겼다가 잡은 손을 꽉 쥐고 빠르게 걷기 시작했다.

어어, 하는 사이에 일행은 태양궁을 빠져나가서 후원으로 향했다. 후원도 상당히 넓어서 걷고 또 걸었다. 리리카가 지치기 시작하는 게 보여서 브란이 말했다.

"황녀님, 실례지만 제가 안아 올려도 되겠습니까?"

"약골."

아틸이 혀를 차더니 리리카를 번쩍 들어 올렸다. 리리카는 너무 놀라서 외쳤다.

"저 무거워요!"

"전하, 제가 하겠습니다."

브란의 말에 아틸은 "됐어." 하고 걷기 시작했다. 아까보다 속도가 두 배는 더 빨라졌다.

리리카가 멍하니 아틸을 바라보다가 바닥으로 시선을 돌렸다. 그리고 다시 아틸을 보고 물었다.

"안 무거우세요?"

"망아지보다 가벼워."

리리카의 눈이 도록도록 굴러 갔다. 망아지가 가볍던가? 무겁던가? 망아지를 본 적이 없으니 알 수가 없었다.

그래서 리리카가 다시 말했다.

"전하는 힘이 세시네요."

아틸이 저도 모르게 작게 웃음을 터트렸다.

타카르가 뭔지, 산다르가 뭔지, 권족이 뭔지 제대로 모르는 그녀가 우습고.

우습고 사랑스럽다.

아틸은 머릿속에서 뒷말을 잽싸게 지워 버렸다.

"자. 도착이야."

담쟁이 넝쿨이 늘어진 성벽 앞에 서서 아틸이 말했다. 리리카가 성벽을 올려다보았다.

"덩굴을 붙잡고 넘어가나요?"

"아니."

아틸이 리리카를 내려놓고 담쟁이덩굴을 한쪽으로 치웠다. 그러자 낡은 나무문이 나타났다.

리리카는 눈을 휘둥그레 떴다. 밖으로 통하는 문인가?

아틸이 주머니에서 열쇠를 꺼냈다. 오래된 나무문은 삐걱거리는 소리를 냈지만, 잠금쇠는 소리 없이 열렸다.

"자."

아틸이 문 안쪽을 가리켰다. 얼른 문 안으로 들어가려는 리리카를 브린이 붙잡았다.

"제가 먼저 들어가겠습니다."

"아, 응."

브린과 브란이 들어가고 리리카를 뒤따라 아틸이 들어온 후, 파이가 문을 닫았다.

문을 통과한 리리카는 탄성을 내질렀다.

거기에는 또 다른 정원이 존재했다.

이백여 평쯤 되어 보이는 정원은 가꾸지 않은 지 오래되어 보였다. 하지만 누가 봐도 정원보다는 밭에 가까워 보이는 구조였다.

작은 사과나무와 포도나무가 멋대로 자라 있고, 허브와 덤불들이 사방에 퍼져 있었다.

돌길들은 흐트러지고, 세워놓은 지주들은 쓰러져 있었다.

자그마한 오두막도 하나 보였다. 정원사가 쓰는 오두막일까?

그러나 무엇보다도 리리카의 눈을 사로잡은 건 덤불이었다. 녹색 덤불 사이에 새빨간 열매가 잔뜩 맺혀 있었다.

아틸이 말했다.

"익은 것만 따."

"여긴 어디예요? 뭐예요?"

리리카가 연신 질문을 던졌지만 아틸은 질문에 답 대신 퉁명하게 대꾸했다.

"산딸기 안 따고 싶어?"

"딸래요!"

리리카가 폴짝 뛰며 말했다. 그녀가 당황해 브린을 돌아보았다.

"그런데 어디에 따 가지?"

"제 앞치마에 따 가요. 다음에는 양동이를 들고 오죠. 오늘은 한 번 먹을 만큼만 딸까요?"

"응!"

리리카가 산딸기 덤불로 달려갔다. 새빨갛게 잘 익은 열매들을 손으로 하나하나 따서 입으로 연신 가져가면서 브린의 치마에도 던져 넣었다.
 모양이 예쁜 건 앞치마에, 그렇지 않은 건 입 속에.
 산딸기뿐 아니라 다른 덤불들도 꽃을 피우고 있었고, 허브들도 달콤하고 톡 쏘는 향기를 내고 있었다.
 리리카는 브린의 입에도 열매를 넣어 주었다. 브린은 양손으로 앞치마를 붙잡고 있느라 손을 쓸 수가 없기 때문이었다.
 가장 크고 예쁜 열매를 몇 개 모아서 아틸에게 쥐여 주고, 파이에게도 주었다.
 브란이 웃으며 말했다.
 "저희도 도와드리겠습니다."
 여럿이 열매를 따니 금방 앞치마에 산딸기가 수북이 쌓였다. 돌아오는 길에 아틸이 리리카에게 열쇠를 내 주었다.
 "이제 네가 써."
 "정말요? 제가 써도 괜찮아요?"
 "그게 나을 거 같으니까."
 "정말로 괜찮으시겠습니까?"
 브란이 조심스럽게 물어서 아틸이 고개를 끄덕였다. 리리카는 양손으로 열쇠를 꽉 쥐었다.
 "제가 쓰지만, 소유주는 전하로 해요."
 "네가 쓰라니까."
 "네, 그렇게 할게요. 하지만 공동주인으로 해요."
 어차피 황태자가 성인이 되고, 황제가 되면 자신은 떠날 사람이다. 혼자서 독차지할 생각도, 자신도 없었다.

"그러든지."

아틸이 대답하고 그녀의 머리를 마구 흐트러트렸다. 리리카는 웃음을 터트렸다.

아프지 않게, 누군가가 만져 주는 건 굉장히 좋았다.

리리카는 열쇠를 만지작거리며 결심했다.

'그 정원을 예쁘게 만들어서 전하께 돌려드려야지.'

아틸이 문득 생각난 것처럼, 아까부터 신경 쓰이던 걸 물었다.

"그런데 언제까지 전하라고 부를 거야?"

"네?"

"이제 전하라고 안 불러도 되잖아."

그 질문에 리리카는 어쩐지 기시감을 느꼈다. 어디서 똑같이 들어본 질문인 거 같은데.

갸웃하며 리리카가 답했다.

"그럼 아틸 님……?"

"형제라며."

아틸은 결국 여기까지 말해야겠냐는 표정으로 말을 내뱉었다. 리리카가 그의 손을 잡으며 헤헤 웃었다.

"아틸."

아틸은 희미하게 웃으며 리리카의 손을 마주 잡았다. 리리카는 그의 손을 이끌고 신나게 부엌으로 향했다.

부엌 사람들은 황태자의 등장에 너무 놀라 굳어 버렸다. 브린이 산딸기를 내놓자 요리사가 공손히 말했다.

"요리해서 올리겠습니다. 백룡실과 흑룡실에 각각 올리면 될까요?"

리리카가 아틸을 한 번 힐끗 본 후에 말했다.

"백룡실에 보내 줘. 그리고 좋은 건 폐하와 황후마마께도 보내 드려."

"알겠습니다. 걱정 마시고 올라가십시오."

리리카가 아틸에게 "먹고 가요."라고 말했다. 백룡실에 그를 데리고 들어간 지 얼마 되지 않아 크리스털 볼 가득히 산딸기 크림이 나왔다.

달콤하고 신선한 생크림에 설탕을 버무린 산딸기를 섞어서 차갑게 만들어 나온 디저트였다.

크림과 산딸기를 배부를 때까지 먹고 리리카는 행복해졌다.

마지막 산딸기를 입 안에 넣고 새콤달콤한 맛의 소용돌이를 즐긴 리리카는 만족스럽게 차로 마무리했다.

파이가 웃었다.

"황녀님, 엄청 맛있게 드시네요."

리리카가 조심스럽게 물었다.

"뭔가 이상해? 예법에 어긋나게 먹은 거 같아?"

그 질문에 파이가 고개를 흔들었다.

"아뇨, 그냥 행복해 보이시는 게 좋아서요."

"그야 맛있는 거 먹으면 즐겁잖아?"

"네, 그렇죠."

하지만 리리카처럼 노골적으로 감정이 얼굴 가득 드러나는 사람은 없다.

어쩐지 보고 있는 것만으로도 즐거워지는 얼굴이라 파이는 감탄했다. 그리고 제 입술을 가볍게 눌렀다.

'이런.'

말실수였다.

'행복해 보이시는 게 좋아서요, 가 뭐람.'

다른 황족에게 말했다면 모욕으로 들렸을지도 모른다. 파이는 즐거워졌다.

리리카는 꼬아 듣지 않는다. 말을 두 번, 세 번 생각하지 않고 그대로 받아들였다.

그가 기쁘다고 말하면 기쁘다고 믿어 줄 테고, 슬프다고 말하면 슬프다고 믿어 주겠지.

그 말 뒤에 뭔가가 숨겨져 있나 찾지도 않을 테고.

'말을 어떻게 해석할까, 아니면 누구에게 보고할까, 내가 뱉은 말에서 약점을 찾아내진 않을까 하는 생각을 안 해도 되네.'

파이는 그리 생각하며 사과했다.

"죄송합니다. 황녀님, 제가 말실수했네요."

리리카가 그 말에 고개를 저었다.

"아냐, 나도 파이에게 '예법에 어긋나?' 같은 거 물어보는 게 아니었는데. 나도 모르게."

진짜 황녀라면 하지 않았을 질문이지 않을까.

"아닙니다. 제가 실수했습니다. 저도 모르게 느슨해져서."

리리카가 그 말에 파이를 빤히 바라보다가 빈 유리그릇을 내밀었다.

"한 알 주면 용서해 줄게."

파이는 작게 웃었다.

"두 알 드리지요."

그걸 보던 아틸이 제 컵에서 수북하게 산딸기를 떠서 리리카의 컵에 담아 주었다.

"아틸은 왜요?"

리리카가 물으니 아틸이 답했다.

"앞으로 사과할 일 있을 때마다 일일이 하기 싫어서."

"황녀님, 이런 전하를 잘 부탁드립니다."

브란이 제 몫을 우르르 리리카의 컵에 쏟았다.

"네가 뭔데 날 부탁해?"

아틸이 짜증스러운 목소리로 말했다. 브란은 그냥 '하하' 웃기만 했다. 순식간의 리리카의 컵에 다시 산딸기가 쌓였다. 리리카는 입을 동그랗게 벌렸다가 브린을 돌아보았다.

"브린에게 반 나눠 줄게. 아무래도 브린 도움을 많이 받을 거 같으니까."

언제 다 먹었는지 컵이 텅 비어 있는 브린이 웃으며 제 컵을 내밀어 리리카는 그녀에게 반을 나눠 주었다.

파이는 즐거웠다.

아틸은 투덜거리면서도 리리카 앞에서는 편한 모습이었다. 이런 그의 모습을 얼마 만에 보는지 몰랐다.

무엇보다도 그 정원에 다시 들어갈 거라고는 생각지도 못했다. 그 정원 열쇠가 아틸에게 얼마나 소중한 건지 황녀는 모르겠지만, 파이는 알고 있었다.

이젠 리리카가 그 정원을 무척 소중하게 생각하고 가꿔 주겠지.

'신기하네.'

그에게도 이렇게 편한 상대는 처음이었다.

'이게 집안 어른들이 말하는 여유라는 건가. 편안함을 주는 상대랑 결혼하는 거라고 했는데.'

뱀에게는 드문 안락함이라 어색하면서도 한편으로는 흥미로웠다. 실수를 유발하게 만드는 존재라는 점에서는 불안한 마음도 들었다.

하지만 전하를 모시는 사람으로서 리리카의 존재는 환영할 만했다.

'여기서 황녀님이 배신만 하지 않는다면.'

아직은 어리지만 크면서 어떻게 변할지 모르니까.

어릴 때는 멀쩡하고 귀엽던 아이들이 자라면서 독초처럼 되는 걸 파이는 여럿 보았다.

누가 그 이야기를 들으면 '어린 게 별소리를 다 한다.' 하겠지만 파이는 열셋이었다. 십 대가 되면 산다르에서는 성인과 동등한 발언권을 인정받는다.

'열두 살과는 다르지, 열두 살과는.'

한 살 차이지만 십 대냐 아니냐로 발언권이 갈린다.

뱀 소굴에서 살아남으려면 그 나이에 그 정도 격은 갖춰야 했다.

'조심하는 게 좋겠어.'

마음의 경계가 풀어지게 하는 존재는 조심하는 게 좋겠다.

파이는 그리 생각하며 남은 산딸기를 입에 넣었다.

리리카가 어머니를 만난 건 그로부터 사흘 후였다. 회의가 끝났다는 이야기는 들었지만, 어머니가 피곤하실 거 같으니 나중에 찾아가야지 생각하던 찰나 어머니가 부른 것이다.

루디아는 머리카락을 대충 하나로 묶은 채 가운차림으로 리리카를 맞았다. 굉장히 피곤해 보이는 얼굴로 딸에게 입 맞춰 주고 말했다.

"그동안 별일 없었니?"

"네, 아무 일도 없었어요."

"그래, 우리, 에구구."

리리카를 끌어안아 주려다가 루디아가 허리를 두들기며 끙 소리를 내뱉었다.

"괜찮으세요?"

놀라 리리카가 묻자 루디아가 고개를 끄덕였다.

"괜찮아. 그냥 피곤해서 그래. 엄마 너무 못생겨졌지?"

루디아가 양 뺨을 감싸며 웃었다. 리리카는 고개를 획획 저었다.

"아뇨, 어머니 여전히 아름다우세요!"

리리카의 말에 루디아가 후후 웃었다. 그 웃음을 보며 리리카는 '정말로 예쁘시다.' 하고 다시금 감탄했다.

피곤해 보이기는 하지만 피부는 묘하게 윤이 나고, 눈가가 발그스름한 게 너무 예뻤다. 빤히 어머니를 보다가 리리카가 눈을 찌푸렸다.

"어머니, 벌레에 물리신 거 같아요. 괜찮으세요?"

"응?"

"여기에—"

제 목덜미를 툭툭 치면서 말하자 루디아가 허겁지겁 가운을 여몄다.

"꽤 크게 붉은색이 번졌어요. 가렵지는 않으세요?"

"어어어, 엄마는 괜찮아. 정말로 괜찮아."

허둥허둥 손을 내저으며 하는 말에 리리카는 고개를 끄덕였다. 벌레 물린 게 부끄러우신가 보다. 부끄러울 건 아닌데.

헛기침을 하고 루디아가 가운 옷깃을 매만지며 말했다.

"그 사이에 바라트에서 답장이 왔더라. 가르치러 오겠다는데. 괜찮겠니?"

"정말요?"

"그래. 피요르드 바라트가 오겠다고 하던데?"

"와—!"

순수하게 기뻐하며 리리카는 양손을 꼭 쥐었다. 루디아가 픽 웃었다.

"그렇게 좋아?"

"네!"

"그거랑—"

어머니가 작게 하품을 하고 말을 이었다.

"아틸이 새로 호위를 뽑을 때 네 호위도 뽑기로 했어. 근위 기사단에 가서 마음에 드는 사람을 고르렴. 탄 경에게 괜찮은 사람 골라 달라고 해도 되고."

루디아가 말을 마치고 다시 하품했다. 리리카가 물었다.

"회의가 무척 피곤하셨나 봐요."

"회의?"

"네, 폐하와 회의 때문에 계속 함께 있으시다고."

"어, 그래. 일방적인 회의였지……. 일방적인……. 후후. 아, 그래도 이야기는 대충 끝났어."

리리카는 어머니가 얼마나 고되셨을까 생각하니, 마음이 무거웠다. 그래도 이렇게 바로 자신을 부른 게 기뻤다.

리리카는 자리에서 벌떡 일어나 어머니를 꼭 안고 말했다.

"알겠어요. 이제 푹 주무세요. 나머지는 나중에 들을게요."

"응, 엄마는 조금만 잘게. 바라트 쪽에서 보낸 편지는 시녀장에게 받아 가렴."

"네."

방을 나오니 시녀장이 편지를 브린에게 건네주었다.

화려한 꽃 문장이 그려진 편지였다.

'문장은 가문의 조상님이라고 했었지. 그럼 바라트 가문의 조상님은 꽃인 건가?'

꽃이 조상일 수도 있는 걸까.

'하지만 그럴듯해.'

피요르드의 외모를 생각하면 정말로 그럴 거 같았다.

꽃의 요정이거나, 그런 조상님을 가지고 있는 게 아닐까?

요모조모 편지 봉투를 들여다보다가 계단 앞에 도착했다. 리리카는 슬쩍 주변을 둘러보았다. 그녀가 헛기침했다.

"브린."

"네, 황녀님."

"주변에 아무도 없지?"

"보는 사람은 없네요."

리리카가 은근슬쩍 난간을 바라보았다. 브린이 공손히 물었다.

"타고 내려가시겠어요?"

"괜찮을까?"

"괜찮지 않을까요."

"좋아, 그럼."

브린의 응원에 힘입어 리리카는 크고 넓은 대리석 난간 위에 엉덩이를 올렸다.

"와―!"

대번에 속력이 붙어서 난간을 미끄러져 내려갔다.

'어? 어어?'

계단은 길고 속도는 예상보다 빨랐다. 똑바로 착지하지 못하면 어떡하지?

"아!"

튕겨 나간다!

그런 생각을 하며 난간이 구부러지는 부분에서 리리카가 눈을 질끈 감았다.

턱하고 누군가가 그녀를 받아냈다. 슬쩍 눈을 뜨고 올려다보니 황제가 서 있었다.

"마지막에 눈을 감으면 안 돼. 끝까지 착지할 장소를 확인해야지."

"폐하!"

리리카가 눈을 동그랗게 뜨니 그가 그녀를 번쩍 안아 올렸다. 알테어스가 옆에 서 있는 브린에게 말했다.

"위험하진 않나?"

"폐하가 아니셨으면 제가 받아냈을 겁니다."

브린이 고개를 가볍게 숙여 보였다. 알테어스가 리리카에게 시선을 돌렸다.

"황녀의 업무에 난간 청소가 포함되어 있는 줄은 몰랐는데."

리리카의 얼굴이 빨갛게 물들었다. 알테우스는 그런 그녀의 얼굴을 빤히 바라보았다.

"죄송해요……."

"난간 청소한 게?"

"아뇨, 난간을 미끄러져 내려와서……."

"그게 왜 미안해?"

리리카가 곤란한 표정을 하고 그를 바라보았다. 알테우스는 눈을 찡그렸다.

"잘못을 실토하라고 추궁하는 게 아니야. 정말로 그게 왜 미안한지 모르겠으니까 물은 거지."

말하고 그는 잠시 리리카의 눈을 바라보았다.

"어머니는 만나 뵈었고?"

"네, 피곤해 보이셨어요."

"흠."

리리카는 저도 모르게 알테우스의 얼굴을 바라보았다. 어머니는 피곤해 보였는데, 그는 어딘지 반질반질한 느낌이었다.

"회의 결과가 마음에 드셨나요?"

"무슨 회의?"

"어머니와 회의하셨다고……."

"아."

알테우스가 눈을 굴리다 고개를 끄덕였다.

"무척 만족스러웠지."

"그러셨군요."

"리리."

"네."

"그거 혹시 어머니에게도 물어봤어?"

"네?"

"회의."

"아, 네."

알테어스가 작게 헛기침을 했다.

"뭐라고 하시던?"

"음……."

리리카는 뭐라고 해야 하나 고민했다.

"이야기는 대충 잘 끝나셨다고."

"그것뿐이야?"

"네? 어, 그리고……."

리리카가 그의 눈치를 보는 걸 알아차린 알테어스가 "솔직하게." 말하고 빙긋 웃어 보였다.

"일방적인 회의였다고……."

"일방적. 흐음……. 그래, 그렇단 말이지. 흠……."

알테어스가 말했다.

"그렇다면 앞으로는 쌍방이 만족할 수 있는 회의가 되게 노력해야겠구나."

알테어스는 리리카를 내려 주다가 그녀 손에 들린 편지 봉투를 보았다.

"바라트?"

"네? 아, 네. 피요르드 바라트를 손님으로 초대하려고요."

"피요르드 바라트를?"

"네."

대답하니 알테어스는 생각에 잠겼다. 그가 손을 내밀자 리리카는 편지를 건넸다.

바라트의 문장이 선명하게 그려진 편지 봉투와 수신인이 누군지 알리는 은룡 문장.

"종종, 아니 자주 황후가 무슨 생각인지 궁금할 때가 있지."

혼자 중얼거린 그가 편지를 리리카에게 돌려주었다.

"가 봐."

알테어스는 위로 향하던 발걸음을 반대로 돌려서 성큼성큼 사라졌다.

리리카는 초대장을 바라보다가 브린에게 물었다.

"폐하께서 화나신 거 같아?"

"아뇨, 화나셨으면 저희 둘 중 하나를 죽이셨겠지요. 아니면 둘 다 죽이셨을지도요."

"……"

생글생글 웃는 브린을 보며 리리카는 '귀족은 힘들구나.' 생각한 후, 편지를 브린의 앞치마 주머니에 넣었다.

누군가에게 보이지 않는 게 좋을 것 같았다.

백룡실로 돌아오니 주인처럼 당당하게 아틸이 앉아 있었다. 옆에는 찻주전자를 든 브란이 서 있었다.

"왔어?"

"오셨습니까."

 두 사람의 말에 리리카가 당혹해 말했다.

"어쩐지 제가 손님 같은데요. 제 시녀들은 다 어디로 갔나요?"

"얼쩡거리는 게 귀찮아서 내쫓았어."

"아틸."

 리리카가 눈을 찌푸렸다. 흑룡실에 있는 시종이 브란 한 명이라는 걸 알고서 리리카는 브란이 불쌍해졌다.

 리리카만 해도 브린을 필두로 시녀만 넷이다. 시트를 갈거나 잡일을 하는 하녀는 셀 수도 없었다.

 그런데 시녀 넷이 해야 할 일을 브란 혼자서 한다고 생각하니 안쓰러웠다.

 그녀도 노동자였지 않았는가.

 백룡실에 손님으로 왔으면 브란도 접대받아야 하는데, 시녀들을 밀어내고 브란에게 시중을 들게 시키다니.

 리리카가 얼른 발판 위로 달려 올라가 손을 뻗어 설렁줄을 당겼다.

"브란, 편히 앉아. 아틸, 이제 제 시녀들을 괴롭히지 마세요."

"안 괴롭혔어. 쉬게 해 줬잖아."

무슨 소리야, 하고 눈을 찌푸렸다. 브린이 눈을 가늘게 떴다.

"잠시 실례하겠습니다. 황녀님."

"아, 응."

리리카가 고개를 끄덕였다. 브린이 치맛자락을 흔들며 사라지자 브란이 쓴웃음을 지었다.

"시녀들이 혼나겠군요."

"시녀들이?"

"백룡실의 주인은 황녀님이신데, 전하 때문에 밀려났으니까요."

"그야 나보다 아틸이······."

더 높은 사람이니까.

"하지만 그러면 안 됩니다."

브란이 느긋하게 말하고 아틸의 빈 잔을 채워 주었다. 리리카의 눈이 가늘어졌다. 그녀가 도도 달려와 아틸 앞에 딱 버티고 섰다.

"그러니까 멋대로 들어오셔서 백룡실 주인 행세를 하셨다는 거지요?"

아틸이 잔을 든 채로 고개를 끄덕였다.

"그렇지."

"그게 제 위신 문제고요."

"뭐야. 우리 가족이잖아."

그런 건가?

리리카가 갸웃하는데 아틸이 잔을 내려놓고 리리카를 휙 잡아당겨서 제 무릎 위에 올렸다.

"전하!"

놀라 소리치자 그가 그녀의 뺨을 누르며 말했다.

"아틸."

호칭을 정정 당해 리리카는 입 안으로 다시 이름을 불렀다.

"아틸."

리리카는 눈을 찡그렸다. 예전에도 당한 적 있는 상황이었다.

리리카가 말했다.

"아틸은 정말로 폐하를 닮았네요."

아틸의 표정이 묘해졌다.

"닮았어?"

"네. 닮았어요."

리리카가 크게 고개를 끄덕였다. 하는 행동이 꼭 닮아 있었다.

리리카의 뺨을 만지작거리며 아틸은 생각에 잠겼다. 그가 내뱉듯 말했다.

"난 한 번도 그렇게 생각해 본 적 없는데."

출신이 불분명한 황제.

과연 그가 진짜 자신의 숙부인가? 그런 생각도 들었다.

순수한 타카르가 아닌 이방인의 피가 섞인 듯 보이는 외모도 한몫했다.

알테어스의 어머니가 사막 출신이라는 소문이 도는 이유도 그것 때문이었다.

생각해 보면 그게 숙부와 자신의 유일한 공통점 같았다.

어머니의 신분.

알테어스도 자신도 어머니가 방계 황족 출신이 아니었다.

'잡종'

바라트 공작가에서 자신을 그렇게 부른다는 것도 알고 있다. 그때 리리카가 아틸의 양 뺨을 붙잡았다.

아틸이 놀라 시선을 들었다. 리리카가 뚱한 얼굴로 말했다.

"제 뺨만 만지시는 게 불공평하다고 생각해서요."

"폐하께도 이랬어?"

"네?"

"폐하께도 이랬냐고."

"폐하는 제 뺨을 이렇게 만지지 않으셨는걸요."

"그래?"

그렇단 말이지, 하고 아틸은 만족스러운 얼굴이 되어 리리카의 뺨을 한 번 더 잡아당기고는 놓아 주었다. 리리카는 불만스러운 얼굴로 소파에서 내려와 똑바로 섰다.

아틸은 나른하게 소파에 기대어 찻잔을 들어 올렸고, 서 있던 브란이 얼른 잔을 채웠다.

이어 빳빳하게 굳어진 시녀들이 줄줄 들어왔다. 시녀 한 명이 나서서 브란에게서 찻주전자를 받아들었다. 다른 시녀들이 재빠르게 다과를 차리며 리리카의 심기를 살폈다. 아틸이 빈정거렸다.

"이제 와서 눈치 보면 뭐 해? 썩 다 꺼져."

움찔한 시녀들은 아틸의 명령에 리리카를 바라보았다. 리리카가 아틸에게 말했다.

"제 시녀들은 제 시중을 들게 놔두세요."

"네가 그리 말한다면."

아틸이 그렇게 말하며 시녀들을 한 명 한 명 기억하려는 듯 바라보왔다. 마지막 시선이 브린에게 닿았다.

"솔이 있으면 괜찮겠지."

그의 말에 브린이 빙긋 웃었고, 리리카가 고개를 끄덕였다.

"저도 브린에게 많이 의지하고 있어요."

"아랫것에게 의지하고 있다는 말을 하면 안 돼."

아틸이 소곤거리는 말에 리리카가 당혹스러운 얼굴로 속삭였다.

"신뢰는 쌍방이라고 생각하는걸요."

게다가 브린은 '아랫것'이 아니었다. 그녀의 소중한 친구다.

아틸은 가볍게 눈썹을 치켜올렸다. 리리카는 그녀가 좋아하는 브린에 대해서 아틸이 뭐라고 하기 전에 얼른 화제를 바꾸어 버렸다.

"그러고 보니 어머니가 호위를 뽑으라고 했어요."

뻔히 보이는 말 돌리기에 아틸은 순순히 수긍했다.

"너에게 꼭 필요하지."

"아틸도 뽑아야 한다면서요. 같이 근위 기사단에 가시지 않을래요?"

"난 됐어. 너나 뽑아."

"네? 하지만—"

"됐어."

그가 손을 저었다. 리리카의 표정에 걱정이 깃들었다. 그녀가 그의 옆에 나란히 앉아 잔을 들었다.

그녀의 손 크기에 꼭 맞춘 작은 찻잔을 바라보다가 리리카가 시선을 아틸에게 돌렸다.

"하지만 필요하잖아요."

"8년 동안 내 호위였던 놈이 날 죽이려 했는데?"

"그러니까 더 필요한 거 아닐까요?"

리리카의 말에 아틸은 고개를 가로저었다. 그가 그녀의 머리를 거칠게 한 번 쓸었다.

머리핀이 밀릴 정도의 거친 손길이었지만, 리리카는 피하지 않았다.

"걱정되는걸요."

리리카의 말에 아틸이 멈칫했다. '네가 걱정된다.'라는 말은 아버지가 죽은 이후로 들어 본 적 없는 말이었다.

그의 가신들은 감히 그에게 그런 말을 할 수 없었고, 알테어스는 그런 말을 하는 성격이 아니었다.

"저 그날 악몽 꾸고 제대로 자지도 못했잖아요. 그런데 또 그런 일이 일어나면 어떻게 해요? 그때 아틸에게 호위가 없으면 어쩌죠? 생각하면 너무 걱정돼서 저 잠도 오지 않아요."

"뽑아도 똑같은 놈이면?"

그의 말에 리리카가 고민 없이 냉큼 답했다.

"저랑 같이 뽑아요."

"너랑?"

"네, 저 감이 엄청 좋거든요!"

리리카가 자신의 특기를 잽싸게 어필했다. 아틸은 묘한 표정을 지었다.

"감?"

"네, 어허. 그런 얼굴 하지 말아요. 감이라니, 무슨 소리를 하는 거야, 그런 생각하시는 거죠? 그런데 저 나쁜 일에는 촉이 무척 좋다고요. 사실 그 호위 기사분이 등장하셨을 때도 딱 기분이 별로였다니까요."

리리카가 의기양양하게 고개를 치켜들고 말을 이었다.

"그뿐만이 아니에요. 저 어릴 때 아이들에게 친절하고 과자도 나눠 주는 할머니가 있었거든요? 아이들이 다 좋아했어요. 그런데 저만 그 할머니가 별로더라고요. 그래서 오라고 해도 가지 않고, 받아먹지도 않고 그랬는데 알고 보니 그 할머니가 인신매매범이었던 거 있죠?"

아틸의 표정이 굳었다. 옆에서 듣고 있던 브린과 브란의 표정도 묘해졌다.

리리카는 가슴을 쭉 내밀며 실적 자랑을 계속했다.

"그리고 또 아이들에게 짐 드는 거 도와 달라고 하고 용돈 주는 아저씨도 있었거든요. 가벼운 짐을 옮겨 주면 제법 큰 동전을 줘서 아이들이 잘 따랐단 말이에요. 그런데 전 그 아저씨가 싫었거든요. 그리고 역시나. 나쁜 사람이었지 뭐예요?"

리리카가 낮은 목소리로 말했다.

"아이들에게 나쁜 짓을 하고 팔아넘겼대요."

"나쁜 짓?"

아틸이 묻자, 리리카가 심각한 표정으로 대답했다.

"잘은 모르지만 굶기거나 때리거나 그랬던 거 아닐까요? 그거랑 또—"

리리카가 제 손가락을 접어가며 자신이 운 좋게 피한 사건들을 늘어놓았다.

"품삯을 지불하지 않는 주인들도 있거든요. 전 그런 사람들에게는 걸린 적이 없어요. 음, 제가 감을 무시했을 때는 빼고요."

리리카가 어깨를 으쓱했다. 나쁜 일이 생길 것 같다고 생각하면서도 그 일을 하지 않으면 안 될 때도 있었다.

그때는 각오했고, 여지없이 나쁜 일이 생기고는 했다.

리리카가 작게 한숨을 내쉬며 말했다.

"아주 나쁜 일만 피하는 거지, 좋은 일은 고를 수 없어요. 그래도 이러면 괜찮잖아요?"

어떤가요? 제 감을 한 번 믿어 보세요.

리리카가 그런 얼굴로 아틸을 바라보았다. 아틸은 입술을 깨물었다가 양손으로 그녀의 머리카락을 마구 헝클어트렸다.

"꺅? 윽?"

아무리 버티려고 해도 버틸 수가 없다. 그녀의 몸이 앞뒤로 흔들렸다.

"아틸!"

결국 리리카가 버둥거리자 그가 손을 떼고 그녀를 꽉 끌어안았다.

"꾸악!"

폐가 짓눌려서 저절로 이상한 목소리가 나올 만큼 강하게 안겼다. 아틸이 웃었다.

그가 놀리듯 리리카를 따라했다.

"꾸악?"

"아, 아틸이 이렇게 꽉 안으니까 그렇죠!"

리리카가 타박하자 그가 느긋한 목소리로 말했다.

"산딸기 한 알 차감해 둬."

일일이 사과하지 않고 산딸기로 갈음하겠다더니, 고스란히 써먹는다. 리리카가 분해서 외쳤다.

"두 알 차감할 거예요!"

"그래, 그래."

아틸은 리리카를 안은 팔에 힘을 풀었다. 여전히 깜짝 놀랄 만큼 작고 여리다.

체온이 높고 심장이 팔딱팔딱 빠르게 뛰는 게 느껴졌다. 화를 내도 조금도 위협으로 느껴지지 않고 오히려 귀여웠다.

그런데.

'그렇게 위험하게 살았단 말이지. 인신매매라.'

제국에서 농노는 사라진 지 오래였다. 농노보다 소작농을 쥐어짜는 쪽이 효율이 더 좋다는 걸 알아차린 덕이었다.

노예도 공식적으로는 사라졌지만, 비공식적으로는 존재하고 있었다.

'수도 경비병단을 좀 조사해 봐야겠군.'

아틸은 눈을 가늘게 떴다가 그녀를 부드럽게 밀어내며 얼굴을 바라보았다. 리리카가 머뭇거리며 말했다.

"두 알 차감 안 해도 괜찮으니까, 정말로 같이 뽑으러 안 가실래요?"

"갈게."

"정말요?"

리리카가 앉은 자리에서 풀쩍 뛰었다. 아틸이 웃었다.

"그래, 정말로. 하지만 오늘은 말고 나중에."

오늘은 수도 경비병단 보고서를 뒤져 봐야 할 거 같으니까.

"정말이죠?"

"그래, 정말."

그가 자리에서 일어나며 헝클어진 그녀의 머리카락을 꾹꾹 눌러 잠재우려 했으나 실패했다.

"머리는 제가 하겠습니다."

브린이 얼른 옆에 와서 아틸을 저지했다. 머리핀에 머리카락이 더 엉키는 건 막아야 한다.

아틸이 손을 떼고 고개를 끄덕였다.

"그럼 나중에 보자."

"네, 들어가세요!"

부숭부숭해진 머리로 리리카는 현관까지 아틸을 배웅했다. 브란이 웃으며 그녀에게 깊이 인사하고 주인의 뒤를 따랐다.

브린이 얼른 리리카를 거울 앞에 앉히고 빗을 들었다. 핀을 제거하고 머리를 다시 빗어 내리며 브린이 말했다.

"황녀님께서 감이 좋으신 건 몰랐네요."

"나쁜 일에는 감이 좋아. 내가 뭘 어떻게 할 수 없는 게 문제지만."

피할 수는 있지만, 뭔가를 할 수는 없다. 그래도 도망치는 게 얼마나 도움이 되는지, 최악을 피하는 게 얼마나 감사한 일인지 리리카는 잘 알았다.

브린이 섬세하게 은제 빗을 움직이며 고개를 끄덕였다.

"나쁜 일을 피하거나, 혹은 준비할 수 있는 걸로도 충분하지요."

브린이 반들반들하게 길들여놓은 리리카의 머리카락은 장인이 윤을 낸 나무처럼 반짝거리며 흘러내렸다.

햇빛이 미끄러져 내리는 호두나무 빛깔 머리카락을 다시 정갈하게 묶어 주고 브린이 물러났다.

리리카는 거울 앞에 서서 이리저리 제 모습을 비춰보았다. 어머니만큼은 아니지만 그래도 이렇게 보면 이제 '제법 귀엽지.' 하는 뿌듯함이 들었다.

거울 앞에서 빙그르르 한 바퀴 돈 리리카가 밝은 목소리로 말했다.

"이제 도서관에 가 볼래. 비밀정원에 심어진 식물이 뭔지 알아내야겠어."

아틸이 깜짝 놀랄 만큼 정원을 멋지게 만들어서 열쇠를 돌려줘야지.

도서관은 언제나처럼 조용했다. 리리카는 정원 일과 관련된 책을 찾기 위해서 서재에서 책을 하나씩 보고 있었다.

브린은 반대편에서 책장을 살펴보는 중이었다.

'모종…… 산성…… 토양……?'

대체 무슨 말인지 모를 단어들이 마구 튀어나왔다. 리리카는 녹사에 대해서 아는 게 조금도 없었다. 커다란 책을 도로 집어넣고 다음 책을 꺼내는데 작은 책자가 딸려 나와 툭 떨어졌다.

'뭐지?'

손바닥만 한 책자는 검은색 장정에 금색 글씨로 〈소녀를 위한 두근두근 마법서〉라고 적혀 있었다.

리리카는 깜짝 놀랐다.

'마법서!'

그녀를 책을 쥐고 주변을 둘러보았다. 브린은 아직 건너편을 살피고 있었다. 리리카는 살며시 책을 펼쳐 보았다.

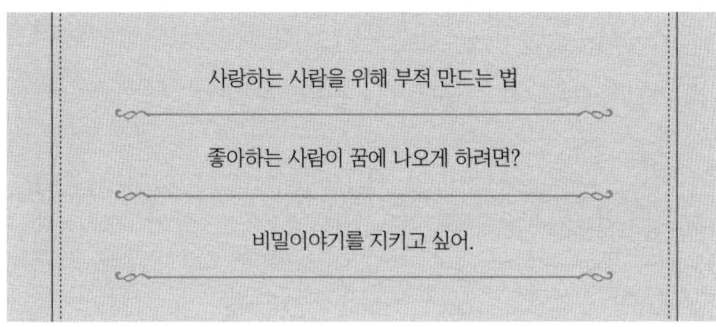

목차를 보자 더더욱 심장이 떨려왔다. 그녀는 주머니에 잽싸게 책을 집어넣었다.

'몰래 빌리는 거야. 몰래 읽고 몰래 가져다 놔야지.'

마법서라니.

이런 게 어째서 여기에 있을까, 신기해하며 리리카는 시선을 다른 책으로 돌렸다.

"황녀님."

"어? 어!"

리리카가 깜짝 놀라 브린을 돌아보자 그녀가 미소 지으며 책을 내밀었다.

"이 책이 좋을 것 같아요. 삽화가 자세히 나와 있고, 설명도 되어 있어요."

"아, 정말이네! 고마워, 브린. 이거면 될 거 같아!"

"그럼 책을 들고 바로 정원으로 갈까요? 삽화와 직접 비교해 보면 좋을 거 같아서요."

"그거 좋겠다."

주머니 속 마법서는 금세 잊어버리고 리리카는 크게 고개를 끄덕였다.

리리카는 남은 시간 동안 정원에 푹 빠져 있었다. 커다란 책을 옆에 펴 두고 식물 종류를 하나씩 구별해서 제법 많은 종을 알아낼 수 있었다.

"하지만 보기에는 잡초가 더 많은 거 같네."

"그냥 전부 갈아엎고 취향대로 새로 만드시는 게 어때요?"

"안 돼. 잘은 몰라도 아틸이 소중하게 열쇠를 간직하고 있었잖아. 뭔가 있는 게 틀림없어. 최대한 원상 복구해서 돌려주고 싶어. 물론 완전히 옛날 같지는 않겠지만……."

책에 코를 박고 열심히 들여다보는 리리카에게 브린이 말했다.

"그럼 정원사의 도움을 받는 게 빠르실 거 같아요. 여기는 혼자서 하시기에는 너무 넓은걸요."

"응……. 하지만 비밀정원인데 정원사를 불러도 되는 걸까?"

"비밀을 지켜 줄 만한 정원사를 찾으면 되지요. 책만 보고는 할 수 없을 거 같아요."

"맞아."

리리카가 한숨을 내쉬었다. 그녀가 가진 책도 그저 식물도감일 뿐, 어떤 식물을 어떻게 키워야 하는지를 저술한 책은 아니었다.

"그럼 브린에게 부탁해도 될까? 좋은 정원사를 찾아줬으면 하는데."

"네, 제가 후보를 골라 볼 테니까, 황녀님이 나쁜 사람이 있나 감으로 한번 봐 주세요."

"응!"

리리카가 고개를 크게 끄덕였다. 그날 일은 그렇게 정리되었다. 리리카는 백룡실로 돌아와 옷을 갈아입을 때가 되어서야 주머니 속의 책을 생각해 냈다.

"아, 잠깐만!"

브린이 옷에 손을 대기 전에 생각이 난 덕에 리리카는 후다닥 침실로 들어가 베개 밑에 책을 쑥 찔러 넣었다.

브린이 추궁하면 어쩌나 했는데 그녀는 아무것도 묻지 않았다.

주인이 숨기는 게 있다는 걸 눈치챈 측근 시녀다운 행동이었다.

저녁을 먹고 잠자리에 누워 브린에게 불을 끄지 말아 달라고 부탁했다. 브린이 문을 닫고 나가자 자는 척하던 리리카는 얼른 자리에서 일어나 베개 밑의 책을 꺼냈다.

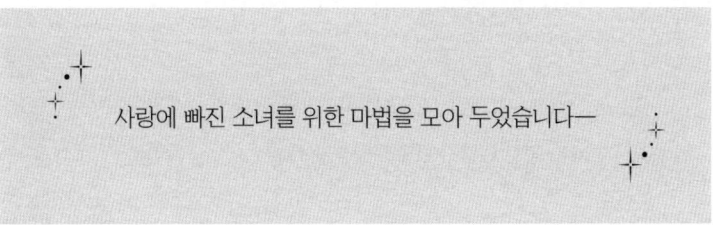

사랑에 빠진 소녀를 위한 마법을 모아 두었습니다—

대충 서문을 뛰어넘고 목차를 살펴서 아까 봤던 마법으로 건너뛰었다.

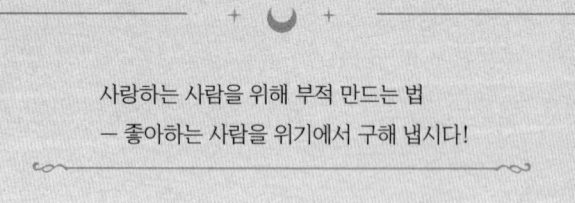

사랑하는 사람을 위해 부적 만드는 법
— 좋아하는 사람을 위기에서 구해 냅시다!

이거지!

리리카는 열심히 책을 읽었다. 아틸에게 부적을 만들어 주기 위해서였다.

'재료, 금화, 금화? 금화를 어떻게 구하지?'

처음부터 난관에 부딪혔다. 금화라니. 금화를 어디서 구한단 말이야? 리리카는 단 한 번도 금화를 본 적이 없었다.

'일단 금화는 그렇고……'

1. 금화를 깨끗이 씻어서 유리병에 담은 다음 맑은 우물물과 신선한 허브(종류는 아래쪽에 기재)를 병에 넣어서 달빛을 쬔다.

2. '요정님, 요정님, OOO(상대방 이름)을 지켜 주세요' 하고 외우면서 흰 손수건에 싸면 이걸로 끝!

간단하다면 간단한 방법이었지만, 효과는 상당히 좋아 보였다. 아래쪽에 익명으로 적혀 있는 후기가 굉장했다. 이건 아틸에게 꼭 필요해!

허브는 비밀정원에서 구할 수 있을 것 같고, 우물물이나 유리병, 흰 손수건도 다 준비할 수 있었다. 문제는 금화였다.

'금화, 폐하의 집무실에서 일하는 수당을……. 아냐, 안 돼. 그건 받고 싶지 않아.'

좋아서 하는 일인걸. 돈을 받으려고 한 게 아니었다.

'금화를 벌 방법이 없을까?'

고민하다가 리리카는 문득 우바가 생각났다. 지금쯤 열심히 수해를 돌아다니고 있겠지.

리리카는 두 손을 꼭 모았다.

'우바가 무사히 돌아오게 해 주세요. 위험한 일에서 구해 주시고, 나쁜 일 당하지 않게 해 주세요. 몸 성히, 좋은 거 많이 가지고 오게 해 주세요.'

빌고서 리리카가 덧붙였다.

'그리고 제가 금화도 구할 수 있게 해 주세요.'

리리카는 잉크병을 깨끗이 닦아서 책상 위에 올려 두었다. 서류도 단정히 정리했다.

소파에 흐트러진 담요도 제대로 걸어뒀다. 폐하나 라트, 아니면 탄이 자는 걸까?

"오늘도 열심히 하시네요, 황녀님."

경쾌한 발걸음으로 서류를 들고 들어온 탄이 그녀를 보고 씩 웃었다.

"황태자 전하를 설득하셨다면서요?"

"부탁한 거지."

리리카가 정정하자 탄이 다시 웃었다. 라트가 물었다.

"무슨 설득 말입니까?"

"호위 뽑으시겠다고 하셨대."

"그건, 대단하시군요. 황녀님. 훌륭하십니다."

라트가 생긋 웃으며 칭찬했다. 호위를 계속 거부하는 건 근위 기사단의 문제이기도 하고 황실의 문제이기도 했다.

알테우스가 그녀를 빤히 바라보다가 가까이 오라고 손짓했다. 리리카가 쪼르르 달려가자 그의 손이 거칠게 그녀의 이마를 쓸어 넘겼다.

"왜 기운이 없어."

"네?"

리리카가 놀라 양팔을 들어 올렸다.

"저 기운 넘치는데요? 아침부터 소시지도 두 개나 먹었어요."

"먹는 게 부실하네."

"아닌데요."

리리카가 고개를 휘휘 젓자 알테우스가 서랍을 드르륵 열었다. 갑자기 눈앞이 번쩍했다.

'왜 서랍 안에 금은보화가 쌓여 있는 거지?'

놀란 리리카가 입을 동그랗게 벌렸다. 알테우스는 아무렇게나 보화 더미에 손을 넣더니 한 줌을 꺼내 리리카에게 내밀었다.

"맛있는 거나 사 먹어."

"네?"

"잠깐만요, 폐하. 그렇게 주시면······."

당황한 라트가 자리에서 일어나려는 찰나 리리카가 주머니에서 얼른 동전 지갑을 꺼냈다. 어머니가 선물한 지갑이었다.

라트는 그 지갑을 보고 도로 자리에 앉았다.

알테어스가 지갑을 받아들더니 안에 마구 금화를 넣기 시작했다. 리리카가 당황해 말했다.

"폐, 폐하. 터지겠어요!"

선물 받은 지갑이 터질 것 같아 그녀는 울상이 되었다. 알테어스는 지갑 입구를 닫으려다가 실패하고는 열린 채로 지갑을 내밀었다.

"자. 맛있는 거 사 먹어."

"감사합니다."

생각지도 못한 용돈을 받았다. 리리카는 고개를 꾸벅 숙였다.

알테어스가 다시 두어 번 그녀의 머리를 부드럽게 쓰다듬었다. 강아지나 새끼고양이는 살살 만져야 한다고 잔소리를 들은 사람 같은 손길이다.

애정이 느껴지는 손길이었다. 리리카는 킥킥 웃었다. 이보다 거칠기는 해도 아틸 역시 이렇게 머리를 만지는 걸 좋아했다.

방법을 모르는 사람들의 서투른 방식이지만, 그래도 리리카는 좋았다.

그녀의 웃음에 알테어스의 눈가가 누그러졌다. 그가 손을 떼고 말했다.

"이제 가 봐."

"네!"

생각지도 못한 곳에서 금화를 구해서 리리카의 발걸음이 가뿐해졌다.

폐하께도 하나 만들어 드리고, 어머니에게도 만들어 드리고, 브린도 만들어 주고—

금화가 넉넉하니 부적을 만들어 줄 사람 목록이 늘어났다.

쪼르르 집무실을 나서니 기다리던 브린이 반갑게 맞아주었다.

"좋은 일이 있으셨나요?"

"응, 이것 봐."

리리카가 제 지갑을 보여 주며 말했다.

"기운 없어 보인다고 맛있는 거 사 먹으라고 주셨어."

"어머나."

황제의 하사품이라면 하사품인데, 이걸 뭐라고 하면 좋을까.

브린이 말했다.

"돌아가서 안에 뭐가 들었는지 볼까요?"

"응!"

백룡실로 돌아가 리리카는 얼른 책상 위에 지갑 속 내용물을 쏟아놓았다.

반짝이는 금화 여러 개와 희고 동그란 것도 나왔다.

"이게 뭐야?"

"이건 진주예요, 황녀님."

"아!"

진주를 직접 본 건 처음이었다. 이렇게 아름다운 거였구나.

진주 같은 살결이라는 묘사가 드디어 이해가 갔다.

이렇게 아름다운 것이 조개껍데기에서 나온다는 게 믿기지 않았다.

"예쁘다……."

브린이 보석을 하나하나 짚으며 설명해 주었다. 오색으로 반짝이는 투명한 다이아몬드, 아틸의 눈동자 같은 사파이어, 장미 같은 루비, 여름 정원 같은 에메랄드.

전부 상등품이라고.

"장인을 불러서 세공품을 만들게 해도 좋겠어요."

"응, 하지만 이대로도 너무너무 예쁜걸."

햇빛에 반짝이는 보석들은 한숨이 나오게 예뻤다. 리리카가 말했다.

"왜 이걸 책상 서랍 속에 쌓아두고 계실까?"

"용은 금은보화를 쌓아 두는 걸 좋아한대요."

"아하."

리리카는 고개를 끄덕였다. 살짝 늘어난 지갑을 조심스럽게 손으로 눌러서 최대한 납작하게 되돌렸다.

"어디 넣어 둘 곳이 없을까?"

"잠시만요."

브린이 곧 벨벳 주머니와 보석함을 가져왔다. 보석함에 나란히 보석들을 늘어놓고 벨벳 주머니에는 금화를 담았다. 금화 두 개는 슬쩍 집어서 동전 지갑에 넣었다.

'이걸로 금화는 확보했어.'

이제 허브와 우물물만 챙기면 된다. 유리병은 가진 게 있었다.

'탄에게 감사해야지.'

사탕은 전부 먹어버렸지만 아름다운 유리병은 남아 있었다. 깨끗하게 씻어서 장식해 놨으니, 그걸 사용하면 되었다.

'그리고 허브는 뭐가 필요하더라.'

2장 감이 좋은 아이 223

책자를 한번 확인해 봐야겠다, 생각했는데 등에서 쭉 식은땀이 흘렀다.

베개 밑에 책을 넣어 두고 그대로 잠들지 않았나?

침대 시트는 매일 아침 하녀가 정리했다. 혹시나 마법서를 발견했으면 어떻게 하지?

안절부절못하던 리리카가 자리에서 일어났다.

"브린, 잠깐만."

제 침실로 들어가니 언제나처럼 반듯하게 다듬어진 침구가 눈에 들어왔다. 울상이 된 리리카는 다시 푹신하게 부풀려진 베개 밑에 손을 넣어 보았다.

'없어!'

침대보를 다림질하는 하녀처럼 베개 밑을 열심히 쓸어 보다가 결국 베개까지 들추어 보았다. 책은 보이지 않았다.

눈앞이 깜깜해졌다.

'어떡하지?'

"황녀님, 혹시 이걸 찾으시는 건가요?"

브린이 침실 문을 닫고 들어오며 조심스럽게 책을 내밀었다. 흰색 천으로 커버를 씌운 책을 리리카는 얼른 받아 들어 열었다.

그 책이 맞았다.

리리카가 어쩔 줄 몰라 하며 브린을 보자 그녀가 집게손가락을 입가에 가져가며 웃었다.

"황녀님의 비밀은 제가 무덤까지 가져갈 테니 걱정하지 마세요. 겉표지 제목이 너무 티가 나서 제가 새로 커버를 씌우고 넣어 드린다는 게……."

"브린……!"

리리카의 목소리가 감격으로 떨렸다. 그녀가 브린을 꼭 끌어안았고, 브린은 웃었다.

몇 년 전 어린 귀족 아가씨들 사이에서 유행했던 책자였다. 이것 말고도 꽃점이니, 이름점이니 하는 게 유행했다가 사라졌는데 황녀님이 어디서 이걸 구하셨는지 모르겠다.

'벌써 좋아하시는 분이 생기시다니.'

그러기에는 너무 어리지 않은가 했는데, 역시 황녀님은 남들과 다르시다. 하고 브린은 속으로 고개를 끄덕였다.

어른스러운 분이니, 짝사랑하는 분도 어른일지 모른다.

'기사단장님이나, 아니면 재상님이라든가?'

한때 스쳐 지나갈 호감을 곁에서 지켜볼 생각을 하니 벌써 설레었다.

제목이 너무 '나 좋아하는 사람이 있어요.' 하는 노골적인 제목이라서 슬쩍 책 커버를 씌워 놓았다.

이게 훌륭한 측근 시녀의 미덕 아닐까.

"혼자서 주문을 완성하시기는 힘드실 거예요. 제가 도와드릴게요. 어떤 주문을 생각하고 계세요?"

브린이 속삭이며 물어와서 리리카는 얼른 페이지를 펼쳤다.

"부적을 만들려고. 금화를 걱정했는데, 폐하께서 잔뜩 주셨잖아. 아틸에게도 만들어 주고, 폐하에게도 만들어 드릴 거야. 아, 브린에게도 만들어 줄게!"

"어머."

낮게 탄성을 내지르고 브린은 진지한 황녀님의 표정을 바라보았다.

황녀님은 아무래도 이 책이 진짜 마법서라고 믿고 계신 듯했다.

'하긴, 우리 황녀님께 남녀의 사랑은 아직 일러, 암. 아직 사랑받기만 해도 충분한 나이이신걸.'

얼른 제가 앞에서 했던 생각은 전부 날려 버리고 브린이 싱긋 웃었다.

"제가 얼마든지 도와드릴게요, 황녀님."

"고마워, 브린."

진심으로 리리카는 브린에게 감사했다. 허브나 우물물을 어떻게 몰래 들여와야 하나 고민할 필요가 없어졌다.

나란히 침실에 앉아 마법서 내용에 대해서 속닥속닥 이야기를 나누고 있는데 밖에서 시녀가 편지가 왔다는 소식을 전했다.

"편지?"

"바라트 공작가에서 온 게 아닐까요?"

브린의 말에 리리카는 자리에서 벌떡 일어났다. 침실을 나가니 궁내 전령이 편지를 전하기 위해 현관 앞에 서 있었다.

리리카가 나오자 전령은 예의를 갖춰 인사하고 편지를 내밀었다.

전령이 물러가고 리리카는 종이칼로 편지를 뜯었다. 바라트 공작가의 문장이 꽃이라서 그런 걸까? 은은한 꽃향기가 종이에서 배어 나왔다.

아름다운 서체로 된 문장은 방문예정일을 묻고 있었고, 내일 당장도 괜찮다는 이야기였다.

발신자는 피요르드 바라트였다. 리리카는 당장 답장을 썼다. 아무리 노력해도 아직은 그런 아름다운 서체가 나오지 않았다. 종이에 잉크가 튄 흔적이 나지 않게 애쓰는 게 고작이었다.

내일 당장도 괜찮으며 시간은 티 타임이 좋겠다는 내용을 최대한 간결하게 쓴 것이었다. 너무 길어지면 반드시 잉크 튄 자국이 생기기 때문이다.

가루를 뿌려 여분의 잉크를 잘 말린 후에 봉투에 넣어 밀랍 인장으로 봉인한 후 전령에게 들려 보냈다.

설마 황궁 안에서 황족에게 바라트가 난동을 피우지는 않겠지만, 브린은 그래도 걱정이 되었다.

그 피요르드 바라트 아닌가?

브린이 넌지시 권유했다.

"황태자 전하와 함께 호위를 구하러 근위 기사단에 가 보시는 게 어떨까요? 빠르면 빠를수록 좋을 거 같아요."

리리카는 브린의 말도 옳다고 생각되어 고개를 끄덕였다. 흑룡실이 멀지 않으니 바로 가 보기로 했다.

리리카의 용건을 들은 아틸은 피곤한 얼굴로 대충 재킷을 챙겨입으며 나왔다.

"가자."

"아틸, 괜찮아요?"

함께 있던 파이가 눈 밑을 문지르며 말했다.

"갑자기 수도 치안 서류를 보자고 하시지 뭡니까. 정말— 윽."

2장 감이 좋은 아이　**227**

아틸에게 팔꿈치로 얻어맞고 파이는 신음을 내뱉었다.

"쓸데없는 소리 하지 말고."

아틸이 앞장서서 걷기 시작하자 리리카가 그 뒤를 따랐다. 걷던 아틸이 혀를 차며 손을 내밀었다.

"자."

의아해하며 그 손을 잡자 그가 그녀의 팔을 잡아당겨 나란히 서게 했다.

"왜 시녀처럼 뒤에서 따라와? 네가 시녀야?"

"아틸이 빠른 거예요."

"네가 느린 거지."

성큼성큼 걷는 그의 발이 빨라 리리카는 허둥지둥 뛰듯이 그와 보조를 맞췄다. 궁을 벗어나자 그의 속도는 더 올라갔다. 결국 리리카가 질질 끌리다 싶어 브린이 한소리를 하려는 순간, 아틸이 멈춰 섰다.

"너 말 탈 줄 알아?"

"네? 아뇨."

마차를 끄는 말은 본 적 있지만 혼자서 말을 타는 사람은 본 적도 없었다.

공원을 산책하면 볼 수 있다는데, 리리카는 일이 바빠서 공원에 놀러 갈 시간이 없었다.

아틸이 타박했다.

"그 정도는 좀 배우지?"

그가 그리 말하고 헉헉 숨을 몰아쉬는 리리카를 번쩍 안아 들었다.

"이게 낫겠네."

리리카는 그의 어깨를 짚었다. 탄이 목말 태워줬을 때가 생각났다. 그때는 무척 높아져서 불안했는데, 아틸이 안아 주니 그렇게 높아지지는 않아서 편안했다.

이 정도면 바닥에 떨어져도 착지할 수 있지 않을까?

파이가 옆에서 눈을 가늘게 떴다. 아틸에게 한소리를 하고 싶은 걸 리리카 앞이라 꾹 참는 중이었다.

일행이 근위 기사단 앞에 도착해 탄을 찾았다.

"단장님께서는 아직 집무실에 계십니다."

기사단에는 따로 대기실이 없어서 기다리려면 단장실 안으로 들어가서 기다려야 했지만, 아틸이 답답하다고 거절했다.

그가 리리카에게 말했다.

"탄이 없으니까 다음에 또 오는 게 어때?"

"기다릴래요."

오늘이 아니면 아틸이 언제 또 같이 올지 알 수 없다. 아틸이 한숨을 내쉬고 "어쩔 수 없네." 하며 장의자에 털썩 주저앉았다. 리리카는 기사단 내부를 이리저리 관찰했다.

벽에 걸린 무기들은 무척 크고 신기했다.

그때 안쪽에서 라우브가 걸어 나왔는데, 사복 차림이었다. 리리카는 그에게 반갑게 인사했다.

"라우브, 오랜만이야."

라우브는 멈칫했다가 정중하게 리리카에게 인사했다.

"황녀님을 뵙습니다."

"혹시 탄이 내 이야기 전해 줬어?"

사과를 잘 전해 줬는지 작게 물으니 그가 희미한 미소를 지었다.

"네, 전달받았습니다."

"그랬구나. 사복 차림은 처음 봐. 오늘부터 휴가야?"

그녀의 질문에 라우브는 잠시 침묵하다가 느릿하게 답했다.

"아뇨, 고향으로 내려가게 되었습니다."

"어……?"

그때 뭔가가 찌르르하고 등골을 타고 올라왔다. 오싹한 기분이 들었다.

그녀의 감이 위험하다고 경종을 울렸다. 놀란 리리카는 뒤로 한 걸음 물러났다.

위험한 것에서 시선을 떼지 않듯, 시선은 그에게 고정한 채로 말이다.

'지금? 라우브가? 저번까지는 아니었잖아? 방금까지도 괜찮았는데.'

그녀의 그런 반응을 라우브는 당연하다는 듯이 받아들였다. 리리카는 손끝이 차가워지고 축축해지는 걸 느꼈다.

'어쩌지? 어떻게 하면 좋지?'

그러니까,

그러니까.

고향으로 내려가는 게 문제인 걸까?

그때 누군가가 제 어깨를 짚었다. 펄쩍 뛰듯이 놀라 돌아보니 아틸이었다. 그가 비딱하게 고개를 기울이고 서 있었다.

"왜 그래? 무슨 일이야? 이 자식이 뭐라고 했어?"

"아, 아니요! 안 그랬어요!"

목소리가 생각보다 크게 터져 나왔다. 리리카는 제 어깨를 짚은 손이 얼마나 든든한지 생각하고서 라우브를 돌아보았다.

이제 더 이상 떨리지 않았다.

"라우브, 내 호위 기사가 되지 않을래요?"

고향에 내려가지 않으면 되는 거 아닐까?

리리카의 권유에 라우브의 눈이 크게 뜨였다. 그의 눈동자가 일렁거렸다.

리리카는 제 어깨를 잡은 손에 힘이 들어가는 걸 느꼈지만 아랑곳하지 않고 라우브를 바라보았다.

라우브는 리리카의 진의를 파악하겠다는 듯 찬찬히 그녀를 살피며 물었다.

"진정이십니까?"

리리카는 그가 얼마든지 자신을 살필 수 있도록 눈을 떼지 않고 마주 본채로 말했다.

"응, 물론 라우브가 싫다면 어쩔 수 없지만……."

아까보다 훨씬 더 경종 소리가 작아졌다. 떠나지 않는 게 정답이라는 확신에 리리카의 표정이 훨씬 더 풀어졌다.

"저는 이제 기사가 아닙니다. 그러니―"

라우브의 표정이 어두워졌다. 리리카가 갸웃하고 물었다.

"기사가 아니라도 내가 그냥 고용하면 안 될까? 음, 라우브에게 돈을 많이 줄 수 있을지는 모르겠지만……."

"야."

아틸이 그녀의 어깨를 흔들며 목소리를 높였다.

"뭐 하러 이 자식을 고용해? 너 울프지? 그런데 돌아가는 거면 그냥 부적격자인 거 아냐. 무슨 뻔뻔한 소리를 하고 있어?"

"아틸!"

리리카가 목소리를 높이고 그쪽으로 돌아서서 그의 허리를 폭 안았다.

"어? 어어?"

당황하는 아틸의 품 안에서 리리카가 당당히 라우브를 돌아보며 말했다.

"그래도 괜찮으면 고용할래."

아! 하고 리리카가 손가락을 하나 치켜세웠다.

"진주 한 알! 어때?"

오늘 아침에 맛있는 거 사 먹으라고 용돈 받은 게 있으니, 리리카는 나름 배짱을 부릴 수 있었다.

"진정이시군요."

라우브는 눈을 깜박거렸다.

아틸이 "너는, 진짜." 하고 투덜투덜하면서도 그녀를 밀어낼 생각은 조금도 하지 않았다.

오히려 입고 있는 옷의 단추 장식에 그녀의 뺨이 긁힐까 봐 조심스럽게 리리카의 위치를 바꿔 주었다.

"하겠습니다."

라우브가 답하는 순간, 아까 불길했던 예감은 완전히 싹 사라졌다.

리리카는 기분이 좋아져서 빙글빙글 웃었다. 그녀가 직접 나서서 행동으로 예감을 바꾼 적은 처음이었다.

도망치지 않고 말이다.

'바꿀 수 있는 거구나.'

갑자기 대단한 무기가 생긴 기분이 들었다. 라우브가 그녀 앞으로 한 걸음 다가와 무릎을 꿇었다. 리리카가 멀뚱멀뚱 그를 보고 있으니 아틸이 혀를 차고 그녀의 손을 잡아 그쪽으로 내밀며 다른 한 손으로는 그녀의 등을 꾹 눌러 안았다.

리리카는 아틸의 품에 안겨 팔만 엉뚱한 곳으로 내민 꼴이 되었다.

"어? 아? 아!"

내민 손을 라우브가 잡고 가볍게 손등에 입 맞췄다.

"성심으로 섬기겠습니다."

"대체 이게 어떻게 된 건지 누가 설명 좀 해 주시겠습니까?"

리리카가 돌아보니 탄이 열린 문 앞에 서서 묘한 얼굴을 하고 있었다.

"내가 라우브를 호위로 고용했어."

리리카의 말에 탄이 눈을 찡그렸다. 그의 시선이 라우브를 향했다. 라우브는 자리에서 일어나 리리카의 옆에 섰다.

탄이 물었다.

"이 녀석, 오늘로 기사단에서 나가게 된 건 아십니까?"

"응, 그래도 고용할 수 있지 않아?"

안 되는 건가?

리리카가 갸웃하는데 탄이 이마를 짚고 잠시 생각하다가 고개를 들었다.

"황녀님께서 그리 선택하셨으면 괜찮지요. 그럼 황태자 전하만 후보를 보여 드리면 되는 겁니까?"

"얘가 고를 거야."

아틸이 그녀의 양어깨를 잡고 앞으로 내밀었다. 탄이 살짝 웃었다.

"리리카 황녀님이 고르시는 거군요."

"그래."

리리카가 당황해 말했다.

"아틸이 골라야죠."

"네가 봐 준다며."

"제가 봐 드릴 테니까, 적어도 그중에서 고르세요."

그녀의 말에 아틸이 픽 웃었다. 탄은 의아한 얼굴이 되었으나 정중히 안으로 들어갈 것을 권유했다.

집무실 안의 의자는 푹신했고, 차와 과자도 모두에게 돌아갔다. 라우브는 짐을 챙겨서 백룡실로 오라고 보냈다.

탄은 리리카의 이야기를 듣고 턱을 문질렀다.

"감이 좋으신 거군요."

"응."

리리카는 고개를 끄덕였다. 탄은 고민하더니 말했다.

"그럼 일단 후보를 데려오라고 하겠습니다."

그가 밖에서 종기사를 부르더니 뭔가 속삭였다. 종기사는 갸웃했다가 밖으로 나갔다.

잠시 후 다섯 명의 기사가 우르르 들어와 인사했다. 리리카는 기사를 살피고 아틸의 귀에 뭔가 속닥거렸다.

아틸이 말했다.

"거기 맨 끝에 두 명만 빼고 다 나가."

탄의 눈이 이채를 띠었다. 아틸은 남아 있는 둘 모두를 선택했다.

"교대로 근무하면 되잖아."

호위 기사로 임명된 두 사람이 나가자 탄이 리리카에게 물었다.

"앞에 세 명을 탈락시킨 건 감입니까?"

"응, 아. 나쁜 사람이라는 건 아닌, 뭔가…… 음……. 좀 그랬어."

라우브만큼 경종이 울리지는 않았다. 리리카의 말에 탄이 고개를 끄덕였다.

"알겠습니다."

그가 미소 지었다.

"그럼 끝난 거지? 나 일 있어서 간다."

아틸이 자리에서 일어났다. 허둥지둥 따라 일어나려는 리리카의 어깨를 눌러 일어나지 못하게 하고 그가 말했다.

"넌 천천히 먹고 와. 파이, 브란."

"그럼 저희는 이만 물러나겠습니다."

"황녀님, 나중에 뵈어요."

우르르 일행이 빠져나가자 리리카는 브린을 바라보며 물었다.

"진주 한 알로 될까?"

"라우브 경이, 아니 이제 경이 아닌가요. 라우브가 괜찮다고 하면 괜찮은 거지요."

상등품의 진주는 보기 드물고, 어떤 상인을 만나느냐에 따라 가격이 결정되었다.

한마디로 '최상품 진주: 시가'라고 정해질 만큼 희귀하고 비싼 물건이었다.

리리카는 안도했다.

'하긴, 라우브는 싫은 건 싫다고 말할 거 같은 사람이니까.'

고개를 끄덕이는데 탄이 다가와 가까운 의자에 앉으며 물었다.

"그런데 황녀님, 라우브는 괜찮으셨습니까?"

리리카는 브린을 슬쩍 바라보고 고개를 흔들었다.

"아니, 엄청 안 좋았어. 위험해서 등이 축축해졌는데……."

탄의 표정이 심각해졌다. 브린 역시 마찬가지였다. 리리카가 둘의 표정을 보고 손을 내저었다.

"그런데 고향에 내려간다는 말을 했을 때 그런 거라서, 내가 고용하니까 괜찮아졌어."

리리카가 진지하게 걱정스러운 얼굴로 탄을 바라보았다.

"탄의 고향이랑 라우브의 고향이 같은 거지? 고향에 무슨 일이라도 생기는 걸까?"

"아뇨, 울프 영지는 괜찮을 겁니다. 그보다, 아, 이런."

그가 한숨을 내쉬었다.

"그 녀석을 황녀님께 맡기게 될 줄은 몰랐는데요. 무슨 일이 생기면 저에게 말씀해 주십시오. 제가 뭐든 지원하겠습니다."

탄이 제 양 무릎을 짚고 허리를 숙였다.

"라우브를 고용해 주셔서 감사합니다, 황녀님."

"어? 어, 괜찮아, 탄."

당황하며 리리카가 손을 내젓는데 브린이 웃으며 말했다.

"정말로 지원해 주시는 거겠지요? 단장님."

탄이 고개를 들어 올려 진지하게 답했다.

"물론."

"기대하겠습니다."

브린은 싱글싱글 웃었다. 근위 기사단장의 전폭적인 지지라니, 아무나 받아낼 수 있는 게 아니다.

'멋져라.'

이런 인맥을 조개껍질 줍듯 건져 올리는 주인을 섬기는 건 멋진 일이지.

탄의 인사를 받으며 두 사람은 가벼운 대화와 함께 백룡실로 돌아갔다.

라우브를 고용하는 데 생각도 하지 못한 난관이 기다리고 있다는 건 전혀 모른 채로 말이다.

파이가 아틸에게 퉁명하게 말했다.

"왜 황녀님께 그렇게 말씀하십니까?"

"뭐가?"

수도 치안에 대한 보고서 중에 인신매매에 대한 것만 골라내서 살피며 포위망을 좁혀 가는 중이었다.

서류작업은 질색이지만, 어쩔 수 없는 일이다.

꾹 참고 있던 아틸은 파이의 말에 고개를 들었다. 파이가 진지하게 아틸을 보았다.

"왜 그렇게 퉁명하게 말씀하시냐는 거죠. 싫어하시는 것도 아니시면서."

"내가 언제?"

"항상 그러시거든요. 브란, 내 말이 맞지?"

파이의 말에 브란은 고개를 끄덕였다. 파이가 그것 보란 듯 펜으로 아틸을 가리켰다.

"오늘도 왜 시녀처럼 따라오냐는 둥, 말도 못 타냐는 둥, 하여간 상처 받을 말을 했잖아요."

"내가?"

"네, 전하께서요."

파이의 말에 아틸은 생각에 잠겼다가 말했다.

"사실이잖아. 뒤에서 쫓아오는 것도 그렇고, 말 못 타는 것도 그렇고."

"그 말을 황녀님 상처받으라고 내뱉으시는 거면 제가 말을 안 합니다. 그것도 아니면서."

파이가 눈을 가느스름하게 뜨고 말했다. 산다르다운 표정이었다.

"만약 황녀님이 똑같은 식으로 전하께 말한다고 생각해 보세요. '꼭 제 주인이 된 것처럼 앞서가시네요.'처럼."

"……"

아틸은 침묵했다. 파이가 말을 이었다.

"다정하게 말하라든가 그런 게 아닙니다. 그냥 리리카 황녀님과 나란히 걷고 싶었던 거죠? 그럼 나란히 걷자. 이렇게 말씀하시면 되잖아요?"

"……마음 상했을까?"

리리카의 마음을 상하게 하거나, 상처 입히려는 의도는 조금도 없었다.

아틸의 말에 파이가 히죽 웃으며 턱을 괴었다.

"황녀님은 마음이 넓으시니까 넘어가시지만, 언젠가는 상처 입히게 될지도 몰라요. 조금은 주의하시지요."

"노력하지."

그렇게 말하고도 아틸의 미간은 펴지지 않았다. 서류를 보는 그의 손길이 느려졌다. 파이는 얼른 주군의 마음이 가벼워질 계책을 내놓았다.

"신경이 쓰이시면 선물을 하시는 게 어떨까요?"

"선물?"

"네, 조랑말이요. 아무래도 어리시니까 태양궁 정원 안에서 조랑말을 타고 다니시면 좋을 거 같아서요. 얼마 전에 선물 받으신 거 있잖아요. 하프링거."

화사한 크림색 갈기와 꼬리를 자랑하는 우아한 갈색 조랑말을 떠올리자 아틸의 입가에 미소가 지어졌다.

그거면 분명, 리리카의 마음에 들 것이다.

리리카는 아침을 든든히 먹고 평소보다 공을 들여 머리를 땋았다. 외부인을 초대해서 만나는 건 처음이라, 리리카는 몇 번이나 인사말을 외웠다.

그녀의 등 뒤에는 이제 그림자처럼 라우브가 붙어 서 있었다. 근위 기사가 아니라 제복을 입지 않은 그는 가벼운 가죽 갑옷 차림에 검을 등에 메고 있었다.

아침에 리리카는 진주 한 알을 건넸다. 라우브는 소중히 진주를 품에 넣었다.

일반적인 티 타임으로 알려진 오후 3시에서 5시 사이에 피요르드는 칼같이 도착했다.

그는 그때처럼 흐트러진 차림이 아니라 단정한 차림이었다.

하지만 리리카를 숨 막히게 했던 그 화려함은 여전했다. 저 단정한 옷차림이 오히려 화려함을 더 강조하는 게 아닐까 싶었다.

"피요르드 바라트가 리리카 나라 타카르 황녀님을 뵙습니다."

"만나서 반가워."

인사는 생각보다 높은 목소리로 명랑하게 튀어 나갔다. 리리카는 손을 내밀었고, 피요르드는 그녀의 손등 위에 입 맞췄다.

붉은빛이 녹아든 금색 눈동자는 '꿀색'이라고 하기에는 너무 차가워 보였다.

반짝이는 은색 머리카락은 새벽달보다 더 창백한 빛을 발하고 있었다.

'아, 역시.'

화려하지만 어딘지 날카롭다. 아주 잘 세공된 무기 같은 아름다움이었다.

게다가 커트시만이 아니었다. 움직임이 나긋나긋하다고 해야 할까. 우아하다고 해야 할까.

리리카는 다시금 감탄하며 말했다.

"오늘은 커트시가 아니네."

비꼬는 게 아닌, 순수한 질문에 피요르드는 빙긋 웃었다.

"정식으로 인사드리는 자리니까요. 설마 정말로 초대해 주실 줄은 몰랐습니다."

"초대에 응해 줘서 고마워."

인사하고 리리카가 그에게 자리를 권했다. 준비된 테이블에 앉아 차와 과자를 나눴다.

주인인 리리카가 먼저 차와 과자를 맛보고 본격적인 다과 시간이 시작되었다.

피요르드는 리리카 등 뒤에 있는 라우브를 보고 리리카에게 물었다.

"기사를 고용하지 않으신 건가요?"

"응."

리리카는 고개를 끄덕였다. 피요르드가 웃었다.

"분명히 뒷말이 나올 텐데요. 리리카 황녀는 왜 근위 기사단 기사를 호위 기사로 삼지 못했을까, 하고요. 양녀라서 차별받나, 하는 이야기요."

리리카는 눈을 깜박였다.

그녀는 찻잔을 내려다보았다가 피요르드를 보았다.

"그렇다고 내가 타카르가 아닌 건 아니잖아?"

남들이 뒤에서 뭐라고 하든, 계약은 계약이다. 8년간 그녀가 황녀인 건 누구도 바꿀 수 없는 명백한 사실이었다.

리리카의 말에 피요르드의 금홍색 눈동자가 즐거운 빛을 띠었다.

"물론 그렇습니다."

그야말로 타카르다운 오만불손한 대답이라 피요르드는 기분이 좋아졌다. 바라트가 그렇게 손을 뻗어도 닿지 않는 하늘을 자유롭게 활공하는 용.

바라트 공작가가 피가 섞였으니 우리도 용이 될 수 있다고 발악하는 그 자리에, 피 한 방울 섞이지 않은 자가 당당히 자신도 '타카르'라고 말하고 있었다.

바라트 공작이 지금 리리카의 말을 들었다면 그녀를 찢어 죽이고 싶어 할 터였다. 어찌 보면 타카르의 정통성에 가장 집착하는 게 바라트 공작이니 말이다.

"모기들이 앵앵거리는 소리야 용에게는 별거 아니죠."

피요르드가 마무리하자 리리카가 곤란한 얼굴을 했다. 그녀가 조그마한 소리로 말했다.

"아냐, 용도 모기는 귀찮을 거야. 상당히."

여름밤에 잠 못 들게 하는 일 순위가 바로 모기이니까.

마른풀을 잔뜩 피운 연기 속으로 들어가면 순식간에 눈물과 콧물이 뚝뚝 흘러나온다. 하지만 모기를 피하기 위해서라면 얼마든지 들어가 있을 수 있다.

내일에 대한 불안보다 한 마리 모기가 더 강력하게 잠을 깨우는 경우가 많았다.

피요르드는 리리카의 말을 듣고 고개를 끄덕였다.

"그건 그렇네요."

모기는 귀찮지, 확실히.

리리카가 빙긋 웃고 말했다.

"게다가 황족에 대한 문제라면, 난 잘 모르는걸. 폐하께서 알아서 해결해 주실 거라고 생각해."

세상에서 가장 대단한 뒷배를 이야기하고, 리리카는 푹신푹신한 카스텔라를 입에 넣었다.

'맛있다.'

부풀게 만들려고 특별한 효모를 썼다고 했나, 어쨌나.

요리사는 황후의 도움으로 만든 신작 과자들을 언제나 황녀의 식탁에 가장 먼저 올렸다.

사교계에서 신분이 높은 사람은 언제나 유행의 선두주자였다. 뭘 하든지 시선은 황족과 고위귀족에게 쏠렸다.

그러니 누가 새로운 것을 가지고 나오는지, 그 '새로운 것'이 얼마나 유행이 퍼져나가는지는 사교계의 영향력을 가늠하는 잣대이기도 했다.

모방은 가장 순수한 형태의 찬사이다.

루디아는 새로운 레시피나 옷차림, 액세서리, 화장법 등을 조금씩 조금씩 풀었고, 하나하나가 대단한 반응을 일으켰다.

리리카는 사교계 밖에 있으니 그런 반응은 몰랐지만, 엄마의 요리사가 무척 맛있는 디저트를 만든다는 건 알았다.

리리카는 카스텔라를 피요르드에게 권했다.

"황후마마께서 만드신 새로운 과자인데, 먹어봐. 맛있어."

"압니다. 카스텔라에 대한 소문이 이미 퍼졌거든요. 저희 가문 요리사도 재현하려고 애쓰는 모양인데, 잘 안 되는 모양이더군요."

"정말?"

"네."

무엇에 대한 정말인지는 묻지 않았다. 했던 말이 전부 사실이기 때문이다.

피요르드는 카스텔라를 입에 넣었다. 푹신한 식감과 동시에 느껴지는 너무 달지 않은 맛에 만족했다.

이전까지 유행은 값비싼 설탕을 잔뜩 써서 부를 과시하는 것이었다. 유행하는 설탕이 들어간 음식들은 뇌가 마비될 정도로 달았다.

그런데 루디아가 내놓는 디저트들은 그리 달지 않았다. 오히려 다양한 식감과 차와 조화를 추구했다.

순식간에 카스텔라가 사라졌다. 시녀가 얼른 새로 자른 카스텔라를 올렸다.

피요르드는 그 나이 남자아이답게 무척이나 잘 먹었고, 리리카는 흐뭇하게 그를 접대했다.

그녀는 사교계에 대해서 궁금했던 질문을 던졌고, 피요르드는 가감 없이 답했다.

리리카는 황후, 그러니까 어머니에 대한 이야기를 들으며 거듭 놀라움을 금치 못했다. 피요르드가 들려주는 이야기는 리리카는 한 번도 듣지 못한 이야기뿐이었다.

어머니가 사교계에서 잘난 척하는 후작 부인의 콧대를 납작하게 만들어 줬다거나, 티 살롱에서 새로운 과자들을 선보여서 모두가 놀라워했다든가,

심지어는—

"놀란 말을 진정시켜요?"

"네, 황후마마께서 에린 남작 영애가 타고 나온 암말이 날뛰는 걸 막으셨지요. 덕분에 약혼자 측에서 몇 번이나 감사했다고 하더군요."

어머니가?

말을?

'어쩐지 내가 아는 어머니와는 다른 거 같아.'

물론 어머니는 세상에서 가장 아름답고, 상냥하지만. 언제나 리리카가 지켜 줘야 한다고 생각했는데…….

리리카가 곰곰이 생각하고 있을 때, 피요르드가 물었다.

"황녀님께서는 말벗이 없으십니까?"

"브린이 내 말벗이지."

리리카의 말에 피요르드가 살짝 웃으며 고개를 흔들었다.

"아뇨, 그게 아니라 귀족가에서 보내온 또래 친구 말입니다. 아무래도 사교계 이야기를 처음 듣는 것 같고, 말벗도 없으신 거 같아서요."

그가 의미심장하게 덧붙였다.

"가문 간 친교의 의미라든가 혹은 수행으로. 하여간 다양한 의미로 권력자에게 말벗을 주선하니까요."

"으음."

리리카가 한숨을 내쉬었다.

"그럼 난 아직 충분히 권력자가 아닌가 봐."

이제 막 권력의 맛을 본 '초보 권력자'이니 주선이 들어오지 않나 보다.

'그러고 보니, 아틸도 파이가 있었지. 파이도 아틸의 말벗인 걸까?'

리리카의 말에 피요르드의 입꼬리가 미세하게 떨렸다. 그는 황급히 입 안의 차를 삼켰다.

사실 리리카만 깨닫지 못하고 있을 뿐, 지금 황도에서 황후만큼 뜨거운 이야깃거리가 바로 리리카였다.

그런데 어쩐지 그런 걸 알려 주고 싶은 마음은 전혀 들지 않았다.

이 황녀님은 자신만 알았으면 좋겠다.

리리카는 아쉬운 마음이 들었다. 친구가 있었으면 좋겠다. 물론 브린이 있기는 하지만, 브린은 어디까지나 측근 시녀로서 제 자리를 지킬 뿐, 친구처럼 같이 놀지는 않았다.

'친구.'

빈민가에서는 일하느라 바빠 친구를 가질 짬이 없었다. 물론 리리카가 꽃을 팔러 다니거나, 날치기 같은 일을 하려고 했다면 동료는 더 쉽게 생겼을 터였다.

'하지만 모처럼 힘들게 일을 구했으니까, 내팽개치고 싶지 않았는걸.'

귀족 친구들은 모이면 뭘 할까, 상상하며 리리카는 한숨을 삼켰다.

말벗은 주선을 통해 들어온다니……. 앞으로 들어오는 날이 올까?

'아냐, 실망하지 말자! 훌륭한 황녀님이 되면 말벗을 하고 싶다는 사람이 나올 거야.'

아직 훌륭한 황녀님이 되지 못했으니까, 좀 더 노력하면 된다. 하고 리리카는 허리를 쭉 폈다.

그녀의 좌절과 결심이 얼굴에 다 드러나서 피요르드는 다시 웃음을 삼켰다.

리리카는 피요르드를 바라보았다. 훌륭한 황녀님이 되기 위한 그 한 걸음.

"이제 커트시를 가르쳐 줘."

피요르드는 우아하게 커트시를 해 보였다. 다시 봐도 물 흐르듯 가볍고 아름다운 커트시라서 리리카는 저도 모르게 박수를 쳤다.

"어떻게 하면 그렇게 할 수 있어?"

"황녀님께서는 커트시를 하실 때 무슨 생각을 하시나요?"

"어, 무릎을 이만큼 굽히고 일어나야겠다는 생각? 좀 느리게 일어나야 우아하게 보인다든가……"

"그 생각은 접어두고 내가 세상에서 가장 아름답다. 라고 생각하시는 겁니다."

"어?"

"자, 따라해 보세요. 내가 세상에서 가장 아름답다."

"네, 내가 세상에서 가장 아름답다."

"전혀 믿지 않으시는 거 같은 목소리인데요."

"그게, 그러니까. 사실이니까."

리리카는 그녀의 어머니처럼 아름다운 물결치는 금발도 아니고…….

"황녀님."

피요르드가 몸을 숙였다. 그녀의 청록색 눈동자를 바라보며 그가 속삭였다.

"황녀님은 아름다우십니다. 호두나무 빛깔 머리카락은 나무의 요정 같고, 눈동자는 햇살이 비치는 루딘 호수 같지요."

생애 처음으로 들어보는 찬사에 리리카는 눈을 휘둥그레 떴다. 피요르드가 빙긋 웃었다.

"자신감을 가지셔도 됩니다. 자, 다시 한 번."

"어?"

"나는 세상에서 가장 아름답다."

"나, 나는 세상에서 가장 아름답다."

어쩐지 얼굴이 달아올랐다. 자신보다 예쁜 사람 앞에서 이런 말을 하게 될 줄이야.

"자, 한 번 해 보세요."

피요르드의 말에 리리카가 커트시를 했다. 쑥스러워서인지 몸이 더욱 뻣뻣해졌다.

피요르드가 갸웃하고 물었다.

"그런데 황녀님, 황녀님께서는 어차피 무릎절을 할 사람이 많지도 않으십니다. 굳이 무릎절을 이렇게 배우셔야 할 이유가 있을까요?"

"그 많지 않은 사람에게 보여 주고 싶으니까."

어머니와 폐하, 그리고 아틸에게 자신이 얼마나 훌륭하게 잘하는지 보여 주고 싶었다.

칭찬까지 받는다면 더욱 좋고.

어머니는 분명 아낌없이 칭찬해 주시겠지.

피요르드가 리리카를 보고 말했다.

"그분들은 이미 황녀님을 아름답다고 생각하고 계실 겁니다. 그러니까……"

"아, 바로 그거야!"

리리카가 피요르드를 휙 돌아보았다.

"아름답다 말고, 다른 건 될 거 같아. 음, 나는 세상에서 가장 귀엽고 사랑스럽다……!"

얼굴이 빨개지기는 하지만 이것도 역시 어머니가 매일 해 주는 말 아닌가.

귀여운 리리카, 내 리리카, 세상에서 가장 사랑스러운 리리카.

그렇게 생각해 주는 사람이 있으니 스스로도 그렇게 생각하는 건 어려운 일이 아니었다.

'아름답다'는 좀 거리가 멀지만 이건 할 수 있을 거 같다.

'나는 귀엽다, 나는 귀엽다, 나는 귀엽다. 이얍!'

속으로 말을 되뇌며 리리카는 커트시를 했다. 씩씩하고 깜찍한 커트시라 피요르드가 저도 모르게 "품" 웃음을 터뜨렸다.

리리카가 당황해 그를 돌아보았다.

"뭔가 이상했어?"

"아뇨, 그게."

피요르드가 그녀가 목에 맨 빨간 리본을 살짝 어루만지고 웃었다.

"울새처럼 보여서요."

"울새?"

그녀가 제 리본을 한 번 바라보았다가 피요르드를 보았다.

"네, 사랑스러운 울새 황녀님."

그가 빙긋 웃었다.

리리카는 칭찬을 받았으니 그에게도 뭔가 칭찬을 돌려주고 싶다고 생각했다.

고민하다가 그녀가 말했다.

"피요르드는 은 세공품 같아."

피요르드가 한쪽 눈썹을 치켜올렸다가 웃었다. 그가 말했다.

"꼭 황녀님의 말벗에 지원하고 싶네요."

"정말?"

"네."

"그럼—"

리리카가 입을 벌리는데 브린이 타이밍 좋게 끼어들었다.

"두 분 모두 힘드실 테니 차가운 주스를 한 잔씩 하세요."

"아, 고마워, 브린."

설탕을 담뿍 넣은 산딸기 주스 두 잔이 준비되어 있었다.

서서 뭘 먹고 마시는 법은 없는지라, 두 사람은 차려진 테이블에 앉았다.

새콤달콤하고 차가운 주스는 금방 기분을 좋게 만들어 주었다. 그녀가 한숨을 내쉬었다.

"나는 피요르드처럼은 할 수 없나 봐."

"그래도 괜찮지 않습니까? 황녀님은 황녀님의 방식대로 하시면 되니까요."

귀엽고 사랑스럽게.

그거면 충분하지 않을까?

피요르드가 그렇게 생각하는데 현관문이 벌컥 열렸다.

"리리, 어제 내가—"

헛기침을 하고 말문을 열었던 아틸은 응접실 상황을 보고 그대로 멈춰 섰다.

그의 시선이 피요르드에게 붙박이듯 고정되었다.

피요르드는 자리에서 천천히 일어나 인사했다.

"피요르드 바라트가 제국의 황태자 전하를—"

뵙는다는 말이 끝나기도 전에 아틸이 한달음에 달려와 그의 멱살을 잡아 올렸다.

놀라 리리카가 자리에서 벌떡 일어났다.

"아틸!"

그녀의 외침에도 아랑곳하지 않고 아틸이 으르렁거리듯 말했다.

"이 새끼, 네가 왜 여기 들어와 있어."

"초대를 받았습니다."

"초대?"

"네, 아틸. 제가 초대했어요. 그러니까—"

갑자기 이게 무슨 상황인지 몰라 리리카는 안절부절못하며 주변을 둘러보았다. 아틸과 함께 들어온 파이도 심각한 얼굴을 하고 있다.

"하, 감히 내 여동생을 꾀셔? 그래? 그 잘나신 외모와 입에 발린 소리로 꼬리 치셨나?"

아틸의 말이 더욱 거칠어졌고 피요르드는 싱긋 웃었다.

"와 달라고 부탁한 건 황녀님이시랍니다."

말이 끝나기가 무섭게 아틸이 그의 얼굴을 후려쳤다.

리리카는 비명을 삼켰다. 이런 상황에서 소리치는 건 상황을 악화시키기만 할 뿐이다.

해야 할 건 행동이었다.

달려가려는 그녀를 어느새 다가온 라우브가 저지했다. 리리카가 홱 시선을 돌리니 라우브가 살짝 고개를 좌우로 저었다.

아틸이 다시 그의 멱살을 잡아 끌어올리며 낮게 말했다.

"꺼져, 바라트의 걸작품. 그 소문이 사실인지 내가 확인하고 싶어지기 전에."

"하."

피요르드가 짧게 웃었다.

"그러십니까? 저도 그 소문이 사실인지 궁금한데요."

금홍색 눈이 똑바로 피요르드를 쏘아보았다.

"확인해 볼까요?"

달그락달그락.

리리카는 저도 모르게 시선을 테이블로 돌렸다. 테이블에 있는 식기들이 파르르 떨고 있었다.

유리잔 안에 남아 있는 산딸기 주스 표면이 흔들렸다. 테이블이 움직이는 게 아니었다.

식기들이 뭔가에 반응하듯이 흔들리고 있었다.

안 돼.

뭔지 모르지만 안 된다. 리리카는 라우브를 뿌리치고 달려가서 아틸을 힘껏 잡아당겼다.

"그만 하세요! 제가 초대한 제 손님이에요! 더 이상 무례하게 구시는 건 용서하지 않겠어요!"

아무리 잡아당겨도 마음대로 되지 않자, 리리카는 둘 사이로 파고들어가서 양쪽으로 밀어대기 시작했다.

낑낑거리는 그 모습에 아틸은 피요르드를 놓아 주었고, 둘은 서너

걸음 뒤로 멀어져 떨어졌다. 상대를 노려보는 투견 같은 모습이었다.

리리카가 피요르드의 앞을 가로막으며 말했다.

"제 손님이에요. 제 손님이라고요."

리리카가 힘껏 몸을 폈다.

"그러니까 피요르드의 안전에 대한 책임은 제게 있어요. 아틸, 부탁이니까 나가 줘요."

"뭐? 야, 너 저 자식이 어떤—"

"황태자 전하."

브린이 그의 말을 자르고 들어왔다. 그녀의 보라색 눈이 차가웠다.

"이곳은 백룡실이고, 황녀님의 거처입니다. 높으신 분들이 이야기하시는데 끼어든 불경을 용서하십시오. 그러나 더 이상 황녀님께 무례하게 구시는 걸 참을 수가 없었습니다."

브린이 고개를 숙이며 하는 말에 아틸은 주먹을 꽉 쥐었다가 내뻗었다.

"그놈이 그렇게 좋으면, 네 마음대로 해."

아틸이 휙 방을 나가자 파이가 리리카에게 인사하고 함께 방을 빠져나갔다.

쾅 소리를 내며 문이 닫혔다. 리리카는 긴장이 풀린 모습을 보이지 않으려 애쓰며 피요르드에게 돌아섰다.

"괜찮아? 당장 의원을 부르라고 할게."

"이 정도는 아무것도 아닙니다. 부르실 필요도 없답니다."

피요르드가 웃으며 말하고 리리카에게 물었다.

"하지만 괜찮으십니까? 저 때문에 황태자 전하와 척을 지셔서야. 커트시를 보여 주고 싶은 분 아닙니까."

리리카의 어깨가 작게 움찔했지만 그녀가 의연하게 말했다.

"말다툼 정도로 척을 지는 건 아니잖아. 그리고 아틸이 분명히 잘못했는걸. 피요르드는 내 손님인데."

리리카는 고개를 저었다.

"그리고 아무것도 아닌 건 아냐. 괜찮지 않아. 앉아. 의원이 싫으면 그냥 약이라도 발라 줄 테니까."

명령조의 말에 피요르드가 눈을 깜박였다가 터진 입가를 손으로 쓸며 말했다.

"정말로 괜찮습니다. 황녀님. 대련에서는 이보다 심하게 다치는 경우도 있는걸요."

"대련이랑은 다르잖아."

맞는 건 무섭고 아프다.

폭력은 사람은 움츠러들게 만들고 아무런 생각도 하지 못하게 만들었다.

예전에는 어쩔 수 없었다.

소중한 사람을 지키기 위해서 별에게 소원을 비는 게 전부였다.

하지만 지금은 그녀에게는 힘과 권력이 있었다. 리리카는 그걸로 곁의 사람들을 다치지 않게 지켜 주고 싶었다.

그래서 드물게, 리리카는 단호히 말했다.

"난 싫어. 피요르드를 그냥 가게 하지 않을 거야. 피요르드가 괜찮다고 해도 나는 싫으니까. 브린, 먹기 편한 걸로 새로 가져와 줄래? 달콤한 걸로."

"네, 황녀님."

브린이 돌아서서 시녀에게 명령했다.

리리카는 주먹을 꼭 쥐었다.

백룡실에서 군림하는 건 자신이다. 권리가 있고, 그 권리에는 늘 책임이 따른다.

'처음부터 내가 잘해야 했는데.'

자기보다 머리 하나씩은 커다란 남자 둘이서 그러니 당황했던 것 같다. 게다가.

리리카는 샐쭉하게 라우브를 돌아보았다. 그의 회색 눈동자가 깜박였다.

'나중에 라우브랑도 이야기해야겠어.'

시녀가 약통을 가져오자 리리카는 직접 핀셋으로 솜뭉치를 들어 올렸다.

"자."

연고를 바르는 동안 피요르드는 얌전히 눈을 내리깔고 있었다. 가끔 황녀님의 얼굴을 훔쳐봐도 그녀는 약 바르는 데 집중해 자신의 시선을 눈치 채지도 못했다.

"됐다."

리리카가 핀셋을 시녀에게 돌려주고 새로 차려진 티 테이블로 피요르드를 끌고 갔다.

따끈따끈한 밀크 쇼콜라가 놓여 있었다. 리리카가 가장 좋아하는 음료였다.

"마시면 진정될 거야."

리리카가 그리 말하며 그녀 앞에 놓인 밀크 쇼콜라를 마셨다. 따뜻한 밀크 쇼콜라의 달콤하고 씁싸름한 맛이 속을 따끈하게 만들어 주었다.

그녀 역시 긴장이 사르르 풀리는 걸 느꼈다. 아틸이 거칠다는 건 알고 있었지만 주먹까지 휘두를 줄은 몰랐다.

그걸 생각하면 예전에 맞았던 기억이 떠올라 몸 안쪽에 뭔가가 움츠러들었다.

'아틸에게 뭐라고 해야 하지.'

리리카는 고민하며 카스텔라를 초콜릿에 찍어 먹었다. 한입 크게 베어 물고 나니 아틸과도 어떻게든 잘 될 것 같은 자신감이 생겨났다.

"맛있지?"

리리카의 물음에 피요르드는 고개를 끄덕였다.

그에게는 이 모든 게 신선했다. 주먹으로 얻어맞는 정도로는 이제 제 집안 하녀들도 '괜찮냐.'고 묻지 않는다.

마음속에 도드라졌던 뭔가가 사라지는 듯했다.

달콤한 초콜릿을 천천히 마시고, 괜찮냐는 걱정을 듣고, 조심스럽게 약을 발라 주는 손길을 느끼는 것.

'이게 뭘까.'

그는 고민했다.

언제 그런 소동이 있었냐는 듯이 온화한 시간이었다. 따뜻한 햇볕이 응접실을 채우고 잔에서는 달콤한 향기가 퍼진다. 은 식기조차 동그랗게 반짝이는 듯했다. 몸도 마음도 느슨해지게 만드는 공기가 있었다.

그걸 만들어 내는 건 백룡실의 주인인 황녀겠지.

피요르드는 저도 모르게 희미하게 웃었다. 웃었다는 걸 인지하고 그는 입가를 살짝 눌렀다.

그가 잔을 빠르게 비워냈다.

"이만 가 보는 게 좋겠습니다. 제가 떠나야 황태자 전하께서도 마음이 편하실 테니까요."

리리카가 고개를 저었다.

"그건 나랑 아틸 사이의 일이지. 피요르드가 신경 쓰지 않아도 돼."

"충실한 신하로서 그래서는 안 되지요. 오늘은 저도 선을 넘은 면이 있으니까요. 죄송합니다. 황녀님."

정중하게 피요르드가 사과했다. 리리카는 고개를 저었다.

처음에 아틸이 멱살을 잡았을 때부터 제대로 대응했어야 했는데······.

피요르드는 다시 한 번 괜찮다고 말하고, 조심스럽게 말을 이었다.

"오늘은 아무래도 이렇게 돌아가야 할 것 같지만."

그는 망설였다. 그의 인생에 망설일 일은 얼마 되지 않아 그 자신도 어색하게만 느껴졌다.

더는 여기에 와서는 안 된다는 걸 안다. 아는데.

그는 리리카를 돌아보았다. 투명한 눈동자가 거리낌 없이 자신을 바라본다.

"괜찮으시면 다음에 또 초대해 주시겠습니까?"

실수했다고 생각하면서도 고칠 생각은 들지 않았다. 피요르드는 리리카를 보았다.

리리카는 아틸을 생각했다. 그리고 눈앞의 피요르드를 바라보았다. 입가가 터져 있는 모습이 짠했다.

"응."

리리카가 고개를 끄덕이자 피요르드는 미소 짓고 허리를 굽혀 그녀에게 인사했다.

"그럼 소인은 이만 물러가겠습니다. 평안하시길, 울새 황녀님."

피요르드를 배웅하고 리리카가 브린에게 물었다.

"설마 피요르드가 돌아가는 길에 아틸이 덮치지는 않겠지?"

"그런 일은 걱정하지 않으셔도 되어요, 황녀님."

"대체 왜 그렇게 사이가 안 좋은 거야? 둘 사이에 무슨 일이 있어?"

"그건 본인들에게 직접 듣는 게 좋을 거 같아요. 두 분 모두 황녀님께서 여쭤보시면 답해 주실 테니까요."

"음, 하긴. 응."

뒤에서 이야기를 듣는 것보다는 정면에서 묻는 게 나을지도 모른다.

리리카는 한숨을 폭 내쉬었다가 휙 라우브를 돌아보았다.

"라우브, 잠깐 이야기 좀 해."

리리카는 응접실 옆옆 방으로 라우브를 데려간 후에 양쪽에 달린 문을 닫았다.

리리카가 척하고 허리에 손을 얹고 이야기할 자세를 취하자 라우브는 한쪽 무릎을 꿇어서 시선을 맞췄다.

"왜 막은 거야?"

"위험하다고 판단했으니까요."

"그럼 그다음에 뛰어나간 건 왜 안 막았어?"

"그때는 분명 두 분도 화해를 받아들이실 거라 생각했습니다."

"처음에 내가 막았으면 괜찮지 않았을까?"

"처음에는 오히려 황녀님께서 말리시는 게 불을 붙일 수 있다고 생각되어서."

"어째서?"

리리카가 갸웃하고 묻자 라우브는 뭐라고 설명해야 할까 하듯이 느릿하게 말했다.

"전하께서는 황녀님을 좋아하시고, 자기편이라고 생각하십니다. 그런 사람이 다른 사람 편을 들면 더 화가 나니까요."

"으음……."

리리카는 팔짱을 끼고 끙끙거렸다. 라우브가 희미하게 웃고 설명을 계속했다.

"그런데 한 대 때리시고 그 후에 두 분 모두 마음속으로는 아차 했을 겁니다. 선을 살짝 넘었거든요."

누군가 말려서 멈출 타이밍에는 말릴 사람을 보내 주는 게 좋다.

라우브의 말에 리리카는 어깨를 늘어트렸다. 그녀가 한탄하듯이 말했다.

"하지만 백룡실에서 두 사람이 치고받고 했잖아. 내가 어떻게든 해야 했는데. 불이 붙든 뭘 하든지 말이야. 만약 그때 내가 뛰어들었으면 라우브가 지켜 주지 않았을까? 아니면 라우브도 황태자 전하는 안 돼?"

훌륭한 황녀라면 대체 어떻게 대처를 해야 했을까. 리리카로는 도무지 알 수가 없었다.

"물론 거기서 황녀님이 움직이시길 원하셨다면, 제가 지켜드렸을 겁니다. 하지만 더욱 확실한 방법이 있습니다."

"뭔데?"

"절 부르셨으면 되지요."

리리카는 라우브 울프를 바라보았다. 그의 회색 눈에 희미한 열기가 비쳐 보였다.

"상황을 정리하라고 하셨으면, 제가 정리했을 겁니다. 무기를 빼 들든, 둘 사이에 끼어들든 말입니다."

"라우브는 내 호위잖아. 그런데 그런 걸 시켜도 되는 거야?"

저도 모르게 툭 튀어나온 말에 그의 얼굴이 흐려졌다. 그는 말하기가 어려운 듯 보였다가 다시금 그녀에게 말했다.

"저는 황녀님의 방패입니다. 그러나 방패뿐 아니라 검 역시 되고 싶습니다."

안 됩니까?

그런 질문이 묻어 있는 말이었다. 리리카는 놀랐다.

그녀는 어린아이에다 빈민가 출신이다. 사람들은 그녀 앞에서 말을 함부로 하고는 했다. 제가 하고 싶은 말을 리리카 앞에서 참는 사람은 없었다.

그런데 라우브는 무척 조심스럽게 이야기를 하고 있었다. 여덟 살짜리 아이라고 편하게 부탁하는 게 아니라.

리리카는 자신의 손을 내려다보았다.

작은 손바닥.

그녀는 얼른 어른이 되었으면 좋겠다고 늘 생각했다. 그러면 더 많은 일을 할 수 있고, 더 많이 돈을 벌 수 있고, 어머니도 더 잘 지킬 수 있고.

빨리빨리 자라서 지금은 할 수 없는 더 많은 일을, 더 현명한 생각을, 더 훌륭한 판단을.

'하지만 훌륭한 황녀님은 스스로 모든 걸 하는 사람이 아닐지도 몰라.'

상대가 브린이었다면 이렇게 독대해서 추궁하지 않았을 터였다. 그냥 궁금해하면서 '왜 그랬어?' 하고 물었겠지.

리리카 자신도 라우브를 완전히 믿지 못했던 게 아닐까?

그냥, 그 불길한 예감 때문에 데려왔으니까— 급한 불을 껐다는 느낌으로만 데리고 있는 거지 진짜로 자신의 기사라고는 생각하지 않고 있었던 걸지도 모른다.

라우브가 어려워하는 점도 그게 아닐까.

'높은 사람이 칭찬해 줄 때는 어떻게 하더라.'

리리카는 고민했다. 황제나 황태자가 자신을 칭찬할 때는 어떻게 했지?

'머리를 쓰다듬어 줬는데.'

리리카가 작은 손을 뻗어서 살짝 라우브의 머리를 쓰다듬기 시작했다.

늑대는 움찔하고 슬쩍 어린 황녀님을 바라보았다. 리리카가 눈을 마주치고 빙긋 웃었다.

"알았어. 그럼 앞으로 라우브를 내 방패이자 검으로 삼을게. 어려운 일이 생기면 꼭 부를 테니까."

어른 남자의 머리를 쓰다듬는 건 처음인데, 의외로 머리카락은 폭신폭신 부드럽고 기분 좋았다.

폐하와 아틸이 제 머리를 쓰다듬는 걸 왜 좋아하는지 알 거 같았다.

"전력으로 답하겠습니다."

라우브가 고개를 깊이 숙이며 답했다. 적당히 쓰다듬었다고 생각한 리리카가 손을 뗐다.

"그럼 새로 잘 부탁해, 라우브."

"황공합니다."

리리카는 기분이 가벼워져서 응접실로 나왔다. 라우브와도 한 계단 오른 기분이었다.

그런데 응접실에 뜻밖의 사람이 기다리고 있었다.

"어머니?"

리리카가 환하게 웃으며 달려 나갔다. 루디아는 애써 웃으며 리리카를 치마폭에 끌어안았다. 그녀를 꼭 안고서 루디아는 눈을 들어 라우브를 바라보았다.

새파란 눈동자가 비수 같았다. 라우브는 무엇 때문에 황후가 여기 왔는지 알 것 같아 고개를 숙였다.

초조함이 몸속을 내달렸다.

루디아가 그에게서 시선을 떼고 리리카를 내려다보았다. 저절로 얼굴이 풀어졌다.

"오늘 피요르드가 다녀갔지? 어땠니?"

"어, 커트시를 잘 가르쳐 줬어요."

아틸과 싸웠다는 이야기는 저도 모르게 슬그머니 숨기게 되었다.

"그랬구나."

루디아의 용건은 그게 아니어서 딸의 이상함을 눈치채지 못하고 넘어갔다. 루디아는 재빠르게 본론으로 넘어갔다.

"리리, 잠깐 앉아 보렴. 할 이야기가 있어."

"네, 말씀하세요."

얼른 소파에 앉으며 리리카가 답했다. 루디아가 별거 아니라는 듯이 가볍게 말했다.

"새로 뽑은 호위 말인데, 엄마가 마음에 드는 사람으로 바꾸고 싶어. 괜찮지?"

평소라면 리리카는 쉽게 응했을 터였다. 그러나 지금은 아니었다.

리리카의 표정이 어두워졌다. 루디아가 말했다.

"엄마가 뽑아 주고 싶어서 그래. 응?"

리리카의 시선이 무릎으로 떨어졌다가 다시 올라왔다.

"어머니."

"응."

"저, 라우브가 계속 호위를 해 줬으면 좋겠어요."

완곡한 거절이었다. 루디아는 놀랐다. 제 딸은 언제나 어머니의 말에 '네' 하고 따르는 착한 아이였는데.

'그렇지만 저 녀석은……!'

루디아가 물러서 있는 라우브를 노려보았다.

'일 년 뒤에 맛이 간단 말이야.'

라우브는 근위 기사단에서 쫓겨난 뒤, 일 년 후쯤 이성을 잃고 날뛰게 되어 울프 가문의 토벌대상이 되었다.

당시 그녀는 바라트 공작가에 끄나풀로 막 발을 디딘 참이라 이야기를 얼핏 들을 수 있었다.

황가의 측근인 울프가를 씹고 뜯는 이야기만큼 즐거운 게 없기 때문이었다.

그 사건 때문에 탄 울프가 책임을 지고 기사단장 지위에서 물러나게 된다.

그래서 리리카가 라우브 울프를 호위로 삼았다는 이야기를 듣자마자 달려왔다.

'그런데 싫다니?'

루디아가 리리카의 손을 꼭 잡고 말했다.

"엄마가 리리가 걱정되어서 그래? 저 사람은 기사도 아니잖아. 훌륭한 기사가 많은데 왜 하필 저 사람이니? 응? 엄마 말 들어."

다 너 잘되라고 하는 말이야.

리리카는 라우브를 바라보았다가 다시 어머니를 보았다.

"어머니가 하시는 말씀은 잘 알아요. 하지만 전 라우브를 믿고 있어요."

"대체 어딜 보고?"

루디아는 답답해졌다. 리리카가 왜 갑자기 이렇게 고집을 부리는지 모르겠다.

어디서 나쁜 버릇이 든 걸까?

"저는 라우브가 좋아요."

"안 돼. 엄마는 안 돼. 다른 사람으로 바꿔."

루디아는 자리에서 일어났다. 화를 참는 게 힘들었다.

"엄마가 알아서 할게."

"어머니, 그러지 마세요. 네?"

리리카가 따라 일어나 그녀의 치마를 붙드는 걸 루디아가 쳐내며 말했다.

"엄마 말 안 듣는 리리는 싫어."

리리카는 흠칫 놀라 손을 떼며 양손으로 제 치맛자락을 꽉 붙들었다. 루디아는 이제 리리의 입에서 항복 선언이 나오길 바랐다.

'내가 얼마나 널 위해서 고생하는데―'

작은 손이 새하얗게 되도록 치마를 쥐고 떨리는 어깨로 리리카는 고개를 들었다. 그녀의 눈가에 눈물이 글썽였다.

"전, 저는……."

루디아는 엄한 표정을 지었다.

'지금 잠깐 괴로운 게, 나중에 커다란 후회를 하는 것보다 낫지.'

그때 브린이 다가와 리리카의 옆에 한쪽 무릎을 꿇고 꽉 쥔 손을 잡아 주었다.

그녀가 고개를 숙였다.

"황후마마, 송구하오나 황녀님께서 이러시는 이유라도 들어 보심이 어떠신가요?"

순간 리리카의 얼굴이 풀리는 게 느껴졌다. 딸아이의 작은 손이 브린의 손을 꼭 잡았다.

알고 있다.

딸이 그녀를 신뢰하지 않는다는 건. 시간을 들여 쌓아 나가면 된다. 그렇게 생각했지만 자신 말고 다른 사람을 더 의지하는 걸 보는 건 좀…….

'싫다.'

싫다.

싫어?

갑자기 루디아는 확 정신이 들었다.

'지금 완전 이기적인 생각 아니었어?'

루디아는 자신이 했던 생각을 되짚어 보았다.

'다 너를 위한 거야. 지금 괴로운 게 나아.'

그것도 자신이 과거에, 회귀하기 전에 했던 말이었다. 그녀의 생각이 옳다고 생각하면서 리리카의 생각을 무시하고, 묵살하고, 그녀의 필사적인 설명을 시시한 이유라고 치부하며 몰아붙였다.

'맙소사.'

루디아는 단숨에 피가 빠져나가는 기분을 느꼈다. 손끝이 차가워졌다.

'사랑한다고 말하고, 그저 좋은 걸 먹이고 입히고. 그걸로 된 게 아니잖아.'

근본적으로 제 행동이 크게 달라지지 않았다는 걸 느끼자 누군가가 제 머리를 망치로 내려친 기분이 들었다.

"황후마마?"

이상한 기색을 눈치챈 브린이 그녀를 부르자 루디아는 퍼뜩 정신을 차렸다.

루디아는 울고 싶어졌다.

그녀는 숨을 몰아쉬고 말했다.

"리리, 잠깐 엄마랑 둘이서 이야기할까?"

"……네."

머뭇거리며 답하는 딸을 보자 가슴이 아팠다.

"라우브를 억지로 그만두게 하지 않을게."

그렇게 말하는 게 힘들었지만, 루디아의 말에 리리카는 표정이 한결 나아졌다.

아까처럼 건넌방으로 넘어가 문을 닫고, 루디아는 단숨에 딸 앞에 무릎을 꿇으며 그녀를 끌어안았다.

"어, 어머니?"

"미안해, 리리. 엄마가 또 실수했어. 왜 자꾸 실수할까? 엄마도 훌륭한 엄마가 되고 싶은데."

눈물이 흘러나왔다. 애 앞에서 이런 말을 하는 게 옳은지 아닌지도 모르겠다.

훌륭한 어머니가 되고 싶은데, 대체 어떻게 해야 하는 걸까.

"엄마는 리리를 싫어하지 않아. 리리가 엄마가 미워서 멀리멀리 가 버려도 엄마는 리리를 사랑해. 아까 했던 말은 실수였어. 엄마 말을 잘 듣지 않는 리리도 너무너무 사랑해."

리리카의 눈에도 금방 눈물이 글썽이기 시작했다.

"엄마 딸로 태어나 줘서 고마워. 리리가 말썽을 피워도, 아파도, 사고 쳐도. 그래도 사랑해."

말 잘 듣는 착한 딸을 원하는 게 아니라, 그녀가 행복하기를 원한다.

루디아는 애써 말을 골랐다. 제대로 전달이 되고 있는 걸까, 하고 불안해하는데 작은 팔이 그녀를 마주 안아왔다.

"저도 사랑해요, 엄마."

"……!"

그 말이 얼마나 짜릿한 전율을 주는지.

루디아는 환하게 웃으며 딸을 꼭 끌어안았다. 그리고 숨을 길게 내쉬고 하나, 둘, 셋.

"엄마가 아까 실수했어. 리리가 라우브를 호위로 삼고 싶은 이유를 들어 봤어야 했는데. 엄마에게 말해 줄래?"

"그게……."

리리카는 자신의 이유가 비웃음을 사지 않을까 걱정되었다. 아틸에게 말할 때는 당당히 '감이 좋다'고 할 수 있었지만 어머니에게 말하는 건 달랐다.

리리카가 조심조심 설명을 시작했다. 어머니는 조금도 비웃거나 놀라는 기색 없이 진지하게 이야기를 들어주었다.

그 반응에 힘입어 리리카는 전부 털어놓았고, 어머니는 "그렇구나." 하고 잠시 생각하는 표정을 지으셨다.

"그렇다면 어쩔 수 없지. 리리가 원하는 대로 하렴."

어머니의 허락에 리리카는 환하게 웃으며 다시 어머니를 끌어안았다. 자신의 선택이 인정받는다는 게 이렇게 안정감을 주는 줄은 몰랐다.

"감사해요, 어머니!"

"아냐, 엄마도 여러모로 반성했어. 미안해, 리리."

이마에 입맞춤해주고 딸아이를 쓰다듬은 후에 루디아는 자리에서 일어났다.

"그럼 라우브에게는 리리카가 그렇게 전해 주렴. 아무래도 엄마가 하는 것보다는 그게 낫겠지."

"네."

리리카가 대답하자 루디아는 빙긋 웃고 말했다.

"그러고 보니 리리, 친구가 필요하지 않니?"

"친구요?"

"응, 친구."

"네, 생기면 좋을 거예요."

"그렇구나."

루디아는 고개를 끄덕였다. 이제 그녀는 탄 울프, 울프가의 가주와 담판을 지으러 갈 생각이었다.

'탄 울프, 내 딸에게 저런 늑대를 떠넘겨?'

라우브가 맛이 가는 건 고향에 내려갔기 때문인가? 그래서 리리의 감이 경종을 울린 걸까?

'그렇다고 그냥 내버려 두기도 찜찜하고.'

그렇다면 오고 가는 게 있어야 수지타산이 맞겠지.

문을 열고 밖으로 나가자 브린이 보였다. 루디아는 브린에게 말했다.

"네가 리리 곁에 있어서 다행이야."

브린은 리리카의 밝은 얼굴을 보고 이야기가 잘 끝났음을 알았다. 그녀가 가볍게 치맛자락을 잡아 보였다.

"과찬이십니다."

"오늘은 신세 졌네."

"황녀님을 섬기는 게 제 기쁨인걸요."

충실한 말에 루디아는 피식 웃고 제 딸을 한 번 더 안아 준 다음에 백룡실을 떠났다.

리리카는 어머니를 배웅하고 라우브에게 달려가 스스럼없이 그를 안아 주었다.

라우브가 깜짝 놀라 몸을 굳혔다. 리리카가 고개를 들고 그를 향해 외쳤다.

"계속 호위로 있어도 된대! 다행이다, 라우브!"

라우브는 놀라 숨을 삼켰다. 설마 이 황녀님이 황후마마를 설득하는 데 성공할 줄이야. 실은 어느 정도 포기하고 있었다.

지켜졌다.

상급자에게 지켜졌다는 안도가 깊이 퍼져나갔다. 울프가 사람들에게는 꼭 필요한 안정감이었다.

"감사합니다, 황녀님."

"아냐! 그리고 브린!"

쪼르르 달려가 제 앞치마에 폭 안기는 리리카를 브린은 웃으며 받아 주었다.

"고마워. 브린 덕분에 용기가 났어."

"그러려고 제가 있는걸요."

"그래도 고마운 건 고마운 거니까."

리리카가 웃었다. 그녀의 청록색 눈이 반짝였다. 아직 볼에는 눈물 자국이 남아 있어 브린이 그녀의 뺨을 닦아 주었다.

"오늘은 정말 일이 많네요."

브린의 말에 리리카는 "정말." 하고 어깨를 늘어트렸다. 이제 아틸에게 가 봐야 할 텐데, 지쳐서 갈 마음이 들지 않았다.

하루 정도는 괜찮지 않을까?

나 화났어요, 하는 항의 표시로.

'몸을 움직이는 편이 훨씬 더 머리가 가벼워질 것 같아.'

리리카가 브린에게 말했다.

"브린, 정원에 갈까 하는데."

"비밀정원이요?"

"응, 움직이고 싶어서. 허브도 가지러 가야 하고."

"그러네요. 그럼 가볍게 먹을 만한 걸 바구니에 싸 달라고 할게요."

"응!"

바구니 가득 담길 음식들을 생각하니 다시 힘이 났다.

정원에서 잡초를 뽑고 허기진 배에 음식을 든든하게 채워 넣었다.

라우브가 흔들리는 야외용 식탁을 돌멩이로 괴어 주었다. 세트인 의자는 리리카의 키에 비해 높은 의자였지만, 발을 앞뒤로 신나게 흔들 수 있어서 좋아했다.

브린과, 그리고 라우브도 대화에 끼워 넣으려고 하며 리리카는 식사하고 허브를 가득 수확해서 가지고 돌아왔다.

'유리병에 허브를 넣고……'

밤에는 브린이 마법 금화 만드는 걸 도와주었다. 달빛이 잘 드는 창가에 유리병을 놓고 리리카는 두 손을 꼭 맞잡았다.

"요정님, 요정님, 힘을 빌려주세요. 제가 사랑하는 사람들을 지켜 주세요."

슬쩍 눈을 뜨니 금화가 반짝이는 게 보였다. 탄성이 나올 뻔했지만 요정님이 놀라서 도망갈까 봐 리리카는 꾹 참았다.

대신 조심스럽게 창가에서 멀어져 침대로 쏙 들어갔다.

달빛 요정들과 춤추는 행복한 꿈을 꿨다.

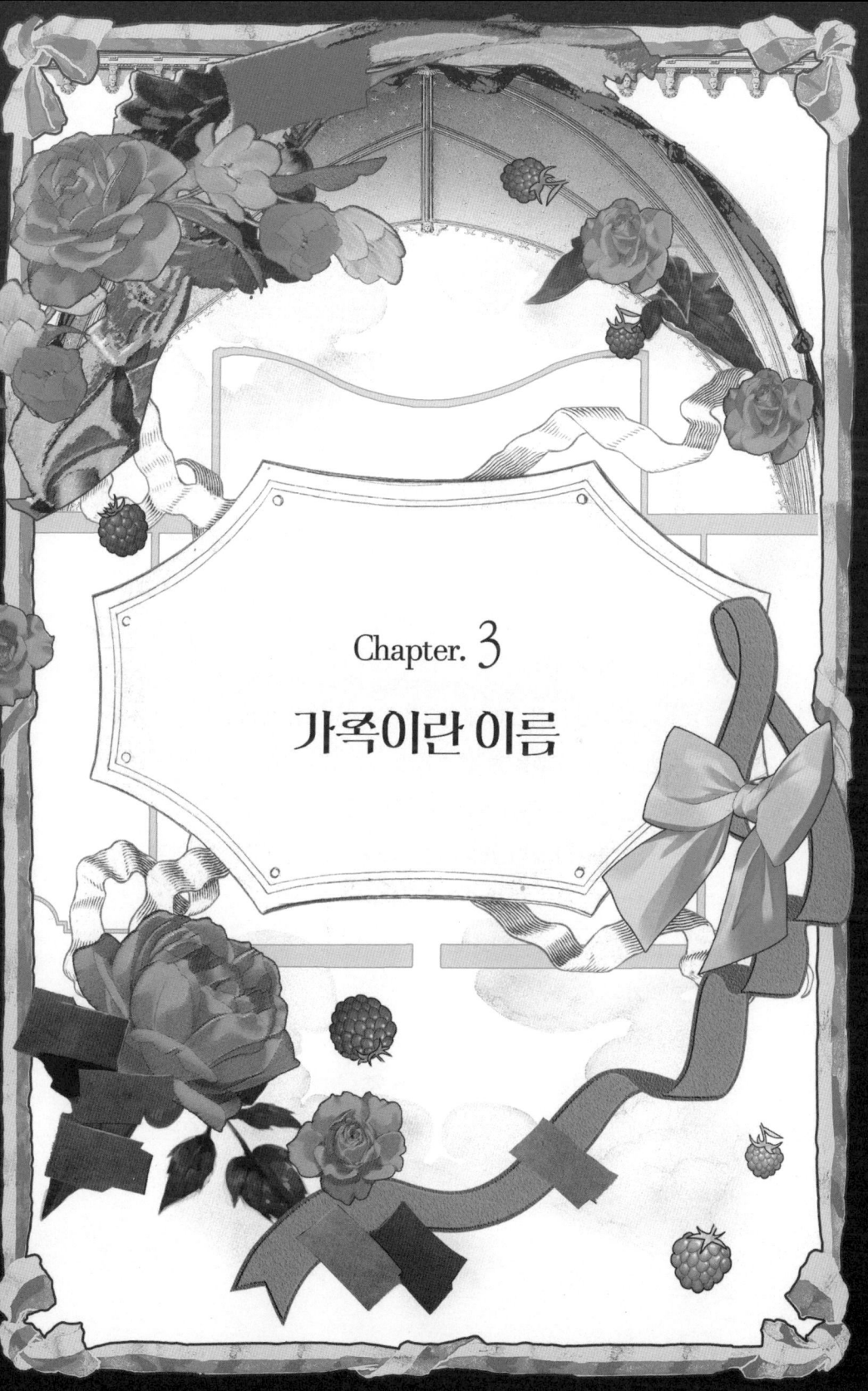

Chapter 3

가족이란 이름

알테어스는 침실로 들어갔다가, 침가에 앉아서 눈물을 죽죽 흘리고 있는 루디아를 발견했다.

그는 문간에 잠시 멈춰 섰다가 안으로 걸어 들어와 물었다.

"무슨 일이지? 누가 괴롭혔나?"

누가 괴롭힌다고 울 사람이던가? 이 여자가?

그녀는 울며 돌아와서 매달리는 게 아니라 손수건을 짝짝 찢으며 복수를 다짐하는 타입이었고, 알테어스는 그 면이 좋았다.

그걸 위해서 자신에게 당당히 협조를 구하는 것도 좋고.

"리, 리리가아, 흑, 윽."

딸 이름을 꺼내자마자 다시 울음이 터져 나와서 루디아는 손수건을 꺼내어 얼굴을 닦고 코를 풀었다. 그녀가 "후—" 하고 숨을 내쉬었다.

"리리를 행복하게 해 주려고 노력하고 있는데 잘 안 돼서요. 오늘도 리리에게 화를 냈지 뭐예요? 그런데 침대에 누워서 생각해 봤거든요."

내가 왜 화를 냈을까?

말을 안 들어서? 말을 안 듣는 게 화낼 일인가?

왜 말을 안 들으면 화가 나지? 리리카는 내 명령대로 움직이려 낳은 딸이 아닌데.

'무서웠어.'

그녀 말대로 하지 않아서 리리카가 다칠까 봐 무서웠다. 라우브가 리리를 해칠까 봐 무서운 것이었다.

"그런데 두려우니까 상대에게 화를 내다니. 이상하잖아요?"

알테어스가 그녀의 옆에 앉았다. 오늘 탄과 독대를 했다기에 그 내용을 물으려 했는데, 그건 다음으로 미뤄야겠다.

부드러운 금색 머리카락을 귀 뒤로 넘겨주며 그가 말했다.

"인간들은 잘 그러잖아."

"잘 그런다고요?"

"그래. 두려워도 화내고, 슬퍼도 화를 내고, 혐오스러워도 화를 내. 제 감정이 뭔지 들여다보는 사람은 드물지."

그가 위로하듯 덧붙였다.

"그리고 두려울 때 분노하는 건 적을 상대할 때 나쁘지 않잖아?"

루디아가 코웃음을 쳤다.

"리리는 적이 아니에요. 게다가 그렇게 굴면 적이 아닌 상대도 적으로 만들걸요."

게다가 상대는 자신의 보드랍고 사랑스러운 리리카다.

"나는 그러고 싶지 않아요. 내 감정 때문에 리리를 놀라게 하거나 다치게 하고 싶지 않은데."

다시 한숨.

"내가 딸을 너무 모른다는 생각이 들었어요. 제가 선물해 준 양산이 무거워서 잘 들고 다니지 못한다는 것도 모르고."

입술을 짓씹던 그녀가 휙 알테어스를 돌아보며 말했다.

"당신처럼 키우고 싶지 않은데 말이죠."

"뭐?"

알테어스가 눈썹을 치켜올렸다. 루디아는 그런 그의 표정에도 조금도 겁먹지 않고 조잘거렸다.

"아틸을 키운 것만 봐도 뻔한 걸요. 내 딸은 안 그래도 귀엽지만, 그래도 잘 키우고 싶단 말이에요."

"저번에도 그렇고 지금도 생각하는 건데, 그대는 참 겁이 없어."

알테어스의 손마디가 그녀의 뺨에 닿았다가 목덜미를 타고 내려왔다. 손끝이 쇄골을 가볍게 쓸었다.

"겁먹을 이유가 없으니까요."

루디아는 당당히 대답했다. 그 말에 알테어스는 기분이 묘해졌.

그 앞에서 '겁먹을 이유가 하나도 없는 사람.'은 어떤 사람인 걸까.

"오늘 탄과 독대했다며."

"아, 리리의 호위 때문에요. 라우브 말이죠. 외톨이 늑대를 리리에게 맡기다니 너무하잖아요? 그래서 안심이 안 되니까 디아레를 말벗으로 보내 달라고 했어요."

"디아레? 디아레 울프?"

"네."

알테어스가 피식 웃었다.

"외톨이 늑대는 싫다면서, 디아레 울프를 말벗으로 붙인단 말이지. 아량이 넓은 건지, 아닌 건지 모르겠군. 그걸 받아 주는 그대 딸은 참 아량이 넓어."

"제 딸은 세상에서 가장 멋지고 귀엽거든요."

루디아가 손을 뻗어 그의 셔츠 앞자락을 쥐어 당겼다.

얼굴이 바싹 끌려와 두 사람은 입맞춤할 듯 가까워졌다. 루디아가 속삭였다.

"그래서 전 딸을 위해서는 뭐든지 할 거예요. 뭐든지."

알테어스의, 루디아와는 전혀 다른 푸른빛의 눈동자가 가늘어졌다. 날카로운 눈빛과 달리 그의 목소리는 부드러웠다.

"기대하지."

탄 울프는 어둠 속에서 달을 올려다보았다. 선조가 늑대이기 때문인지 그들은, 아니 그는—탄은 늘 그를 무리가 아니라 객체로 인지하려 애썼다— 늘 달에 끌렸다.

보름달이라도 되면 숲을 마구 달리고 싶어졌다.

그게 그들이 영지의 넓은 숲을 개간하지 않고 남겨 두는 이유였다. 북쪽의 깊은 검은 숲은 울프 일족에게 최고의 장소였다.

늑대는 무리 지어 생활하고, 울프가도 늘 언제나 북적이는 대가족을 이루었다.

그런데 종종 선조의 피가 너무 강해서, 혹은 열어서 이질적으로 튀는 자들이 나오기도 했다.

그들은 무리에 적응하지 못하고 아웃사이더로 맴돌다가 사라지고는 했다.

라우브도 그런 녀석이라 걱정했는데, 황녀님 밑으로 들어가게 된 건 의외였다.

'새로운 무리에서 잘 적응해야 할 텐데.'

그는 뺨을 긁적였다.

'황녀님' 하니 바로 루디아가 생각났다. 알테어스가 처음 결혼한다고 했을 때만 해도 당황했는데, 이제는 이유를 알 것 같았다.

'멱살 잡힌 건 처음이야.'

내 딸에게 무슨 일이 생기면 죽여 버리겠다고, 으르렁거리는 그 눈이 마음에 들었다.

'하지만 설마 디아레를 말벗으로 보내 달라고 할 줄이야.'

좋은 건지, 나쁜 건지.

그로서는 선택의 여지가 없었지만 말이다.

'두고 보면 알겠지.'

그는 그렇게 생각하며 눈을 감았다. 달과 같은 금색 머리카락이 떠올랐다가 금방 사라졌다.

리리카는 평소보다 조금 늦게 일어났다. 그래서 그런지 어제의 피로가 싹 사라져 있었다.

그보다 다른 생각이 먼저 그녀를 사로잡았다.

'금화!'

침대에서 튀어나와 그녀는 후다닥 창가에 놓인 유리병으로 달려갔다.

"와!"

금화가 반짝반짝 빛나고 있었다. 물론 햇볕 아래서 빛나는 건 당연하다.

그렇지만 평범한 금화보다 더 빛나는 듯 보였다.

조심스럽게 유리병에 손을 넣어 금화를 꺼냈다. 금화에는 용이 양각되어 있다.

조심스럽게 만져 봐도 광택이 전혀 죽지 않았다.

'역시 마법은 멋있어.'

입에서 불을 내뿜거나 동전을 귀 뒤에서 나오게 하는 마법사가 있다는 건 알지만 실제로 본 적은 없었다.

아이들이 떠드는 걸 들었을 뿐이었다. 그런데 이렇게 마법을 배우게 되다니.

리리카는 브린에게 그걸 얼른 보여 주고 싶었다.

"브린, 브린."

"네, 황녀님. 어머, 잠옷 차림으로."

후후 웃은 브린이 삼각 숄을 리리카의 어깨에 둘러 주었다. 리리카는 아랑곳하지 않고 손을 내밀었다.

"이것 봐."

"금화네요. 으음?"

금화는 반짝이는 걸 좋아하는 브린의 시선을 단숨에 사로잡았다. 보통의 금화라면 물리도록 보았는데 이 금화는 달랐다.

훨씬 더 반짝였다.

"이 금화 정말 예쁘게 반짝이는데요?"

"달빛 요정님이 힘을 나눠 주신 거야."

리리카가 속삭였다. 브린은 "그렇군요." 하고 대답하면서도 금화에서 눈을 떼지 못했다.

리리카가 킥킥 웃었다.

"있지, 브린에게도 하나 만들어 줄게."

"정말이세요?"

보라색 눈동자가 반짝반짝 빛났다.

"응, 물론이지. 처음부터 브린에게도 하나 만들어 주려고 했었어. 그럼 이제 이 금화를 흰 손수건에 싸기만 하면 완성이야."

"그럼 너무 쉽게 빠질 테니까 네모나게 접은 손수건에 금화를 넣고 입구를 감침질하죠."

"그거 좋겠다."

리리카는 얼른 마무리하고 싶었지만, 브린이 아침 식사가 먼저라고 말했다.

후다닥 아침을 먹고 그녀는 부드러운 리넨 손수건을 받았다.

가로로 한 번, 세로로 한 번, 네모 모양으로 반듯하게 접은 후에 안에 금화를 넣고서 가장자리를 푸른색 실로 감침질했다.

브린의 지도하에 리리카가 고사리손으로 손수건 가장자리를 꼼꼼하게 꿰맸다.

"됐다."

"깔끔하고 예뻐요. 절대로 금화가 떨어지지 않을 거예요."

"응."

리리카는 가만히 부적을 바라보았다.

아틸을 꼭 지켜 주길.

그녀는 마음속 깊이 빌었다.

브린이 가볍게 헛기침하고 작게 말했다.

"그런데 황녀님."

"응?"

"서는 금화가 아니라 은화로 해 주시면 안 될까요?"

"은화?"

"네, 저는 금화보다 은화가 훨씬 더 좋아요."

"정말? 음……. 달빛 요정님이 좋아해 주실까?"

"상냥한 요정님이라면 은화도 분명 도와주실 거예요. 그리고 새벽달은 은빛이잖아요."

필사적인 브린의 말에 리리카는 고개를 끄덕였다. 일리 있는 말이었다.

"나는 브린에게 금화로 해 줘도 괜찮은데. 그럼 일단 은화로 해 볼게."

"그냥 은화 말고, 이걸로요."

브린이 새로 주조한 은화를 얼른 꺼냈다. 새 은화는 얼룩 하나 없이 빛나고 있었다.

은화에는 사람의 옆모습이 새겨져 있었는데…….

"이거 어머니야?"

놀라 리리카가 묻자 브린이 웃으며 고개를 끄덕였다.

"예쁘죠? 은화는 그때마다 황후마마의 옆모습을 새기게 되어있거든요. 이번 은화는 정말 예쁘게 나왔어요."

"응, 정말 예쁘다."

물결치는 머리카락이 아름답게 세공되어 있었다. 브린이 빙그레 웃었다.

"황녀님도 하나 가져다 드릴까요?"

"정말?"

"네, 정말요. 갓 주조된 은화로 가져다 드릴게요. 막 틀에서 나온 은화가 얼마나 예쁜데요."

황홀한 표정을 짓고 있던 브린이 얼른 표정을 고쳤다.

"걱정 마세요. 제가 예쁘게 나온 걸로 찾아드릴게요."

"응."

리리카가 웃으며 고개를 끄덕였다. 그녀가 부적을 만지작거리며 말했다.

"아틸, 아직도 화나 있을까?"

"화나 있으시더라도 부적을 보시면 풀리실 거예요."

"그랬으면 좋겠다."

리리카는 자리에서 일어났다.

그때 시녀가 조심스럽게 다가와 말했다.

"황태자 전하께서 시종을 보내셨습니다."

"들어오라고 해."

아틸이? 시종을?

대체 무슨 일이지?

리리카가 갸웃하는데 브란이 들어왔다. 리리카는 자리에서 일어나 그를 반겼다.

"브란!"

"좋은 아침입니다, 황녀님."

"무슨 일이야?"

리리카의 물음에 그가 빙긋 웃으며 말했다.

"황태자 전하께서 마구간으로 초대하셨습니다."

"마구간?"

갑자기 웬 마구간이람?

리리카가 갸웃하자 브란이 작게 속삭이듯 말했다.

"어제 일을 전하께서 반성하고 계신답니다."

"아틸이?"

반성하는 아틸이라니, 어쩐지 상상이 되지 않았다. 그러나 곧 그녀는 긍정적으로 생각하며 고개를 끄덕였다.

어차피 전해 줄 것도 있지 않은가.

"알았어. 언제?"

"지금 당장이요."

곤란하다는 표정으로 그가 덧붙이자 리리카는 웃었다.

"아틸답네."

"그리고 옷은 편한 옷으로 갈아입어 주세요."

브린이 뭔가 눈치챈 듯 웃으며 말했다.

"알겠습니다. 황녀님, 이리 오세요."

잠시 후 제법 근사한 승마복 차림을 한 리리카는 '설마' 하는 마음에 신나서 조잘거렸다.

"아틸이 말을 태워 주려는 걸까? 어떻게 생각해? 나 말 타는 거 처음이야."

"기대하셔도 좋습니다."

브란이 온화하게 웃으며 대답해 리리카의 기대는 더욱 부풀어 올랐다. 어쩌면 혼자 타게 될지도 모른다. 그럼 좀 무섭지 않을까?

아니다. 누가 고삐를 잡고 끌어 주려나.

마구간은 태양궁에서 상당히 멀리 떨어진 곳에 있었다. 다가가니 금방 짐승 냄새와 신선한 건초 향이 나서 왜 멀리 떨어지게 지었는지 알 수 있었다.

마구간 입구에는 마찬가지로 승마복을 입은 아틸이 비딱하게 서 있었다.

"아틸."

쪼르르 달려 나갔다가 리리카는 멈칫했다. 아직 그의 화가 덜 풀렸을지도 몰랐다.

갸웃하고 그를 올려다보니 아틸은 침묵했다. 옆에 서 있던 파이가 그의 옆구리를 쳤다.

"아, 좀."

아틸이 그에게 짜증을 냈다가 푹 한숨을 내쉬었다. 그가 시선을 돌리고 말했다.

"어제는 미안했다."

놀라 리리카는 눈을 크게 떴다가 웃었다.

"벌써 용서했어요. 하지만 사과해 줘서 고마워요."

아틸이 놀라 리리카를 바라보았다. 파이는 감탄했고 브린은 고개를 끄덕였다.

괜찮아요, 또는 아니에요, 같은 말이 아니었다.

응, 네가 한 행동은 무례했어. 하지만 용서할게. 그리고 여전히 좋아해.

리리카는 그렇게 이야기하고 있었다. 그녀가 얼른 주머니에서 부적을 꺼냈다.

"그리고 이거 선물이에요."

"선물?"

파이가 기웃거리며 다가오자 아틸이 몸을 돌렸다.

"열어 봐도 돼?"

"안 돼요. 몸을 지켜 주는 부적이에요. 제가 열심히 만든 거니까 꼭 몸에 지니고 있어 주세요."

"부적?"

"네. 사랑하는 사람을 위한 수호 부적이에요."

리리카의 말에 아틸의 미간이 좁아지고, 입술이 꾹 다물렸다.

'화가 났나……?'

당황하는데 그가 주머니에 깊숙이 쑥 부적을 찔러 넣으며 말했다.

"흥, 뭘 이런걸."

'아!'

리리카는 그제야 그게 그가 쑥스럽거나 웃음이 나오려고 할 때마다 꾹 눌러 참는 표정이라는 걸 알았다.

'그냥 웃으면 될 텐데.'

리리카는 웃고 그에게 매달리며 장난스럽게 말했다.

"제가 열심히 만든 건데요. 필요 없으면 돌려주세요."

생글생글 웃으며 말하는 여동생을 보고 아틸이 답했다.

"열심히 만들었다며. 정성을 봐서 받아 줄게."

리리카는 더 놀리지 않고 웃으며 그와 나란히 섰다. 아틸이 그녀의 손을 잡아끌었다.

"그럼 선물을 받았으니까 나도 답례를 할까?"

그가 휘파람을 불자 마구간 안에서 말구종이 얼른 조랑말을 끌고 나왔다.

리리카의 눈이 있는 힘껏 커다래졌다.

아름다운 갈색 조랑말이었다.

벨벳처럼 부드러운 윤기가 흐르고 갈기는 아주 밝은 크림색이었다. 어떻게 보면 백금발처럼 보이기도 했다.

이마에는 작은 별 모양의 점이 있었다.

"네 거야."

아틸이 리리카의 얼굴을 보고 의기양양한 표정을 지었다.

"제, 제 거요?"

리리카가 더듬더듬 되묻자 아틸이 "그래." 하고 고개를 끄덕였다.

"이름이라도 지어 주시는 게 어떤가요?"

파이가 옆에서 권유했다.

"그럼, 그럼."

리리카는 살그머니 손을 뻗었다. 다른 커다란 말처럼 조랑말은 위협적이지 않았다.

그녀가 손을 뻗자 그녀 손에 뭔가 들려있는지 살펴보려는 듯 말은 주둥이로 그녀의 손을 살폈다.

그리고 콧김을 내뿜었다.

리리카가 활짝 웃었다.

"샛별이로 할래요. 이마에 별이 있으니까요."

"샛별. 좋네요. 세기에 남을 이름인 거 같습니다."

파이가 싱글벙글 웃으면서 말했다. 아틸이 그를 가리며 리리카에게 말했다.

"이제 타 봐."

"타요?"

어떻게 타지?

샛별이 조랑말이라고 해도 리리카보다 컸다. 그냥 올라갈 수가 없었다.

"이렇게."

아틸이 그녀를 번쩍 들어 올려서 안장 위에 가뿐히 앉혔다.

리리카가 놀랄 틈도 없었다.

"내가 잡고 있을 테니까 등자에 발을 걸어. 그래."

그는 직접 등자 길이도 조절해 주었다.

"그, 그러면 이제 어떻게 하면 되나요?"

"절대 허리를 숙이지 말고 꼿꼿하게 펴. 등자에 올린 발에 힘을 주고."

아틸이 설명하다가 말의 엉덩이를 가볍게 때렸다.

"타 보면 알아."

"꺄악?!"

"전하!"

"황녀님!"

가볍게 달리는 말 위에서 리리카는 필사적으로 허리를 세우고 있으려 애썼다.

'너, 너, 너, 너무 흔들려.'

말이 본래 이렇게 흔들리는 생물인가.

그때 말이 멈춰 섰다. 리리카는 숨을 몰아쉬었.

어느 사이에 왔는지 라우브가 고삐를 잡고 서 있었다.

"라, 라우브."

"괜찮으십니까?"

"응."

리리카는 고개를 끄덕였다. 그녀가 웃었다.

"무섭지는 않았는데, 너무 흔들려서 허리를 펴고 있기가 힘들었어."

"잘 펴고 계시던걸요."

"정말?"

"예."

라우브가 부드럽게 미소 지으며 대답했다. 뒤이어 다가온 일행이 번갈아 말했다.

"뭐야, 잘 타네."

"아틸, 제발 좀."

"황녀님, 타시는 모습이 초보자 같지 않으셨어요."

"저는 혹여 떨어지실까 놀랐습니다."

리리카는 라우브의 지도하에 열심히 말을 탔다. 나중에는 좀 더 속도를 내고 싶다고 말할 정도였다.

라우브가 말을 달리게 하자 리리카는 다시금 흔들리는 몸을 다잡았다.

몇 번 그리하니 얼굴이 사과처럼 붉게 달아오르고 땀이 떨어졌다.

브린이 리리카를 말렸다.

"갑자기 이렇게 무리하시면 내일 못 움직이실 거예요."

"그럴까?"

"네, 앞으로 얼마든지 타실 수 있으니 오늘은 그만하시는 걸로 해요."

"응. 샛별이도 힘들 테고."

라우브가 리리카를 내려 주었다. 리리카는 다음에는 발판 같은 걸 만들어 봐야겠다고 결심했다.

"다, 다리가 후들거려."

땅에 내려오자 저도 모르게 무릎이 꺾여 리리카는 깜짝 놀랐다.

브린이 웃었다.

"거 보세요. 조금 쉬면 나을 거예요."

"조금 떨어진 곳에 가볍게 먹고 마실 걸 준비해 뒀습니다. 그리로 이동하시죠."

브란이 부드럽게 말했다. 역시 유능한 시종의 표본 같아서 리리카는 감탄했다.

시종들이 의자와 테이블, 파라솔까지 가지고 와서 간이식당을 만들어 뒀다.

목이 말랐는지 차가운 레모네이드가 한없이 들어갔다.

"이 여름에 어떻게 이렇게 차갑게 하는 걸까?"

"얼음 창고가 있어요."

"얼음 창고?"

"네, 다음에 한번 같이 가요. 안이 무척 시원하답니다."

브린의 말에 리리카는 고개를 끄덕였다. '탐험'이라는 단어는 언제나 설레게 만드는 무언가가 있었다.

질릴 때까지 찬 음료를 마신 리리카는 결국 그날 저녁에 배탈이 나고 말았다.

어의가 "찬 음료를 너무 많이 마셔서 그렇습니다." 하고 진단을 내리자 브린은 깜짝 놀랐다.

"찬 음료 때문이라고요?"

"네, 그렇습니다. 보통의 아이는 더운 날 찬 음료를 많이 마시면 배탈이 난답니다."

어의가 친절하게 브린에게 알려 주었다. 생각지도 못한 일이라 브린의 얼굴은 심각해졌다.

권족이 이상하게 튼튼한 거라고 리리카에게 이야기했으면서도 정작 리리카를 파악하고 있지 못한 본인의 실책이 뼈아팠다.

"그럼 어떻게 하면 되죠?"

배를 따뜻하게 하고 따뜻한 생강차를 마시게 할 것.

"약도 지어 드리지요."

브린은 고개를 끄덕이고 열심히 움직였다. 따뜻한 생강차를 잔뜩 만들고, 귀리를 뜨겁게 볶아서 주머니에 넣었다.

리리카의 배 위에 올리며 브린이 물었다.

"무겁지 않으세요? 너무 뜨겁지는 않으세요?"

"괜찮아……."

리리카가 끙끙거리는 목소리로 대답했다. 화장실을 들락날락하는데도 배가 계속 아팠다.

소식을 들은 루디아가 한달음에 달려왔다. 살롱에서 모임 중이었는지 화려하게 꾸민 차림새였다.

"리리."

"엄마아……."

아프니 저절로 약한 소리가 나왔다. 루디아는 옷 따위 신경 쓰지 않고 얼른 침대 위로 올라갔다.

"많이 아프니?"

"응."

품에 안기니 희미한 파우더 냄새와 함께 엄마 냄새가 났다. 루디아는 귀리 주머니 위에 제 손을 얹어서 뜨겁게 만든 후에 리리카의 배를 문지르기 시작했다.

손바닥이 배 위를 문지르니 신기하게도 아픈 게 조금씩 가라앉기 시작했다.

루디아가 작게 말했다.

"엄마가 계속 옆에 있을 테니까 한숨 자."

살살 배를 문질러 주는 손길과 자장가를 흥얼거리는 소리. 그리고 엄마 냄새를 맡으며 리리카는 천천히 잠으로 빠져들었다.

3장 가족이란 이름　**291**

브란은 브린이 두루마리와 책을 잔뜩 들고 가는 걸 발견했다. 그녀가 들고 있는 서류 더미 위에서 편지 한 장이 떨어졌다.

"여기."

브란이 잽싸게 땅에 닿기 전에 편지를 낚아채어 제자리에 올려주었다.

도와줄까? 하는 말은 하지 않았다.

그래 봐야 소용없다는 걸 무수한 경험으로 알고 있기 때문이었다.

"무슨 서류야?"

"평범한 아이를 키우는 법에 대한 자료예요. 이제 절대로 황녀님을 아프게 하지 않을 거예요."

<u>브린의 눈이 번쩍였다.</u>

"아이를 키우는 데 정평이 난 노파나 유모들을 불러 모아서 육아 이야기를 하게 한 다음에 공통되는 분모만 적어서 보내라고 했지요."

브란은 동원되었을 솔 가문의 전력을 떠올렸다.

아마 불려온 노파들로 성 안이 북적였겠지.

그리고 브린이 들고 있는 것은 그렇게 추려낸 자료이리라.

"이렇게까지?"

브란의 말에 브린이 코웃음을 치고 브란에게 말했다.

"아이가 나무에서 떨어지면 어떻게 하죠?"

"지켜보지. 괜히 받으려다가 내 팔이 부러질걸. 타카르 아이들은 다른 아이보다 무겁고 뼈도 튼튼하니까. 떨어져도 다치지 않아."

내뱉고 나자 브란은 '아.' 하고 사실을 깨달았다.

솔 가문은 타카르를 섬긴다. 그러니 그들의 육아 지식은 타카르에 맞춰져 있었다.

"잠깐, 이건 너무 극단적인 예시고……."

"극단은 무슨 극단인가요? 저는 '모시는 황족이 물건을 던졌을 때 어떻게 하면 안 아프게 맞을 수 있는지' 같은 수업을 듣고 자랐다고요."

"음, 그건 나도 여러 번 써먹었지."

피하면 분노만 더 일으키니 교묘하게 맞아 주되, 아프지 않게 맞는 법은 아틸에게 몇 번이나 써먹었다.

"그런데 말이 되나요? 찬 음료를 마셨다고 배탈이 나셨다고요. 찬 음료요."

브린이 으르렁거렸다.

"이건 솔 가문의 수치, 아니, 저 브린 솔의 이름을 걸고 용서할 수 없는 일이에요."

방심했어요.

그녀가 입술을 깨물었다. 브란 역시 고개를 끄덕였다.

찬 음료를 마셔서 배탈이 났다는 이야기는 자신도 들었다. 아틸도 파이도 듣고 깜짝 놀랐고, 그도 놀랐다.

권족 아이들은 배탈이 나지 않는 건 아니다.

그러나 그건 제대로 기미하지 못해서 독을 먹었을 때나 나는 거지, 찬 음료를 많이 마셨다고 나는 게 아니다.

'하급 귀족들 중에는 그런 자들도 있다고 들었지.'

"또 다른 놀라운 사실도 있죠. 보통 아이들은 이유 없이 열이 펄펄

끓기도 한대요."

"열?"

브란은 다시 놀랐다.

열이라는 건 심각하게 아픈 상황에서만 나는 것 아닌가?

"네, 지혜열이라고 해서. 하여간 그런 게 있다더군요."

"이유 없이?"

"네."

"그건…… 무서운데."

"그렇죠?"

브린이 힐끗 브란을 보고 말했다.

"그런데 절반 정도 들어 주지 않으시겠어요?"

"기꺼이."

갑자기 무슨 바람이 불어서, 싶으면서도 브란은 기분 좋게 짐을 절반 덜어서 들어 주었다.

그리고 브린이 쭉 어깨를 펴는 걸 보았다.

반짝이는 걸 놓치지 않는 그의 눈이 그녀가 옷깃에 단 브로치에 꽂혔다.

은화 브로치였다.

묘하게 황홀한 반짝거림을 뿌리는 은화였다. 바깥 테두리는 금으로 장식한 후 리본 가운데에 고정해 놓은 모양새다.

나란히 걸으면서도 힐끗힐끗 시선이 자꾸 브로치로 향했다.

이걸 자랑하고 싶어서 짐을 나눠 들어 달라고 했구나. 한탄하면서도 묻지 않을 수 없다.

"그 브로치 어디서 났어?"

"황녀님께서 선물해 주셨어요."

브린이 의기양양하게 말하며 싱긋 웃었다.

"예쁘지요?"

"보통 은화가 아닌 거 같은데? 어떻게 가공한 거야?"

"비밀이에요."

브린이 생글생글 웃으며 휙 돌아섰다.

"그럼 이제 짐은 돌려주세요."

"어차피 들어 준 거 끝까지 들어 줄게."

"필요 없어요. 저도 팔이 두 개고 그쪽도 팔이 두 개니까."

"아니—"

"얼른요."

브란은 짐을 도로 브린의 짐 위에 올려 주었다.

"그럼."

가볍게 무릎을 굽혔다가 펴고 브린은 종종걸음으로 사라졌다. 그에게 은화를 자랑해서인지 가벼운 발걸음이다.

"아……. 가문 애들이 보면 눈 뒤집히겠는걸."

그조차 욕심이 나는데 다른 아이들은 오죽할까.

'황녀님께 부탁드려야 하나.'

리리카 황녀님은 분명 웃으며 하나 주실지도 모르겠지만, 그러면 브린의 어마어마한 눈총을 감당해야 할 터였다.

게다가 제가 모시는 주인도 아닌데 그런 부탁을 한다는 것도 어려운 일이다.

그는 뺨을 긁적이며 아쉬움을 달래고 돌아섰다.

리리카는 며칠 내내 소화에 좋은 음식만 먹고 있었다. 슬슬 질리려는 찰나에 어머니가 간식거리로 들고 오신 커스터드 푸딩에 만세를 외쳤다.

루디아는 리리카가 행복하게 오물거리며 푸딩을 먹는 모습을 바라보았다. 내 새끼 입에 뭐가 들어가는 게 이렇게까지 흐뭇한 일인가 싶었다.

"그런데 어머니, 오늘 너무 아름다우세요."

리리카의 말에 루디아가 '후후' 웃었다.

"조금 있다가 대극장에 나들이 갈 거거든."

"대극장이요?"

"응, 연극이며 오페라를 하는 극장이란다."

"폐하와 함께 가시나요?"

"아니, 오늘은 엄마 혼자서. 다음에 리리카도 같이 가면 좋겠구나."

화재로 활활 타오른 대극장이 새로 증축된 다음에 말이야.

뒷말을 삼키고 루디아가 리리카의 동그란 머리에 입 맞췄다.

"그럼 엄마는 이만 가 볼게."

"제가 배웅해 드릴게요."

리리카가 푸딩을 내려놓고 자리에서 일어났다.

"이제 완전히 나았어요. 튼튼해요. 더는 방 안에 있지 않아도 되어요."

열심히 호소하는 리리카를 보고 루디아는 웃었다. 아무래도 요즘 브린이 그녀를 과보호하는 경향이 있는 듯하다.

"좋아. 그럼 마차까지 같이 갈까?"

"네!"

"편한 옷으로 갈아입으렴."

루디아가 브린을 바라보며 리리카의 등을 살짝 밀었다. 먹던 푸딩까지 내버려 두고 리리카는 즐겁게 브린을 따라갔다.

오랜만에 외출이다.

옷을 갈아입고, 새로 만든 은 단추 장식 부츠를 신었다.

새 굽 소리가 경쾌해서 좋았다. 엄마와 나란히 손을 잡고 궁 안을 걷는 것도 좋았다.

오늘 극장을 가기 위해 나들이 옷차림을 한 어머니는 정말 정말 아름다웠다.

'나도 어른이 되면 어머니랑 똑같은 옷을 만들어 입어야지.'

금색 머리카락 위에 살짝 비스듬히 올려진 작은 모자도 한숨 나오게 예뻤다.

리리카는 마주 잡은 손에 힘을 주었다. 이렇게 아름다운 사람이 어머니라는 게 자랑스러웠다.

마차는 준비되어 있었고, 뜻밖에도 알테어스가 그 앞에서 기다리고 있었다.

루디아는 놀라 물었다.

"같이 가려고요? 아니, 전혀 그런 차림은 아니네요. 설마 그런 차림으로 저와 함께 대극장에 갈 건 아니죠?"

"아니지. 바쁜 일과 중에도 사랑스러운 아내가 멀리 나간다니 배웅하러 온 것뿐이야."

그가 빙긋 웃었다. 루디아 역시 마주 웃었다.

사이좋은 황제 부부 역할도 중요한 요소였다.

"이렇게 아름다운 아내를 혼자 밖으로 내보내려니 마음이 불안해지는군."

그가 손을 뻗어 그녀의 에메랄드 귀걸이를 살짝 어루만졌다. 루디아가 희미하게 미소 지었다.

"늘 당신에게 돌아올 텐데요."

'와.'

리리카는 감탄했다.

두 사람이 계약 관계라는 건 알고 있었다. 그러니까 이런 일도 계약 업무 중에 하나지만.

뭐라고 해야 할까.

알테오스가 어머니를 살짝 만지는 것뿐인데 어쩐지 제 뺨이 붉어지는 기분이었다.

슬쩍 둘러보니 주변 시종들도 마찬가지인 얼굴이었다.

"알지만 그래도, 늘, 당신은."

폐하의 목소리가 점점 낮고 작아지더니 어머니의 귓가에 바싹 다가가 뭔가를 속삭였고, 어머니는 얼굴을 붉히며 까르륵 웃음을 터트렸다.

어머니의 손이 부드럽게 폐하의 팔을 붙잡았다.

알테오스가 웃으며 루디아를 놓아 주었다.

"더 지체하면 대극장에 늦겠군. 갔다 와서 재미있는 공연이었으면 말해 줘."

"물론 그럴게요."

"그럼 리리는 나랑 같이 어머니를 배웅할까?"

알테어스가 손을 내밀어 리리카는 얼른 그의 손을 맞잡았다. 그녀의 한 손은 어머니가, 다른 손은 알테어스가 붙잡고 있었다.

양손을 이렇게 다 잡힌 건 처음이었다.

어머니가 허리를 숙여 리리카에게 말했다.

"다녀올게."

"다녀오세요. 몸조심하시고요."

"리리가 준 부적을 챙겨가니까 걱정하지 마."

싱긋 웃고 어머니는 폐하의 에스코트를 받아 마차에 올랐다. 마차 문이 닫히고 멀어지는 어머니를 배웅하는데 폐하가 그녀를 번쩍 안아 들었다.

"아팠다며?"

알테어스의 질문에 리리카는 고개를 끄덕였다. 그가 심각하게 리리카를 바라보았다.

리리카가 잽싸게 말했다.

"이제 괜찮아요. 그냥 배탈이었어요."

"그야 그렇지만."

그가 피식 웃었다.

"튼튼해지는 부적 하나 만들어야 하는 거 아냐?"

"!"

3장 가족이란 이름 299

리리카는 깨달음을 얻었다. 그가 눈을 가느다랗게 떴다.

"루디아에게 준 부적을 봤는데 말이야……. 직접 만든 거라고 그랬지?"

"네."

"어떻게?"

"그게……."

리리카는 망설였다. 알테어스는 끈덕지게 기다렸다. 그녀는 마법에 대해서 알테어스에게 말해도 되는지 안 되는지 알 수 없었다.

알테어스는 그녀의 망설임에 가볍게 걷기 시작했다. 리리카는 놀라 그의 어깨를 붙잡았다.

"다들 따라오지 마."

그 말 한마디에 쫓아오던 시종과 기사들이 모두 멈춰 섰다. 하지만 라우브만은 한걸음 다가왔다.

"폐하."

그가 나지막이 알테어스를 불렀다. 알테어스가 사납게―리리카는 어떻게 이게 가능한지 알 수 없었다.―웃으며 말했다.

"왜? 라우브 울프, 네 발로 달리며 컹컹 짖고 싶은가?"

라우브의 표정이 굳었다. 리리카는 뭔가가 좋지 않게 돌아간다는 걸 알아 소리쳤다.

"라우브, 기다려!"

"……."

"……."

묘한 침묵이 감돌았다. 리리카는 그 기색을 눈치채고 당황해 말했다.

"아니, 진짜로 잠깐 기다리라는 말이었는데……. 왜……. 제가 이상한 소리를 했나요?"

"아니, 혹시 '앉아', 혹은 '손'도 하나 하고."

알테어스의 말에 리리카는 멍한 표정을 지었다. 그녀는 개를 키워 본 적이 없어서 알아듣지 못했다.

빈민가에 돌아다니는 들개무리는 그저 공포의 대상일 뿐이었고.

그래서 그녀는 그 말을 그대로 알아들었다.

"왜 라우브에게 그런 걸 시키겠어요. 아니, 앉으라고는 할 수 있지만."

손은 뭐지?

그런 생각을 하는데 알테어스가 웃고 다시 걷기 시작했다. 리리카가 뒤를 돌아보며 말했다.

"다녀올게."

안심하라는 의미로 손도 흔들어주었다. 우두커니 서 있는 라우브가 금세 멀어졌다. 알테어스는 하늘궁 쪽으로 쭉쭉 나갔다.

잠시 후 인적 없는 정원에 도착해서 알테어스가 말했다.

"봐 봐."

그가 정원에 있는 장미꽃들을 가리켰다. 리리카의 시선도 그쪽을 향했다.

"와!"

바닥에 떨어져 있던 꽃잎들이 전부 허공으로 휘말려 올라가더니 눈처럼 떨어졌다.

말 그대로 꽃잎 폭풍이었다. 리리카가 놀라 물었다.

"마법사세요?"

알테어스가 웃었다.

3장 가족이란 이름

"비슷하지. 용족의 권능이다."

"저는 물건을 얼리는 건 줄 알았는데요?"

"그것도 가능하고."

그가 손바닥을 펴자 그 안에 눈 결정이 생겨났다가 손을 휘두르니 사라졌다.

그가 다시 물었다.

"그래서 부적은 어떻게 만들었어?"

"그게요—"

마법 같은 광경을 본 리리카의 마음은 활짝 열렸다. 그녀는 마법서를 발견한 이야기를 자세히 늘어놓았다.

"흐음."

이야기를 다 듣고 알테어스는 말이 없었다. 침묵하는 황제를 리리카는 가만히 바라보다가 물었다.

"저, 그거 진짜 마법 맞죠?"

금화가 반짝이기는 하지만 아직 부적으로 효과가 있는지 정확하게 알 수는 없었다.

알테어스는 침묵에서 깨어나 빙긋 웃고 고개를 끄덕였다.

"맞아."

"역시."

확신이 생겨 리리카는 고개를 끄덕였다. 알테어스의 표정이 진지해졌다. 그가 말했다.

"하지만 그 마법서는 아무래도 위험한 것 같아. 원래 자리에 돌려놓는 게 좋겠다."

"위험이요?"

"사람의 마음을, 마법으로 움직이겠다는 생각 자체가 말이야."

"아……."

확실히 그런 내용들도 많이 있었다. 다시 생각해 보니 위험한 게 맞았다.

"알겠어요."

"그리고 마법서가 있다고 해서 모두가 마법을 쓸 수 있는 건 아냐. 네가 특별한 거지."

"제가요?"

"그래."

리리카는 눈을 동그랗게 떴다. 자신이 특별한 능력이 있다고 생각해 본 적은 단 한 번도 없었는데.

"그러니 앞으로는 부적을 만들었다는 건 비밀로 하는 게 좋겠다. 마법에 대해서 사람들이 알게 되면 좋지 않으니까."

"네. 아, 그런데 브린은 이미 제가 마법서를 구한 걸 알고 있어요."

"브린 솔……. 솔은 괜찮겠지."

그가 고개를 끄덕였다. 알테어스는 잠시 침묵했다가 한숨을 길게 내쉬었다.

"왜 지금일까? 왜 너고?"

"뭐가 말이에요?"

"마법사가 다시 나온 이유."

혼자 중얼거린 것 같았는데, 질문하니 착실하게 답이 돌아왔다. 그 답을 듣고 리리카 역시 생각에 잠겼다.

그가 피식 웃었다.

"하긴 나도 여기 이렇게 얽혀서 서 있군."

알테어스는 잠시 생각하다가 말했다.

"마법은 내가 가르쳐 주지."

"폐하께서요?"

"그래. 일주일에 한 번씩 수업하면 되겠지."

"정말요?"

알테어스가 고개를 끄덕이고는 이어 말했다.

"원래 황녀도 봉토를 받아."

"그렇군요."

뜬금없는 이야기지만, 그녀와는 상관없는 이야기라 리리카는 그저 고개를 끄덕였다.

아틸이 자신의 영지를 가지고 있다고 했으니, 황녀 역시 자기 영지가 있을 수 있겠지.

그보다는 마법 수업이라는 말에 가슴이 세차게 뛰었다.

"저기, 수업은 그럼—"

리리카의 말을 자르며 알테어스가 말했다.

"그게 좋겠네."

다시금 알테어스가 결론으로 뛰어넘었다. 그리고 그녀를 내려 주며 말했다.

"조심히 돌아가렴."

"네, 네."

당황해 리리카가 고개를 끄덕이고 돌아섰다. 길을 확인하고 그녀가 물었다.

"폐하, 이쪽 길이 맞……나요……."

돌아서니 아무도 없었다.

리리카는 당황했다가 알테어스가 마법으로 사라졌다는 걸 깨달았다.

'온 길로 돌아가면 되겠지. 나는 마법사인걸.'

리리카는 씩씩하게 장미 덤불 사잇길로 걷기 시작했다.

"라트!"

요란히 그를 부르며 들어오는 소리에 라트는 감상하던 깃펜을 내려놓았다.

'짐껀 쉴 틈이 없군.'

그리 생각하며 그가 자리에서 일어나 물었다.

"무슨 일입니까?"

"황령 중에 나눠 줄 만한 곳이 있나?"

"황령을 대체 누구에게 나눠줍니까."

기가 막혀 라트가 되물었다. 아니, 전쟁 중도 아니고 봉토를 갑자기 누구에게 내려.

"황녀."

대답이 돌아와 라트는 말문이 막혔다.

"리리카 황녀님 말씀이시죠?"

"그래."

"봉토요?"

"황족들은 다 받잖아."

"그야 그렇지만."

라트의 눈이 가늘어졌다. 알테어스가 기가 차 대꾸했다.

"여자에게 눈이 멀었을 거면, 황후에게 직접 봉토를 줬겠지."

"뭐, 그분께 직접 내리는 것보다는 따님께 선물을 하는 편이 더 호감을 살 수 있을 거 같으니까요."

라트의 말에 알테어스는 '그럴지도.' 하고 고개를 끄덕였다.

"하여간 영지를 나눠줘. 좋은 땅 아니어도 괜찮아."

라트는 길게 한숨을 내쉬었다. 왜 자신은 제국의 재상인 걸까?

아니, 재상 노릇이 싫은 건 아니다. 황제만 빼면 누구에게도 고개를 숙일 필요가 없으니까.

바라트의 가주 앞에서도 목에 뻣뻣하게 힘주고 있을 수 있다는 게 이 자리의 좋은 점이다.

'저 변덕의 뒤처리만 빼면.'

황녀에게 봉토를 준다니. 얼마나 주는 게 좋을까?

사실 황령은 상당히 넓은 편이었다. 예전이라면 황족들이 나눠 가지고 있었겠지만, 지금은 직계 황족이 달랑 둘—아니 셋뿐이기 때문이다.

황족이 죽으면 하사했던 봉토는 다시 황제령으로 돌아오니, 지금 황제령은 아마 제국이 출범한 이후로 가장 넓지 않을까.

"얼마큼이면 됩니까?"

"옛날 자료 보고 그냥 적당히 주면 되잖아."

"갑자기 왜 그러시는지 물어봐도 되나요?"

알테어스가 가만히 라트를 바라보았다. 심연 같은 푸른 눈이 그를 재보듯 응시했다.

종종 라트는 그의 저울이 기울어지면 저 심연 속에 삼켜질 것 같다고 생각했다.

그건 자신뿐이 아니었다.

가문이, 제국이,

그리고 인간이

전부 저 깊은 바닥까지 가라앉게 될 듯해 오한이 들었다. 인간 같지 않은 시선이다.

라트는 간신히 시선을 돌리지 않고 맞받아쳤다. 재보기가 끝난 듯 알테어스가 히죽 웃었다.

"산다르에 이르지 않으면."

그 말은 단숨에 라트의 궁금증을 증폭시켰다. 호기심이 슬그머니 깊은 곳에서부터 올라온다.

"뭐, 재상이 지켜야 할 일국의 비밀을 밖으로 내돌리지는 않습니다."

그게 혈족이라고 할지라도.

그게 산다르의 자부심이며 라트 그 자신의 자부심이었다.

알테어스는 라트의 그 자신만만한 선언을 믿지 않았지만, 시험하기는 딱 좋은 이야기라고 생각했다.

"마법사에 대해서 알아?"

"이상한 약초를 팔며 혹세무민하는 놈들 말입니까? 아니면 손기술 좋은 인간들 말입니까?"

라트의 말이 신랄해졌다. 알테어스가 픽 웃으며 의자에 앉았다. 라트가 제 모노클을 어루만지며 말했다.

"고대 아티팩트를 쓰는 자도 있겠지만, 그건 마법사는 아니지요."

아티팩트 사용자일 뿐.

알테어스가 고개를 끄덕인 후에 말했다.

"현재 남아 있는 마법사는 세 종류야."

"세 종류나 됩니까?"

"첫 번째는 용."

그가 손가락을 하나 꼽았다. 라트는 떨떠름하게 답했다.

"뭐어, 그렇지요."

"두 번째는 원시 정령과 거래하는 자들……."

"원시 정령이요?"

라트는 놀라 되물었다. 알테어스가 어깨를 으쓱했다.

"사막에는 아직도 그런 자들이 존재한다더군."

라트는 알테어스가 사막에서 왔다는 걸 알았다. 그래서 본 적이 있냐고 묻고 싶었으나, 확인해 줄 것 같지 않았다.

알테어스가 이어 말했다.

"이쪽에서는 요정이라고 부르던가? 아이들 동화처럼 귀여운 놈들은 아니지만."

"무척 흥미로운 이야기가 되고 있는데요."

들어보니 마법사라고 하기에는 좀 다른 존재들 같았다. 원시 정령이라는 단어도 그렇고.

하여간 신비한 존재가 있다는 이야기겠지.

알테어스가 세 번째 손가락을 꼽았다.

"마지막으로 진짜 인간."

라트가 묘한 얼굴을 했다.

"저도 진짜 인간인데요."

"아니, 너희처럼 섞인 자들 말고. 순혈 인간, 기원하는 자. 의지를 마법으로 사용하고, 바다에서 섬을 끌어올렸던 인간들."

알테어스의 말에 라트의 표정이 굳었다. '섞인 자'란 단어는 권족에게는 속 쓰린 단어였다. 그가 낮게 말했다.

"그럼 지금은 존재하지 않는군요."

이 땅의 모든 인간들은 사실 괴물과 섞였다고 해도 과언이 아니었다. 그 피의 짙고 옅음이 있을 뿐이지.

"맞아."

알테어스는 고개를 끄덕였다. 라트는 알테어스의 이야기를 조합해 보았다.

'그럼 황녀님은 원시 정령과 거래하는 인간이라는 건가?'

그게 사실이라면 어떻게 거래를 하는 걸까?

'그 순진하고 상냥한 성격 덕분일지도 모르지.'

하여간 비밀로 하는 게 좋은 이야기였다.

"알겠습니다. 그렇다면 적당한 봉지를 찾아보죠."

라트가 고개를 끄덕였다. 영지가 있으면 황녀의 영향력도 한층 커진다. 보호막이 늘어나는 셈이다.

그런 인재라면, 황실에서 꼭 붙잡아 두고 보호하는 게 옳지.

라트는 그리 생각했다. 알테어스는 생각에 잠겼다.

기원하는 자.

마법사.

순혈 인간.

처음 이 대륙에 도착한 자들. 부서지는 섬에서부터 용에 의해 건져진 인간들.

섬의 괴물들과 섞여서 '의지의 힘'을 잃어버린 자들.

'순혈'이라는 단어부터 좀 우습다고 생각했다. 일단 지금 대륙에 있는 인간들은 스스로를 진짜 인간이라고 생각할 테니.

라트처럼 말이다.

'지금은 없지. 맞아. 그런데 재미있지, 격세 유전이라는 게 존재한단 말이야.'

알테어스는 리리카에게서 그 가능성을 보았다. 애정을 동력으로 한 의지를 사용하는 자.

가짜 마법서라고 해도, 그녀가 그걸 믿고 따르고 빌면 효력을 발했다.

어찌 보면 굉장히 위험한 능력이었다.

'그나마 다행인 건 다들 같은 능력 수준을 가지고 있는 건 아니라고 하니까.'

약한 자들은 부러진 나뭇가지를 고치고, 작은 상처들을 고치는 수준이었다.

그리고 강한 자들은.

'시간을 돌리고 공간을 왜곡시키고 죽은 자를 살려낸다.'

신과 가까운 권능이다.

그렇다면, 어쩌면. 어쩌면—

'아니지. 격세 유전 중에 그렇게 강대한 능력을 가진 자는 아직 없었으니까.'

희미하게 솟았던 희망을 그는 접었다. 선조 회귀라고 해도 기껏해야 풍작이 들게 하는 정도였다.

그는 피식 웃었다.

섞인 자들은 순혈에게 끌린다. 핏줄 속 깊은 부름을 듣는 것처럼 괴물에 가까울수록 더욱 그렇다.

'귀여운 마법 정도에서 그치면 좋겠는데.'

'길을 잃었나?'

분명히 저쪽에 태양궁이 보이는데 똑바로 갈 수가 없었다.

빈민가의 복잡한 뒷골목에 익숙한 리리카였다. 뭔가 이상하다는 건 금방 눈치챘다. 그녀가 고민하는데 위에서 목소리가 들렸다.

"여기까지 무슨 일이신가요, 울새 황녀님."

리리카는 반가워 고개를 들고 외쳤다.

"피요르드!"

부름을 받은 것처럼 그가 나뭇가지 위에서 뛰어내렸다.

어찌나 가뿐히 내려오던지 그가 뛴 게 그렇게 높은 나무가 아닌 것처럼 느껴졌다.

피요르드가 리리카에게 인사하고는 물었다.

"장미를 구경하시는 건 아니신 거 같고요."

위에서 보면 빙빙 도는 리리카의 모습이 무척 잘 보였다. 리리카가 한숨을 내쉬었다.

"길을 잃었어."

"이쪽은 길이 복잡하거든요. 태양궁 쪽으로 바로 갈 수 없게 되어 있지요?"

"맞아!"

위화감이 바로 그거였다.

"사람을 막기 위해서 그런 거랍니다. 여기서는 갈림길 하나라도 잘못 들면 태양궁으로 가지 못하게 되어 있죠."

하늘궁 쪽에서 태양궁으로 오지 못하게 하기 위한 미로라고 할 수 있었다.

"그렇구나."

다음에 브린과 좀 더 꼼꼼하게 탐험해 봐야겠다고 생각했다.

태양궁 위주로 탐험했더니 그 밖에서는 이렇게 곤란해졌다.

'폐하도 참.'

이런 곳에 사람을 내버려 두고 가시다니. 안겨서 왔던 길을 기억하기를 바란 거라면 그녀는 기대에 못 미친 듯했다.

'분명히 브린이랑 라우브가 걱정할 텐데.'

"피요르드는 길을 알아?"

"네."

"데려다줄래?"

"영광입니다."

다시금 그가 우아하게 인사하고 걷기 시작했다. 리리카가 그와 나란히 걸으며 물었다.

"그러고 보니 피요르드는 늘 정원에 있네?"

"자연이 좋거든요."

"집에는 정원이 없어?"

"있기는 하지만 제 취향은 아니어서요. 거름이 너무 기름져서 악취가 납니다."

"정원에서? 그럼 다른 사람들은 괜찮아?"

"아무래도 익숙해져서 모르는 것 같더라고요."

냉소를 머금고 피요르드가 말했다. 리리카는 고개를 끄덕였다. 그녀가 이어 물었다.

"몸은 괜찮아? 맞은 곳은 나았어?"

"네, 걱정해 주신 덕분에 깨끗이 나았답니다."

그가 빙긋 웃었다. 리리기기 그를 보고 말했다.

"나는 맞았을 때, 아픈 것보다도 굉장히 부끄러웠거든."

철썩하는 소리와 함께 몸이 휙 내던져지는 감각.

분명 아프고 괴롭지만, 그보다도 모두가 보는 앞에서 이렇게 얻어맞았다는 게 부끄러웠다. 부끄럽고 창피해서 견딜 수가 없었다.

"누가 황녀님을 때렸습니까."

피요르드의 목소리는 부드러웠다. 그러나 리리카는 불온한 느낌을 감지했다.

"예전에 집세를 밀려서 집주인이. 지금은 괜찮아."

리리카가 얼른 덧붙였다.

"그래서, 내 말은 피요르드도 그럴 수 있으니까. 아닐 수도 있지만. 그런 것도 괜찮은 걸까, 하고……."

배려하는 말소리가 점점 줄어들고 피요르드는 생각에 잠겼다.

맞았을 때의 부끄러움과 수치는 이미 옅어진 지 오래였다. 그보다는 희미한 분노와 체념이라는 감정이 뒤섞여 있다.

"그보다는……."

그가 작게 중얼거리며 뒷말을 흐렸다.

그보다는.

그녀의 걱정스러운 말투와 조심스러운 손길, 친절을 맛보았던 감각만이 남아 있었다.

어린 황녀의 계산 없는 친절.

그건 그 자리에서 그를 맹렬히 도망가고 싶게 만들기도 하고, 반대로 한없이 그 자리에 앉아 있고 싶게 만들기도 했다.

"그보다는 카스텔라가 더 기억에 남습니다."

그가 할 수 있는 대답은 이 정도였다. 그 마음을 그도 정확히 알 수 없기 때문이었다.

리리카는 활짝 웃었다.

"맞아, 카스텔라 맛있지."

맛있는 것도 나쁜 기억을 지우는 데 약간은 도움이 되었다.

"그런데, 피요르드."

"네, 울새 황녀님."

"아틸과 어째서 사이가 안 좋은지 물어봐도 돼?"

"그건 제가 바라트 최고의 걸작품이기 때문이랍니다."

그의 대답은 흔들림 없이 경쾌했다. 그 경쾌함 속에서 리리카는 다시 좋지 않은 느낌을 받았다. 리리카가 진지하게 말했다.

"하지만 피요르드는 걸작품이 아니잖아."

이번에 그는 정말 놀라 리리카를 돌아보았다. 그의 금홍색 눈동자가 둥그렇게 커졌다.

리리카가 그에게 진지하게 말했다.

"피요르드는 물건이나 작품이 아니야."

그녀는 그가 그렇게 말할 때마다 거기에 섞인 빈정거리는 어조가 싫었다.

그는 멍하니 리리카를 바라보았다.

잠시 후 그는 웃으며 뭔가 하려 했지만, 표정이 잘 나오지 않았다. 한순간 표정이 흔들려 일그러졌다가 결국 그는 쓴웃음을 지었다.

그 나이 소년답지 않은 웃음이었다.

"그렇군요."

그는 단지 그렇게만 말했을 뿐이었다. 리리카는 더는 아무 말도 하지 않았다.

'때때로, 아니 많은 때에 말보다 침묵이 낫다.'

구두닦이 아저씨가 그렇게 말했던 기억이 났다.

한참을 걷던 리리카는 그가 그녀와 보폭을 맞추고 있다는 걸 알게 되었다.

그는 다른 어른들처럼 리리카가 빠르게 걷지 못하는 걸 답답해하지 않았다. 아틸처럼 그녀가 맞추길 바라며 빠르게 걷지도 않았고.

"피요르드, 좀 더 빠르게 걸어도 괜찮아."

"싫습니다."

피요르드가 싱긋 웃었다.

"황녀님과 나란히 걷는 시간이 좋거든요."

리리카는 멈칫했다가 활짝 웃었다.

"나도 피요르드가 좋아."

그녀는 순진하게 웃으며 친근감의 표시로 그의 손을 잡았다. 그는 움찔했다가 가만히 리리카를 내려다보았다.

리리카가 '손잡는 게 싫었나?' 하는 그 찰나에 그가 손을 꽉 마주 잡았다.

"황녀님은 제가 기쁠 말만 해 주시네요."

"그럼 다행이네."

리리카의 말에 피요르드가 다시 웃었다. 그는 천천히 길을 따라가며 꺾어야 할 길과 표시를 알려 주었다

리리카는 신중하게 들었지만 아무래도 한 번에 외우는 건 어려웠다.

그의 목소리는 어딘지 음악적인 곳이 있어서 듣기 좋았다. 가다가 만난 새를 가리키며 울새라고 알려 주기도 했다.

갈색빛을 띤 작은 새인데 가슴께가 붉었다. 상당히 귀여운 새였다.

'갈색인 점이 닮았나?'

얼마 가지 않아 피요르드가 멈춰 섰다.

"마중 나온 사람이 있는 모양입니다."

"정말? 라우브일까?"

"전 이만 가 보겠습니다."

"응? 차라도 한잔하고 가."

"전하께서 화내실 거예요."

피요르드가 그렇게 말하고 검지를 입가에 대고는 빙긋 웃었다.

"저랑 여기서 만난 건 비밀로 해 주시죠."

"알았어."

리리카도 검지를 입가에 대었다.

그가 가볍게 인사하고 물러났다. 리리카는 그가 높게 자란 덤불 뒤로 사라지는 걸 보았다.

가만히 기다리고 있으려니 멀지 않은 곳에서 목소리가 들렸다.

"황녀님, 리리카 황녀님!"

"라우브! 여기야!"

리리카가 소리치니 얼마 지나지 않아 라우브가 나타났다. 그가 허둥지둥 그녀를 살피며 물었다.

"괜찮으십니까? 다치신 곳은 없으시고요?"

"응, 무사해. 아, 브린."

리리카가 뒤이어 나타난 브린에게 손을 흔들었다. 브린은 이를 바득바득 갈고 있었다.

아무리 기다려도 리리카가 돌아오지 않아 혹시나 하고 집무실에 시종을 보내니 폐하는 이미 돌아와 계신다는 게 아닌가?

추궁하니 미로 정원에 황녀님을 두고 왔다 해서 쓰러지는 줄 알았다.

'장미 가시에 잘못 찔려도 파상풍으로 죽을 수 있는 황녀님을!'

이런 위험한 곳에 방치하고 떠나다니, 정말로 타카르는 머리가 어떻게 된 게 틀림없다.

리리카가 웃으며 두 사람을 안심시켰다.

"많이 걷기는 했지만 정원 구경도 하고 예뻤어. 사람도 없었고."

다친 곳이 없다는 걸 확인하자 두 사람의 표정이 누그러졌다. 라우브가 천천히 자리에서 일어나며 말했다.

"돌아가시지요."

브린이 냉큼 리리카를 들어 올렸다. 리리카는 작게 웃었다.

어째 주변 사람들이 자신을 번쩍번쩍 안아 올리는 것에 익숙해지고 있었다.

'하지만 역시 나란히 걷는 쪽이 더 좋아.'

좀 더 키가 자라면, 뒤처지지 않고 모두와 나란히 걸을 수 있겠지.

그때가 무척 기대되었다.

오후에는 승마 연습을 했다.

리리카는 말을 타는 게 즐거웠다. 샛별이와 함께 호흡을 맞추어 걷고 달렸다.

멀리서 그걸 바라보던 브린이 흐뭇하게 웃었다.

"승마복도 몇 벌 더 주문해야겠어요. 익숙해지시면 옆 안장 타는 법도 배우셔야 하고요."

라우브는 그녀가 자신에게 말을 거는 건지 아닌지 약간 헷갈렸다. 그의 회색 눈동자가 슬쩍 브린을 바라보았다가 도로 리리카에게 돌아갔다.

"너무 귀엽지 않나요?"

양손을 꼭 잡으며 황홀하게 하는 말에 라우브는 동의했다.

"그렇습니다."

"어머, 깜짝이야. 뭐야, 말도 할 줄 알아요?"

"……."

순간 라우브는 뭐라고 해야 하나 하고 당황했다가 답했다.

"할 줄 압니다."

"아아, 난 또. 난 혼잣말 잘하니까 대답하지 않아도 되어요."

그러더니 이쪽을 향해 손을 흔드는 리리카를 향해 활짝 웃으며 손을 흔들었다.

라우브도 같이 손을 흔들자 브린이 말했다.

"착각하지 말죠? 저에게 흔들어 주시는 거거든요?"

"혼잣말로 알겠습니다."

라우브가 답했다. 브린의 눈이 샐쭉해졌다. 리리카가 순식간에 다가와서 물었다.

"어땠어? 이제 제법 잘 타는 거 같아?"

"네, 허리도 꼿꼿하시고, 너무 잘 타세요."

"이제 전력으로 달려도 될 것 같습니다."

"기대된다."

환하게 웃으며 대답하는데 저쪽에서 시종이 달려오는 게 보였다. 허둥지둥 달려온 시종이 멈춰서서 말했다.

"황녀님, 대극장에 불이 났다고 합니다."

"대극장에?"

순간 '큰일이네.' 생각하던 리리카는 곧 어머니가 대극장에 가셨다는 걸 떠올렸다.

"안 돼!"

리리카는 저도 모르게 박차를 사용했다. 샛별이 즉시 반응해 달리기 시작했다.

"황녀님!"

브린이 놀라 외쳤고 라우브가 번개처럼 튀어 나갔다. 순간 말보다 빠르게 달려 그가 앞을 막아섰다.

리리카가 놀라 고삐를 휙 잡아당겼다. 다행히도 전속력으로 달렸던 건 아니라 샛별이는 바로 멈춰 섰다. 거의 라우브를 칠 뻔해서 리리카는 심장이 떨어지는 줄 알았다.

"라우브!"

소리치니 라우브가 말했다.

"어딜 가십니까."

"어디긴, 당연히—"

"대극장에 가실 거죠? 제가 마차를 부르겠습니다."

브린이 잽싸게 따라붙어서 말했다. 리리카는 그제야 자신은 대극장이 어디 있는지도 모른다는 걸 깨달았다.

샛별이를 타고 거기까지 갈 수 있을 리가 없었다.

"미안, 나. 그러니까."

침착하려고 애쓰는데 손이 부들부들 떨려왔다.

"실례하겠습니다."

라우브가 그녀를 안아서 내렸다. 브린이 리리카의 손을 꽉 잡았다.

"황후마마께서도 부적을 가지고 계시지요? 분명 괜찮으실 거예요. 자, 얼른 가시죠."

리리카 스스로 자신을 잘 챙긴다고 생각했는데, 전혀 그렇지 않았다.

브린이 모든 걸 착착 정리하는 사이에 소식을 들은 아틸이 달려왔다.

"리리카!"

리리카는 갑자기 눈물이 날 거 같았다.

"아틸……."

"괜찮아? 지금 갈 거지?"

"네, 네에."

"같이 가자. 마차보다 말이 빨라. 내 앞에 타면 돼."

"안 됩니다."

라우브가 반대했다. 아틸이 그를 확 노려보듯 바라보는데 그가 말했다.

"말은 사방에 너무 노출됩니다. 게다가 두 분이 동시에 타시면 더더욱 그렇습니다."

아틸의 표정이 굳었다.

'설마? 대극장의 화재가? 일부러라고?'

리리카는 그제야 정신을 차렸다. 당장이라도 달려가고 싶다.

샛별이를 타고서 길만 알면 혼자라도 가고 싶다.

하지만 그러면 안 된다.

훌륭한 황녀님은,

훌륭한 황녀님은…….

리리카는 고개를 들었다.

"그럼 마차로 빨리 부탁해."

잠시 후 시종이 종종걸음으로 달려와 말을 전하자 브린이 높지는 않지만 정확하게 들리는 목소리로 말했다.

"준비됐습니다."

"가자."

아틸은 리리카의 손목을 잡아끌었다.

마차는 빠르게 달릴 수 있는 날렵한 마차였고, 아무런 문장도 없었다. 그러나 무척 단단해 보였다.

마차는 거칠게 달렸지만 리리카는 너무 느리게만 느껴졌다. 아틸이 손을 꽉 잡아주었다.

"괜찮을 거야."

"네."

"아……."

그때 아틸이 민감하게 기색을 알아채고 말했다.

"비 온다."

"!!"

리리카는 홱 작은 마차 창문을 열었다. 빗방울이 떨어지고 있었다.

툭, 투툭

'좀 더, 좀 더, 빨리―'

리리카의 바람이 닿은 것처럼 곧바로 비가 쏟아지기 시작했다. 마차의 속도가 느려졌다. 그만큼 굉장한 폭우였다.

우렛소리가 아주 가까이서 들렸다. 빗소리가 요란했다.

"숙부님이야."

아틸이 낮게 말했다. 리리카가 놀라 그를 돌아보았다. 아틸이 비딱하게 웃었다.

"갑자기 이런 비를 내리게 할 수 있는 사람이 또 누가 있겠어? 이런 타이밍에, 이렇게."

그가 리리카를 돌아보았다.

"이제 괜찮을 거야."

마차에서 내렸을 때는 이미 비가 그쳤다. 그런데도 매캐한 탄 냄새가 진동했다.

제국 제일의 위용을 자랑하던 대극장은 절반 이상이 불에 타서 폭삭 가라앉아 있었다. 극장 수변에는 구조하는 사람들과 구경꾼들이 몰려들어 혼잡했다.

그러나 기사들이 원형을 만들어 지키고 있는 곳이 있어서 루디아를 찾는 건 어렵지 않았다.

"어머니!"

리리카가 목소리를 높여 달려갔다. 간이 의자에 앉아 있던 루디아가 고개를 들었다.

"리리!"

"어머니!"

무사한 어머니의 얼굴을 보자 그제야 눈물이 터져 나왔다. 흠뻑 젖은 그녀의 얼굴과 옷 여기저기에 검댕이 묻어 있어서 사태의 급박함을 알 수 있었다.

리리카는 그녀의 무릎에 몸을 던졌다.

"괘, 괜찮, 무사하셔서, 흑"

"엄마는 무사해. 괜찮아. 전부 리리가 준 부적 덕분이야."

루디아가 리리카의 머리를 쓰다듬어주었다. 그리고 고개를 들어 아틸을 발견하고 미소 지었다.

"두 사람 다 이렇게 볼 줄은 몰랐는데."

살짝 곁에 다가온 아틸의 팔을 친근하게 두들기고 루디아는 한숨을 내쉬었다.

"정말 불길이 엄청났어."

"그래도 황후마마 덕분에 사상자가 크게 줄었습니다. 마지막까지 나오시지 않고 사람들을 탈출시키셔서 저는 얼마나 애가 탔는지요."

시녀장이 한숨을 내쉬며 호소하듯 말했다. 루디아가 빙긋 웃었다.

"하지만 이런 비가 내렸으니 운이 좋네."

"나 같은 남편을 둔 게 운이 좋은 거겠지."

"어머? 알테어스."

루디아가 놀란 얼굴을 했다.

"여기까지는 어쩐 일이에요?"

알테어스는 성큼성큼 걸어와 그녀의 턱을 쥐고 이리저리 살폈다.

"다쳤나?"

"괜찮아요."

알테어스가 손을 놓고는 팔짱을 꼈다.

"그럼 일어나 봐."

리리카는 그 말에 놀라 어머니의 무릎에서 벌떡 일어났다.

"다치셨어요? 어디 안 좋으신 거예요?"

"발목을 조금. 알테어스, 지금 내 치마를 들칠 생각이면 가만두지 않을 거예요."

손을 뻗던 알테어스가 멈췄다. 그는 가만히 그녀를 바라보다가 리리카에게 말했다.

"네 어머니가 저렇게 무모한 사람이야."

"알테어스!"

애 앞에서 무슨 소리를 하는 거야? 하고 루디아가 버럭 목소리를 높였다.

주변 사람들이 목을 쭉 빼고 둘의 대화에 귀를 기울였다.

"폐하께서 오신 건가?"

"황후마마께서 다치신 거야?"

"사람들을 구하시다가 그러셨대. 세상에······."

다시 리리카의 눈에서 눈물이 후드득 떨어졌다. 무서웠다. 무섭고 또 무서웠다.

나는 엄마밖에 없는데.

엄마까지 없어지면.

엄마마저 없어지면.

루디아가 자리에서 일어나 리리카를 안았다. 리리카가 놀라 말했다.

"다, 다리."

"정말로 살짝 다친 거야. 자, 엄마 잘 서 있지? 응? 엄마는 무사해. 괜잖아."

 머리와 등을 토닥이며 끌어안자 리리카는 품속에서 다시 깊은 울음을 토해냈다.

 끅끅거리는 리리카에게 알테어스가 말했다.

 "걱정하지 않아도 괜찮아. 이제 네 엄마는 내가 지키니까."

 그 말에 루디아는 순간 한심하다는 얼굴을 했다가 재빠르게 딸에게 말했다.

 "맞아. 폐하께서는 제국에서 가장 강한 분이란다. 리리카가 그렇게 걱정하지 않아도 돼. 많이 놀랐지? 무서웠구나."

 '애들을 이런 곳까지 데려오고.' 같은 하고 싶은 말이 많았지만 루디아는 꾹꾹 눌러 참았다. 알테어스가 말했다.

 "일단 궁으로 돌아가는 게 좋겠어. 여기는 너무 어수선하군."

 "아무래도 그게 좋겠네요."

 루디아가 그렇게 말하자 리리카는 엄마를 한 번 꽉 안았다가 떨어졌다. 아틸이 혀를 차며 손수건을 건넸다.

 "그럼—"

 루디아가 마차 위치를 찾으려 고개를 돌리는데 알테어스가 그녀를 번쩍 안아 들었다.

 "알테어스!"

 "발목 다쳤다며."

 "정말……."

 루디아가 한숨을 내쉬면서도 그의 목에 팔을 감았다. 그렇게 마차에 올라타는 황제 부부의 모습은 사람들에게 강렬한 인상을 남겼다.

"황후마마 만세!"

"황제 폐하 만세!"

리리카는 어쩐지 그 뒤를 따라갈 수가 없었다. 그녀가 손수건을 비틀며 가만히 서서 어머니와 폐하의 뒷모습을 바라보았다.

"왜 그래?"

아틸이 물어 리리카는 화들짝 놀라 고개를 저었다. 아틸이 주변을 둘러보았다.

"아무래도 난 대충 정리하고 돌아가야 될 것 같은데. 먼저 가."

"네?"

"어쨌든 아무것도 안 할 수는 없잖아. 얼굴을 비췄으니까. 폐하께서 저렇게 돌아가셨으니 여기 일은 내가 해야지."

"저도 도와 드릴게요, 도울 일이 없을까요?"

"됐어. 위험하니까 돌아가."

"그래도, 그래도……."

리리카는 뭔가 하고 싶었다. 아틸이 단호하게 말했다.

"됐다니까."

"……네."

리리카가 작게 대답하고 물러났다. 브린이 옆에서 말했다.

"전하, 외람되지만 한 말씀 올리겠습니다. 황녀님께서 여기 계신 게 이미 알려졌는데, 바로 돌아가시는 건 아닌 듯합니다."

"뭐?"

아틸이 인상을 썼다. 리리카가 반짝 고개를 들었다. 그녀가 목소리를 높였다.

"저도 할 수 있어요."

"뭘?"

"네?"

"뭘 할 수 있는데? 걸리적거리게 하지 말고—"

"크흠."

뒤에 서 있던 브란이 헛기침을 했다. 아틸은 하려던 말을 꾹 눌러 참았다.

'상처 주시려고 그러시는 건 아니잖습니까?'

파이의 말을 마음속으로 떠올리며 그는 심호흡했다.

맞다.

상처 주려는 게 아니다.

"리리카, 여기서 하는 일은 아직 네가 하지 못하는 일이야. 게다가 외부 사람도 너무 많고. 라우브 한 명으로는 호위를 감당하기도 어려워. 걱정되니까 돌아가."

리리카의 어깨가 축 늘어졌다. 그녀가 고개를 끄덕였다.

"알겠어요."

브린이 위로하듯 리리카의 어깨에 손을 올렸다. 리리카는 마차에 올라타며 힐끗 뒤를 돌아보았다.

모여 있는 사람들 사이에서 능숙하게 지시를 내리는 아틸이 눈에 들어왔다.

'아.'

무너진 대극장 너머로 무지개가 비쳤다. 물에 젖은 웅덩이들이 반짝거렸다.

어째서인지 굉장히 슬픈데, 굉장히 아름다웠다.

마차 문이 닫혔다. 아까보다 마차는 부드럽게 움직였다.

함께 탄 브린이 조심스럽게 물었다.

"황녀님, 괜찮으세요?"

"응, 괜찮아. 어머니도 무사하시고. 다행이야."

웃으며 씩씩하게 말하는 리리카를 보고 브린은 마주 미소 지어 보였다.

"조금만 더 자라시면 전하와 함께 일하실 수 있을 거예요."

"응."

리리카가 고개를 끄덕였다.

황궁으로 돌아와 리리카는 진찰받는 어머니 옆에 서 있었다. 황제는 어의에게 잔뜩 잔소리를 퍼부었다.

리리카의 표정이 좋지 않아 루디아는 몇 번이나 그녀를 달랬다.

발목은 가벼운 염좌였고 그 외에도 자잘하게 화상을 입은 곳이 있어서 연고를 발랐다.

"멍청하게 거기서 불이 활활 타는 걸 보고만 있어."

"아니, 누가 활활 타는 걸 보고 있었어요? 사람들 대피시켰지. 제가 나서지 않았으면 우왕좌왕하다가 피해가 더 컸을걸요."

"맞습니다."

옆에서 시녀장이 동의했다.

"황후마마께서 신분으로 제압하시고 사람들을 대피시키셨지요. 크리놀린을 입은 여자분들은 넘어지시면 일어나지도 못하고 밟히더군요. 불이 붙어도 아무것도 하실 수가 없고요."

다시 생각해도 끔찍한 일이라 시녀장은 몸을 부르르 떨었다. 크리놀린은 혼자 입고 벗을 수도 없는 옷이라 불이 붙자 속수무책이었다.

크리놀린끼리 부딪치는 탓에 다른 여성이 도와줄 수도 없었고 넓게 퍼진 치마에서 치마로 불이 삽시간에 옮겨붙었다. 한 사람만 있어도 통로를 가로막았다.

그나마 다행이었던 건 유행에 따라서 버슬 스타일 옷을 입은 여자들이 반 이상이었다는 거였다. 그녀들은 운신이 훨씬 빨랐다.

'버슬 드레스를 황후마마께서 유행시키지 않으셨다면……'

시녀장은 몸을 부르르 떨었다. 거기 있는 여자들이 전부 크리놀린이었다면 아무리 노력해도 큰 사고가 났을 터였다.

루디아는 떨리는 손을 가볍게 쥐었다가 폈다.

알고 있었다고 방심했다.

불이 너무 강하게 활활 타올라서 순식간에 번졌다. 매캐한 연기와 날름거리는 불꽃을 보자 몸이 굳었다.

활활 타오르는 화형대의 불길.

공포가 밀려 들어오는 순간,

'땡그랑!'

그 혼란과 비명을 뚫고서 말도 안 되는 큰 소리를 내며 리리카가 준 부적이 바닥에 떨어졌다.

깜짝 놀라 정신을 차릴 수 있었다. 부적을 보자 '리리에게 살아 돌아가야 한다.'는 생각이 강하게 들었다.

그 뒤로 어찌어찌 정신없이 소리쳐서 지휘했다.

황족의 자리는 어디서나 잘 보이는 구조라 그녀가 거기 딱 버티고 서 있는 게 모두에게 보였다.

―마지막 한 사람이 탈출할 때까지 여기에 있겠어요!

그 외침이 사람들의 마음을 붙잡았다.

중간에 대극장의 일부가 무너지면서 불길을 막아서 시간을 벌 수 있었다. 그래도 만약 비가 내리지 않았다면…….

소름이 돋아 루디아는 팔을 문질렀다.

"하여간 엄마는 정말로 괜찮아. 리리 부적 덕분이야. 그리고 알테어스도 고마워요. 비가 내리지 않았다면 곤란했을 거예요."

"내 아내가 거기서 타 죽는 게 더 큰 문제지."

"알테어스."

루디아가 리리카를 눈짓하자 알테어스는 입을 다물었다.

리리카가 미소 지었다.

"그럼 전 이만 물러날게요. 어머니는 쉬세요."

"오늘 같이 잘까? 응?"

루디아가 웃으며 권했다. 리리카가 힐끗 알테어스를 보고 고개를 저었다.

"아뇨, 전 괜찮아요."

씩씩하게 말하고 리리카는 "내일 아침에 또 올게요." 하고 물러났.

루디아는 걱정스럽게 딸의 작은 뒷모습을 바라보았다.

'아직도 내가 믿음직스럽지 못한 걸까.'

탄은 밤의 정원 가운데에서 멈칫했다. 보고를 받기는 했는데, 확실히 이건 곤란하다.

정원 벤치 위에 흰옷을 입은 여성이 웅크리고 앉아 있었다. 구름처럼 풍성하게 흘러내린 금색 머리카락만 봐도 탄은 그녀가 누군지 알 수 있었다.

"황후마마."

그가 부르자 루디아가 고개를 들었다. 탄이 어깨를 으쓱했다.

"한밤중에 여기서 뭐 하고 계십니까?"

"잠이 안 와서."

한 번 끊었다가 루디아가 한숨을 내쉬었다.

"독한 술을 마시는 것보다는 산책이 더 나을까 했거든요."

탄은 그녀 쪽으로 다가가다가 적당한 거리를 두고 멈춰 섰다. 루디아가 중얼거렸다.

"그런데 별 소용이 없어서 여기 앉아 있었죠."

"술 한잔 가져다 드릴까요?"

루디아가 손을 내저었다.

"끊는 중이에요."

여름밤은 선선했고, 정원의 모든 향기는 낮보다 더 짙어져 있었다. 남들보다 훨씬 좋은 늑대의 후각은 그 모든 향을 구별할 수 있었다.

장미, 양귀비, 아카시아, 야래향, 다알리아, 그리고 살 냄새.

탄은 길게 숨을 내쉬고 말했다.

"왜 잠이 안 오십니까?"

어쨌든 그는 그녀를 방 안으로 돌려보내든지 아니면 눈에 띈 그녀를 호위하든지 해야 할 의무가 있었다.

"낮의 일 때문에요. 사실 난 불이 무섭거든요."

루디아의 입은 선선히 열렸다. 그녀가 팔짱 낀 제 양팔을 꽉 쥐었다. 목소리가 떨려 나왔다.

"그래서 악몽이라도 꿀 것 같아요. 그런데 꾸기 싫거든요. 그래서 잠이 안 와요."

"폐하께—"

"알테어스에게 내 약점을 알려 줄 거 같아요?"

루디아가 그를 홱 노려보며 입술을 비죽였다. 그리고 그보다는 악몽을 꾸면서 자신이 헛소리를 할까 봐 걱정되었다.

죽고 싶지 않아, 같은 이야기를 하는 걸 들으면 큰일이지.

그녀가 흥 코웃음을 치자 탄은 할 말이 없어졌다. 그가 뺨을 긁적였다.

"그래도 음, 부부 사이에는……."

"부부 사이니까 안 되는 것도 있는 거예요. 우리는 서로 조건이 잘 맞고, 그 점에서는 완벽하다고 생각해요. 하지만 그뿐이죠."

이용할 생각이지 기댈 생각은 없었다. 기대면 안 되었다.

어딘가에 기댔다가는 늘 망하기만 했다. 스스로의 힘으로 해내야 했다.

나 혼자서.

내 힘으로.

그녀는 고개를 숙였다.

"리리카 때문에 불안할 때가 있어요."

탄은 갸웃했다.

"황녀님은 드물게도 좋은 성품을 타고난 분이라고 생각합니다."

낮은 웃음소리가 났다.

"그게 문제예요."

그리고 답이 없었다. 탄은 혹시나 그녀가 우는 게 아닐까, 걱정되었다. 우는 여자는 어떻게 달래야 하는 걸까?

자기 일족이야 입 안에 사탕을 넣어 주면 금방 끝나겠지만, 루디아는 아닐 터였다.

루디아는 숨을 골랐다.

그녀 혼자서 리리카를 책임져야 한다.

리리카는 훌륭한 아이고, 그녀가 자신을 바꿔 주었다.

그러니까 루디아도 리리카를 위해서 최선을 다하고 있지만, 이 최선이 맞는 건지 알 수가 없었다.

무서웠다.

혹시나 자신이 리리카를 망칠까 봐. 더 잘 될 수 있는 내 딸을 내가 가르치다가 잘못되게 만드는 게 아닐까?

손을 떼고 최대한 훌륭한 선생님들께 맡겨서…….

'하지만 오늘도…….'

딸아이는 울기만 했다. 실패했다는 생각에 자괴감이 들었다. 이럴 때는 어떻게 해야 하냐고, 누군가를 붙잡고 물어보고 싶었다.

의논할 사람이 필요했다.

하지만 없다.

그녀는 혼자다.

혼자서 어떻게든, 어떻게든.

내가 내 딸을 망치지 않게.

누구도 내 딸을 건들지 못하게.

이리와 승냥이로부터 자신들을 지켜야 했다.

루디아가 고개를 들었다. 탄은 놀랐다. 울고 있을 것이라 생각했는데 그녀는 조금도 울고 있지 않았다.

의연한 얼굴은 아름답지만, 어쩐지 그는 슬프기도 했다.

루디아가 자리에서 일어났다.

"제가 계속 여기서 이러고 있으면 탄 경이 곤란하겠지요. 이만 들어갈게요."

루디아의 말에 탄이 고개를 저었다.

"황후마마께서 원하시는 대로 하시지요. 저는 그냥 따르겠습니다."

루디아가 가볍게 웃었다. 그녀는 멈춰 서서 태양군을 물끄러미 올려다보았다. 딸아이가 잠들어 있을 방을 눈으로 세어 보았다.

같이 자 주겠다고 말했는데 거절당한 게 상당히 충격이었나보다.

한숨을 다시 내쉬고 루디아는 천천히 걸음을 옮겼다.

리리카는 잠이 오지 않아 침대에서 벌떡 일어났다.

불안하고 무서웠다.

넓은 침대도, 높은 캐노피도 오늘은 그저 그녀를 쓸쓸하게 만들기만 했다.

리리카는 높은 침대에서 깨금발로 내려와 창가로 다가갔다. 창문을 열자 짙은 꽃향기가 올라왔다. 창턱에 팔을 걸치고 깊게 숨을 들이마셔 보아도 영 시원하지가 않았다.

그녀는 저도 모르게 정원으로 시선을 돌렸다.

어쩐지 그 미로 정원으로 뛰어가면 피요르드가 있을 거 같았다. 가서 그에게 뭔가 이야기하면 시원해질 것 같다.

하지만 그러면 안 되었다.

리리카는 창문을 닫고 우리에 갇힌 동물처럼 빙글빙글 돌았다.

속이 답답하고 괴로웠다.

어머니는 무사하고, 황제 폐하께서 어머니를 지켜 주시겠다고 약속까지 해 주시고. 아무런 부족함도 없는데.

리리카는 결국 방을 뛰쳐나갔다. 바로 방을 나가면 브린이나 라우브가 눈치챌 테니까 전처럼 하녀 통로를 이용했다.

복도는 어둡고 무서웠다. 그러나 공포보다 다른 게 더 커서 그녀는 짧은 복도를 달려 다시 흑룡실 하인 통로로 들어가 침실 문을 홱 열었다.

침대에 누워 있던 아틸이 벌떡 몸을 일으켰다가 숨을 헐떡이는 리리카를 보고 놀라 물었다.

"뭐야? 무슨 일이야?"

그가 침대에서 내려오자마자 리리카가 달려서 그에게 꽉 안겼다. 아틸은 고개를 들었다.

열린 하인 통로의 문 사이로 라우브와 브린이 빼꼼 고개를 내밀고 있었다.

두 사람 다 주인이 어디를 가는지 지켜보고 있었다. 아틸이 살짝 손짓해서 물러가라고 하자 두 사람은 고개를 숙여 보이고 문을 조심스럽게 닫았다.

"왜 그래? 응?"

아틸이 필사적으로 매달리는 리리카에게 최대한 다정한 목소리를 내려 애썼다.

"악몽이라도 꿨어? 괜찮아? 아니면 또 잠이 안 와?"

여러 가지 문제를 제시해 보는데 리리카는 고개만 휘휘 저었다.

"숙모님도 무사하시고, 앞으로 괜찮을 거야. 말마따나 숙부님께서 지켜 주시면……."

리리카가 더 그를 끌어안았다. 아틸은 잠시 말을 멈췄다가 그녀에게 물었다.

"혹시 숙부님이 싫어?"

부모님이 재혼한 상대가 마음에 들지 않는다는 건 흔한 이야기니까.

"아니, 아니에요."

리리카가 드디어 목소리를 내서 말했다. 아틸은 답답해졌지만. 최대한 인내심을 발휘했다.

"그럼 왜 그래?"

"……."

말없이 리리카가 물러났다. 시무룩해진 얼굴을 보고 아틸은 추궁하려던 걸 꾹 눌러 참았다.

그 역시도 이야기하라면 하지 못할 감정의 소용돌이를 가지고 있지

3장 가족이란 이름 337

않은가?

"자."

대신 그가 팔을 다시 벌리자 리리카는 눈물을 왈칵 쏟아내며 그의 팔에 다시 안겼다.

"그래, 그래."

아틸은 조심조심 그녀의 등을 쓰다듬었다. 작은 등이 떨리고 어깨가 흔들려 흐느끼고 있었다.

소리를 삼키는 울음이라 아틸은 눈을 찌푸렸지만 아무런 말도 하지 않았다.

한참 울더니 리리카가 작게 말했다.

"어, 엄마가……."

"응."

"엄마가 나 버리면 어떡해……?"

말을 꺼내고 다시 리리카는 울기 시작했다. 아틸은 황당해졌다.

루디아가 리리카를 아끼는 건 누가 봐도 알 수 있는 사실이었다. 그런데 왜 버린단 말인가?

"숙모님이 왜 널 버려? 말도 안 되는 소리 하지 마."

"하지만, 하지만—"

이제 쓸모없어졌다.

어머니는 굉장히 아름다워서 언제든지 리리카를 버리고 가 버릴 수도 있었다. 그래서 리리카는 열심히 일하고 돈을 벌어오고, 어머니를 지켰다.

내가 조금 더 쓸모 있으면, 내가 조금 더 열심히 하면.

날 필요로 해 주면.

그러면 어머니는 떠나지 않을 거야. 날 사랑해 줄 거야.

하지만 이제 폐하께서 계시고, 폐하께서 어머니를 지켜 주고. 그러면 리리카가 있을 자리가 없다.

이제 자신은 필요 없어졌다.

쓸모없는 아이를 어머니가 계속 데리고 있을까? 이제 더는 사랑받지 못하는 게 아닐까?

아틸은 "그렇지 않아." 하고 말하면서도 어찌해야 하나 끙끙거렸다. 그가 해결하기에는 상당히 어려운 문제였다.

그때 하인용 통로가 다시 열렸다. 아틸은 고개를 들었다가 눈을 크게 떴다.

등을 쓰다듬던 그의 손이 멈췄다. 리리카는 알아채지 못하고 계속 울었다.

그때 서늘한 손이 그녀의 머리를 쓰다듬었다.

"리리, 엄마랑 잠깐만 이야기할까? 응?"

리리카는 깜짝 놀라 뒤를 돌아보았다. 거기에는 가벼운 잠옷 차림의 루디아가 서 있었다.

방으로 돌아가는 길에 브린을 만나 바로 이쪽으로 온 것이었다.

"어, 어머니."

리리카는 어쩔 줄 몰라 했다. 아틸이 슬그머니 그녀의 팔을 떼어내고 말했다.

"저는 비켜 드리겠습니다."

"고마워, 아틸."

루디아의 말에 그는 눈인사하고는 얼른 침실을 나섰다. 리리카는 어쩔 줄 몰라 하며 손가락을 꼬았다.

"어머니, 괜찮으세요? 잠이 오지 않으세요?"

더듬더듬 자신의 안부를 먼저 묻는 딸을 보자 루디아는 울음이 터질 거 같았다.

눈물을 꾹 눌러 참은 루디아가 리리카의 뺨을 양손으로 감쌌다.

울어서 열이 오른 눈가에 차가운 손이 닿자 기분 좋았다. 어머니의 옷자락에서는 여름밤 공기의 서늘함이 느껴졌다.

"리리, 엄마는……."

루디아는 적당한 할 말을 찾지 못해, 딸의 눈동자를 빤히 들여다보았다.

이제 지켜 주지 않아도 괜찮아. 엄마는 괜찮아.

아아, 이런 말이 아니라 좀 더.

좀 더.

루디아는 천천히 말했다.

"리리가 계속 엄마를 지켜 주고 있었구나. 고마워, 리리카. 엄마가 몰라서 미안해."

리리카는 숨을 삼켰다. 눈에서 다시 눈물이 흘러나왔다.

진주처럼 동글동글 굴러떨어지는 눈물을 루디아가 천천히 닦아주었다. 다정한 어머니의 미소를 보고 리리카의 떨리는 입술이 열렸다.

나오는 단어는 딱 한 가지뿐이었다.

"엄마아……."

루디아가 그녀를 품 안에 덥석 끌어안았다.

"그래, 그래, 고생했어. 아가, 엄마가 몰라 줘서 미안해. 응?"

품에 안겨 엉엉 우는 딸을 감싸 안으며 루디아는 몇 번이나 반복해서 말했다.

울음이 잦아들자 루디아가 그녀의 뺨을 닦아 주며 말했다.

"이제 엄마가 리리를 지켜 주고 싶어. 그동안은 리리가 쭉 지켜 줬으니까 이제는 엄마가 지키게 해 줄래? 내 소중한 리리카. 내 보물. 리리카가 있어서 엄마는 힘낼 수 있어."

리리카는 딸꾹질하며 고개를 끄덕였다. 자신을 안아 주는 엄마의 손이 부드러웠다.

등을 쓰다듬는 손, 부드러운 목소리.

인정받았다는 기쁨과 버려지지 않을 거라는 안도감들이 뒤범벅되어서 단숨에 리리카는 잠으로 빠져들었다.

어린아이다운 모습이라, 루디아는 미소 지었다. 이제 딸은 무거워졌지만, 행복은 무거워도 좋다.

"엄마……."

"응, 엄마 여기 있어."

품에서 웅얼거리는 딸을 보고 루디아는 미소 지었다. 리리카가 완전히 잠든 걸 확인하고 루디아가 작게 속삭였다.

"리리, 엄마가 리리에게 배운 게 많아. 그런데 그때는 그게 얼마나 멋진 건지 몰랐어. 몰라서 무시하고 짓밟았어."

보통, 사람은 자신의 잘못을 인정하고 싶어 하지도, 자신의 선택을 부정당하고 싶어 하지도 않는다. 자신이 무시하는 상대가 하는 말이라면 더욱 그렇다.

그래서 그때는 몰랐다.

아니, 알았다고 해도 외면했다.

"엄마만 리리를 키우는 게 아니라, 리리도 엄마를 키워 줬어."

루디아는 품의 딸을 꼭 안았다. 그녀는 어리석은 사람이었다.

딸이 죽는 걸 눈앞에서 보지 않으면, 자신이 화형대에서 활활 타지 않으면 깨닫지 못하는 어리석은 사람.

'그러니까 이번에는 꼭.'

어떻게 기회가 왔는지는 모른다. 어쩌면 자신은 아직 불타고 있고 이건 환상 같은 것일지도 모른다.

그렇다 해도 상관없었다.

어떤 상황이든 그녀는 최선을 다할 생각이었다.

그때 브린이 살그머니 다가와 물었다.

"황후마마. 제가 황녀님을 안을까요?"

"아니, 이대로 침대까지 내가 데려갈래."

"알겠습니다."

침실을 나서니 아틸이 서성거리고 있었다.

"고맙구나, 아틸."

"아닙니다."

아틸이 고개를 저었다. 그가 별로 도움이 되지 못한 거 같았다. 루디아가 살짝 웃었다.

"아냐, 리리가 아틸을 찾아왔으니까 이야기를 들을 수 있었던 거지. 아틸이 없었으면 리리 혼자서 삭였을 거야. 아틸 같은 오빠가 있어서 다행이네."

아틸은 멋쩍어져서 입을 꾹 다물고 시선을 돌렸다.

왜 칭찬을 해 줘도 인상을 쓸까, 하고 루디아가 갸웃하는데 문이 열렸다. 모두의 시선이 그쪽으로 쏠렸다.

알테어스가 안에 서 있는 사람들을 쭉 둘러보았다.

그만 빼고 온 가족이 모여 있는 모습이다. 아틸이 당황해 뭐라고 변명해야 하나 하는데 알테어스가 다가와 말했다.

"내가 안을게."

"괜찮아요."

"내 딸이기도 해."

루디아는 살짝 눈을 찌푸렸으나 반박할 말이 없었다. 여기서 '어차피 8년짜리 딸이잖아.'라고 말할 수는 없다.

리리카는 어찌나 푹 잠들었는지 알테어스의 팔로 옮겨가면서도 한 번도 깨지 않았다.

알테어스가 한 손으로 슬쩍 아틸의 머리카락을 마구 헝클어트렸다. 아틸은 놀라 그대로 굳었다.

"고생했다."

"아닙니다."

뻣뻣한 대답이 나온다. 루디아는 왜 아틸이 머리를 쓰다듬는 걸로 애정을 표현하는지 알았다.

'이 사람이 그렇게 하는구나.'

그런데 그녀의 머리는 한 번도 쓰다듬은 적이 없다. 루디아는 속으로 생각했다.

'다행이지. 그랬으면 그 손을 물어 버렸을 거야.'

그녀가 아틸에게 말했다.

"이제 푹 쉬렴. 잠을 방해해서 미안하구나."

"괜찮습니다."

아틸은 아까부터 자신이 멍청한 대답—끊임없는 '아닙니다'와 '괜찮습니다'—만 한다는 생각이 들었지만, 제대로 대답을 하기 어려웠다.

알테어스가 리리카를 안고 성큼성큼 걸어 나갔고, 루디아가 그 뒤를 따랐다.

루디아가 알테어스 품 안의 리리카를 연신 들여다보았다. 울어서 붉어진 눈가가 애처로웠다.

'리리가 그런 생각을 하고 있을 줄이야.'

어쩐지 묘한 기분이었다.

늘 자신이 리리카를 지켜야 한다고 생각했지, 리리카가 자신을 지켜 준다고는 생각 못 했다.

'하지만 생각해 보면 리리카가 날 지켜 준 게 맞지. 엄연한 사실이야.'

그녀가 있으니까 열심히 살고 있다. 바르게 살려고 애쓰고, 좋은 사람이 되려고 노력했다.

그녀에게 좋은 엄마가 되고 싶었다.

리리카를 짐이라고 여겼을 때도 있었다. 화형대에서 불타오르기 전까지는 그랬다.

내 짐이고, 날 고생시켰으니까 내가 그녀에게 뭔가를 받는 건 당연하다고.

하지만 리리도 그녀에게 뭔가를 주고 있었다. 그게 뭔지 그때는 몰랐다.

루디아는 희미하게 웃었다.

알테어스는 그 얼굴을 내려다보았다. 그건 그가 한 번도 본 적 없는 미소였다.

알 수 없는 감정이 솟구쳐 올랐다가 사라졌다. 알테어스는 작게 한숨을 내쉬었다.

그가 말했다.

"나만 빼고 다 같이 있으면 재미있나?"

"말을 꼭 그렇게 하면 재미있어요?"

루디아가 대꾸했다. 알테어스가 뚱하니 말했다.

"사실이잖아."

비딱한 인간.

루디아는 그렇게 생각했다. 동시에 조금이지만 그를 동정했다.

불과 공기를 마시고 인간과 다른 차원에서 사는 한없이 가볍고 위대한 용.

—이었던 인간.

이제는 쉽게 깨어지는 육신을 가지고 휘몰아치는 감정과 좁은 정신을 지니게 되었다.

'그래, 이해하자.'

루디아는 그렇게 생각하며 느리게 말했다.

"함께 있는 게 더 재미있어요."

알테어스가 힐끗 그녀를 보았다. 사실인지 확인하려는 얼굴이다. 루디아는 픽 웃었다.

"요즘 아이들에게 관심이 생겼나 보죠? 전 황제에게 부탁받았으면서 그렇게 방치하더니."

"난 지켜 준다고만 했지."

변명처럼 하는 말에 루디아는 침묵했다. 실제로 그가 키운 황제는 썩 훌륭했다.

성격파탄자인 것만 빼면.

뭐, 좋은 황제가 인격자와 동의어는 아닐 테니까.

'훗날이 안 좋았을 거 같지만. 난 죽어서 모르겠네.'

그때는 그렇게 증오스럽고 미운 황제였는데, 지금 아틸은 그저 아이였다.

제 딸만큼이나 어린 남자애.

"가능하면 마음까지 지켜 줘요."

알테어스는 그 말을 곱씹고 답했다.

"고려하지."

웬일이람? 이렇게 순순하고.

루디아는 갸웃했다. 침실에 들어선 알테어스는 리리카를 침대에 눕혀 주었다.

루디아가 옆에서 지켜보겠다고 하는 걸 알테어스가 밀어냈다.

"너도 오늘 피곤하잖아."

불난 대극장에서 그 난리를 겪은 사람은 가서 쉬어야 했다.

"내가 옆에 있을게."

"당신이요?"

"그래."

"……."

영 떨떠름한 얼굴로 루디아는 알테어스를 바라보았다. 알테어스가 다시 말했다.

"어쨌든 지금은 내가 아버지잖아."

루디아는 망설이다가 한숨을 내쉬었다. 아무래도 자신은 졸 것 같으니 한숨 자고 아침에 들여다보는 게 낫겠다.

잠깐 정도 맡기는 건 괜찮겠지.

"알았어요. 그럼 아침에 교대하는 걸로 해요."

그렇게 말하고 루디아는 리리카의 이마를 한번 쓸어주고는 자리를 떴다.

알테어스는 의자에 앉아서 멀뚱히 리리카의 얼굴을 바라보며 생각에 잠겼다.

'대극장의 불이라.'

바라트가 이를 드러내는 건 알고 있었다. 딱히 이상하지도 않았다. 위가 있으면 올라가고자 하는 게 인간의 습성이고, 본래부터 바라트는 질투심이 강했다.

아직도 그는 첫 번째 바라트를 기억했다.

'우습군.'

어째서 그런 기억은 지금도 이렇게 선명한 걸까.

그때 방문 쪽에서 인기척이 들렸다. 돌아보니 아틸이 당황한 얼굴로 문을 열고 서 있었다.

알테어스는 피곤함에 미간을 문지르며 물었다.

"왜?"

"아무것도 아닙니다."

"한밤중에 여기에 와 놓고 아무것도 아냐?"

추궁하듯 말이 튀어나왔다.

"그게, 혹시나 하고."

혹시나 리리카가 한밤중에 일어나거나 악몽을 꾸면 어쩌나 해서 찾아온 것이었다.

숙부님이 계신 줄 알았으면 찾아오지 않았을 거다.

"물러가겠습니다."

인사하고 나가려는데 알테어스가 손짓했다.

"이리 와."

아틸은 멈칫했다가 문을 닫고 알테어스 앞에 섰다. 알테어스가 말했다.

"의자 하나 들고 와서 앉지?"

"……네."

아틸은 의자를 하나 가지고 와서 그 옆에 나란히 앉았다. 굉장히 어색하고 답답했다.

흐릿한 등불이 리리카의 자는 얼굴을 비춰 주고 있었다. 거기에 시선을 고정하고 있는데 알테어스가 먼저 입을 열었다.

"네 아버지가 사막에 있던 나를 찾아왔을 때."

"!!"

아틸은 놀라 고개를 돌렸다. 알테어스의 입에서 아버지의 이야기를 듣는 건 처음이었다.

"난 싫으니까 가라고 했지. 그런데도 그 사람은 필사적이었어."

인간에게 질려서, 알테어스는 사막에서 살고 있었다. 도망자들이나 사는 그 땅에 숨어 살고 있는 걸 잘도 찾아왔다.

황제가 궁을 비우는 건 상당히 어려운 일이었을 터였다. 바라트가 눈을 부릅뜨고 있을 때는 더욱 그렇고.

"그래서 결국 궁에 끌려와서, 어린 널 만났지."

아틸은 눈도 깜박이지 않고 이야기에 집중했다.

"네가 자라서 황제가 될 때까지만 지켜 달라고. 그렇게 부탁받았고, 그러겠노라 약속했지."

아틸이 머뭇거리다가 말했다.

"아버님께서 돌아가실 때, 숙부님을 아버님으로 여기라고 말씀하셨습니다."

"그런 말을 했나? 하."

기가 찬다는 듯 알테어스가 짧게 한숨을 내쉬었다. 그가 손을 뻗어 아틸의 뒤통수를 마구 문질렀다. 아틸은 어깨를 움츠렸다.

"난 제대로 된 인간은 아냐. 그런데 널 보면 성과가 그리 나쁜 거 같지 않네."

루디아의 말에 의하면 알면서도 제대로 된 인간이 되려고 하지 않는다는 게 가장 질이 나쁜 점이라 했던가.

사실이라 그는 픽 웃었다.

왜 제대로 된 인간이 되어야 하나? 내가 원해서 인간이 된 것도 아닌데.

'하지만.'

그는 아틸의 머리에서 손을 뗐다. 아틸은 뭔가를 참고 있는 얼굴을 하고 있었다.

귀 끝이 붉게 물들어 있었다.

알테어스는 작게 웃었다.

요즘 들어 인간인 게 그렇게 나쁜 일이 아니라는 생각이 든다.

"……폐하……?"

웃음소리에 깬 건지 리리카가 눈을 떴다. 몽롱한 눈으로 이쪽을 보며 중얼거린 말에 알테어스가 말했다.

"더 자."

그녀의 게슴츠레한 눈이 이리저리 헤매더니 아틸에게 와서 닿았다. 그녀가 배시시 웃고 제 옆 베개를 팡팡 쳤다.

"아틸."

"……."

당황한 아틸이 알테어스의 눈치를 보기 시작했다. 잠에 취한 리리카는 금방 인내심이 없어졌다.

"아티일~"

말꼬리가 늘어지며 눈이 감긴다. 감은 채로 옆 베개를 다시 팡팡 두들겼다.

아틸이 자리에서 어색하게 일어나는데 알테어스가 물었다.

"무슨 뜻인데?"

"그게, 그러니까."

아틸이 침을 삼키고 말했다. 어쩐지 리리카와의 비밀을 들킨 기분이었다.

"같이 자자고……."

"아."

알테어스는 별 고민 없이 자리에서 일어났다.

"그것도 좋겠지."

그는 리리카의 옆자리에 누웠다. 그리고 멀뚱멀뚱 서 있는 아틸에게 말했다.

"안 누워?"

"아뇨, 눕습니다."

침대를 빙 돌아서 아틸은 반대편으로 올라갔다.

리리카의 침대는 셋이 누울 정도로 넓었지만, 그렇다고 멀리 떨어질 정도로 넓지도 않았다.

"에헤헤—"

눈을 감은 채로 침대가 움직이는 무게를 느끼며 리리카가 웃었다. 옆에 아틸이 있다. 그리고 그 옆은 폐하인가?

꿈이라면 좋은 꿈이다.

엄마까지 있다면 더 좋겠지만.

현실에서 얼마든지 엄마랑은 같이 잘 수 있으니까.

체온과 숨소리에 안정감을 느끼며 리리카는 다시 잠들었다.

다음 날 아침 침실을 찾아온 루디아는 팔짱을 꼈다.

'왜 아틸이 여기 있담?'

그리고 왜 셋이서 한 침대에 잠들어 있는가.

'내 딸인데.'

불퉁한 생각이 들었다. 하지만 평온하게 잠들어 있는 리리카의 얼굴을 보니 굳이 깨우고 싶은 마음이 들지 않았다.

게다가 이건 상당히 희귀한 광경 아닌가.

화가를 불러서 스케치를 남기고 싶을 정도였다. 그녀가 알테어스 쪽으로 다가가 손을 뻗는데 단숨에 끌어 당겨졌다.

"?!"

아이가 깰까 봐 소리도 지르지 못했다. 알테어스가 그녀의 허리를 안은 채로 물었다.

"아침인가……?"

"아직 새벽이고, 당신은 제 딸 침대에서 자고 있군요."

루디아가 작게 속삭여 알테어스는 잠시 생각을 정리하듯 눈을 감고 있다가 몸을 일으켰다.

"이런."

그가 느릿하게 일어났다. 힐끗 돌아보니 아틸과 리리카가 잠들어 있는 게 보였다.

머리카락을 쓸어 올리고 그가 루디아를 놓아 주었다.

루디아는 '완전히 잘 잔 거 같은데요?' 하고 놀리고 싶은 걸 참았다. 그는 아틸과 리리카를 보았다.

너무 친해져도 괜찮을까, 싶긴 한데. 차기 황제라는 너무 좋은 인맥이라서 리리카에게 가까이하지 말라 말하기도 그랬다.

언젠가 리리카가 황녀 자리에서 내려올 때 든든한 뒷배가 되어 주지 않을까.

"교대할 건가?"

알테어스가 자리에서 일어나며 물어서 루디아는 고개를 저었다.

"제가 있는 걸 보면 아틸이 당황할 거 같네요."

"사람이 들어오는데도 모를 정도로 푹 자면 안 되는데."

"그쪽이 할 말이에요?"

내가 가까이 갈 때까지 쿨쿨 자고 있었으면서.

"난 강하잖아."

알테어스의 말에 루디아가 지적했다.

"아마 그래서 모처럼 마음 놓은 거겠죠."

너와 함께 자니까, 아틸이 마음 놓고 자는 거 아니냐는 뜻이다.

생각해 보니 틀린 말은 아니었다. 알테어스는 입을 다물었다. 루디아가 말했다.

"시간 되면 점심이나 같이해요."

"그러지."

알테어스가 침실을 나섰다. 루디아는 잠시 딸의 자는 얼굴을 들여다보다가 방을 떠났다.

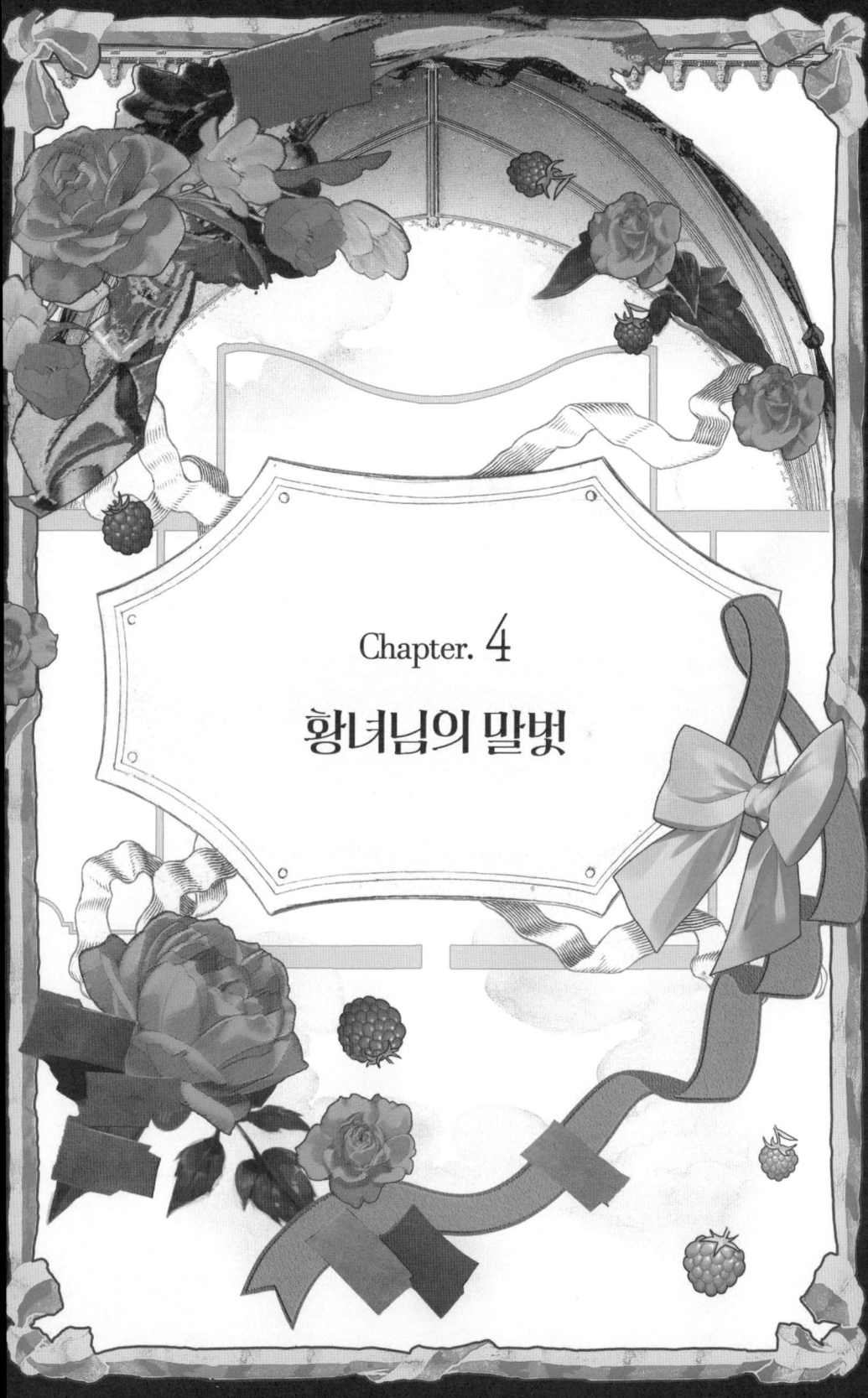

Chapter 4
황녀님의 말벗

"디아레 울프?"

"그건 또 굉장한 선택인걸요."

아침을 함께 하게 된 아틸과 파이가 번갈아 말했다. 리리카가 둘을 번갈아 보며 물었다.

"유명한 사람이에요?"

"울프 쪽에서는 나름 이름 있지 않아? 걔를 말벗으로 삼는다고?"

"황후마마께서 생각이 있으시겠지요."

파이가 그리 말하며 갸우뚱했다. 그로서는 아직 디아레 울프를 말벗으로 삼아야 할 이유가 보이지 않았다.

"왜 그래요? 어떤 사람인데요?"

"어─"

아틸이 팔짱을 끼고 한소리 하려는데 파이가 손을 저었다.

"사실 저도 소문만 들은 거니까요. 직접 만나서 눈으로 확인하시는 게 가장 좋다고 생각합니다."

 게다가 여기는 울프 일족이 또 있고.

 라우브 울프는 말없이 그림자처럼 서 있지만, 시선이 리리카에게서 떨어지지 않았다.

 간식을 든 보호자를 바라보는 사냥개 같다고 할까. 솔이나 울프나 충성심이 있다는 점은 같지만, 결은 완전히 달랐다.

 그러니 말조심하는 게 좋겠다.

 파이의 말에 아틸은 떨떠름한 얼굴을 했다가 리리카의 접시에 제 토마토를 옮기며 말했다.

"직접 보고 안 되겠으면 이야기해."

 리리카는 토마토를 싫어하지 않아서 대신 그가 좋아하는 소시지를 나눠 주었다. 이번에 아틸은 피망을 슬쩍 옮겼다.

 이건 용납할 수 없었다. 리리카가 피망을 도로 그에게 돌려주며 생각했다.

 대체 어떤 사람이기에 그럴까.

 그녀가 봤던 울프 가문 사람들은 하나같이 좋은 사람들이라 전부 마음에 들었다. 그러니 디아레에게도 막연한 호감을 품고 있었는데.

'말벗이라고 하니까.'

 피요르드도 자신을 말벗으로 삼아 달라고 부탁했다. 리리카는 기꺼이 그렇게 할 생각인데.

 그녀가 아틸을 바라보았다.

"아틸."

"말해."

"왜 피요르드를 싫어해요?"

누군가가 짧게 숨을 들이켜는 소리가 났다. 아틸은 그 소리에 짜증이 나는 걸 느끼며 리리카에게 답했다.

"내가 죽으면 그 새끼가 황제 자리에 오를 테니까."

"네? 하지만 바라트잖아요?"

타카르가 아닌데 황제가 될 수가 있는 건가?

리리카가 갸우뚱하는데 아틸이 설명했다.

"나 말고 가장 황실 서열이 높은 게 피요르드야. 대충 설명하면 일단 그쪽 부친이 내 숙부님 되시니까."

죽었지만.

거기다가 바라트 자체가 황실과 혈연으로 깊이 연관되어 있어서 정통성으로 따지자면 자신보다 피요르드가 더 순혈에 가까울지도 몰랐다. 그의 어머니는 권족도 아닌, 귀족에서도 말석에 가까운 사람이었으니까.

파이가 그 말에 "어라?" 하고 말했다.

"생각해 보니까 이제 아닌데요?"

"뭐가?"

"아니, 전하 다음은 리리카 황녀님이죠."

아틸의 나이프가 멈칫했다. 리리카가 갸웃하고 물었다.

"타카르이기만 하면 되는 거야? 권능이라는 게 필요하다면서?"

전에 탄이 그런 말을 하기는 했지만, 그때는 권능에 대한 이야기를 몰랐다.

"그 두 가지가 다 갖춰지면 최고지만, 어쨌든 가장 먼저인 건 타카르인 거죠."

파이의 설명에 리리카가 고개를 끄덕였다.

"그럼 제가 두 번째네요."

당당한 선언이라 아틸은 기가 차고 웃기기도 했다.

리리카는 별생각 없었다. 어차피 그녀가 황제가 될 수는 없다. 8년 후면 떠날 테니까. 하지만 진짜 타카르라면 당당하게 굴 것 같았다.

파이는 생각에 잠겼다. 깨닫지도 못했던 사실인데 새삼스럽게 깨달아 묘한 생각이 들었다.

파이가 걱정하는 건 황후와 현 황제 사이에서 아이가 태어나는 것이었다.

아틸에게 황위를 물려 주겠다고 약속했지만, 자기 자식이 생기면 마음은 얼마든지 변할 수 있으니까.

그런데 리리카가 있었다.

파이는 처음부터 눈치채지 못했으나 그보다 황위 계승에 눈이 돌아가 있는 바라트의 머리가 더 빠르게 돌아갔겠지.

'피요르드가 순탄하게 올라가려면 황녀님도 제거하는 게 좋단 말이지. 아, 생각해 보면 피요르드와 황녀님을 결혼시켜도 나쁘지는 않겠는데? 타카르면서 타카르가 아니니까. 피가 더러워진다고 바라트 공작이 뒤집어지겠군.'

즐거운 상상이지만 이런 이야기를 하면 아틸이 자신을 가만두지 않을 터라, 파이는 상상만 했다.

만약 황제가 리리카를 그런 패로 쓰기 위해 양녀로 삼았다면 상당히 훌륭한 정치적 계획이었다.

4장 황녀님의 말벗

'그렇게 되면 바라트에서 죽이려고 드는 거 아냐? 우리 황녀님.'

그건 싫은데, 라는 순수한 감상이 올라왔다.

파이는 리리카를 이용하는 계획은 당분간 머릿속에서 지우기로 했다.

그가 편하게 대할 수 있는 소중한 존재인 데다가, 아틸 역시 그녀가 있기에 좋은 쪽으로 바뀌는 게 보였다.

'지키는 쪽으로 가야겠네.'

생각하며 파이가 싱긋 웃었고, 눈이 마주친 리리카가 마주 빙긋 웃어 주었다.

파이는 저도 모르게 다시 작게 웃었다.

"그 디아레 울프도 우리 황녀님께는 문제가 안 될 겁니다."

파이 산다르는 드물게 호언장담했다.

디아레 울프는 더스티 핑크색의 긴 머리카락에 깊이 있는 녹색 눈을 가진 사랑스러운 소녀였다.

자그마한 키와 후리후리한 몸매를 가지고 있어서 또래보다 어려 보였다.

입고 있는 옷은 견습 기사 차림이었다. 기사 차림도 무척 잘 어울리지만 소매가 긴 문관복이 훨씬 더 잘 어울릴 것 같은 얼굴이었다.

그러면서도 고집이 엿보이는 얼굴이다.

한낮 정원의 햇빛 아래에서 녹색 눈동자가 꼭 비취처럼 보였다.

리리카는 한눈에 디아레가 마음에 들었다.

"디아레 울프가, 황녀님을 뵙습니다."

절도있게 인사한 디아레에게 리리카가 밝은 목소리로 마주 인사했다.

"나도 만나서 기뻐."

디아레는 갸웃하고 허리를 폈다. 그녀는 리리카 등 뒤에 서 있는 라우브를 한 번 힐끗 바라본 뒤에 물었다.

"황녀님, 한 가지 여쭤봐도 될까요?"

"뭔데?"

"왜 저를 말벗으로 고르셨습니까?"

"아."

리리카는 솔직히 답했다. 대부분의 문제는 솔직함으로 해결이 되었다.

"어머니께서 디아레를 추천해 주셨어."

"황후마마께서요?"

"응."

"황녀님은 그걸로 괜찮으신가요? 울프가와 교류를 위한 말벗이라면 저 말고도 얼마든지 많이 있어요."

거침없는 말에 리리카는 갸우뚱했다가 물었다.

"혹시 디아레는 내 말벗을 하고 싶지 않아?"

"제게 선택권이 있나요?"

"있어."

리리카의 말에 디아레는 입을 꾹 다물었다. 그러자 그 얼굴에 고집스러움이 더해져서 리리카는 웃었다.

웃고 그녀는 진지하게 말했다.

"나 말벗은 처음이야. 디아레는 나보다 나이가 많기는 하지만, 그래도 황궁에서 친구를 사귀는 건 처음이라서 무척 설렜어."

하지만.

리리카는 깊게 숨을 들이마셨다.

"디아레가 어떤 마음으로 여기에 왔는지 난 몰라. 그러나 디아레에게도 선택권은 있어."

황족의 말벗으로 초대받는 것은 영광이자 거절할 수 없는 임무이기도 했다.

그런데 지금 리리카 황녀는 거절해도 괜찮다고 말하고 있었다.

"어째서요?"

순수한 의문이 튀어나왔다. 아까부터 남들이 들으면 '무례하다.'라고 외칠 장면의 연속이었다.

리리카는 웃었다.

"그야 억지로 친구를 만들고 싶지는 않으니까."

단순한 이유였다.

리리카는 말을 이었다.

"내가 황녀라서 곁에 있으면 이득을 볼 수 있으니까, 어린 황녀 주변에 무슨 일이 일어나나 궁금해서, 아니면 내가 좋아서. 어느 이유라도 좋아. 시작점은 뭐든 될 수 있으니까. 하지만 시작 자체를 하고 싶지 않은 사람과 시작하는 건 싫어."

충분히 이해할 수 있는 이야기였다. 디아레는 멍하니 자기보다 한참 작은 황녀님을 바라보다가 말했다.

"황녀님은 어떻게 스스로 타카르라고 생각하세요?"

결국 참지 못한 브린이 소리쳤다.

"불경합니다. 그 입을 조심하세요."

"브린, 지금은 괜찮아."

리리카가 그리 말하며 브린의 치맛자락을 당기고 웃었다. 그녀가 디아레에게 말했다.

"그야 폐하께서 날 타카르로 삼으셨으니까."

디아레는 눈을 찡그렸다가 한숨을 내쉬었다.

"그럼 황녀님은요? 황녀님은 제가 마음에 드세요? 황후마마께서 시키시니까 억지로 저를 말벗으로 삼으시는 건가요?"

리리카는 디아레를 찬찬히 보며 말했다.

"아니, 난 디아레가 무척 마음에 들어."

그 말에 디아레의 뺨이 붉어졌다. 그녀는 화난 듯 보였다.

"제가 지금까지 무례했다는 건 저도 잘 알아요."

"응, 하지만 솔직하게 이야기하고 싶었던 거잖아?"

방법은 무척 서툴렀지만, 마지막 질문은 어찌 보면 걱정이라고도 볼 수 있었다.

어떤 사람도 말벗으로 괜찮다고 말했지만, 그래도 이왕이면 진짜 친구가 되고 싶은 사람과 말벗이 되고 싶었다.

디아레의 질문은 합당했다.

왜 자신을 선택했는지, 어째서 선택권을 주는 건지, 그리고 혹시나 그쪽 역시 억지로 이 일을 하고 있는 건 아닌지.

솔직함을 가장한 무례함이 아니라, 디아레는 나름대로 리리카를 생각해 주고 있는 것이었다.

4장 황녀님의 말벗 363

리리카의 말에 디아레 어깨에서 힘이 빠졌다.

"황녀님은 무척 어른스러우시네요."

리리카는 그 말에 곤란한 듯한 얼굴을 했다.

"그래서 싫을까?"

"네?"

놀라 되물으니 리리카가 가볍게 한숨을 내쉬고 말했다.

"어른스러우면 싫어하는 사람도 있으니까. 이런 말은 아이답지 않잖아."

애답지 않다.

징그럽다.

되바라진 소리를 한다. 어린 게 영악하다.

애는 애다운 게 좋다.

그런 이야기들을 리리카는 무수하게 들었다. 그녀는 입을 비죽였다.

"하지만 또 애처럼 굴면 싫어하니까."

애라는 이유만으로 사랑받을 거라고 생각하지 마라.

네 일은 네가 스스로 알아서 해야 한다.

애라고 봐주는 건 없다.

일은 일인데 왜 말귀를 못 알아듣냐.

그런 사람들 사이에서 끊임없이 웃으며 살아왔다. 어른들 편한 대로 말이다. 그러니까 또래 친구에게는 어떻게 해야 할지 알 수가 없었다.

디아레가 입을 여는 찰나, 툭 하고 옆에서 사람이 튀어나오며 말했다.

"그런 말 하는 인간들은 신경 쓸 필요가 없습니다. 황녀님."

"라트?"

뜻밖의 인물이 등장해서 리리카는 놀랐다. 라트는 품에 커다란 두루마리를 안고 있었다.

그가 싱긋 웃고 인사했다.

"황녀님을 뵙습니다."

리리카도 마주 인사했다. 정원에서 라트를 만날 거라고는 생각하지 못했다.

"엿듣는 건 나쁜 짓이에요."

그때 디아레가 라트에게 말했다. 눈썹마저 치켜올리고 팔짱을 낀 모습이었다. 작은 체구로 딱 버티고 선 모습이 당당해 보였지만 제국 재상에게 하는 말과 행동치고는 무례했다.

라트는 그 모습에 '과연.' 생각하며 웃었다.

"엿들은 게 아니고 제가 쉬고 있는데 여러분이 이쪽으로 오신 겁니다."

"쉬고 있었어?"

"네, 폐하께서 너무 지긋지긋하게 절 부려먹으셔서 잠시 농땡이를 피우고 있었지요."

전혀 그렇게 보이지 않지만 그렇게 말하니 그런가 보다 하며 리리카가 고개를 끄덕였다.

라트가 말했다.

"하여간 방금 이야기 말입니다만, 그런 말은 전혀 신경 쓰실 필요가 없습니다. 그런 사람들은 그저 약자에게 자기 편한 대로 지껄이는 것 뿐이에요."

라트가 빙긋 웃었다.

"논리로는 이길 수 없으니 상대방의 인격을 공격하는 거지요. 참으로 쓰레기 같은 짓이랍니다."

"쓰레기……."

"바로 그렇습니다. 황녀님이 그때 하셨던 말이나, 이야기는 틀린 게 아닐 겁니다. 옳은 말을 하셨겠지요. 거기에 반박할 말이 없으니 그냥 '되바라졌다.', '아이답지 않다.' 그런 소리를 내뱉는 거죠."

라트가 짜증 난다는 어조로 말했다가 웃었다.

"뭐, 똑똑한 우리가 잠깐 참은 뒤에 이렇게 높은 사람이 돼서 나중에 잘근잘근 밟아 주면 되는 겁니다. 대머리라서 안 들리는군요, 같은 이야기로 말이죠."

순간 리리카는 풋 하고 웃음이 터져 나왔다. 그녀에게 그런 이야기를 했던 상대가 정말로 대머리였기 때문이었다.

"인격이 그 모양이라서 네 머리카락이 도망간 거라고 말해 주면 됩니다."

리리카가 물었다.

"라트는 그렇게 했어?"

"네, 그럼요."

라트가 우아하게 웃었다.

그 웃음을 보니 라트가 파이와도 닮았지만, 눈앞에 디아레와도 닮았다는 생각이 들었다.

그러다 그가 나지막이 한숨을 내쉬고 말했다.

"귀찮은 놈이 오는군요. 전 이만 가 보겠습니다. 부디 즐거운 하루 되시길."

인사하고 라트가 종종걸음으로 사라졌다.

'귀찮은 놈?'

라트가 귀찮은 놈이라고 표현할 사람을 리리카는 한 사람밖에 몰랐다. 잠시 후 역시나 탄이 나타났다. 그는 가볍게 리리카에게 인사했다.

"혹시 라트 못 보셨습니까? 분명히 이쪽으로 지나간 거 같은데요."

"응, 방금 지나갔어."

리리카의 말에 그가 혀를 찼다. 그리고 디아레에게 손을 뻗었는데 그녀는 대번에 얼굴을 찡그리며 쓱 피했다.

"머리 만지지 말아 주세요."

"아, 미안."

이크 하고 탄이 손을 거둬들이다가 라우브를 보았다. 라우브가 진지한 얼굴로 "싫습니다." 하고 말했다.

리리카가 웃었다.

"난 괜찮은데."

그녀의 말에 탄은 씩 웃곤 말했다.

"다들 보는 곳에서 황녀님의 머리를 쓰다듬으면 나중에 폐하나 전하께 혼날 거 같아서 안 됩니다. 그럼 디아레를 잘 부탁드려요."

디아레가 그 말에 표정을 찡그리자 탄은 "이크." 하고 재빠르게 자리를 피했다.

그가 사라지고 리리카가 물었다.

"탄이 챙겨 주는 게 싫어?"

"저는 가주님의 도움이 아닌 제 힘으로 제 자리를 얻어내고 싶은걸요."

"그건 장하네."

"그런가요?"

디아레가 놀라 묻자 리리카가 고개를 끄덕였다.

"그럼. 혼자 힘으로 선다는 건 힘든 일이잖아."

디아레가 살짝 웃었다. 그러다 다시 진지한 얼굴이 되어 말했다.

"황녀님, 저는 완전한 울프가 아니에요."

리리카가 갸웃했다.

"그게 무슨 말이야?"

"제 아버지는 산다르예요. 제 어머니와 두 분은 정식으로 결혼하지 않으셨고, 어머니는 저를 낳고 울프 성을 주셨지요. 그러니까 제 절반은 산다르입니다. 게다가 혼외자식이고요. 그래도 말벗으로 괜찮으시겠어요?"

그게 중요한 일인가.

리리카는 의문이 들었지만, 이건 디아레에게는 중요한 문제일 터.

리리카가 진지하게 말했다.

"나는 상관없어."

디아레가 웃었다.

"그럼 저도 황녀님의 말벗이 되고 싶어요."

"와!"

탄성을 지르고 리리카가 그녀의 손을 꽉 쥐었다. 디아레가 웃고 쑥스러운 듯 덧붙였다.

"그리고 제게 별명이 하나 있는데요."

"뭔데?"

친구 사이라면 역시 별명으로 서로를 부르는 걸까?

리리카가 두근거리는 마음으로 디아레의 다음 말을 기다렸다.

"'참지 않는 디아레.'가 제 별명이랍니다."

울프가의 타운 하우스는 늘 복작복작했다.
"황녀님이랑 말벗한다며?"
"콩알이? 오, 우리 콩알 출세했네."
"콩알이라고 부르지 마, 죽여 버린다!"
"그럼 콩알을 콩알이라고, 어이쿠."

키와 몸집이 큰 울프가의 아이들은 디아레의 발차기를 피해서 우르르 도망갔다. 디아레는 씩씩거리며 위층으로 올라왔다.

방 안은 단출했다.

책상, 옷장, 침대.

그게 전부였지만 그래도 제 공간이었다. 그녀는 책상 의자를 빼서 앉았다.

'왜 나는 작아서.'

그녀는 뺨을 부풀렸다.

아이들은 작은 디아레를 딱히 괴롭히지는 않았지만, 만만하게 보았다. 누구나 다 머리를 쓰다듬는 일에도 질렸다. 귀엽다는 소리도 싫었다.

작으니까 귀엽고 약하다니, 엿이나 먹으라지.

원하는 것을 얻기 위해서는 다른 이들보다 악착같이 소리쳐야만 했다. 그럴 때마다 '역시 산다르의 피가 섞여서 다르네.' 하는 이야기를 들었다.

하지만 반대로 산다르 쪽에서는 그런 그녀를 보며 '역시 울프의 피가 흐르는군요.' 말했다.

자신의 성은 울프지만, 몸집이 작아서 사실 산다르에 갔어야 하는 게 아닐까 생각하면 무서웠다. 하지만 분명 산다르에도 그녀의 자리는 없다.

거기에 화를 내면 다들 무서워하기보다는 '귀여워'라는 얼굴을 하는 것도 짜증 났다.

그래서 남보다 더 거칠게 말하고 거칠게 행동하는 수밖에 없었다.

그러다 보니 어느 사인가 그녀는 '참지 않는 디아레'라고 불리고 있었다.

'불명예스러운 별명.'

그렇게 생각하면서도 늘 참지 못하게 되고 만다. 마음속에 늘 분노가 있는 것 같았다.

우스운 별명인 줄 알지만, 말벗인 황녀님에게는 털어놓고 싶었다. 그녀가 뭐라고 할지 궁금했다.

그런데 황녀님은 그녀의 이야기를 듣더니 "흠." 하는 의문의 소리를 내고 잠시 후 "그렇구나."라고 짤막하게 말했을 뿐이었다.

리리카는 거기에 대해서 어떤 이야기도 하지 않았다.

'황녀님은······.'

디아레는 가볍게 책상에 뺨을 댔다.

풍성한 갈색 머리카락은 탐스러웠다. 눈은 반짝이는 청록색으로 신비한 루딘 호수 같은 빛깔을 띠고 있었다.

'나무의 요정 같았지.'

울프 백작가의 영지에는 깊고 깊은 침엽수림이 있다.

검은 숲이라고 불리는 그 침엽수림의 오래된 나무들 사이를 걸으면 경외감이 느껴졌다.

기둥처럼 단단히 서서 하늘을 받치고 있는 나무들.

동화 속 나무요정들은 현명하고 아름다우며 비밀스러운 미소를 짓는다.

디아레는 리리카가 자신이 상상했던 나무의 요정과 꼭 닮았다고 생각했다.

'아니지, 조금만 더 크시면.'

키가 더 자라고 갈색 머리카락이 길게 늘어져 무릎까지 내려오고 그 눈동자가 더욱 깊어지면.

삽화에서 튀어나온 나무의 요정 같으리라.

하루에 한 번 보고시를 올려야 하는데, 거기에 이런 내용을 쓸 수는 없었다.

디아레가 쓸 수 있는 말은 황녀님의 말벗이 되었습니다. 하는 이야기 정도였다.

'황녀님도 진짜 타카르가 아닌데.'

어떻게 하면 그렇게 당당할 수 있는 걸까?

디아레는 자리에서 벌떡 일어났다. 이런 미적지근한 상상은 그녀에게 잘 맞지 않는다. 그보다는 검을 휘두르는 게 훨씬 더 적성에 맞았다.

'진검 천 번 휘두르기.'

녹초가 되어 쓰러질 때까지 검을 휘두르면 고민도 생각도 멀리 날아가 버렸다.

디아레는 그게 좋았다.

문득 디아레는 황녀님 뒤에 그림자처럼 서 있던 라우브를 떠올렸다.

'내가 훨씬 더 강해져야지.'

가까운 목표를 정하고 그녀는 불끈 주먹을 쥐었다.

"황령이요?"

리리카는 눈을 휘둥그레 떴다. 집무실에서 잉크병을 닦다가 이게 무슨 말인가 하고 그녀가 고개를 들었다.

알테어스는 얼마 전에 금화 더미를 집어줬던 것처럼 아무렇지 않게 양피지를 내어 주었다.

"너도 황녀인데, 땅 정도는 있어야지. 잘해 봐."

땅?

황령?

리리카는 고개를 휘휘 내저었다. 그녀가 할 수 있는 게 있고 하지 못하는 게 있다.

"안 돼요. 무리예요."

"해 보지도 않고서?"

"해 보지 않아도 못 하는 건 못 하는 거예요."

땅을 다스린다니, 아무리 생각해도 무리였다. 알테어스가 히죽 웃었다.

"그 정도 알면 된 거야."

"네?"

"못 한다는 걸 알고 있다면 된 거라고."

그가 다시 양피지를 내밀었다. 리리카는 눈앞이 빙빙 돌았다.

"못 해요. 거기 사는 사람들을 어떻게 해요? 제가 책임질 수 없어요."

"뭐야? 사람들을 책임져야 한다는 것도 아네."

자, 하며 양피지 두루마리 끝으로 쿡 그녀의 이마를 찌른다. 리리카가 숨을 삼키는데 옆에서 라트가 말했다.

"황녀님, 혼자 하지 않으셔도 됩니다."

리리카가 그를 돌아보았다. 라트가 말했다.

"황녀님께서 다스리는 건 힘드시지요. 다스릴 만한 사람들을 살펴보세요. 조언을 구할 사람을 고르십시오."

리리카는 울상이 되었다. 그녀가 도움을 청할 만한 사람이 누가 있단 말인가?

"그럼 라트밖에 없는데……."

리리카의 말에 라트가 눈을 깜박이다가 웃었다.

"저도 조언 정도는 해 드릴 수 있습니다. 게다가 어차피 황녀님께서 받으실 땅은, 보시면 아시겠지만 크게 대단한 땅이 아닙니다."

대단한 땅이 아니라는 말에 리리카는 안도했다.

"망치신다고 해도 큰 타격을 입지 않을 겁니다."

"그렇다니까."

알테어스가 다시 양피지 두루마리로 이마를 밀어서 리리카는 그걸 받았다.

　손이 떨렸다.

　라트는 그녀가 두루마리를 받는 걸 지켜보았다. 그의 입가에 미소가 그려졌다.

　"축하드립니다, 황녀님."

　리리카는 어쩐지, 그 축하를 말 그대로 받아들일 수 없다는 생각이 들었다.

　"라트는……."

　그녀는 입을 열었다. 라트가 가만히 뒷말을 기다렸다. 리리카가 라트를 올려다보았다.

　"라트는 내가 잘할 거라고 생각하지 않으면서."

　내뱉고 앗, 하고 바로 리리카가 이어서 설명했다.

　"아니, 라트에게 뭐라고 하는 게 아니라, 그게, 그러니까"

　뭐라고 설명을 해야 할까 하고 리리카가 끙끙거리는데, 라트는 눈을 깜박였다가 미소 지었다.

　"그야 처음부터 잘하는 사람은 드무니까요. 뭐든 실패하면서 배우는 법이지요."

　그건 굉장히 그럴듯한 이야기지만 어쩐지 리리카는 마음에 와 닿지 않았다.

　곰곰이 그녀는 라트의 말을 되짚어 보았다.

　사람이 사람에게 일을 맡길 때는 목적이 있는 법이다.

　어떤 고용주는 자신이 무슨 목적으로 사람을 고용했는지 몰라서 두리뭉실하게 말하고는 했다.

그럴 때 '왜 날 고용했을까.' 고민하는 게 리리카의 일이기도 했다. 그걸 알아내지 못하면 고용주를 만족시킬 수 없다.

'하지만 라트는 순순히 가르쳐 줄 거 같지 않으니까.'

힌트는 주지 않았을까?

끙끙거리며 리리카는 라트의 말을 곱씹었다.

—조언을 구할 사람을 고르십시오.

'아.'

리리카는 알테어스를 돌아보았다. 그는 왜? 뭐? 하는 얼굴을 했다. 리리카는 한숨을 내쉬고 양피지를 양손으로 꼭 붙들었다.

"아무래도 어머니께 조언을 구하는 게 좋겠네요."

라트는 빙긋 웃었다.

"그것도 좋겠지요."

'이거구나.'

정답을 알아냈다는 생각에 리리카는 활짝 웃었다. 알테어스가 말했다.

"굳이 그러지 않아도 괜찮지만, 네가 그러고 싶다면 어쩔 수 없지."

"여러모로 말이지요."

라트가 고개를 끄덕였다. 리리카가 양피지를 제 주머니에 잘 갈무리해 넣었다. 아직 일이 끝나지 않았으니까 마저 끝낼 생각이었다.

펜촉 끝을 꼼꼼하게 확인하고, 더러워진 펜촉은 물로 씻어 냈다.

반짝반짝하게 늘어선 색색 잉크병들과 섬세한 문양이 새겨진 펜촉들이 깨끗해져서 나란히 선 걸 보면 뿌듯했다.

휴지통도 깔끔하고, 서류철도 깔끔하고, 종이도, 잉크도 넉넉했다.

만족하며 리리카는 쭉 기지개를 켰다. 앞치마를 벗고 양피지를 챙긴 후에 리리카가 갸우뚱하고 라트에게 도도도 다가갔다.

"무슨 일이신가요?"

라트가 부드럽게 물었다.

"아까 내가 했던 말, '라트는 내가 잘할 거라고 생각하지 않으면서.'라고 했었잖아."

리리카가 소곤소곤 말했다. 라트가 고개를 가볍게 끄덕였다.

"라트에게 뭐라고 한 게 아니라. 음, 나는 라트가 열심히 일하고 있는 거 알거든."

언제나 가장 먼저 입궁하고, 가장 늦게까지 일했다. 서류들은 재빠르게 결제되고 꼼꼼하게 설명이 달렸다.

"그런데 내가 능력 없는 걸 알면서 맡긴다는 게 이상했거든. 왜냐면 라트가 제국을 아낀다는 걸 여기 있으면 모를 수가 없는걸."

그런데 망쳐도 되는 땅이라든가, 그런 말을 할까?

거기다가 축하까지 한다고?

"그래서 이상하다, 하고 생각한 거뿐이야."

리리카의 말에 라트는 빤히 그녀를 바라보다가 웃었다.

"어쩌죠, 저는 탄처럼 사탕을 들고 다니지 않는데요."

"어? 아니, 먹을 걸 달라고 한 말이 아닌데?"

리리카의 얼굴이 확 붉어졌다. 그녀의 반응에 라트가 황급히 손을 들었다.

"아뇨, 사탕을 받으려고 황녀님께서 그런 말씀을 하신 게 아니라. 그렇게 제가 뭔가를 드리고 싶을 정도로 제 마음이, 음······. 그랬다는 이야기입니다."

마음이 이상하게 말랑말랑해진다. 그런 느낌을 받았다. 상대가 자신을 똑바로 보고, 높게 평가하고 있다는 걸 알게 되는 건 기분 좋은 일이었다.

하지만 지위가 높아질수록 그런 말은 아첨에 가까워지는데, 리리카는 그런 느낌이 들지 않게 이야기했다.

라트 산다르는 오랜만에 순수하게 즐거움과 동시에 미안함을 느꼈다.

"감사합니다, 황녀님."

인사한 그가 고개를 돌려 알테어스에게 말했다.

"황녀님도 제가 이렇게 밤낮없이 일하는 걸 아시는데 폐하께서 절 어떻게 대하는지 생각하니 갑자기 눈물이 나는군요."

"휴가라도 줘?"

알테어스의 말에 라트의 얼굴이 설핏 일그러졌다.

"가고 싶지만, 갔다 오면 어떻게 되어 있을지 상상이 돼서 다녀오기 무섭군요."

"주군에 대한 믿음이 없군."

"그 믿음을 앗아가신 게 주군이시라."

티격태격하는 두 사람을 보고 리리카는 살짝 웃었다. 그녀가 가볍게 뒤로 두세 걸음 물러나서 씩씩하게 무릎절을 해 보였다.

"그럼 전 이만 물러나겠습니다."

"바래다주지."

알테어스가 자리에서 일어났다. 라트가 자리에서 일어나려다가 그 말에 도로 앉았다.

"다녀오시죠."

알테어스가 성큼성큼 다가와서 리리카를 번쩍 안아 올렸다. 이제 이런 일에 대해서는 포기한 지 오래라 리리카는 편안히 자리 잡았다.

사실 누군가에게 안겨 걷는 것도 자주만 아니라면 싫지 않았다.

'자주 이렇게 안겨서 걸으면 나중에는 못 걷게 될지도 몰라.'

그게 리리카의 걱정이었다. 집무실을 나서니 기다렸다는 듯이 라우브와 브린이 따라붙었다.

알테어스가 리리카에게 물었다.

"아틸과는 잘 지내고 있어?"

"네."

리리카가 고개를 끄덕이고 작게 덧붙였다.

"제 생각에는요."

"네 생각에 잘 지내는 거면 된 거지."

그런 별 시답잖은 이야기를 하며 복도를 걸어서 그녀를 방 앞에 내려주며 속삭였다.

"오늘 저녁에 첫 번째 수업을 할 거야."

"!!"

슬쩍 건넨 쪽지를 리리카는 잽싸게 받아들었다.

"준비물. 밤에 데리러 가지."

리리카는 말도 못 하고 고개만 끄덕거렸다. 마법 수업을 하겠다는 이야기였다. 상기된 뺨으로 고개만 끄덕이는 리리카를 보고 알테어스가 피식 웃었다.

"그럼 간다."

"차 한잔하고 가세요."

예의 바른 권유에 알테어스가 간단히 답했다.

"차 싫어해."

그리고 그는 횡하니 사라졌다. 리리카는 이제 손에 쥔 양피지보다 오늘 저녁에 있을 수업을 훨씬 더 신경 쓰였다.

'마법 수업, 마법 수업.'

심장이 가슴 안쪽에서 세차게 뛰었다. 리리카가 양피지를 소중하게 쥐고서 말했다.

"일단 어머니께 가야겠어."

대극장의 화재는 연일 신문에 대서특필이 되었다.

삽화에는 불 속에서 용감하게 어린 하녀를 구하는 루디아의 모습이 그려져 있었다.

새로운 황후에 대한 인기는 순식간에 치솟아 올라갔다.

'빈민가 출신이어서 실태를 알고 백성을 염려하는 자애로운 황후 마마.'

조롱의 대상이던 게 이제는 환호의 대상으로 바뀐다. 루디아는 재미있다는 생각이 들었다.

신문을 만드는 데에는 돈이 들고, 신문 내용은 돈을 주는 후원자에 의해 결정되는 경우가 많다.

황실 역시 몇몇 신문을 지원하고 있었다. 그건 다른 귀족들도 마찬가지였다.

하지만 어쨌든 요즘 가장 핫한 이야기는 루디아의 이야기였다.

황후마마의 패션, 크리놀린이 얼마나 불편한지, 다친 사람은 전부 크리놀린을 입은 사람이었다, 하는 논조의 이야기도 실렸다.

루디아는 희미하게 웃었다.

'자, 귀족파 아가씨들이 이제 어떻게 나올까?'

나이 많은 귀부인들이야 끝까지 크리놀린을 고수한다고 해도 유행에 민감한 사람은 버슬로 넘어올 게 틀림없었다.

처음부터 억지로 버슬 스타일을 밀었던 것도 오늘 이날을 위해서가 아닌가?

옷차림으로 황제파와 귀족파를 나뉘게 만들어 사교계의 영향력이 눈에 보이게 했다.

'이제 모두가 버슬을 입게 되면 내 승리지.'

사교계가 황후 앞에 머리를 숙였음을 보여 주게 될 것이다.

싱글싱글 웃으며 신문을 접는데 시녀장이 리리카가 왔음을 알렸다.

"들어오라고 해."

신문을 한쪽으로 치우며 루디아가 말했다.

곧 리리카가 가벼운 걸음으로 달리듯 걸어왔다.

"어머니."

사랑스럽게 무릎절을 하고 리리카는 폭 하니 어머니 옆자리에 앉았다. 자연스럽게 루디아는 리리카를 한 번 끌어안았다가 놓아주었다. 리리카가 웃으며 말했다.

"평소라면 저도 꼭 안 아드릴 텐데, 오늘은 손에 이게 있어서요."

"뭔데?"

루디아가 갸웃했다. 리리카가 양피지를 내밀었다.

"아까 폐하께서 저에게 황령을 내려 주셨어요."

순간 루디아는 그대로 굳었다. 주변 사람들도 잠시 멈칫했다가 동시에 양피지를 바라보았다.

루디아가 물었다.

"황령을? 네게? 이렇게 갑자기?"

"네, 저도 이상했는데……. 잘은 모르지만 그래서 어머니께 맡기려고요. 저는 어리니까 어머니께서 대신 운영해 주셔도 되겠죠?"

리리카가 루디아에게 양피지를 넘겨주었다. 루디아는 거칠게 양피지를 열었다.

'세상에.'

황제의 직인이 찍힌 양피지의 내용은 간략했다.

황령 중 일부를 리리카에게 하사한다는 내용이었다. 루디아는 입술을 깨물었다가 물었다.

"재상도 그 자리에 있었니?"

"네, 라트가 축하한다고 하던걸요."

리리카의 말에 루디아는 헛웃음을 터트렸다. 그녀는 당장에 양피지를 구겨 버리려다가 참았다.

'아니지.'

그녀는 찬찬히 다시금 영지 이름을 살펴보았다. 황령답게 북쪽에 있는 척박한 땅이었다.

보통이라면 수확량을 기대할 수 없지만.

'이제 곧 우바가 돌아오면.'

루디아는 미소 지었다.

"바라트 공작이 회의 때 뒤집어지겠구나."

루디아는 그렇게 중얼거렸다. 아주 귀족파를 들쑤실 만한 일들을 자꾸만 벌이고 있다.

물론 그 선두에는 자신이 있지만, 리리카까지 이용하는 점에서는 뭐라고 할까.

'라트 산다르에게서는 눈을 떼지 않는 게 낫겠어.'

배신자.

이렇게 말하면 참 쉽고 간결한 비난이다. 제국의 재상이 황제에게 척을 지고 반역자에게 협조했다는 건 의미하는 바가 컸다.

'하지만 아직도 이유를 모르겠단 말이지.'

그때도 이유를 몰랐고, 지금도 모른다.

반역이고 뭐고 자신은 아틸이 성년이 되는 순간 리리카를 안고 줄행랑칠 예정이지만, 그때까지 목숨은 보전해야 하지 않겠는가.

"리리, 혹시 라트에게서는 경종이 울리지 않던?"

"아뇨, 전혀요."

말하고 리리카가 심각하게 속삭였다.

"혹시 라트에게도 부적이 필요할까요?"

"아니, 그럼 괜찮은 거 같네."

루디아가 싱긋 웃고 양피지를 테이블 위에 던지듯 올려놨다. 리리카가 그걸 보았다가 시선을 다시 루디아에게 돌렸다.

"어머니, 하나 여쭤보고 싶은 게 있는데요."

"응, 뭔데 그러니?"

시녀장이 내온 과자를 리리카의 손에 쥐여 주며 루디아가 물었다.

"제 말벗이요, 혹시 피요르드에게 부탁해도 되나요?"

"피요르드 바라트를? 말벗으로?"

"네, 안 될까요?"

리리카의 말에 루디아는 고민하다가 양피지로 시선을 돌렸다. 저쪽에서 저렇게 나오는데, 이쪽도 마음대로 해도 될 것 같았다.

"되지. 엄마가 한 번 편지를 넣어 볼게."

"정말요?"

"그럼."

"와아."

리리카가 환호하며 루디아를 꼭 끌어안았다. 루디아가 웃었다.

"그렇게 좋아? 피유르드의 어디가 리리의 마음에 그렇게 들었을까? 하긴, 바라트는 원래 사람 마음을 홀리는 데 천부적이라고 하지만 말이야."

리리카가 무슨 이야기냐는 듯 갸웃하자 루디아가 찻잔을 들며 설명했다.

"바라트 가문의 시조는 원래 무척 아름다운 꽃이었다고 해. 달콤한 향기와 모습으로 사람을 홀려서 잡아먹는 꽃."

리리카는 그 말에 피요르드를 떠올려 보았다. 그녀가 말했다.

"하지만 제 눈에는 어머니가 더 아름다운걸요."

루디아는 활짝 웃었다.

"어머, 얘도 참."

후후 웃으며 차를 마시는 어머니의 모습은 한 폭의 그림처럼 아름다웠다. 홀린 듯 그걸 바라보다가 리리카는 한숨을 폭 쉬었다.

'나도 엄마를 닮았으면 좋았을 텐데.'

금발이었으면 얼마나 좋았을까.

리리카의 한숨에 루디아가 시선을 돌렸다.

"왜 그래?"

"아무것도 아니에요."

리리카가 휘휘 고개를 저었다. 루디아는 살짝 웃으며 물었다.

"그러고 보니 디아레는 어떠니? 마음에 들어?"

"네."

리리카는 고개를 끄덕였다. 루디아는 "다행이다." 하고 짧게 말했다.

디아레 울프.

루디아에게 사형선고가 내려져 죽기 직전쯤 제국에서 세 손가락 안에 꼽히는 기사로 이름이 높아져 있었다. 그만큼 그 제멋대로인 성격도 유명했지만 말이다.

'분명 울프 가문의 아티팩트 사용자였지? 아티팩트 이름이 '송곳니'였던가?'

오래된 가문들은 아티팩트를 몇 개씩 가지고 있었다. 아티팩트를 몇 개나 가졌는지가 대단한 가문이라는 증표이기도 했다.

가라앉은 본섬에서부터 가져와서 지금까지 남아 있는 고대 유물 중에는 유명한 것도 있고, 비밀스러운 것도 있다.

마법을 잃어버려 두 번 다시 아티팩트를 만들 수 없게 된 만큼 모든 가문은 소중하게 아티팩트를 다루곤 했다.

그중에는 다루기 위한 조건이 까다로운 것도 있는데, '송곳니'도 그런 물건이었다. 울프가에 내려오는 건 알지만 사용자가 많지는 않았다.

디아레는 '송곳니'의 최연소 사용자였다.

'나도 자세히는 모르지만.'

신체 능력을 끌어올려 주는 아티팩트라는 것 정도만 알고 있었다. 그런 전도유망한, 리리카 또래의 인재가 있다는 걸 아는데 리리카 옆에 붙이지 않을 수가 없었다.

벌써 '참지 않는 디아레'라고 불리지만 그래도 아직 어리니까, 리리카 옆에서 살짝 인맥 정도만 쌓아도 좋지 않을까 싶어서 디아레를 골랐다.

"그래도 혹시 마음이 어려워지면 엄마에게 꼭 이야기하기다?"

루디아의 말에 리리카가 "네." 하고 고개를 끄덕였다. 디아레도 무척 좋지만, 피요르드 생각이 더 많이 났다.

피요르드기 소식을 들으면 기뻐하겠지.

'하지만 아틸은 화낼지도 몰라.'

아니, 분명 화낼 텐데.

리리카는 '끙' 신음을 삼켰다. 아틸에게는 뭐라고 이야기를 해야 할까.

고민하며 리리카는 과자를 삼켰다. 분명 달콤한 과자인데도 걱정 때문에 껄끄럽게 느껴졌다.

마음을 달래기 위해 리리카는 자리에서 벌떡 일어났다.

"어머니, 저 먼저 일어날게요."

"벌써 가니? 엄마 드레스 맞출 텐데, 리리카도 하나 맞추렴."

"전 괜찮아요. 오늘 맞추면 이번 주에만 벌써 두 번째인걸요."

리리카가 고개를 좌우로 흔들었다. 사실 공주님 드레스가 한 벌 가지고 싶지만, 어머니는 버슬 스타일만 입으시니 부탁드릴 수 없다.

루디아는 아쉬워하면서 딸의 뺨에 입 맞춰 주었다.

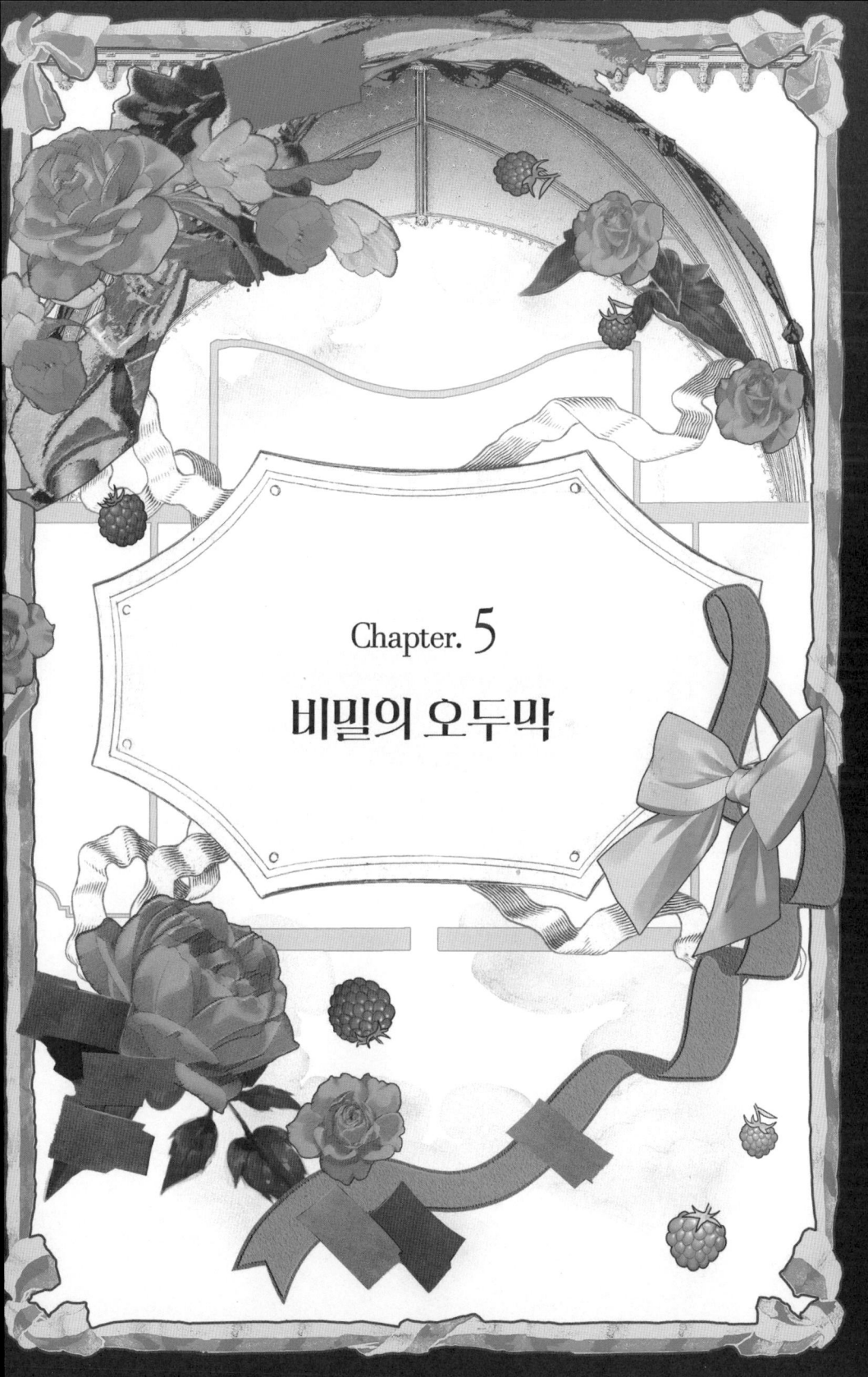

Chapter 5

비밀의 오두막

리리카는 제 방으로 돌아와 서재 문을 꼭꼭 닫고서 주머니에서 쪽지를 꺼냈다.

> 준비물 : 펜듈럼

"펜듈럼? 이게 뭐지?"

생각지도 못한 단어에 리리카는 멍한 얼굴이 되었다. 머뭇거리던 리리카는 쪽지를 숨기고 밖으로 나왔다.

"브린."

"네, 황녀님."

"펜듈럼이라는 게 뭔지 알아?"

"네, 그럼요. 끈이 달려 있는 추랍니다. 예전에 유행한 적이 있지요.

수맥을 찾거나, 점술에서 방향을 찾거나 하는 데 사용해요."

"!!"

리리카의 눈이 반짝였다. 브린이 그 표정을 보고 금방 상황을 알아챘다. 브린이 낮게 속삭였다.

"필요하세요? 하나 주문할까요?"

"그걸 주문할 수 있어?"

마법 도구를?

"네, 그럼요. 원하는 원석을 고르시면 만들어 줄 거예요."

"하지만 오늘 필요한데……."

"그럼 오늘은 임시로 사용할 만한 걸 만들지요."

"가능해?"

"네, 저는 황녀님의 브린 솔이랍니다."

브린은 자신만만하게 이야기하고는 시녀에게 보석상자를 가져오게 했다.

가지고 있던 물건 중에서 원석 목걸이의 펜던트를 빼내고 솜씨 좋게 목걸이 줄과 연결했다.

"자, 임시로 이 정도면 될 거예요. 이렇게 줄 끝을 잡으시면 돼요. 그럼 이 펜던트가 추처럼 움직이지요? 이게 펜듈럼이랍니다."

"그렇구나."

리리카는 빙글빙글 돌아가는 펜던트를 바라보고 브린을 바라보았다.

"고마워, 브린."

"별말씀을. 장인은 내일 당장 수배하겠습니다."

귀족 아이들 사이에 점성술과 함께 각종 금은보화를 사용한 펜듈럼

들이 한차례 유행이었다.

장인을 구하기 어렵지 않으리라.

'황녀님 것은 무조건 귀엽게 만들어야지.'

브린은 방긋방긋 미소 지었다. 리리카가 그런 브린을 보며 다시금 머뭇거렸다.

브린이 그녀 앞에 무릎을 굽히고 물었다.

"더 바라시는 게 있으세요?"

"그게……."

오늘 첫 마법 수업이다. 그러니까 제대로 격식을 갖춰서 입고 싶었다.

이제 폐하 앞에서는 제대로 된 차림을 해야 한다는 걸 알았다. 하지만 리리카 혼자서 옷을 갈아입기에는 힘이 부족했다.

'마법서 이야기할 때, 브린은 괜찮다고 하셨으니까.'

리리카는 그렇게 생각하며 작게 속삭였다.

"오늘 밤에 폐하랑 만나기로 했는데, 옷차림 때문에."

"펜듈럼도 폐하 때문에 필요하신 건가요?"

리리카가 작게 고개를 끄덕였고, 브린은 더 이상 묻지 않았다.

"알겠습니다. 예쁜 옷을 준비해 둘게요."

자신이 원하는 걸 정확하게 알아차리고 말해 주는 브린이 너무 고마웠다. 리리카는 그녀를 꼭 끌어안았다.

"고마워, 브린."

"아니에요, 저도 감사해요, 황녀님."

중요한 문제를 자신에게 이야기해 줄 정도로 신뢰받는다는 건, 측근의 긍지다.

이 정도로 작은 황녀님의 애정과 신뢰를 받으면 브린도 최선 이상의 최선을 내놓을 수밖에 없었다.

한밤중에 여러 명이 옷을 준비하는 건 이상해 보일지도 모르니, 브린은 혼자서 옷을 준비했다.

저녁 식사를 물리고서 준비한 옷들을 하나씩 입혔다.

카라가 넓은 원피스에 귀여운 리본, 사랑스러운 니삭스와 금 단추가 달린 구두.

머리카락도 운신하기 편하게 꼼꼼히 틀어 올려 모자까지 씌워 주면 완성이다.

한 손에 펜듈럼을 꼭 들고 리리카는 거울 앞에서 탄성을 내질렀다.

"나 학생 같아."

동화 삽화 속의 동물 학생이 이런 옷을 입고 있지 않았나?

금방이라도 마법을 배워서 쓸 수 있을 것 같아서 리리카는 단숨에 기분 좋아졌다.

머릿속에서 펜듈럼을 멋지게 휘둘러서 엄마를 지키고 악당을 무찌르는 상상을 해 보았다.

"후후후."

웃음소리가 흘러나와서 저도 모르게 멋쩍어졌다. 브린이 소곤거렸다.

"그럼 전 이만 나가 볼게요."

"응."

리리카가 고개를 끄덕이자 브린이 조용히 침실 문을 닫고 나갔다.

리리카는 창문가에 앉아서 얌전히 두 손을 무릎 위에 올리고 기다렸다.

'안 오시나?'

힐끔힐끔 창밖을 바라보며 혹시 돌 던지는 소리라도 날까 봐 귀를 기울였다.

'바쁘실 수도 있지.'

그러며 한숨을 내쉬는데 뒤에서 갑작스러운 목소리가 들려왔다.

"배울 준비가 단단히 되어 있는데."

"!!"

리리카는 깜짝 놀라 자리에서 일어났다. 어찌나 놀랐는지 의자가 튕겨 넘어질 뻔한 걸 알테어스가 붙잡았다.

"힘도 망아지처럼 세졌고."

"어떻게……."

놀라 중얼거리는 리리카에게 황제는 어깨를 으쓱했다.

"이 황궁 안에서 내가 못 들어가는 곳은 없어."

물리적으로도, 법적으로도.

알테어스의 말에 리리카는 감탄했다. 그가 손을 내밀었다.

"가지."

"네, 네."

손을 맞잡자 돌풍이 불었다. 저도 모르게 팔을 들어 눈가를 가리는데 모든 게 멈췄다.

팔을 내리고 리리카는 입을 벌렸다. 두 사람은 밤의 정원에 서 있었다. 불빛은 단 한 점도 없이 오로지 달빛만이 고요히 정원을 은빛으로 물들였다.

"와……."

저도 모르게 탄성이 흘러나왔다. 눈으로 살펴도 어디인지 모르겠다. 밤은 낮과 전혀 달라서 같은 장소라도 낯설게 느껴졌다.

"브린에게 뭐라고 했지?"

질문에 리리카가 손을 들고 대답했다.

"폐하와 만난다고 했어요. 펜듈럼도 브린이 주문해 주겠다고 했고, 이렇게 목걸이로 임시 펜듈럼도 만들어 줬어요."

그녀가 펜듈럼을 들어 보이며 말했다. 달빛을 받아 반짝이는 사파이어 펜던트를 바라보다가 알테어스가 말했다.

"알았다."

그는 그에 비하면 별똥별만큼 짧게 사는, 아주 작은 마법사를 바라보았다.

별에게 기원하는,

신의 총아.

용인 그가 그녀를 가르친다는 게 아이러니하게 느껴졌지만, 내버려 두는 것보다는 낫다.

"마법사에게 주의해야 할 점은 세 가지가 있어."

사람의 마음을 모독하는 일,

삶과 죽음을 희롱하는 일,

생명을 더럽히는 일을 금지한다.

"주의한다는 건, 할 수 있다는 뜻이야. 그렇게 강대한 마법사도 있었지, 과거에는."

알테어스가 빤히 리리카를 바라보았다.

"너는 어떨지 모르겠지만."

"안 할 거예요."

리리카가 고개를 휙휙 저었다. 그런 무서운 짓은 하고 싶지 않았다.

"좋아, 그럼 첫 번째 수업. 눈을 감고 펜듈럼을 들어."

리리카는 시키는 대로 했다.

"마음속의 길이 줄을 통해서 펜던트까지 이어진다고 생각해 봐."

"……."

마음속의 길, 마음속의 길.

마법으로 이루어진 길은 분명히 빛나는 조약돌로 되어 있을 거야, 그 위를 경쾌하게 흐르는 시냇물처럼 달려가겠지.

갑자기 잡고 있는 줄이 차갑게 느껴졌다.

"!"

놀란 리리카의 어깨를 짚는 커다란 손이 있어서 안도했다.

"마법사라면 첫 번째로 배워야 할 마법은 빛이야. 마음속의 빛을 꺼내는 것. 빛을 꺼내서 줄을 통해 펜던트로 보내는 거야. 빛. 열이 나지 않는 광원."

'열을 내지 않고 빛나는 것.'

그녀는 금방 떠올릴 수 있었다. 밤에 환하게 빛나는 달님.

"빛을 펜던트로 모았다고 생각하면, '에르히'라고 말해."

"에르히."

감은 눈꺼풀 너머로도 빛을 느낄 수 있었다.

"이제 눈을 떠 봐."

눈을 뜨니 펜듈럼이 환하게 빛나고 있었다.

"와!"

탄성을 지르고 리리카는 알테어스를 바라보았다가 멈칫했다. 그는 아무런 표정도 없었다. 없다는 건 그냥 무표정하다는 게 아니라, 삽화에서 본 오래된 조각상처럼 모든 게 풍화된 듯한 얼굴이라는 의미였다.

'어딘지 지치고 쓸쓸해 보이는 표정…….'

리리카는 슬퍼졌다. 알테어스가 그녀와 눈을 마주치고는 희미하게 웃었다.

"성공했는데 왜 울상이지?"

"그게……."

폐하께서 쓸쓸해 보이셔서요, 라는 말은 할 수가 없었다. 커다란 손이 그녀의 머리를 쓱쓱 쓰다듬었다.

"언제든지 빛을 꺼낼 수 있다는 걸 알면 어둠을 두려워하지 않고 걸어 나갈 수 있지."

리리카는 얼른 슬픈 마음을 갈무리하고 말했다.

"그래도 저는 혼자 있으면 무서울 거 같아요. 지금도 폐하께서 함께 계시지 않으면 무서울 거예요. 하지만, 폐하의 말씀대로— 앞으로 나아갈 수 있을 거 같아요."

두렵고 무섭지만, 그래도 앞으로 한 발.

리리카의 말에 알테어스는 멈칫했다가 말했다.

"그것도 나쁘지 않네."

그가 손을 뗐다.

"그럼 오늘 수업은 이걸로 끝. 숙제는 고대어야. 에르히가 무슨 뜻인지 알아 와. 마법에는 고대어가 필수니 배워 두는 게 좋겠지. 그럼 다음 주에도 이 시간에."

순식간에 다시 방 안으로 돌아왔다. 수업은 짧고도 강력했다. 알테어스가 말했다.

"마법을 배운다는 건 아무에게도 이야기하지 마. 네 어머니에게도."

"네."

리리카가 깊이 고개를 끄덕이자, 알테어스는 그녀의 이마를 툭 치고는 사라졌다.

그가 도착한 곳은 자신의 방이었다. 망설임 없이 그는 부부 침실을 지나 황후의 방으로 들어갔다.

이제 막 저녁 식사에서 돌아온 황후가 시녀들의 도움을 받으며 옷을 벗고 있었다.

"다 나가."

알테어스의 말에 시녀들은 잽싸게 하던 일을 놓고 조용히 물러났다. 루디아가 눈을 찡그리고 말했다.

"귀찮게 왜 나가라고 해요?"

"내가 벗겨 주면 되지."

뻔뻔한 말에 루디아는 헛웃음을 지었다.

결혼반지를 빼서 은쟁반 위에 올리자 댕그랑 소리가 났다. 알테어스가 손을 뻗어 코르셋 끈을 풀기 시작했다.

쓱쓱 비단 끈이 스치는 소리만 들려왔다.

"무슨 일이에요?"

거울을 통해서 본 알테어스의 얼굴이 좋지 않았다. 알테어스가 몸을 숙여서 귓가에 속삭였다.

"그런 걸 신경 쓸 사이는 아니지."

"네, 아니죠."

그녀의 새하얀 손가락이 그의 턱선과 뺨에 와 닿았다. 거울을 통해 서로 시선이 마주쳤다. 그녀가 말했다.

"그래도 궁금하니까요."

새파란 눈동자가 쏘아보듯 바라보았다. 언제나 루디아는 그랬다. 쏘듯이 바라보는 시선.

"그대는 내가 두렵지 않은가?"

"어떤 면에서요?"

"내가 용이라는 게."

"아뇨."

"왜?"

"날 죽이거나 해치지 않을 거잖아요."

루디아의 답은 쉽게 나왔다. 그의 성품이 별로든 어쨌든 간에 그는 자신이 한 약속은 지킨다. 그와 그녀는 계약했고, 루디아는 안전했다.

"그럼 되는 건가?"

"뭐가 더 중요해요?"

코르셋 끈이 소리 없이 바닥으로 떨어졌다. 솜씨 좋게 코르셋을 벗겨내자, 루디아가 새하얀 리넨 드레스 차림으로 돌아섰다. 알테어스가 비소를 머금고 말했다.

"어떤 자들에게는 그게 가장 큰 문제가 되거든."

루디아가 고개를 끄덕였다.

"그런 사람도 있겠죠. 물론. 그런데 인간에 대한 환멸은 일단 한구석으로 치워 버리고 인간이 되어서 좋은 점들을 누려보는 게 어때요?"

"뭐?"

루디아는 태연스럽게 말했다.

"맛있는 것도 먹고, 좋은 것도 입고. 슬픔도 고통도 괴로움도, 결국 기쁨과 평온과 행복이 있다고 생각하면 그럭저럭 지나가거든요."

그녀가 말하고 눈을 찌푸렸다. 쓴웃음을 머금고 루디아가 말했다.

"내가 할 만한 이야기가 아니라는 건 알지만."

그녀도 깨달은 지 얼마 되지 않은 사실이었다. 그녀는 눈앞의 용을 바라보았다.

오래된 상처를 질질 끌고 있는, 제 감정을 어찌해야 좋을지 알 수 없어 하는 사람.

그런 사람에게 조언해 줄 만큼 괜찮은 인간이 아니라는 건, 루디아 스스로가 잘 알았다. 그런데도 말이 나오는 건.

'리리카를 닮아가나 봐.'

그리 생각하니 기분이 상당히 좋아졌다.

침묵 속에서 알테어스가 무슨 생각을 하는지 알 수 없었다.

그가 눈을 내리깔자 긴 속눈썹이 그림자를 드리웠다. 본디 용이라서 그런지 그의 조형은 놀랍도록 아름다웠다. 알고 있는 얼굴이라도 깜짝깜짝 놀랄 정도였다.

이국적으로 보이는 어두운 피부 역시 매력을 부여할 뿐, 아무런 흠이 되지 않았다. 그의 셔츠 아래 나신이 얼마나 완벽한지 루디아는 잘 알고 있었다. 군살 하나 없이 조각상처럼, 아니 그보다 완벽한 몸은 딱딱할 것 같지만 만지면 놀랍도록 뜨겁고 부드러우면서 단단하다.

그의 커다란 손이 가느다란 허리를 감쌌다.

짧게 루디아는 숨을 삼켰다. 얇은 드레스 너머로 뜨거운 체온이 느껴졌다.

"확실히."

그의 목소리가 낮고 농밀해졌다.

"인간이 되어서 좋은 점 하나는 알고 있지."

리리카는 고대어 책을 펼치고 방 안을 한 번 둘러보았다. 아무도 없는 걸 확인한 후에야 주머니 속에서 펜듈럼을 꺼냈다. 브린이 불러온 상인은 납죽 엎드리며 원하시는 모티브를 말씀해 달라고 했다.

리리카는 고민하다가 첫 번째 마법 강의를 떠올렸다.

달과 미음.

그렇게 두 가지를 이야기하니 상인은 고개를 연신 끄덕였다. 브린이 그를 붙잡고 뭐라고 하는 게 보였고, 얼마 후에 도착한 펜듈럼은 그야말로 리리카 마음에 쏙 들었다.

무엇으로 만들었는지 분홍색 보석 표면은 이리 보면 금색으로, 저리 보면 무지갯빛으로 반짝였다. 그걸로 초승달 모양을 만들고 타오르는 듯한 새빨간 루비를 가공해서 하트 모양을 만들어 초승달 끝에 매달았다.

달의 머리 위에는 금으로 만든 티아라가 씌워져 있었다.

"황녀님 물건이니까요."

브린이 싹싹하게 말했다. 줄은 특별히 백금을 가공한 것으로 줄도 반짝반짝 빛이 났다. 펜듈럼 끝에는 사용하기 편하도록 잡거나 손가락을 끼울 수 있게 색색의 보석이 박힌 둥근 고리가 달려 있었다.

그녀가 펜듈럼을 들고 옆에 놓인 연고를 바라보았다.

"루베르다."

펜듈럼이 반짝반짝 빛났다. 빛 가루가 연고 위에 떨어지기 시작했다.

리리카는 얼른 펜듈럼을 도로 넣고 연고를 바라보았다. 연고 안이 석영 가루를 넣은 것처럼 반짝이는 게 보였다.

그녀는 대담하게 뾰족한 핀을 집어 들었다. 핀으로 손끝을 폭 찌르자 붉은 핏방울이 솟구쳤다. 손가락을 빨며 연고를 살짝 펴 바르자 상처는 흔적도 없이 사라졌다.

'됐다!'

리리카는 주먹을 꼭 쥐었다. 오늘의 숙제도 완성이었다.

연고 뚜껑을 잘 닫고 리리카는 책을 덮었다. 고대어 책은 무척 커서 제자리에 두려면 라우브의 도움이 필요했다.

'마법은 대단해.'

리리카는 콧노래를 부르며 연고를 들고 밖으로 나왔다.

"공부는 다 하셨어요?"

브린의 질문에 리리카는 고개를 끄덕였다. 그녀의 서재는 이제 제법 사용감이 느껴졌다.

리리카가 걱정스럽게 말했다.

"어머니께서 오늘은 시간이 되실까?"

"되신다고 하셨어요."

"정말?"

"네."

브린의 말에 리리카는 환한 웃음을 지었다. 브린이 말했다.

"디아레 님도 오신다고 하셨어요. 같이 승마하시기로 하셨지요?"

"아, 그럼 같이 가도 될까?"

"음, 한 번 여쭤볼게요."

잠시 후 하녀가 돌아오자 브린이 말했다.

"같이 와도 된대요."

"잘 됐다."

리리카는 싱글벙글 웃었다. 그녀는 디아레에게 어머니를 소개해 줄 생각에 들떴다. 디아레도 엄마를 보면 깜짝 놀라겠지.

시간보다 일찍 도착한 디아레는 같이 황후마마를 뵈러 간다는 말에 놀랐지만, 고개를 끄덕였다.

"좋아요."

각오한 얼굴이라 리리카는 싱글싱글 웃으며 그녀의 손을 잡았다. 디아레의 뺨이 살짝 붉어졌다.

"가자."

"네."

루디아는 두 사람을 화사하게 웃으며 맞아주었다. 디아레는 저도 모르게 입을 벌렸다.

이렇게 예쁜 사람은 처음이었다.

게다가 주변도 뭔가 다 반짝반짝하다. 공중에 빛 가루가 떠다니는 것 같았다.

무엇보다 어른의 티 타임에 함께하는 건 처음이었다. 루디아가 나긋나긋하게 디아레를 대해서, 디아레는 제가 어른이 된 것 같았다.

가기 전에는 '어째서 저를 고르셨나요?', '제 어디가 마음에 드셨어요?' 같은 질문을 해야지 마음먹었는데…….

막상 함께 차를 마시면서 그냥 둥실둥실한 반짝임에 떠다니다 보니 시간이 훌쩍 지나버렸다.

"리리를 잘 부탁해."

"네, 물론이에요."

디아레는 그런 말밖에 할 수 없었다.

은룡실을 나와 복도를 걸으며 디아레는 한숨을 폭 내쉬었다.

그녀가 중얼거리듯 말했다.

"황후마마께서 정말로 아름다우시네요."

"그렇지? 그렇지?"

저도 모르게 말이 튀어나왔다. 리리카는 흐뭇한 얼굴을 했다.

"네, 그리고 주변도 뭔가 전부 화려하고 반짝반짝하고, 저는 정신이 없어서……."

디아레는 가슴께를 꾹 눌렀다가 리리카를 바라보았다. 제 말벗인 황녀님이 어른이 된 모습을 상상해 보았다.

'분명히 미인이 되실 거야.'

지금도 귀엽지만, 앞으로는 더 귀여워지시겠지.

"저는 황녀님과 티 타임이 훨씬 더 좋아요."

리리카와 나누는 티 타임도 반짝반짝하지만, 이렇게 압도되는 느낌이 없었다.

면역 없는 디아레에게는 그 정도면 충분히 즐거웠다. 그녀가 꼬옥 손을 잡으며 말했다.

"나중에도 저 초대해 주셔야 해요? 티 타임."

"당연하지."

"아뇨, 나중에요. 나중에. 황녀님이 더 자라시고, 더 많은 사람들이 황녀님 주변에 있어도 말이에요. 이 디아레를 잊지 말아 주세요."

울프가 특유의 독점욕이 슬그머니 고개를 들었다.

지금이야 말벗은 디아레 자기뿐이지만, 고위 귀족들은 많은 말벗을 가지고 있었다.

말벗끼리의 인맥도 무시하지 못하기 때문이었다.

"제가 첫 번째 말벗이에요."

주장하는 말에 리리카는 고개를 끄덕였다.

"그럼, 당연하지. 디아레가 늘 첫 번째야."

그 말에 디아레의 얼굴이 확 밝아졌다. 그녀는 작은 황녀님을 소중히 끌어안았다.

"감사해요."

리리카는 작게 웃었다. 디아레가 경쾌하게 말했다.

"그럼 이제 말 타러 가요."

울프가 아이들은 산으로 들로 쏘다닌다. 울프가 영지에서 검은 숲을 개간하지 않고 소중히 보호하는 이유 중 하나였다.

대신 말을 탈 수 있는 광활한 평원은 많지 않았다. 덕분에 말을 타고 마음껏 달릴 수 있는 승마장에 오면 디아레는 한껏 속도를 냈다.

리리카의 승마 솜씨도 이제 상당히 좋아져서, 그녀도 제법 달렸다.

"더 달리면 샛별이가 너무 힘들 거 같아."

리리카가 숨을 헐떡이며 말했다. 그녀의 뺨은 빨갛게 달아올라 있었다.

디아레가 고개를 끄덕였다.

"그럼 오늘은 여기까지 하고 식사해요."

"응."

둘은 브린에게서 바구니를 받아들어 직접 자리를 마련했다. 디아레는 주변 풀이나 꽃들, 곤충에 대해 알려주었다. 리리카가 흥미진진하게 그걸 듣다가 말했다.

"디아레, 나 정원을 가꾸려고 하는데. 디아레도 와서 도와주지 않을래?"

"정원이요?"

"응, 황궁 안에 있는 비밀정원이야."

소곤소곤하는 말이 디아레의 마음에 쏙 박혔다.

"물론이요. 도와 드릴게요."

"계속 방치되어서 엉망이고, 분명히 힘들 거야."

"괜찮아요."

"알았어, 그럼 다음에 꼭 초대할게."

"네. 약속이에요."

리리카는 일손을 더 확보했다는 사실에 기뻐했다.

디아레도 기뻐했다.

디아레가 손을 흔들며 떠난 뒤, 리리카가 브린에게 물었다.

"브린, 저번에 정원사를 데려온다는 거 어떻게 되었어?"

"이미 준비가 되었어요. 황녀님께서 말씀하시면 언제든 데려올 예정입니다."

"정말? 그럼 내일 괜찮아?"

"네."

브린이 싱긋 웃었다. 리리카가 마주 웃으며 말했다.

"브린이 다 해 줘서 나는 너무 편해."

"그야 물론, 그러기 위해서 제가 있는걸요."

유능이야말로 제 존재의 증명이지요, 하고 브린이 당당히 고개를 들었다.

리리카가 선물해 준 은화 브로치가 반짝반짝 빛났다.

리리카는 얼른 디아레에게 내일 초대한다는 편지를 썼다.

다음 날, 일행을 데리고 리리카는 은밀히 정원사를 만났다. 브린은 어떻게 그렇게 사람이 안 오는 길을 잘 아는지 늘 감탄이 나왔다.

정원사는 한눈에 보기에도 씩씩해 보이는, 그을린 피부를 가진 사십 대 여성이었다.

"울랑이라고 합니다, 황녀님. 만나 뵙게 되어 영광입니다."

울랑은 모자를 벗어 가슴에 대고 깊이 고개를 숙여 보였다.

"만나서 반가워, 울랑."

비밀을 지킬 것에 대해 다시금 엄숙히 선언한 후에 리리카는 열쇠로 정원 문을 열었다.

울랑은 감탄사를 터트리며 모자를 썼다.

"이건 굉장하군요. 황궁 정원이라는 생각이 들지 않는데요."

"그렇게 엉망인가?"

"아뇨, 그게 아니라 황궁 정원은 구체적인 격식과 모습이 있는데 이곳은 편안한 분위기를 추구한 것 같습니다."

"응, 그래서 그런가. 난 여기가 더 좋아."

나중에 황궁을 떠나 어머니와 둘이 살 때는 꼭 이런 정원을 가지고 싶었다. 허브와 산딸기가 자라는 아름다운 정원.

'그러기 위해서도 지금 열심히 배워둬야 해.'

울랑이 가져온 농기구들을 내보이며 말했다.

"그럼 일단 잡초부터 제거하도록 하지요."

리리카가 호미를 하나 받아들었다.

"신기하게 생긴 도구네."

"새로 개발한 도구랍니다. 이걸로 잡초를 뿌리까지 캐내는 거지요. 하지만 저렇게 키가 웃자란 잡초들은……."

라우브가 칼을 빼 들었다.

"제가 잘라내겠습니다."

낫을 꺼내 들고 울랑이 하하 소리 높여 웃었다.

"같이 하지요. 그럼 다른 분들은……."

울랑의 지시 아래에서 일행을 일제히 정원 일을 시작했다. 디아레는 갈퀴를 집어 들었다.

　몸집이 작다고 해서 힘까지 약한 건 아니다. 디아레는 라우브가 자른 풀들을 갈퀴로 긁어모았다. 햇볕이 뜨거워 땀이 뚝뚝 떨어지기 시작했다. 고개를 들었다.

　'와.'

　아까는 정원을 보자마자 '이게 무슨 야생 숲인가?' 했는데 풀을 베고 정리하기 시작하니 바로 손을 탄 태가 나기 시작했다.

　'굉장하다.'

　마음속이 뿌듯해졌다.

　검을 연습하는 것은 끝이 없다. 한눈에 성장하는 게 보이지도 않는다. 성장하는지 아닌지 알 수 없는 끝없는 길이다.

　하지만 정원 일은 손을 대면 대는 대로 바뀌는 게 보였다.

　베어진 풀냄새가 짙게 올라오고 흐트러진 돌길이 드러났다.

　디아레는 처음 하는 정원 일이 생각보다 훨씬 더 마음에 들었다. 검술 연습에 비하면 그리 힘들지 않았고, 눈에 보이는 가시적인 성과가 좋았다.

　"다들 간식 먹고 하세요."

　시종이 가져다 놓은 바구니를 브린이 들고 돌아왔다. 리리카는 만세를 부르며 달려갔다.

　넓은 천이 깔리고 그 위에 차가운 소고기를 두툼하게 썰어 넣은 샌드위치와 천으로 덮어 두어 아직 온기가 남아 있는 스콘, 클로티드 크림과 잼이 나왔다. 무엇보다도 반가운 건 물기가 송골송골 맺힌 아이스티였다.

모두에게 한 잔씩 가득 따라 주고도 남았다. 리리카에게는 특별히 생강이 들어간 찬 음료가 나왔다.

브린이 의기양양한 얼굴로 "생강이 들어간 찬 음료는 배탈이 안 난대요." 하고 말했다.

음식 종류는 단출했지만, 엄청나게 맛있었다. 브린이 차가운 수건을 만들어서 리리카의 목덜미에 둘러 주었다.

"시원해~"

리리카가 땀을 닦으며 행복한 얼굴을 했다. 브린은 준비한 수건을 다른 사람들에게도 나눠 주었다. 울랑이 웃었다.

"잡초 제거가 가장 힘들고 보람 있지요. 하지만 잡초는 끊임없이 올라온답니다. 혹시 생각하고 계신 모종이 있으신가요?"

"음, 최대한 지금이랑 비슷하면서도 더 예쁘게 하고 싶은데. 사실 난 정원에 대해서 잘 모르니까. 울랑의 의견을 듣고 싶어."

"지금과 비슷하게 말이지요."

"응, 산딸기도 딸 수 있고, 허브도 요리에 쓸 수 있고. 저 오두막도 예쁘게 고칠 거야."

"실용적이고 아름다운 정원을 원하시는군요. 알겠습니다."

울랑이 힘차게 고개를 끄덕였다.

"그럼 그렇게 준비하지요."

"응."

브린이 리리카 입가의 스콘 부스러기를 떼어 주며 말했다.

"오두막 쪽에는 우물도 있더군요. 뚜껑이 낡았지만 물은 쓸 수 있을 거 같았습니다."

"정말? 잘됐다."

리리카는 환하게 웃고서 열심히 먹는 두 명의 울프를 바라보았다. 리리카가 샌드위치 하나를 먹는 동안 두 사람은 벌써 네 개째 먹고 있었다.

브린은 이렇게 많은 샌드위치와 물이 담긴 바구니를 양손에 들고 온 건가.

세 사람에게 고맙고 미안한 마음이 동시에 들었다.

"다들 정말 고마워. 나랑 울랑이 해야 하는 일인데, 정원 일까지 함께 해 줘서."

"아닙니다."

"별말씀을."

"괜찮습니다."

라우브, 브린, 디아레가 거의 동시에 대답했다. 리리카는 나중에 꼭 세 사람에게 감사 표시를 해야겠다고 생각했다.

정원을 가꾸는 일은 오래 이어졌다. 그사이 브린이 몰래 사람들을 동원해 오두막을 해체하고 새로 오두막을 지은 후에 내부를 채워 넣었다.

리리카는 밝은 오두막 안으로 들어가 탄성을 질렀다.

오두막이라고 하기에는 뭔가 아쉬울 만큼 커다란 공간이었다. 벽난로가 있는 거실이 있고, 한쪽에는 부엌이 마련되어 있었다.

선반에는 접시들이 가지런히 올려져 있고, 벽에는 환하게 반짝이는 구리냄비며 프라이팬 같은 것들이 걸려 있었다.

부엌에도 거실에도 창문이 크게 뚫려서 햇빛이 잘 들어왔다. 작지만 제대로 된 침실도 있었다. 심지어 사다리를 타고 올라가면 다락도 마련되어 있었다.

꼭 인형의 집 같은 아기자기함이 가득해서 리리카는 탄성을 내질렀다.

황궁은 화려하긴 해도 실감이 나지 않는 장소였다. 하지만 이 오두막은 리리카가 늘 꿈꾸던 집 그 자체였다.

비가 새지 않고, 햇빛이 환하게 들고, 따뜻한 집.

언젠가 돈을 많이 벌면 살고 싶었던 꿈의 집이다.

"브린, 진짜 예뻐. 어떻게 한 거야?"

"솔 가문은 맡은 일을 반드시 완수하지요. 마음에 드시나요?"

"응, 엄청 예뻐."

나무를 깐 바닥은 매끄러워서 맨발로 달려도 가시가 박히지 않을 것 같았다.

브린은 밖으로 나가 쪽문을 보여 주었다. 지하에 작은 저장고까지 있었다. 저장고에도 선반을 달아 잼 같은 걸 보관할 수 있게 되어 있었다.

"브린이야말로 마법사 같아."

리리카는 연신 감탄사를 터트렸다. 밖으로 나가 보니 우물도 발판을 새로 만들고 무거운 뚜껑을 덮었다.

브린이 주의를 주었다.

"혼자 계실 때는 우물을 쓰지 마세요. 부엌에 물 항아리를 가득 채워 둘 테니 그걸 쓰시면 되어요."

"응, 알았어."

정원은 새롭게 바뀌어 가고 있었다. 묘목과 모종, 씨앗을 뿌리며 울랑이 말했다.

"제대로 된 정원은 시간이 만들어 준답니다. 저희는 그걸 돕는 것뿐이지요."

울랑은 열의를 보이는 리리카에게 가지 치는 법과 구근 심는 법, 정원에 대해서 끊임없이 이야기했다.

리리카는 나가면 꼭 이런 정원을 가지고 말겠다고 결심했다.

밤이 되면 피곤해서 그대로 잠들었지만, 그래도 마법 연습은 빼놓지 않았다.

연고는 합격했고, 그 외에도 몇 가지 물건을 더 만들었다.

벌레를 쫓아 준다는 허브리스는 유용하게 쓰였다. 오두막이나 주변에 걸어 두면 벌레가 얼씬하지 않았다.

작은 걸 하나씩 만들어서 정원 일을 하는 모두에게 착용하게 했다.

"왜 마법을 직접 쓰지 않고 이런 물건들을 만들까?"

알테어스의 물음에 리리카는 곰곰이 생각하다가 답했다.

"마법사인 걸 들키지 않으려고요."

"맞아. 절대로 들키면 안 돼. 그러니 물건을 중간 지점으로 사용하는 거야. 그리고 아티팩트는 누구나 사용할 수 있다는 이점도 있지."

둘은 정원의 돌 탁자에 나란히 앉아 있었다.

동그란 유리병 안에 들어 있는 돌이 희미한 빛을 내며 빛나고 있었다. 알테어스가 가져온 아티팩트였다.

"수정에 마법을 부여한 거야. 낮의 햇빛을 흡수해서 밤에 빛나게 만든 거지."

"신기해요."

"이렇게 장기적으로 마법을 부여하려면 마법진이 필요한데……."

그가 쓱쓱 펜으로 선을 그었다. 리리카가 열심히 그걸 들여다보았다.

요사이 부쩍 폐하와 가까워진 기분이 들었다. 쓰다듬는 손은 기분 좋았고, 칭찬이든 질책이든 선이 확실했다.

"폐하는 마법사가 아니시죠?"

"그래."

"그런데 어떻게 이런 걸 다 아시는 거예요?"

"예전에 마법사를 알았거든."

대답은 짧았다. 하지만 목소리에 불쾌한 기색이 섞여서 리리카는 어깨를 움츠렸다.

"죄송해요."

"뭐가?"

"너무 여쭤봐서……."

우물우물하는 리리카를 보고 알테어스는 미간을 찌푸렸다. 툭툭 펜 끝으로 테이블을 두들기는 걸 본 리리카는 비싼 펜촉 끝이 상하지 않을까 조마조마했다.

"보통 딸에게 그런 걸로 화내나?"

리리카는 휙 알테어스를 바라보았다. 그가 미간을 찌푸린 채로 이어 말했다.

"대답하기 싫었으면 처음부터 대답 안 했을 거야. 내가 아틸을 제대로 키우지 않았다는 걸 알지만, 그래도 그 녀석에게 화낸 적은 없어."

다만 주변 사람을 믿지 말라고 경고했을 뿐이지.

화를 낸 적 없다는 건, 아틸도 동의할 터였다.

리리카가 눈을 굴리다가 작게 말했다.

"화내실까 봐 무서운 게 아니라……. 아니, 그것도 좀 무섭기는 하지만……."

"그럼 뭐?"

"폐하의 나쁜 기억을 떠올리게 해서……."

"고의로 그런 거야? 나 엿 먹으라고?"

"네?! 아, 아니에요."

"그럼 뭐."

대답하고서 알테어스가 이어 말했다.

"다른 인간이라면 고의든 아니든 별 상관 안 하고 쳤겠지만, 넌 특별해. 일단은 내 딸이고."

리리카의 뺨이 붉어졌다.

당혹스러운 기색 반, 안도하는 기색 반이었다.

"내가 네 엄마에게 이런 걸로 화낸다고 생각해 봐."

"네?"

리리카의 목소리가 대번에 높아지며 눈썹도 같이 치켜올렸다. 누가 봐도 '그딴 걸로 어머니께 화를?' 하는 얼굴이라 알테어스는 웃었다.

"그렇지?"

그가 그렇게 말하고 리리카의 뺨을 쥐었다. 말랑말랑하고 부드럽다. 매일매일 루디아가 '우리 리리카는 세상에서 가장 귀엽고 사랑스럽고, 하여간 우주 제일 귀염둥이인데.' 하는 이야기를 들어서 그런가.

딸의 뺨을 잡고 주물럭거리니 "흐아흐아." 하는 이상한 소리가 리리카 입에서 튀어나와 알테어스는 소리 내어 웃었다.

약하디약해서 꾹 누르면 터져 버릴 거 같은데, 의외로 심지가 단단한 아이라는 점도 마음에 든다.

'루디아를 열심히 괴롭히면 빗자루 들고 쫓아오려나?'

순간, 상상이 되어 그는 피식 웃었다.

"그러니까 그런 일에 일일이 죄송하다고 할 필요 없어. 알았어?"

그가 확인하듯 묻자 리리카는 "네" 하고 얌전히 대답했다. 그제야 알테어스는 손을 뗐다.

그가 시선을 종이로 돌렸다. 다시 마법진을 설명하던 그가 짤막하게 말했다.

"마법사가 날 배신했어. 날 사랑한다면서, 내 뒤통수를 쳤지. 약하디 약하게 만들어서."

생각하니 분노가 솟구쳐 올라왔다. 그는 숨을 내쉬었다. 루디아가 알았다면 분명 화를 냈을 터였다.

'아이에게 할 이야기가 아닌데요?' 하면서.

"그건 사랑이 아니에요."

힐끗 보니 리리카가 분개한 얼굴을 하고 있었다. 그녀가 주먹을 꼭 쥐고 말했다.

"상대를 배신하는 건 사랑이 아니에요. 사랑은 늘 상대를 먼저 생각하는 거예요."

"그런가?"

회의적인 목소리에, 리리카가 끙끙거리다가 말했다.

"네, 저는 엄마를 무척 사랑하고 있으니까 알아요. 음, 폐하께서도 누군가를 사랑하시게 되면 아시게 될 거예요."

상대방을 상처 주는 건 그저 이기심 때문이라는 걸.

말하고 나니 제법 어른스러운 말을 한 거 같아, 리리카는 어깨를 쭉 폈다.

"사랑이라."

다른 사람이 말했다면 넌더리 난다고 비웃었겠으나, 어린아이의 진지한 얼굴을 보니 그럴 수도 없었다.

게다가 아이가 제 어머니를 얼마나 사랑하는지, 알테어스도 잘 알고 있었다.

'사랑이라.'

그는 곰곰이 생각에 잠겼다가 말했다.

"참고하지."

"네."

고개를 끄덕이고 두 사람은 다시 수업에 집중했다.

평소처럼 리리카를 백룡실로 데려다주고서 알테어스는 침실로 돌아갔다.

은룡실 서재에서 열심히 편지를 쓰고 있는 루디아가 보였다. 요즘 상단 사람과 만나고 있는 모양인데, 그녀가 만든 유행 아이템을 선점하는 조건으로 계약한다는 이야기가 오가는 듯싶었다.

문가에 기대어 빤히 바라보고 있으니 그녀가 고개를 들었다. 루디아가 이상하다는 표정으로 말했다.

"왔으면 왔다고 말하지 왜 그렇게 서 있어요?"

"그냥."

루디아가 픽 웃었다.

"요즘 밤에 자주 나가는 거 같은데, 밀회할 거면 조용히 해 줘요. 아직은 총애받는 황후로 보여야 하니까."

5장 비밀의 오두막 **417**

그 말에 그는 뭔가 마음속에 무언가 걸리는 게 느껴졌다.

한마디로 기분이 나빴다.

알테어스가 성큼성큼 다가가 책상에 손을 얹고 말했다.

"누군가가 나보고 사랑을 해 보라고 하더군."

"네? 당신 앞에서 감히 그런 말을 지껄일 수 있는 사람이 있어요?"

응, 네 딸.

알테어스는 그 대답이 나오려는 걸 간신히 참고 말했다.

"있더군. 아직 내 악명이 충분하지 못한 거 같아."

"설마 뭐, 폐하께 한눈에 반한 영애의 대사인가요."

"그건 아닌데……. 하여간 그 이야기를 듣고 생각해 봤는데, 나쁘지 않은 거 같아서."

"흐음."

상관은 없지만, 금실 좋은 황제 부부는 상당히 황후 노릇에 도움이 되고 있었다.

"정부를 들인다면—"

"내 아내가 있는데 왜?"

"네?"

"내가 아내를 사랑하면 안 되는 건가?"

"네에?"

루디아가 인상을 팍 썼다. 그녀가 대번에 황제 쪽으로 몸을 휙 돌리며 말했다.

"무슨 소리를 하는 거예요?"

"잠깐, 지금 싫다는 의사 표시인 건가?"

"그럼 좋겠어요? 맙소사. 난 이제 남자가 필요 없어요. 지긋지긋하다고요. 내 인생에는 리리카면 충분해요."

"뭐……. 잠깐, 지긋지긋해? 남자가 한둘이 아니었다는 소리로 들리는데."

"하여간 다른 사랑할 만한 사람을 찾아봐요."

루디아가 질색하며 손을 저었다. 오히려 그게 알테어스를 자극했다.

"싫은데."

"뭐요?"

"싫다고."

"아니, 정말 이 사람……."

루디아는 기가 차서 눈썹을 치켜올렸지만 알테어스는 아랑곳하지 않았다.

"어차피 사랑하는 부부를 연기해야 하잖아. 진심이 되어도 상관없지."

"어, 음……. 네네, 마음대로 하세요."

이 화제에서 얼른 벗어나고 싶어 루디아는 그리 말하며 편지로 시선을 돌렸다.

"……."

알테어스가 그런 그녀의 어깨를 짚었다. 흘러내린 금색 머리카락을 들어 올리고 목덜미에 입술을 지분거리기 시작했다.

"……."

루디아는 무시하려 애썼지만 무시할 수 없었다. 그에게 익숙해진 몸이 먼저 반응하고 있다. 그녀가 홱 몸을 돌려 그의 셔츠 깃을 잡아당겼다.

입술이 닿을 듯 가까워졌다. 새파란 눈동자를 담은 눈매가 가늘어졌다.

"몸뿐이라도 좋으면, 좋아요."

"시작은 거기부터 하지."

그녀의 입술에서 가볍게 흘러나오는 한숨을 알테어스가 삼켰다.

이성이 완전히 넘어가기 직전, 알테어스는 생각했다.

'먼저 공략해야 할 건, 리리카인가?'

리리카가 최우선인, 아니 리리카밖에 없는 루디아이니, 무엇보다도 리리카의 마음을 얻는 게 우선이었다.

루디아를 사랑하게 된 수많은 남자들이 똑같이 하게 될 생각을, 알테어스는 가장 먼저 떠올렸다.

리리카는 오두막의 선반을 뿌듯하게 바라보았다.

마법으로 만든 물건들을 쭉 진열해 두었는데, 처음에는 연고 하나였지만 지금은 서너 개쯤 되었다.

빛나는 돌, 따뜻해지는 곡물 주머니, 물을 깨끗하게 정화해 주는 수정 같은 것들이었다.

수정은 이미 여러 개 만들어서 항아리와 우물에도 던져 넣었다.

물론 벌레를 쫓아 주는 리스도 벽에 걸려 있었다.

"정원에 돌길을 깔길 잘했어요. 까느라 고생했지만요."

밖을 내다보던 디아레가 웃으며 말했다. 리리카가 고개를 끄덕였다.

흙길에서 납작한 돌길로 바뀌니 걷기도 한결 쉽고 신발도 더러워지지 않아서 좋았다.

리리카가 디아레 옆에 나란히 섰다. 디딤판이 놓여 있어서 창밖을 내다볼 수 있었다.

오두막 바로 앞에 있는 나무에 라우브가 그네를 매달고 있는 게 보였다.

그가 직접 만든 그네였다. 리리카는 훌륭하다고 칭찬했고, 디아레는 입술을 비죽였다.

한쪽에는 파라솔과 탁자도 놓여 있었다.

그걸 바라보던 리리카가 작게 한숨을 내쉬었다.

"무슨 일 있으세요?"

디아레가 물었다. 요즘 들어 리리카는 즐거워하는 와중에도 종종 이런 모습을 보였다.

"그게……."

"말씀해 보세요."

디아레의 말에 리리카는 결국 걱정을 털어놓았다.

"내가 말벗을 해 달라고 부탁한 사람이 있거든."

"네."

"그런데 계속 연락이 안 와서……."

"하기 싫은 게 아닐까요?"

"아냐!"

리리카가 강하게 말했다. 디아레가 녹색 눈을 깜박였다.

"그쪽에서 먼저 하고 싶다고 했는걸."

"음, 그럼 가족들이 반대하고 있는 건지도 몰라요."

"그럴까? 하지만 그러면 그렇다고 연락 주면 좋을 텐데. 그래서 걱정되어서 편지를 보내 봤는데, 여전히 답이 없어."

"그럼 그냥 싸가지가 없는 게 아닐까요."

"어?"

놀라 돌아보니 디아레가 거침없이 말했다.

"하지만 황녀님이 이렇게까지 생각해 주고, 먼저 말벗까지 하자고 했는데, 그딴 식으로 나오다니 싸가지가 없잖아요."

"디아레 님. 말조심이요."

브린의 말에 디아레는 '아차' 하고는 제 입을 두들긴 후에 말했다.

"무례해요. 무례."

"그렇지만, 피요르드는……."

디아레가 한순간 굳었다가 되물었다.

"피요르드요? 그 피요르드요? 바라트의 피요르드요?"

"으응……."

"그 인간을 말벗으로 하신다고요?"

"응."

디아레는 할 말이 많았지만 리리카의 얼굴을 보며 간신히 참았다. 대신 그녀는 이렇게 말했다.

"바라트면, 반대할 만하지요."

"그런가."

"네."

안 됐으면 좋겠다, 하는 심술궂은 마음을 가지고 디아레는 고개를 끄덕였다.

"그래도……."

리리카는 다시 한숨을 내쉬었다. 디아레는 갑자기 안절부절못한 기분이 되었다. 자신이야 바라트가 말벗이 되지 않는 게 좋지만, 그걸로 리리카가 속상한 건 별개의 문제였다.

주인의 기분이 나쁜 걸 감지한 강아지처럼 어쩌지? 하는데 창밖에서 그네 달기를 끝낸 듯, 라우브가 줄을 당겨서 확인하는 게 보였다.

"그네를 다 달았나 봐요!"

"어? 정말?"

리리카가 까치발을 들었다. 라우브가 도구를 챙기는 게 보였다. 그녀가 한층 밝아진 목소리로 디아레에게 말했다.

"나가 보자."

"네."

화제가 바뀌었다. 디아레는 몰래 가슴을 쓸어내리며 고개를 끄덕였다. 두 사람이 오두막 문을 열고 앞다투어 그네 앞으로 향했다.

"다 달았어?"

리리카의 질문에 라우브가 고개를 끄덕이고 희미하게 미소 지었다.

"이제 타셔도 괜찮습니다."

리리카는 기꺼이 처음 타는 그네를 디아레에게 양보했다.

"제가요?"

"응, 디아레가 먼저 타."

"아니에요. 황녀님이 먼저 타세요. 자요."

리리카가 그 말에 그네 앞에서 머뭇거리다가 작게 말했다.

"사실 한 번도 그네를 탄 적이 없어서 어떻게 타는지 모르겠어."

"!!"

디아레는 눈을 동그랗게 떴다가 잽싸게 그네에 앉았다.

"이렇게 타시는 거예요, 자요."

발로 힘껏 땅을 굴러서 몸을 뒤로 띄웠다가 다시 앞으로 휙 내민다. 그네가 점점 높게 올라가자, 브린은 리리카를 붙잡고 뒤로 물러섰다. 그네가 정점에 도달했을 때 디아레가 "하앗!" 하며 그네에서 뛰어내렸다.

그린 듯한 2회전 공중돌기였다.

"!!"

리리카는 깜짝 놀랐고, 브린은 차가운 얼굴을 했다. 완벽하게 착지한 디아레가 웃으며 말했다.

"이렇게 타시는 거예요."

"아니에요."

"아닙니다."

브린과 라우브가 동시에 입을 열었다. 리리카가 둘을 돌아보았다.

"아니야?"

"맞는데요."

디아레가 억울해져서 말하자 브린이 상냥하게 웃으며 리리카에게 말했다.

"마지막에 저렇게 뛰어내리실 필요는 전혀 없습니다."

"그렇습니다. 종종 울프들은, 아니 자주······. 하아······."

라우브는 한숨을 내쉬었다. 디아레는 의아해졌다.

"이게 아니에요?"

마지막에 가장 높은 곳에서 뛰어서 얼마나 멀리 날아가는지, 몇 바퀴나 회전하는지를 겨루는 게 아니었나.

"그냥 가볍게 위아래로 타시다가 멈추시면 돼요. 저런 위험한 짓은 하지 마세요. 자아."

브린이 그렇게 말하며 그네를 권했다. 리리카는 그네에 앉아서 줄을 단단히 잡았다.

나무는 제법 컸고, 줄도 상당히 길었다.

"발은 들고 계세요, 제가 밀어 드릴게요."

"응."

브린이 살짝 그녀의 등을 밀어 주었다. 그네가 앞뒤로 흔들리기 시작했다.

진자운동의 속도가 빨라질수록 리리카는 심장이 두근거렸고 신이 났다.

리리카는 웃음을 터트렸다.

바람에 머리카락이 날리는 것도 좋았고, 높을 때 보이는 풍경도 좋았다.

웃음소리를 들으며 디아레는 눈을 가늘게 떴다.

정원으로 나오는 이 시간이, 아니, 말벗으로 황녀님과 함께 있는 모든 시간이 즐거웠다.

'황녀님, 일 진짜 잘하시지.'

그 작은 몸으로 어찌나 빠르고 부지런하게 움직이는지 베어 놓은 풀더미를 이쪽에서 저쪽까지 순식간에 옮기고는 했다. 도토리를 물고 이동하는 다람쥐처럼 빨랐다.

울랑도 감탄했다.

리리카가 웃으며 야무지게 일하는 걸 보고 있으면 디아레도 일하는 게 즐거워졌다.

다른 사람들과 함께 있을 때와는 달랐다. 마음속 깊이 잔잔한 강물이 흐르는 기분이었다.

'그렇구나.'

디아레는 깨달아 숨을 길게 내쉬었다.

'황녀님 곁에 있을 때는 아무것도 참을 필요가 없어.'

황녀님은 그녀에게 아무것도 강요하지 않았고, 무엇이 옳다고 계도하려 들지도 않았다.

정원 일은 즐거웠다.

순수한 기쁨을 느꼈다.

디아레를 억압하는 일은 아무것도 없었다. 그녀의 모든 일은 인정받았고, 노력이 무시되는 일도 없었다.

산다르니, 울프니, 어느 쪽을 닮았냐는 이야기는 아주 멀어졌다.

자기보다 몸집이 작은, 사랑스러운 황녀님 옆에 있으면 지켜 주고 싶어졌다.

제 자리가 있는 것처럼 느껴졌다.

'내가 가치 있는 사람인 것처럼.'

울프나 산다르, 어느 쪽에도 속하지 못한 디아레가 아니라.

콩알이라고 불리며 '넌 힘들잖아. 저리 가.'라고 밀려나는 게 아니라.

모든 일에 함께했고, 리리카는 그녀에게 아무렇지도 않게 옆자리를 내어 주었다.

"말벗……."

저도 모르게 조그맣게 제 위치를 중얼거렸다.

'앞으로 점점 더 말벗이 많아지겠지.'

디아레는 잘 알았다. 대부분 황족은 그랬다. 지금 리리카와 아틸이 극단적으로 말벗이 적은 편이었다.

하지만 계속 그랬으면 좋겠다.

계속 나만의 황녀님이었으면 좋겠다.

그런 생각도 들었다.

'피요르드 바라트.'

하지만 말벗 후보 이름이 나온 이상 이대로 멈춰 있을 수는 없었다.

리리카는 그녀가 첫 번째라고 말했지만, 디아레는 제힘으로 그 자리를 쟁취하고 싶었다.

정치적 교류를 위한 말벗으로 끝나는 게 아니라, 정말로 친구가 되고 싶었다.

진짜로 리리카에게 소중한 사람이 되고 싶었다.

'왜 라우브가 황녀님을 선택했는지 알겠어.'

늘 외톨이로 겉돌던 그가 황녀님 곁에 얌전히 있는지 이유를 디아레는 이해했다.

그때 리리카가 외쳤다.

"나 디아레처럼 뛸 수 있을 거 같아!"

브린이 "위험해요." 하고 말하는데 리리카는 고개를 저었다.

"아냐, 할 수 있을 거 같아."

그녀가 휙 지나가며 말했다.

"내가 떨어지면 라우브가 받아 줄 거지?"

라우브는 망설임 없이 답했다.

"물론입니다."

그가 대답하기 무섭게 리리카가 디아레처럼 가장 높은 곳에서 뛰어내렸다.

물론 공중돌기는 하지 않았다.

"황녀님!"

브린이 달려나갔지만, 라우브가 한발 빨랐다.

리리카는 푹 하고 라우브의 품에 안겼다. 라우브는 뒤로 넘어지며 충격을 반감시켰다.

브린이 달려왔다.

"황녀님, 위험하게……!"

리리카는 숨을 헐떡였다.

생각보다 훨씬 높이, 그리고 빠르게 떨어졌다. 라우브가 받아 주지 않았다면 분명 발목을 다쳤을 터였다.

하지만 굉장히 용감한 사람이 된 기분이 들었다. 즐거워서 웃음이 나왔다.

평소라면 하지 않을 무모한 짓이었다.

그녀가 말했다.

"위험하지만 라우브가 받아 줄 걸 알았는걸."

리리카가 그렇게 말하고 라우브에게 물었다.

"그렇지?"

라우브는 눈을 깜박이다가 웃었다. 그가 진심으로 웃는 건 무척 드문 일이어서 리리카는 즐거워졌다.

그가 그녀를 일으켜 세우며 자신도 일어났다.

"언제든지 받아드릴 겁니다."

그의 말투는 단호하고 자신감 넘쳤다.

주군이 저를 믿어 준다는 말만큼 가신에게 달콤한 말이 있을까?

설령 그녀가 어디에서 추락하더라도, 그는 받아 보이리라.

절벽 끝에서 얻어낸 이 자리를 절대로 양보하고 싶지 않고 포기하고 싶지 않았다.

라우브의 말에 브린은 팔짱을 꼈고, 리리카는 웃었다. 디아레는 어쩐지 소외된 기분을 느껴서 리리카의 손을 잡았다.

"?"

리리카는 의아해하면서도 손을 꼭 마주 잡아 주었다. 디아레는 괜히 쑥스러워 시선을 돌렸다.

브린이 말했다.

"그럼 이제 돌아갈까요? 이제 정원 일은 울랑 혼자서도 가능할 거 같아요."

"응, 그래도 틈틈이 돌봐줘야지."

"취미 정도로만요. 계속 이러시다가는 손이 거칠어지실 거예요."

브린의 걱정에 리리카는 '그런가.' 하고 고개를 끄덕였다.

지금은 열심히 배워두고 나중에 황궁을 떠나면 그때는 직접 일해야지.

희고 매끄러운 손을 유지하는 것도 황녀의 일이었다.

'그러고 보니······.'

희고 매끄러운 손이라 하니 피요르드가 떠올랐다.

'디아레는 그렇게 말했지만, 피요르드가 그냥 답장을 안 보내지는 않

을 거 같아.'

　무슨 일이 있는 걸까?

　정말로 무슨 일이 있는 건지도 몰랐다.

　걱정이 되기 시작해서 리리카는 다시 편지를 보내기로 마음먹었다.

　리리카는 어쩐지 앞니가 이상한 걸 느꼈다.

　'뭐지?'

　아침 식사가 끝나자 리리카가 심각한 얼굴로 브린에게 말했다.

　"나 앞니가 이상해."

　리리카의 말에 브린은 "잠시만요." 하고 앞니를 살폈다.

　"실례하겠습니다."

　브린이 리리카의 앞니를 흔들어 보았다.

　"!!"

　리리카가 굳어 있는데 브린이 손을 떼고 말했다.

　"이를 뽑으셔야겠는걸요."

　"이를 뽑아?"

　리리카가 묻자 브린이 고개를 끄덕였다.

　"새로 이가 나시는 거예요. 흔들리는 이를 뽑아야지, 새로운 이가 예쁘게 나신답니다."

　"그, 그게……. 그렇지만……."

이를 뽑는다니!

당황해 어쩔 줄 모르는 리리카를 보고 브린이 다시 "아, 해 보세요." 하고 말했다.

리리카가 입을 열자 브린이 말했다.

"아직 조금 더 시간이 있는 거 같네요. 그럼 이틀 후쯤에 뽑아요. 그때 되면 쏙 하고 아프지 않게 뽑힐 거예요."

"정말?"

"정말이고 말고요."

브린의 장담에 리리카는 가슴을 쓸어내렸다. 어쨌든 지금 뽑지 않아도 되니 다행이다.

아침 식사 후, 리리카는 곧장 피요르드에게 편지를 썼다. 벌써 두 번째 편지였다.

연락이 전혀 되지 않고 답장도 없으니 사고가 났나 했는데, 바라트 소공자가 사고를 당하면 금방 알 수 있다고 브린이 안심시켜 주었다.

이번에는 걱정되는 내용을 듬뿍 담아 편지를 보내고, 리리카는 산책을 나섰다.

이제 날씨는 한여름에 접어들었다. 한낮에는 너무 더워 이른 오전이나 늦은 오후가 산책하기 딱 좋은 시간이었다.

사람이 많은 하늘궁을 기웃거리다가 리리카는 태양궁으로 돌아왔.

아틸은 상당히 자주 하늘궁까지 내려가서 하급귀족들을 만나는 듯했지만, 리리카는 거기까지는 영 자신이 없었다.

일단 다른 귀족들을 만난다고 해도 어떻게 처신해야 할지 모르겠다.

'하지만 매일 인형들과 티 파티 하는 것도······.'

5장 비밀의 오두막

인형과 티 파티도 물론 즐겁지만, 그래도 친구들과 함께하면 더 즐겁겠지.

디아레 같은 말벗이 아니더라도 어떻게 친구를 만드는 방법이 없을까.

그런 고민을 하며 리리카는 정원을 걸었다. 그녀의 손에는 새 양산이 들려 있었다.

어머니가 만들어 준 새 양산은 가볍고 산뜻한 노란색이라, 리리카의 마음에 쏙 들었다. 정원에는 이미 한바탕 진 장미를 뒤이어 붉은색 배롱나무며, 커다란 모란꽃이 피어 있었다.

"오랜만이네요, 울새 황녀님."

정원 관목 사이에서 피요르드가 불쑥 모습을 드러냈다. 리리카는 깜짝 놀라 그를 바라보았다.

"피요르드!"

반가운 마음에 한달음에 달려갔다가 그녀는 멈칫했다.

"피요르드, 괜찮아?"

그의 얼굴은 창백했고, 입가에는 맞은 흔적이 선명했다. 그게 그의 화려함과 맞물려서 기묘한, 굳이 말하자면 병적인 아름다움이 드러나고 있었다.

피요르드가 웃었다.

"네, 괜찮고말고요. 황녀님은 잘 지내셨나요?"

리리카는 주변을 둘러보았다. 뒤쪽에 서 있는 라우브와 브린을 제외하고는 아무도 없었다.

리리카는 설마, 하고 물었다.

"계속 날 기다렸어?"

"조금 기다렸지요."

리리카는 당황해 그에게 다가갔다.

"무슨 일 있어? 괜찮아?"

"네, 괜찮다니까요."

생글생글 웃는 그 얼굴에 이질감이 느껴졌다. 리리카는 저도 모르게 그의 손을 잡았다. 잡고서 흠칫했다.

"피요……르드……."

손이 뜨거웠다.

얼굴은 이렇게 창백한데, 손은 데일 것처럼 뜨겁다.

정상이 아니라는 건 리리카도 금방 알 수 있었다. 그녀의 얼굴이 굳었다.

"피요르드, 지금 당장 내 방으로 가자, 그리고……."

어의를 부르자고, 그리 말하려는데 피요르드가 단호하게 말했다.

"싫습니다."

"피요르드."

"저는 괜찮아요."

그가 깊게 숨을 들이마시고 다시금 부드러운 목소리로 이야기했다.

"말벗이 되자고 권유해 주셔서 감사합니다. 하지만 공작님께서 반대가 심하셔서요. 제가 먼저 말벗을 하자고 말씀드리고, 이렇게 말하기 죄송스럽습니다만……."

그가 그녀가 잡은 손을 꽉 쥐었다. 아플 정도로 강한 힘이었다.

"아무래도 말벗은 안 될 거 같아요."

리리카가 발을 동동 굴렀다.

"그건 괜찮아. 피요르드가 미안해할 필요 없어. 그보다 정말로 괜찮은 거야? 아니, 괜찮지 않잖아. 의사는? 만나 봤어?"

"괜찮은가요?"

그가 눈을 깜박였다. 뒤 내용은 전혀 듣지 못했다는 듯한 행동이었다. 그의 손에 더욱 힘이 들어갔다.

"괜찮다고요?"

리리카의 얼굴이 일그러지는 순간 라우브가 그의 팔을 붙잡았다.

"―!"

피요르드가 잡힌 팔을 홱 꼬아 라우브의 팔목을 잡아당기며 반대 손으로 그의 팔꿈치를 가격했다.

라우브 역시 다른 손으로 공격이 들어오는 손을 잡았다. 다음 순간, 피요르드가 아무것도 하지 않았는데, 라우브는 튕기듯 뒤로 물러나며 리리카를 등 뒤로 보냈다.

리리카는 피요르드의 눈이 초점 없이 흐릿해진 걸 보았다.

바람이 불지도 않는데 그의 머리카락이 공중으로 떠올랐다. 공기가 따끔거렸다.

작은 돌멩이들이 잘그락거렸다.

머릿속에서 마구 경종이 울려 퍼졌다.

"피요르드!"

리리카가 소리치자 그는 한순간 동작을 딱 멈추고 리리카를 돌아보았다.

그녀의 시선과 그의 시선이 마주쳤다. 혼란스러운 듯한 그의 시선을 리리카는 똑바로 바라보았다.

그의 머리카락이 천천히 내려앉고 공기도 다시 부드러워졌다.

줄 끊어진 마리오네트처럼 피요르드가 그 자리에 풀썩 쓰러졌다. 놀란 리리카가 뛰어나가려는 걸 라우브가 저지했다.

브린이 나와 그녀 앞에 서자, 라우브는 그제야 피요르드의 상태를 살폈다.

"기절한 것 같습니다."

"오두막으로 데려가자."

리리카의 말에 브린이 "괜찮으시겠어요?" 물었다.

리리카는 고개를 끄덕였다.

"다른 사람에게 보이면 안 될 거 같아. 그렇다고 이대로 놔두고 갈 수도 없잖아."

피요르드를 비밀정원에 들였다는 걸 알면 아틸이 엄청나게 화낼지도 모르지만, 아니 화낼 게 틀림없지만.

'다른 방법은 모르겠어.'

피요르드를 백룡실로 데려갈 수도, 여기에 놔둘 수도 없었다.

라우브가 피요르드를 등에 업었다. 브린이 말했다.

"알겠습니다. 그럼 이쪽으로."

사람들을 기막히게 피해서 일행은 오두막에 도착했다.

라우브가 피요르드를 침대에 내려놓았다. 그때쯤에는 아까까지 창백했던 게 거짓말이었던 것처럼 그의 얼굴이 붉게 달아올라 있었다.

숨소리도 거칠었다.

라우브가 리리카에게 말했다.

"아무래도 바라트 소공작님은 부상을 입은 거 같습니다."

"부상?"

"네, 피 냄새가 나더군요."

브린이 말했다.

"그럼 일단 옷을 벗겨 봐야겠네요. 저나 황녀님께서 하실 수는 없으니."

빤히 브린이 라우브를 보았다. 라우브는 시선을 리리카에게 내렸다가 그녀가 어쩔 줄 몰라 하는 걸 보고 나오려는 한숨을 삼켰다.

"알겠습니다."

잠시 후 라우브가 피곤한 얼굴로 침실에서 나왔다. 거실에서 기다리던 리리카가 벌떡 일어났다.

"어때? 상처가 심해?"

"상반신에 온통 상처 자국이 가득하더군요. 다양한 무기를 시험한 것처럼 오래된 것부터 최근까지, 상당히 체계적인—"

그는 리리카의 얼굴이 새하얗게 변한 걸 보고 말을 멈췄다.

브린이 노골적으로 라우브에게 눈을 찌푸려 보인 다음 말했다.

"일단 제가 가서 약과 붕대를 가져오지요. 기본적인 처치는 되어 있었나요?"

라우브가 고개를 끄덕이자 브린이 "말할 줄 안다면서요." 하고 고개를 기울였다.

라우브가 헛기침을 했다.

"기본적인 처치는 되어 있었습니다만, 상처를 씻고서 약을 바르고 붕대를 다시 감아야 할 거 같습니다."

"알겠어요. 황녀님, 같이 가시겠어요?"

"아니, 난 여기서 기다릴래."

리리카가 고개를 흔들었다.

"알겠습니다."

브린이 날랜 걸음으로 오두막을 빠져나가자 리리카는 울상이 되어 라우브를 보았다.

"많이 심해 보였어?"

라우브는 뭐라고 답해야 하나 고민했다. 솔직하게 말하자니 어린 황녀님에게는 너무 잔혹한 이야기다. 그렇다고 주군에게 거짓말을 하는 건 제 성정도 아니었다.

그가 망설이며 입술을 떼지 못하자 리리카는 눈을 꾹 감았다가 떴다.

"피요르드, 아니 바라트 소공작이면 높은 사람이지?"

"그렇습니다."

"그럼, 그렇게 상처입힐 만한 사람은……. 아, 혹시 대련의 흔적이야?"

전에 피요르드가 이야기했던 게 생각나 묻자 라우브는 고개를 저었다. 저건 일방적으로 낸 상처다.

"그렇구나. 그렇구나. 그렇다면. 그럼……."

리리카는 입술을 깨물었다.

"자세히 안 물어볼래. 피요르드는 내가 알기를 바라지 않을 거야. 계속 괜찮다고 그랬는걸. 상처는 보지 않는 게 좋겠어."

라우브는 안도하며 "저도 그리 생각합니다." 하고 답했다.

리리카가 말했다.

"이제 상처를 씻어 주면 되는 건가? 미안하지만 라우브에게 부탁해도 될까?"

"물론입니다."

브린이 돌아올 때까지 두 사람은 물을 잔뜩 끓이고, 수건을 삶았다. 여름이라 더웠지만, 이 정도는 감수해야 했다.

라우브가 젖은 수건을 잔뜩 들고 들어갔다가 나왔다. 상처를 닦아낸 수건에 피가 묻어 나왔지만, 리리카는 눈 하나 깜짝하지 않았다.

그사이 브린이 붕대와 소독약을 들고 돌아왔다. 리리카는 선반에 올려져 있는 노란 연고를 통째로 라우브에게 넘겼다.

라우브가 붕대를 감아 주는 사이에 브린은 다시 나가서 커다란 얼음을 가지고 돌아왔다.

"그런 큰 상처에는 열이 좋지 않으니까요."

"응."

때마침 라우브가 방 안에서 나와 말했다.

"처치는 다 끝났습니다."

"이제 들어가 봐도 괜찮아?"

"네."

라우브는 그리 말하고 잠시 리리카를 물끄러미 보았다. 그녀가 노란 연고를 만들었다는 건 그도 알고 있었다.

민들레로 만든 연고라고 했는데, 지금 바르면서 알게 되었다.

'상처가 너무 빨리 나아.'

권족 특유의 자연치유력인가? 생각했지만 역시 아니었다. 연고를 바르기 전까지는 닦아낸 상처에서 피가 흐르고 있었다. 벌어진 상처도 분명 보였는데.

'연고를 바르기 시작하니까 피가 바로 멈췄어.'

시간이 좀 흐르니 심지어 자잘한 자상들은 이미 아무는 게 보였다.

'이게 연고의 힘이라면……'

그는 뭐라고 말해야 할지 알 수 없었다.

리리카는 그를 지나쳐서 침실로 뛰쳐들어갔다가 곧장 다시 나왔다. 라우브가 놀라 물었다.

"무슨 일이십니까?"

"고마워, 라우브."

리리카가 그렇게 말하며 그를 끌어안았다. 라우브는 그대로 굳었다.

"브린도 고마워! 라우브, 브린이 얼음 가져왔으니까 차가운 차라도 마시면서 기다려."

그리고 다시 방 안으로 쪼르르 들어가는 황녀님을 보고 라우브는 어깨를 늘어트렸다.

브린이 물었다.

"안 들어가 봐도 될까요? 안전한 상태예요?"

"괜찮을 것 같습니다."

브린은 그 말에 눈을 가늘게 떴다가 고개를 끄덕였다.

새로 차를 우리고 받아 온 얼음을 얼음송곳으로 퍽퍽 쪼개어 순식간에 냉차를 만들었다.

"자요. 황녀님이 내리시는 냉차랍니다."

브린이 그리 말하며 쟁반을 내밀자 라우브는 공손히 차를 받았다. 브린이 반만 열려 있는 침실 문을 바라보았다.

"열을 식히기 위한 얼음물도 만들어 두는 게 좋겠지요."

라우브는 그런 브린을 빤히 바라보았다. 브린이 그와 시선을 마주치자

5장 비밀의 오두막

그가 물었다.

"그 노란색 연고는 황녀님께서 직접 만드신 겁니까?"

"네, 그래요."

브린은 도발적인 표정으로 답했다. '그래서? 어쩔 건데?' 그런 얼굴이었다.

라우브가 덤덤하게 차를 마시며 말했다.

"앞으로 출처는 숨기는 게 좋을 것 같습니다."

"황실 비법 정도면 되겠죠."

브린 역시 태연히 대꾸했다. 라우브는 그 말에 씩 웃었다.

"왜 웃어요?"

브린의 말에 라우브가 헛기침을 하고 답했다.

"원 안에 들어가 있는 것 같아서 말입니다."

만약 브린이 라우브를 외부인이라고 규정했다면, 황녀가 직접 연고를 만들었다는 사실을 부정했을 터였다.

아니면 타카르 황실에서 내려오는 비법이라고 둘러댔거나.

하지만 브린은 솔직하게 이야기했다. 그 말은 그녀가 자신을 리리카의 아군이라고 인지하고 있다는 뜻이었다. 그게 괜히 기분 좋았다.

브린이 코웃음 치고 얼음송곳을 흔들었다.

"제 원이 아니에요. 황녀님께서 믿고 계시니까요."

라우브가 다가와 말했다.

"그렇지요. 그럼 얼음물은 제가 만들겠습니다."

브린이 휙 얼음송곳을 숨기며 말했다.

"이건 제가 할 테니 가서 물 항아리를 채워요."

"알겠습니다."

라우브는 순순히 그 말을 들었다. 그가 물 항아리를 채우는 사이 브린이 얼음물이 가득한 놋쇠 대야를 들고 안으로 들어갔다.

침대 머리맡에 앉아 있는 리리카의 표정이 심각했다. 슬쩍 상태를 살펴보니 라우브 말대로 바라트 소공작은 안전해 보였다.

'저 상태로 깨어나도 황녀님을 공격하기는 어렵겠네.'

"황녀님, 얼음물을 가져왔어요. 열이 나니까, 이마에 올려 두면 시원할 거예요."

"고마워, 브린."

리리카는 얼른 수건을 적셔 피요르드의 이마에 올려 주었다. 그녀가 심각하게 물었다.

"브린, 나 오늘 여기서 자고 가면 안 될까?"

"글쎄요, 황후마마나 황태자 전하께서 아시면 놀라시지 않을까요?"

"그렇겠지?"

리리카는 그러며 열심히 눈을 굴리다가 "아!" 하고 말했다.

"그럼 가서 저녁 인사하고, 자는 척하다가 빠져나오면?"

브린이 조용히 물었다.

"그렇게 걱정되세요? 제가 남아 있어도 되어요."

"응, 하지만······."

리리카는 배가 아팠을 때를 떠올렸다. 어머니가 밤새 배를 문질러 주셔서 얼마나 위안이 되었던가.

다른 사람이 아니라 그녀가 피요르드 옆에 있어 주고 싶었다. 조금이라도 친분을 나눈 사람이 있는 게 좋지 않을까?

리리카가 머뭇거리자 브린이 빙그레 웃으며 말했다.

"알겠습니다. 같이 방법을 생각해 봐요."

"브린!"

감격하며 리리카가 그녀를 꼭 끌어안았다. 브린이 희미하게 웃었다.

사실 그녀로서는 바라트와 얽히는 게 달갑지 않았다.

'하지만.'

바라트 최고의 걸작품.

피요르드 바라트.

아무리 봐도 그가 황녀님께 경도되고 있는 것으로밖에 보이지 않았다. 내부의 배신자는 언제나 환영이었다.

'물론 언제나 눈을 부릅뜨고 있겠지만.'

이런 상처조차 거짓으로 만들어 내서 사람을 꾈 수 있는 게 바라트다. 그러니 언제나, 언제나 의심하겠지만, 그렇다고 굳이 리리카를 막을 이유도 없었다.

"그럼 일단 상황을 지켜보고 결정해요."

"응, 억지인데 들어줘서 고마워. 미안해, 브린. 나 요즘 계속 어리광만 부리고 있어."

브린이 웃으며 제 황녀님의 등을 토닥였다. 검보라색 단발머리가 부드럽게 흘러내렸다.

"어리광을 받아 드리는 게 제 즐거움이랍니다. 그리고 이 정도는 어리광이라고 할 것도 아니에요."

"하지만 곤란한 일만 부탁하고 있는걸."

"어머? 저는 조금도 곤란하지 않아요."

리리카가 품에서 고개를 들자 브린이 방긋 웃었다.

"저야 그저 황녀님의 부탁을 들어드린 것뿐인걸요."

그 말에 리리카는 눈을 동그랗게 떴다가 결연한 표정을 지었다.

"응, 내가 전부 책임질게."

만약 아틸이 또 화내면, 한 대 맞아주기라도 해야겠다. 아틸이 피요르드를 때렸을 때처럼 자신을 때리면 찌부러질지도 모르지만.

리리카는 주먹을 꼭 쥐었다.

"내가 지켜 줄 테니까 걱정하지 마, 브린."

"네, 황녀님."

브린이 싱긋 웃었다.

피요르드는 시원한 바람이 부는 걸 느꼈다. 땀으로 끈적해진 피부를 따뜻한 천이 닦아내는 것도 기분 좋았다.

"교대할까요?"

"아니, 괜찮아."

"피곤하시지 않으세요?"

"계속 앉아 있는걸."

"계속 앉아 계시는 게 피곤한 일이지요."

"그런가?"

소곤소곤 낮은 목소리가 울려서 그는 저도 모르게 눈을 떴다.

흐릿한 눈앞에 뭔가가 왔다 갔다 하는 게 보였다.

뚜렷하게 시야가 잡히고서야 피요르드는 그게 둥근 부채라는 걸 알았다.

"아, 피요르드, 일어났어?"

부채가 멈추고 동그란 얼굴이 드러났다. 피요르드가 멍하니 상대를 보다가 물었다.

"꿈인가요?"

"아니, 유감스럽게도? 아닌가? 음, 하여간 아니야."

그녀가 그러며 다시 부채를 흔들기 시작했다. 바람이 와닿는 걸 느끼며 피요르드는 그녀의 답을 음미하다가 확 몸을 일으켰다.

시야가 빙글 돌아서 그는 침대가를 짚었다. 놀란 리리카가 높은 의자에서 내려와서 얼른 그의 어깨를 잡았다.

"괜찮아? 열은 내렸지만, 아직 그렇게 움직이면 안 돼."

"여기가, 얼마나, 대체—"

말이 띄엄띄엄 나왔다. 리리카가 설명했다.

"여기는 정원 한쪽에 있는 오두막이고, 우리는 아침에 만났어. 지금은 다음날 새벽이야. 아직 한밤중."

이어 리리카가 컵을 내밀었다. 피요르드는 조심스럽게 컵을 받아들었다. 소금이 살짝 들어간 달콤한 꿀물을 전부 마시자, 리리카가 그를 도로 눕혔다.

"한숨 더 자. 좀 전에 열이 떨어졌어."

"하지만……."

그는 혼란스러웠다. 기억이 제대로 나지 않았다. 여기 있어도 되는 건가?

"계속 옆에 있을 테니까."

그 말 한마디에 어이없게도 긴장이 스르륵 녹아내렸다.

높은 의자에 도로 올라앉아 리리카는 다시 부채질을 시작했다.

머리카락이 가볍게 흔들렸다. 창밖에서는 벌레 우는 소리가 들렸다. 달콤한 재스민 향기가 밤공기를 타고 창문으로 흘러들어왔다.

새로 만든 오두막에서는 갓 베어 낸 나무 냄새가 났다. 침대 시트는 비단이 아닌 면으로 만든 것으로 햇빛에 잘 말린 듯 바삭거리는 감촉이 느껴졌다.

"……."

무엇보다도 시선을 돌리면 높은 의자 위에 울새가 앉아 있다. 갈색 머리카락에 맨 붉은 리본이 선명했다.

밤인데도 아름답게 빛나는 청록색 눈동자.

시선이 마주치니 "아이참." 하고 부채를 더 빠르게 팔락이며 말했다.

"자라니까."

"눈을 뜨면 꿈일까 봐."

꿈속이라면 좀 더 오래 머무르고 싶었다. 리리카는 그 말에 부채로 제 턱 끝을 눌렀다가 의자에서 내려왔다.

그녀는 어머니가 해 주었던 것처럼 침대 위로 올라갔다.

"!!"

놀란 피요르드의 머리를 조심스럽게 당겨서 제 어깨에 기대게 한 다음 말했다.

"이러면 괜찮지?"

"……네……."

내뱉고도 괜찮은지 알 수가 없어서 그는 황망히 시선을 돌렸다. 그러자 한쪽에 황가의 까마귀가 서 있는 게 보였다.

'늑대도 있고.'

괜찮군.

그는 그리 판단하고 눈을 감았다. 꿈이지만 황녀님은 안전하고, 그러면 그는 눈을 감을 수 있다.

누구도 그를 해치지 않고,

그도 누구를 해치지 않는.

그런 안전한 장소였다.

작고 둥근 어깨에 기대어 온기를 느낀다. 그는 순식간에 다시 잠으로 미끄러져 내려갔다.

깊고 편안한 잠이었다.

한 방울 눈물이 뺨을 따라 흘러내리는 걸 눈치채지 못할 정도로.

리리카는 손을 뻗어 그 눈물을 닦아 줄까 하다가 내렸다. 그가 잠든 걸 방해하고 싶지 않았다.

'나는 이 나이면 다 큰 줄 알았는데.'

그녀보다 키도 한참 큰 빈민가의 소년, 소녀들은 그 나이쯤 되면 어른 한 사람 몫을 했다. 그래서 리리카도 그런 언니, 오빠들을 바라보며 얼른 나도 커야지, 하고 생각했었다.

'어쩌면 아닐지도 몰라.'

진짜 어른은 탄이나 라트, 폐하 같은 사람들이겠지.

리리카는 부채를 들어서 다시 부치기 시작했다. 그의 가느다란 은발

머리카락이 부채 바람에 살랑살랑 움직이는 걸 보는 게 즐거웠다.

'졸리다……'

한밤에 열이 너무 올라서 어쩔 줄 몰라 했는데 기적처럼 갑자기 열이 떨어지기 시작했다.

그리고는 모든 게 괜찮아졌다. 라우브는 '회복기에 들어선 것 같다.'고 리리카를 안심시켜 주었다.

그녀는 꼬박 밤을 새워서 아직 깨어 있는 것이었다.

피요르드가 일어난 것도 보고, 안심이 되니 졸음이 쏟아지기 시작했다.

리리카는 피요르드에게 기댄 채로 꾸벅꾸벅 졸기 시작하더니, 곧 잠으로 빠져들었다. 그녀의 작은 손에서 부채가 빠져나가 땅에 떨어지기 전에 브린이 부채를 날렵하게 붙잡았다.

황녀님의 손을 침대 안으로 넣고 가져온 담요까지 덮어 주었다.

'외부에서 하룻밤을 보내는 게 불안하지만.'

브린은 입술을 깨물었다.

'동이 트기 직전에 돌아가자.'

새벽녘. 몸에 익은 기상 시간대로 피요르드는 눈을 떴다. 잠시 누워서 상황을 파악하고 그는 슬그머니 몸을 돌려 리리카를 바라보았다.

쌔근쌔근 잠들어 있는 그녀를 보니 뭐라고 표현할 수 없는 감각이

5장 비밀의 오두막 **447**

밀려왔다.

 영원히 이렇게 누워 있고 싶었다. 하지만 그건 안 될 일이다. 그는 천천히 몸을 일으켰다. 놀랄 정도로 상쾌한 기분이었다. 팔다리를 움직여 보고 통증이 없는 걸 확인한 후에 그는 침대에서 미끄러지듯 빠져나갔다.

 바깥에서 인기척이 느껴져 피요르드는 반사적으로 무기가 될 만한 것을 찾았다.

 태연히 문을 열고 들어온 건 황실의 까마귀였다. 그녀는 그를 힐끗 보고는 완전히 무시했다. 사뿐사뿐 다가와 리리카를 깨우기 시작했다.

 "황녀님, 일어나세요. 백룡실로 돌아가셔야지요."

 "으응······."

 "황녀님."

 완전히 무시당한 채로 피요르드는 멀뚱히 서 있었다. 잠시 후 눈을 비비고 일어난 리리카가 작게 하품하더니 일어난 그를 보고 깜짝 놀랐다.

 "피요르드! 이제 괜찮아?"

 "네, 괜찮습니다."

 리리카가 배시시 웃었다.

 "다행이다."

 그녀의 웃음에 그도 마주 웃을 수밖에 없었다.

 어찌 된 건지 자세하게 사정이 듣고 싶었지만, 그럴 때가 아닌 듯했다. 그때였다.

 "뭐야, 이런 걸 만들어 두고 꽁꽁 숨기고—"

 즐거운 얼굴로 문을 열고 들어온 아틸이 그대로 굳었다. 피요르드는 숨을 삼켰다.

'방심했다.'

브린도 눈을 동그랗게 떴다.

밖에 라우브가 분명히 있을 텐데, 어째서?

무의식적으로 바깥문을 한 번 보았다가 브린은 리리카의 앞을 비스듬히 가로막아 섰다.

정면으로 막으면 너무 주의를 끄니, 이 정도가 적당했다.

"이게, 무슨."

아틸의 얼굴에 충격, 배신감 그리고 분노가 차올랐다. 아틸이 성큼성큼 걸어 들어왔다. 위협적인 그 앞을 브린이 말릴 새도 없이 리리카가 잽싸게 가로막았다.

"아틸, 잠깐만—"

"넌 비켜!"

아틸이 그녀를 옆으로 홱 밀쳤다. 리리카가 그의 팔을 붙잡았다.

"미안해요, 그런데 먼저 제 이야기를—"

"꺼지라고!"

아틸이 거칠게 팔을 뿌리쳤다. 리리카의 체구가 그보다 한참 작았기 때문에 그의 팔에 리리카는 얼굴을 퍽 얻어맞았다.

평소라면 '아코' 하고 뒤로 물러나는 정도로 끝났을 터였다.

평소라면 말이다.

리리카는 멈칫했다. 그녀는 입을 손으로 가렸다.

'툭.'

새하얀 앞니가 손바닥에 굴러떨어졌다. 동시에 입가에서 주르륵 핏물이 흘러내렸다.

"황녀님!"

비명처럼 소리 지르며 피요르드가 달려왔다. 아틸은 너무 놀라 그걸 가로막지도 못했다. 리리카도 놀라 눈을 휘둥그레 떴다.

'앗니? 아!'

이틀 전부터 흔들거리고 있는 치아였다. 오늘이나 내일쯤 뽑을 예정이었는데. 혹여나 아틸이 자책할까 봐 그녀는 빠르게 말했다.

"괜안아여—"

입 안에 피가 고여 발음이 어색해졌다. 말하는 동안 다시 피가 주룩주룩 흘렀다. 사실 전부 피가 아니라 침과 섞여서 피로 보이는 거지만 보기에는 상당히 무참했다.

사태를 잘 알고 있는 브린만이 침착했다. 그녀가 다가와 손수건을 접은 천을 내밀었다.

"황녀님 꽉 깨무세요."

"웅."

고개를 끄덕끄덕하고 리리카가 다시 아틸에게 말하려다가 피요르드를 바라보았다. 그녀의 어깨를 쥔 손이 떨리고 있다.

금홍색 눈동자가 초조함으로 슬렁거린다. 리리카가 제 어깨에 올라간 그의 손을 가볍게 토닥였다.

"괜안아."

손수건을 물고 있으니 제대로 말할 수가 없다. 그녀는 한숨을 삼켰다.

"이게……."

아틸이 주먹을 꽉 쥐었다. 목소리가 떨렸다. 그가 피요르드에게 달려

들었다.

"이게 다 너 때문이야!"

"황녀님을 친 건 제가 아니라 그쪽입니다!"

분노한 피요르드도 곧장 맞받아쳤다. 서로 멱살을 잡은 둘은 금방이라도 드잡이질할 거 같았다.

당황한 리리카가 어쩔 줄 몰라 하며 브린을 보았는데, 브린은 그녀에게 생글 웃어 보였다.

황녀님만 무사하면 아무런 상관없습니다.

그런 상큼한 얼굴이라 리리카는 저도 모르게 입을 벌렸다.

그러니까, 이럴 때는, 그러니까. 리리카가 목소리를 높였다.

"라우브!"

'쾅!'

문이 거칠게 열렸다. 놀란 모두가 시선을 돌리니 거기에는 라우브가 서 있었다.

반색하며 고개를 든 리리카는 놀라 눈을 동그랗게 떴다. 한눈에도 라우브는 어디 낙엽 더미에서 뒹군 것처럼 보였다. 드물게도 굉장히 화가 난 얼굴로 그는 성큼성큼 걸어 들어왔다. 그가 이를 악물고 말했다.

"전하, 장난이 지나치십니다."

리리카는 영문을 몰라 아틸과 라우브를 번갈아 바라보았다.

"죄송합니다, 제가—"

리리카에게 몸을 돌린 라우브는 제 주인을 한 번 보고 한걸음에 달려왔다.

"황녀님!"

5장 비밀의 오두막　**451**

괜찮아, 하고 말하려다가 리리카는 대체 이게 몇 번째인가 생각하며 그에게 괜찮다는 의미로 웃어 보였다.

그러나 라우브에게 그 웃음은 조금도 도움이 되지 않았다.

이가 빠졌다.

그건 그도 쉽게 알 수 있었다. 사람을 이가 빠질 정도로 때리려면 상당한 힘을 줘야 했다.

그가 자리를 비운 사이 주인이 이가 빠지는 공격을 받았다.

그 정도의 강도로 누군가가 리리카를 때렸다. 그 사실에 라우브는 전신이 떨려왔다.

사실 누군가가 그렇게 때렸다면 리리카가 지금 이렇게 멀쩡히 서 있을 수 없을 테지만 거기까지 생각이 닿지 않았다.

"대체, 누가."

말이 뚝뚝 끊어졌다. 분노를 주체하기 힘들었다. 몸 안쪽에 흐르는 늑대의 피가 끓었다.

주인을 잃을 뻔했다.

공포는 본능을 불러일으켰다. 그의 동공이 작게 수축하며 눈동자 색이 더 밝게 변했다.

살짝 벌어지는 입술 사이로 송곳니가 드러났다.

리리카가 놀라 그를 큰 소리로 불렀다.

"라우브 울프!"

손수건이 떨어졌지만, 그녀는 상관하지 않았다.

"난 괜찮아. 공격당한 거 아니야. 진정해."

"하지만……."

"정말이야. 이가 빠질 때가 되어서 빠진 것뿐이야. 아틸도 놀랐죠? 저 이가 흔들렸거든요, 그래서 그런 거예요."

말하는 와중에도 다시 핏물이 왁왁 쏟아져 리리카는 입을 다물었다. 브린이 새 손수건을 꺼내어 입가를 닦아 주고 새로 물게 했다.

리리카는 상황을 설명했으니 모두가 "에이, 그랬구나. 난 또." 하며 부드럽게 풀릴 줄 알았는데, 분위기는 조금도 풀어지지 않았다.

어째서, 하고 당혹스러워하는데 브린이 경쾌하게 해답을 내놓았다.

"그래도 일이 없었다면, 황녀님의 이가 빠지지 않았겠지요."

상황을 정리하는 말에 리리카는 고민했다. 그녀가 피요르드를 툭툭 치고 소파를 가리켰다. 이어 쪼르르 달려가 아틸의 손을 잡았다.

슬쩍 눈치를 보았지만 뿌리치고 갈 것 같진 않았다. 그녀가 그의 손을 당기자 아틸은 순순히 끌려왔다. 완전히 전의를 상실한 모습이었다.

아틸의 손을 잡고 오두막을 나오니 전에 함께 고른 호위기사 두 사람이 나란히 기대서 있는 게 보였다. 두 사람은 이쪽을 보고 놀라 쓴웃음을 지으며 인사했다.

리리카는 엉망인 두 사람의 모습에 놀랐다가 마주 인사했다.

'라우브가 엉망인 것보다 더 엉망이네.'

그녀는 오두막 앞에 놓인 탁자 앞으로 아틸을 데리고 갔다.

리리카는 물고 있던 손수건을 빼고 말했다.

"미안해요. 아틸이 이곳을 소중하게 여기는 것도 알고, 피요르드를 싫어하는 것도 아는데, 여기에 데려와서요."

"왜 사과해?"

"네?"

놀라 리리카가 고개를 들었다. 아틸은 이를 악물었다.

"왜, 네가, 사과해?"

드문드문 끊어지며 묻는 소리에 그녀는 당황한 듯 보였다. 청록색 눈이 여기저기 헤맸다.

그것마저도 그를 불안하게, 아니면 화나게, 아니 어떤 감정인지도 모르는 소용돌이 속에 밀어 넣었다.

"그야 제가 잘못했으니까요?"

"뭘?"

"아까 말한 대로—"

"여기는 내가 너에게 준 곳이야. 거기에 누굴 데려오든지 네 마음이라고."

"완전히 제 것은 아니에요. 반반씩 하기로 했잖아요."

"그래도 네가 누구를 데려올지는 네 권리야."

말하다 다시금 아틸은 허탈해졌다. 왜 이런 걸로 다투고 있지?

그가 하고 싶은 건 이런 이야기가 아니었다. 그가 하고 싶은 것은 전혀 다른 말이었다.

그런데 리리카가 사과할수록 오히려 그 말을 하기가 어려워졌다. 그는 리리카의 손을 붙잡고 도로 손수건을 물게 했다. 어리둥절하게 자신을 바라보는 눈동자가 싫었다.

그가 말했다.

"왜 나에게 사과하라고 말하지 않아?"

깜박.

생각도 못 했다는 듯한 얼굴이다. 그는 화가 났다. 그녀가 뭐라고 하려는 걸 아틸은 턱을 올려 손수건을 물게 하며 막았다.

"화내도 괜찮아. 화내도 돼. 내가 흥분했다고 해도 널 이렇게 치는 건 말도 안 되는 일이야. 난……."

그는 더 말하려다가 말을 멈추고 한숨을 내쉬었다. 왜 자신이 이런 설명을 해야 하는가?

난 널 다치게 하고 싶지 않아.

그 말은 나오지 않았다. 대신 심술궂은 소리가 입에서 나왔다.

"다친 건 넌데, 왜 나에게 괜찮다고 말하면서 사과해? 비굴하게 굴지 마. 출신 티 나게."

마지막 말을 내뱉는 순간 아차 했다. 리리카의 얼굴이 빨갛게 달아올랐다. 턱을 잡은 그의 손을 팍 쳐내고 그녀는 손수건을 탁 뱉어냈다.

"저는 제 출신이 조금도 부끄럽지 않아요!"

"난—"

"비굴해진 적도 없고요! 그야, 맞은 건 아팠지만 전하께서도 놀라셨잖아요? 당황한 게 보였고, 이도 흔들거리는 중이었어요. 게다가, 퉷!"

고이는 침을 뱉어내는 동작에 아틸은 굳었다. 리리카가 입가를 닦아내고 짧게 욕설을 내뱉었다.

아틸은 들어 본 적도 없는, 빈민가 소녀다운 한마디였다.

그 짧지만 거친 말에 아틸은 숨을 삼켰다. 이쪽을 똑바로 쏘아보는 리리카의 눈동자는 타오르고 있었다.

그녀는 빈민가의 아이.

하지만 단 한 번도 부끄러운 일은 하지 않았다. 그건 그녀의 긍지이며 자부심이었다.

"전하께서 바라트를 얼마나 싫어하는지 알면서도 제가 결정한 거예요. 화나실 거라는 걸 알고 있으면서 했다고요."

청록색 눈이 번득였다.

"그래서 사과드린 거예요. 지금도 죄송스러운 마음은 변함없고요. 왜냐면……."

좀 전의 아틸은 굉장히 기대하는 얼굴과 목소리로 들어왔다. 호위 기사 둘에게 라우브를 따돌리게 만들고서 몰래 들어온 것이었다.

리리카가 정원을 예쁘게 만들어 돌려주겠다고 약속했고, 움직임이 있다는 걸 아틸이 모를 리가 없었다. 거기다가 어쩌면 아침에 자신이 없는 걸 알아챘을지도 몰랐다.

그러니까 오두막으로 바로 왔겠지.

리리카가 분명히 준비하고 있었을, 깜짝 파티 같은 걸 놀려 주려고 생각하면서.

그런데 그곳에서 바라트와 함께 있는 자신을 보면서 무슨 생각이 들었을까?

배신감이 들었을 터였다.

그런데도 아틸은 리리카에게 화내는 게 아니라 피요르드에게 먼저 분노를 표현했다.

그게 자신을 아껴서 그런 거라는 걸, 리리카는 알았다.

"저는 전하를 좋아하니까요."

좋아하니까, 그가 입었을 상처가 걱정됐고, 굉장히 미안했다. 찰싹 얻어맞는 것 정도는 그래도 싸다고 생각했다.

단순하기 짝이 없는 말이다.

아틸은 맥이 탁 풀렸다. 그는 의자에 주저앉으며 양손으로 얼굴을 감쌌다.

왜 이 약해빠진 여동생은, 제가 하지 못하는 말을 이렇게 잘할 수 있는 걸까?

무섭지 않은가?

두렵지 않은가?

누군가를 좋아한다는 건 약점을 잡히는 일이다. 호의는 이용당하기 쉽다. 상대방의 애정으로 이득을 보려는 자들은 얼마나 많은가?

그럼 남은 사람은 상처받을 뿐인데.

"전하?"

그녀가 다시금 그를 그렇게 불렀고 아틸은 더럭 겁이 났다. 아까부터 호칭이 '아틸'이 아니라 '전하'다.

그는 머뭇거리며 고개를 들었다. 걱정스러워하는 얼굴이 시야에 들어왔다.

여전한 걱정을 보자, 마음속의 말이 쉽게 흘러나왔다.

"미안해."

그가 짤막하게 내뱉었고, 리리카는 빙긋 미소 지었다.

"그 사과는 일단 받겠습니다, 전하."

아틸은 그녀의 팔을 잡아당겨 가까이 오게 했다. 그가 한숨을 내쉬고 물었다.

"대체 저 녀석의 어디가 마음에 들어?"

"음……. 엄청 예쁘고, 커트시도 잘하고—"

"얼굴? 얼굴이야? 아, 하긴. 바라트가 얼굴 빼고 볼 게 뭐 있겠어?"

5장 비밀의 오두막

다른 걸로는 얼마든지 험담할 수 있지만, 외모로 바라트를 험담할 수는 없지. 그것만은 아틸도 인정하는 바였다.

아틸은 기가 차서 제 여동생을 보았다. 리리카는 얼굴이 발개졌다.

"어, 얼굴 때문이 아니에요. 그리고 어쩐지, 음. 마음 쓰이게 하는 곳이 있어요."

"그러니까 얼굴."

"아, 아니라니까요. 정말로 그게 아니에요. 세상에서 가장 아름다운 건 제 어머니라고요!"

갑자기 이유를 알 수 없는 선언을 해서, 아틸은 당혹했다. 리리카가 의기양양하게 말했다.

"그러니까 어지간한 얼굴로는 넘어가지 않아요."

걔는 어지간한 얼굴이 아니지.

목구멍까지 올라온 말을 아틸은 집어삼켰다.

피요르드는 가시방석에 앉은 기분이었다. 소파 위에 똑바로 앉아 그는 시선을 팔로 내렸다. 블라우스 자락을 걷어 올리니 팔에 좀좀히 감아 놓은 붕대가 보였다.

주먹을 쥐었다가 펴 보고, 어깨도 돌려보았다.

그 어디에서도 통증이 느껴지지 않았다. 제 상처를 볼 수 없지만 완벽하게 나았다는 건 알 수 있었다. 이 붕대는 요식행위에 불과했다.

'하룻밤 사이에?'

적어도 일주일은 내리 고생했을 상처였다.

의문이 들었지만, 그걸 굳이 표시하지는 않았다. 묻지도 않았고.

오래된 가문이라면 비법 한둘쯤, 숨겨 둔 아티팩트 서넛쯤은 있으니까.

그는 걱정이 되어 창문가를 슬쩍 바라보았다. 앉아서는 보이지 않았지만, 바깥 어디에선가 리리카와 아틸이 대화를 하고 있을 터였다.

'아틸 사우 타카르.'

그는 눈을 감았다.

어릴 때는 무작정 그를 증오했다. 자신이 이렇게 고통당하는 원인이, 아버지가 돌아가신 것이 전부 아틸 때문이라고 생각했다.

그런 말을 사방에서 독처럼 듣고 자랐다. 특히 어머니는······.

어머니를 생각하니 저절로 어깨가 움츠러들었다. 바라트를 어떻게든 최고의 자리에 올려놓으려 노력하는 어머니. 늘 최선을 다하는 어머니.

직계 황족을 데릴사위로 얻어, 그토록 증오하는 타카르와 살을 섞었다.

그런 어머니 덕분에 자신은 바라트 최고의 걸작품이 되었다.

'웃기지.'

그런 마음이 깨진 것은 아틸의 생일잔치가 열렸을 때였다.

열 살이 되면 처음으로 두 자릿수가 되는 생일이라 성대한 생일잔치가 열린다.

아이를 모두에게 소개하는 자리이기도 했다.

그래서 처음으로 피요르드는 아틸을 만났다. 어머니의 손가락이 그의 머리카락을 파고들어 고정하듯 시야를 돌렸던 걸 기억한다.

"저게 네 적이다."

그렇게 속삭이던 목소리도 생생히 떠올랐다. 그래서 증오를 품고 쏘아보았던 아틸은…….

지금 다시 생각해도 입술 사이로 헛웃음이 흘러나왔다.

그냥 아이였다.

이쪽을, 그와 비슷한 증오와 불안감을 끌어안고, 필사적으로 쏘아보고 있는 아이.

저와 똑같은.

피요르드는 깨달았다. 그에게 고통을 주는 건 아틸이 아니었다. 타카르가 아니다.

제 머리에 손을 올리고 있는 이 사람이다.

바라트다.

타카르가 되고 싶은, 최고가 되고 싶은, 어떻게든, 무슨 수를 써서라도, 고통을 쥐어 짜내어 눈물의 잔을 삼키더라도.

저 자리에 오르고 싶은 바라트의 욕심.

그게 그를 고통에 우짖게 하는 원인이다.

그때부터 피요르드는 아틸을 미워한 적이 없었다. 상대가 그를 노려보면 쓴웃음만 나왔다.

아틸이 왜 저를 그렇게 싫어하는지도 충분히 이해했다. 바라트가 하는 짓들을 보면, 그도 욕을 했을 터였다. 자신이 바라트가 아니라면 말이다.

하지만 그는 바라트였다. 그러니까 늘 피했고, 늘 빙 돌아서 걸어 다녔다.

'하지만.'

하지만 리리카를 만났다.

마음을 써 주는 행동,

다정한 말,

스며드는 친절,

조건 없는 호의.

그녀의 행동들은 전부 작은 것들뿐이었다. 유리처럼 반짝이는 설탕 과자 부스러기 같은 거였다.

그런데 단 한 번도 맛본 적 없는 달콤한 맛과 향기, 알록달록한 빛깔에 매혹되어 눈을 뗄 수가 없었다.

가까이에 있고 싶었다.

계속해서 떨어지는 부스러기를 줍고 싶었다.

일생 물을 마시지 못했던 사람의 입술에 물 한 방울이 떨어진 것처럼. 한 방울로는 만족할 수 없었다. 타는 듯한 갈증을 느꼈다. 황홀하게 단맛을 음미했다.

그러나 식탁 위에 놓인 과자에는 손을 뻗을 수 없었다. 아무리 잡으려 해도 부스러기만 그러쥘 뿐이었다.

감히, 그가, 어떻게.

피요르드 바라트가 리리카 나라 타카르에게 그걸 바랄 수 있겠는가. 그는 그저 그녀의 관용에서 나오는 연민의 부스러기만으로도 만족했다.

'아니지.'

그는 픽 웃고 정정했다.

'만족할 줄 알았다.'

그걸로 정말 족했다면 말벗을 하고 싶다고 하지 않았겠지.

해선 안 될 말이라는 걸 알면서도 내뱉었다. 이어 리리카의 말벗으로 피요르드가 어떠냐며 묻는 편지가 왔을 때 뛸 듯이 기뻤다.

그런 그와는 반대로 어머니는 대번에 심기가 불편해졌다.

감히, 천민, 잡종.

그런 불쾌한 말들이 쏟아져 나왔다. 그래도 피요르드는 한 발 앞으로 나서서 말했다.

적과 가까이 지내는 건 좋은 일 아니냐고.

그 순간 어머니가 폭발했다. 늘, 언제나, '널 위해서 몸에 새기는 것.' 그렇게 이야기를 하나, 실상은 그저 어머니의 감정을 풀고 싶은 것뿐.

평소에 바라트 공작으로서 모든 감정을 누르고 있는 만큼, 한 번 폭발하면 후폭풍이 상당했다.

분노를 받아내고 나서 피요르드는 신음을 삼키며 고민했다.

'황녀님께 뭐라고 말씀드리지.'

자신이 원해 놓고, 거절하면 분명 마음 상하실 텐데. 어떻게든 자신의 뜻이 아니라는 걸 알려야 하는데.

크게 실망하고 섭섭해하시면 어떻게 하지?

꽤 오래 누워 있으면서, 그런 걱정만 들었다. 어떻게든 몸을 추슬러서 일어났다.

조금이라도 빨리 말을 전해야 한다. 황궁 정원까지 가는 길이 무척 힘들었던 기억이 났다.

기다리는 내내 말을 연습했다.

'그리고 기억이 안 나.'

분명, 황녀님을 만난 것 같다. 만난 것 같은데 그 뒤로 기억이 뒤죽박죽이었다.

그녀가 자신을 불렀던가? 아니면 그냥 착각인가?

알 수 없었다.

분명히 쓰러졌을 텐데 언제 어떻게 쓰러진 건지도 모르겠다.

기억이 뚜렷한 부분은 침대에서 눈을 떴을 때였다. 부채를 부치며 도로 자라고 채근하던 목소리는 선명했다.

'경을 칠 일이지.'

피요르드 바라트가 무방비한 상태로 정신을 잃고 쓰러져서, 모르는 곳에서 잠들다니.

두 번 다시는 없어야 할 일이지만, 아무래도 상관없다는 마음 역시 공존했다.

―피요르드는 작품이 아니잖아.

그 말이 문득 떠올라 피요르드는 웃었다.

어쩜 그렇게 달콤한 말만 하는 걸까?

신기하기 짝이 없었다.

그러나 부스러기도 오늘로 끝일 터였다. 한 번은 용서했어도, 황태자가 두 번을 용서할까?

그리고 만약 그것 때문에 황녀님을 그렇게…….

아까 입에서 피를 흘리던 리리카를 생각하니 등줄기를 타고 소름이 돋았다. 혹시나 자신 때문에 리리카가 그렇게 된다면, 스스로 용납할 수 없을 터였다.

혹은 리리카에게는 아틸이 더 소중할 테니까.

어느 쪽으로 생각을 해도 부정적인 생각만 들었다.

그때 문을 열고 리리카가 들어왔다. 피요르드는 자리에서 벌떡 일어났다. 리리카가 손으로 뭔가 쓰는 흉내를 내자 브린이 얼른 석판을 가져왔다.

그리고 어제 붕대를 만들고 남은 천을 솜씨 좋게 잘라서 리리카에게 물려 주었다.

리리카가 석필로 글씨를 써서 라우브에게 보여 주었다.

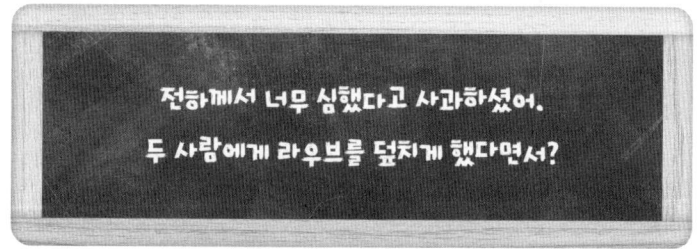

라우브가 한숨을 삼키며 말했다.

"인기척에 유인당한 제 잘못입니다. 호위는 그럴 때야말로 곁에 붙어 있어야 하는 건데."

대화하는 데에 시간이 오래 걸려도 상관하지 않았다. 라우브가 주먹을 꽉 쥐고 말했다.

"다시는 이런 일이 일어나지 않게 할 겁니다."

그러며 애써 웃어 보인다. 리리카는 그럴 때마다 묘한 위화감을 느꼈다. 라우브가 탄처럼, 혹은 다른 울프처럼 붙임성 있는 행동을 할 때마다.

하지만 그건 지금 할 이야기는 아니었다.

"응."

리리카가 짧게 대답하고 고개를 끄덕였다. 브린이 물었다.

"전하께서는 돌아가셨나요?"

"응."

"그럼 평소라면 식사를 하겠지만……."

리리카가 반색했다. 사실 아까부터 배고팠다. 예전에는 한두 끼쯤 안 먹어도 거뜬했는데, 매일 끼니를 챙기게 된 몸은 아침을 안 먹었다고 강렬히 주장 중이었다.

"응!"

리리카의 대답에 브린이 웃으며 말했다.

"죄송하지만 지금은 피가 멎을 때까지 식사를 못 하세요."

"!!"

리리카는 동그랗게 눈을 떴다가 어깨를 늘어트렸다.

'하긴.'

이 상태로 뭘 먹을 수 있을 거 같지 않았다. 그녀가 피요르드를 가리키자, 브린이 "아." 하고 그에게 물었다.

"바라트 소공작님께서도 시장하시죠. 식사를 준비하겠습니다."

피요르드는 '아니다.', '괜찮다.'라고 말하려 했다. 하지만 그렇게 되면 바로 이제 볼일이 끝났으니 여기서 쫓겨날 거 같았다.

망설이는데 리리카가 석판에 글씨를 써서 피요르드에게 보여주었다.

> 먹고 가.

피요르드는 작게 대답했다.

"네, 기꺼이."

브린이 물었다.

"이런 말은 죄송스럽지만, 전하께서 괜찮으실까요?"

"응."

대답한 리리카가 빠르게 석판에 적은 글씨를 모두에게 보여 주었다.

> 우리 어머니가 세상에서 가장 아름다우시니까!!

"……?"

모두가 동시에 머리 위에 물음표를 띄웠으나, 리리카는 그걸로 설명이 다 끝난 듯이 뿌듯한 얼굴을 했다.

'객관적으로 생각해도, 우리 어머니가 세계 최고의 미인이지. 암.'

대체 무슨 뜻인지 궁금했지만, 석판 대화는 어렵고, 식사를 빠르게 준비하는 게 중요했다.

브린이 말했다.

"바라트 소공자님과 함께 식사한다면, 여기서 해야겠군요. 준비해 오겠습니다."

> 미안해.

"아닙니다."

울상인 얼굴로 뭘 적나 했더니 사과였다. 브린이 웃고 고개를 저었다. 브린은 가볍게 치맛자락을 흔들며 오두막을 나섰다.

얼마 지나지 않아서 마법이라도 부린 것처럼 브린이 아침 식사를 들고 왔다. 뒤쪽에 브란이 따라와 짐을 내려 주었다.

그는 피요르드를 보고 쓴웃음을 머금고는 가볍게 인사해 보였다.

피요르드도 마주 인사했다. 브란이 리리카의 상태를 자세히 보고 말했다.

"죄송합니다, 황녀님."

리리카는 고개를 도리도리 저었다. 그리고 피요르드를 가리키고 눈썹을 축 늘어트렸다.

브란은 웃음이 터져 나오려는 걸 참았다.

'내가 피요르드를 데려온 게 잘못이야.'

라는 게 이렇게 잘 표현될 줄이야.

"그래도 말입니다. 후에 흑룡실에 들러 주십시오. 아이스크림을 준비하고 기다리고 있겠습니다."

"응!"

리리카가 웃으며 대답했다. 브란이 물러가자 브린은 얼른 아침 식사를 차렸다.

무척 간단한 식사였다.

토스트와 버터, 잼. 그리고 따뜻한 수프였다.

리리카와 마주 앉아 혼자서만 식기를 받아들고 피요르드는 어색하게 식사를 시작했다.

리리카가 석판에 뭔가를 끄적여 그에게 보여 주었다.

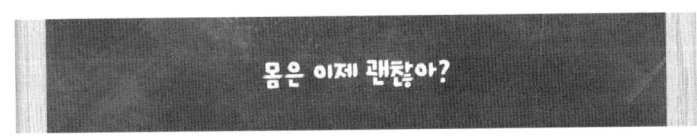
몸은 이제 괜찮아?

"네, 괜찮습니다."

리리카는 다시 지우고 적기 시작했다. 피요르드는 먹는 둥 마는 둥 하며 리리카를 기다렸다.

말벗은 못 하는 거지?

"……네."

아무렇지 않게 목소리를 내려고 했지만, 자신이 들어도 처지는 목소리가 나왔다.

리리카는 갸웃하고 다시 사각사각 글씨를 썼다.

그럼 그냥 친구 하자.

피요르드는 눈을 부릅떴다. 그는 몇 번이나 석판의 글씨를 다시 보았지만, 글씨가 사라질 기미는 없었다.

훈련받은 필체처럼 유려한 흘림체는 아니었다. 오와 열이 맞지 않아서 비뚤비뚤하다는 인상이 강한 글자였다.

그 글자를 몇 번이나, 몇 번이나 새겨넣듯 바라보는데 리리카가 석판을 돌리더니 그 밑에 다시 글씨를 적었다.

순간 대답하면 치밀어 오를 거 같아서, 피요르드는 한 박자 기다렸다가 우아하게 미소 지으며 대답했다.

"좋습니다."

너무 달라붙는 것 같지 않게, 갈구하는 듯하지 않게.

리리카는 빙긋 웃었다.

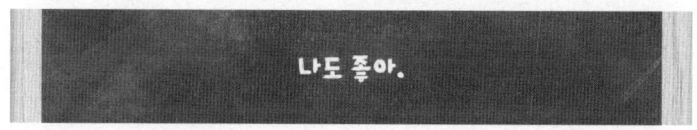

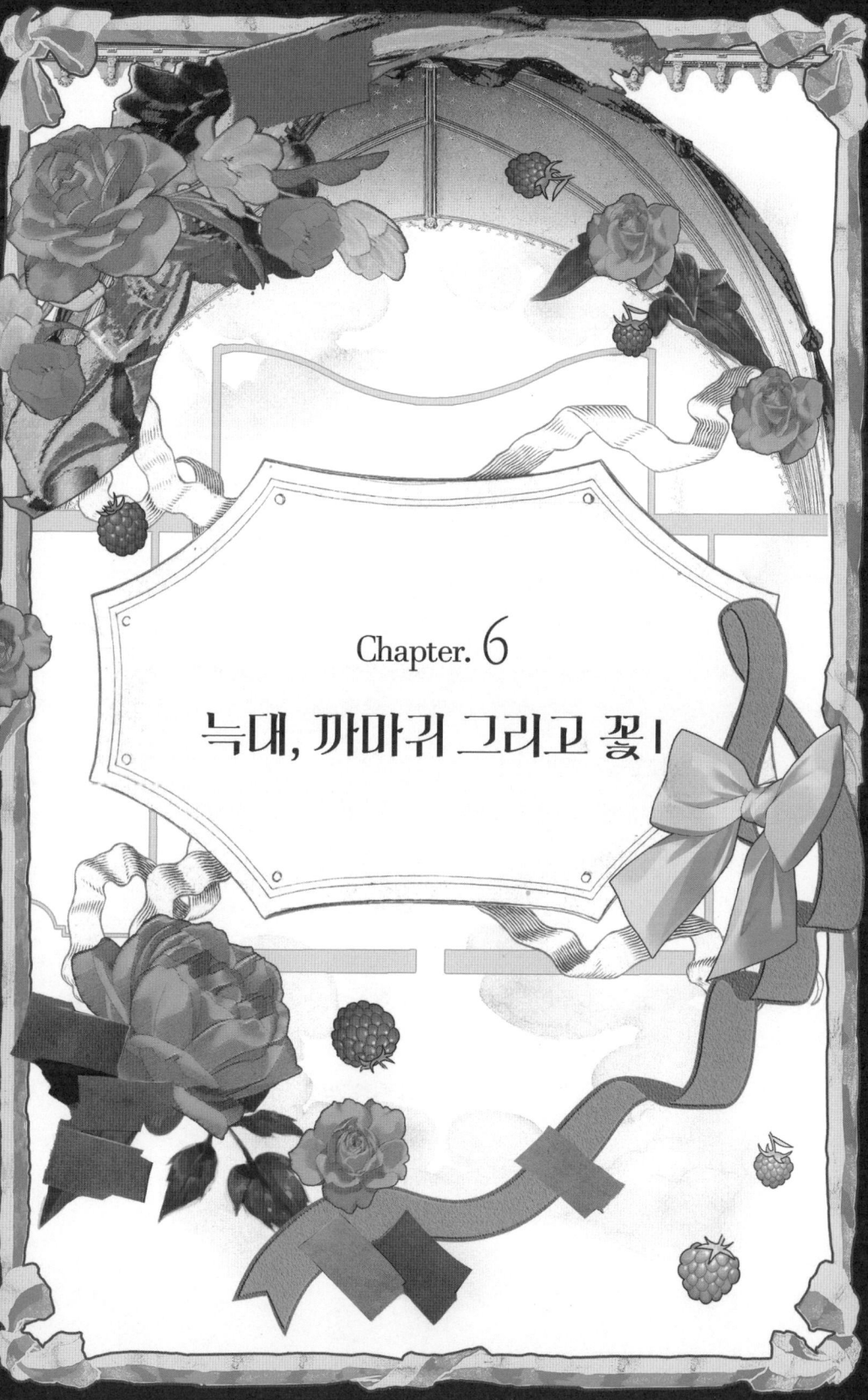

Chapter 6

늑대, 까마귀 그리고 꽃 I

"이빨이 빠지다니. 어머, 이빨도 귀엽구나."

루디아는 이가 빠진 딸이 신통방통해서 작은 유치를 열심히 들여다보았다.

'이가 빠지는 줄 몰랐어.'

제 어릴 때를 생각하니 기억이 났다. 하지만 딸의 이가 빠질 때까지는 까맣게 잊고 있었다.

"이빨을 지붕 위에 던지면 파랑새가 물어가고 예쁜 이를 나게 해 준대요."

재잘거리는 딸의 목소리를 들으며 루디아가 물었다.

"그래? 그럼 어디에다가 던져야 하나?"

"처음에 갔었던 곳 있잖아요. 어머니와 처음 만난 곳."

"아, 새벽 별궁."

"네! 거기에 던지면 꼭 파랑새가 와 줄 거 같아요."

"그래, 그럼 그러자꾸나."

루디아의 말에 리리카는 기뻐 몸을 휙 앞으로 내밀었다.

"어머니도 함께 가시나요?"

"그럼, 같이 가야지."

딸을 꼭 끌어안자 딸이 활짝 웃는다. 앞니가 빠진 게 보여서 그게 또 귀여웠다.

루디아는 요즘 계속 바빴다.

상인을 알아보고, 귀족 세력을 파악하고, 바라트에서 무슨 일을 하는지 찔러 보고.

알테어스는 자신보다 그녀가 더 바쁜 거 아니냐며 혀를 찼다.

'그야, 앞으로 리리카를 먹여 살리려면 부지런히 일해야 하는걸.'

젊은 여자 혼자서 아이를 키운다는 건 생각보다 훨씬 더 많은 위협에 부딪히게 될 것이었다.

예전이야 그걸 기회 삼아서 얽혀 들어갔지만, 이제는 그럴 수 없었다. 그러고 싶지도 않았다.

'과부'라는 호칭으로 불리는 게 얼마나 남자들에게 만만하게 보이는 일인지.

'알테어스는 영원히 이해하지 못할 테지.'

루디아의 입꼬리가 비틀어져 올라갔다.

'그러니까 리리카를 지키려면 힘이 필요해.'

가장 가까운 권력은 아무래도 돈과 신분이다. 그녀를, 그녀의 아이를 해치려는 승냥이 떼에서 아이와 자신을 지키려면 그 두 가지가 최우선으로 필요했다.

그러니 밤낮없이 필사적으로 일할 수밖에 없었다.

아이러니하게도 그것 때문에 리리카를 보는 시간이 줄어들었다.

"리리."

루디아가 딸의 손을 꼭 잡아 주며 말했다.

"엄마가 엄마로서 열심히 할 수 있는 건 전부 리리 덕분이야. 리리가 이렇게 둥지를 지켜 주고 있으니까, 엄마도 밖에 나가서 힘낼 수 있어."

리리카가 그 손을 마주 꼭 잡으며 말했다.

"저도 어머니가 계시기 때문에 열심히 할 수 있어요."

"응, 하지만 그래서 리리와 오랜 시간을 보내지 못해서 엄마가 미안해. 언제나 미안해하고 있다는 걸 알아주면 좋겠어."

딸의 머리카락을 조심스럽게 귀 뒤로 넘기며 루디아가 속삭였다. 리리카는 어머니의 말에 고개를 젓다가 푹 어머니의 허리를 끌어안았다.

품에서는 좋은 냄새가 났다.

"아니에요. 괜찮아요. 저 때문에 열심히 하고 계시는 거 알아요. 너무 무리하지 마세요. 그러지 않으셔도 리리는 엄마를 사랑해요."

"응, 고마워. 리리."

리리카가 그녀를 사랑해 주기 때문에, 루디아도 힘낼 수 있었다.

자식과의 애정은 일방이라고 생각했는데, 사실은 쌍방이라는 걸 깨달아서 다행이야.

리리가 죽지 않았더라면, 자신이 화형대에 올라가지 않았더라면, 깨달을 수 있었을까?

아니, 영영 깨닫지 못했겠지.

자신은 그리 어리석은 인간이다.

루디아는 쓴웃음을 지었다. 딸아이를 품에 안고 토닥이며 온기를 음미했다.

리리카에게서는 사탕 같은 냄새가 났다.

이제 유치도 금방 다 빠질 테고 점점 자라서 열 살이 되고, 열두 살이 되고, 순식간에 어른이 되어 버릴 테지.

이번에는 꼭 이 두 눈으로.

루디아는 팔에 힘을 주었다.

반드시, 그 나이 이후의 리리카를 보리라.

열여섯에 멈춰 버리지 않을 내 딸.

루디아는 숨을 내쉬고 얼른 힘을 풀었다. 지나치게 감상적으로 되어서 흔들리고 싶지 않았다.

지금 리리카는 살아 있고, 이렇게 자신을 올려다보고 있지 않은가?

"그럼, 리리 지금 바로 갈까?"

"정말요?"

"그럼."

"바쁘지 않으세요?"

"괜찮아."

웃으며 루디아가 리리카를 토닥였다. 모처럼 어머니와 함께하는 외출에 리리카는 들떴다.

날씨는 화창했다.

새로운 황후와 황녀가 손을 잡고 시녀들을 거느린 채로 정원을 가로지르는 모습은 모두의 시선을 끌었다.

사람들이 소곤거리는 게 전부 어머니의 미모를 칭송하는 거 같아서,

리리카는 어깨가 으쓱해졌다.

'봤지? 우리 엄마 예쁘지?'

자랑스러움으로 꽉 차서 올려다보니 수레국화처럼 새파란 눈동자가 반짝이며 자신을 마주 보았다.

"왜 그러니?"

"엄마가 세상에서 제일 예뻐서요."

"어머, 얘도. 리리카도 세상에서 가장 예뻐."

웃으며 말하지만 아무래도 자신은 어머니만큼 아름답지는 않았다.

새벽 별궁은 처음 봤을 때 만큼이나 아름다웠다. 진줏빛과 분홍빛을 띤 대리석으로 만든 건물은 햇살에 찬란히 반짝였다.

높은 지붕을 바라보던 리리카는 "라우브 경." 하고 제 이를 내밀었고, 라우브는 별로 힘들이지 않고 멋지게 지붕 위에 이를 올려 주었다.

"그럼 여기서 차라도 한잔하고 갈까? 리리카는 아주 옅은 차로. 어린 애들은 차를 마시면 안 좋다고 하더구나."

눈을 찌푸리며 루디아는 얼마 전에 새로 알게 된 사실을 알려 주었다. 리리카는 "그래요?" 하고 갸웃했다.

"그래, 그러니까 아주아주 옅게 타는 게 좋다고 하더구나."

그러며 브린을 바라보자 브린이 고개를 끄덕이며 말했다.

"이미 황녀님의 차는 옅게 타고 있습니다."

"그래? 다행이네."

옆에서 시녀장이 이어 물었다.

"마마, 오늘은 날이 더우니 레몬 셔벗을 준비할까 하는데 어떠신가요? 황녀님께서도 이가 빠지셨으니 차가운 게 붓기에 도움이 될 겁니다."

"아, 그럼 그걸로 하지."

루디아가 그리 말하자 잠시 후에 아름다운 유리그릇에 소복이 담긴 레몬 셔벗이 나왔다.

은수저로 한 스푼 떠서 입에 넣자 쨍한 신맛과 동시에 산뜻한 달콤함이 입 안 가득 퍼졌다.

"맛있니?"

루디아가 묻자 리리카는 고개를 끄덕였다. 여름날에 잘 어울리는 디저트였다.

리리카가 작은 수저를 연신 움직이며 말했다.

"그러고 보니 어머니, 피요르드가 말벗을 하지 못하겠다고 전해 왔어요."

"아, 그랬구나."

그럴 줄 알았지. 라는 말은 굳이 하지 않았다.

"괜찮니? 섭섭하겠는데."

"음, 그래서 말벗은 괜찮으니까 그럼 그냥 친구가 되자고 했어요."

"피요르드 바라트랑?"

"네."

말하고 리리카는 저도 모르게 슬쩍 어머니의 눈치를 보았다. 마지막 질문에는 부정적인 기운이 담겨 있었다.

자기도 모르게 습관적으로 어깨를 움츠리게 되었다.

"안 될까요……? 저 혼자 멋대로 결정해서 죄송해요……."

"음, 리리."

루디아는 생각에 잠겼다. 피요르드 바라트는 열다섯에 죽는다.

바라트 최고의 걸작품.

그에 대해서는 거의 아는 게 없었다. 딱 한 번 공작가에서 마주쳤을 때는 표정이 지독하게 어두웠던 기억만 있었다.

'게다가 방탕아라는 소문도 자자했고.'

공부는커녕 질 나쁜 인간들과 어울려 다니며 사냥과 도박을 즐긴다고 했었다.

그래서 바라트 공작의 골칫거리가 되어 버린 아들.

'그가 죽고 나서야 리제르트가 나왔으니까.'

리제르트는 사생아였던 게 아닐까? 사람들은 그렇게 추측했다.

피요르드가 죽었으니, 어쩔 수 없이 사생아로 키우던 딸을 입적해서 공개한 것이라는 소문.

시골 수녀원에서 교육을 받게 하고 있었다고 하지만, 전혀 그런 모습은 보이지 않았다.

그녀는 바라트의 망가진 걸작품이라고 할 수 있었다. 그 잔혹한 성정까지 완벽하게 뒤틀려 있는.

'그러니까 죽지.'

덤덤히 그런 생각을 하고 루디아는 딸아이를 바라보았다. 불안한 눈동자가 자신을 향해 있었다.

"리리, 굳이 피요르드랑 그렇게 친해질 필요가 있니?"

"음……."

리리카가 망설이며 시선을 돌렸다. 루디아가 말했다.

"이리 와서 엄마에게만 슬쩍 이야기해 봐."

그 말에 리리카는 자리에서 일어나 머뭇머뭇 다가왔다. 몇 번이나 확인한 어머니의 얼굴에 화난 기색은 없었지만, 그래도 이럴 때면 긴장하게 되었다.

"그게……."

"그게?"

귀를 대는 어머니에게 리리카가 손으로 슬쩍 입가를 가리며 속삭였다.

"무척, 예뻐서……."

"!!"

루디아는 놀라 눈을 크게 떴다가 딸을 휙 돌아보았다. 리리카의 뺨이 붉게 달아올라 있었다.

"얘가?"

저도 모르게 루디아는 웃음을 터트렸다. 리리카는 어쩔 줄 몰라 하며 양손을 꼭 잡았다.

예쁘다.

그것만이 전부는 아니지만, 전부 포함해서 그렇게 말할 수밖에 없었다.

그의 은발에 튀던 무지개 조각들과 우아한 커트시. 어딘지 불안정하게 보이는 금홍색 눈동자, 그녀와 보폭을 맞춰 주는 일과 울새 황녀님이라고 부르는 것들…….

그런 것들을 전부 포함한 '예쁘다'였다.

"음, 그러면 어쩔까."

루디아는 쿡쿡 웃었다. 예쁜 걸 좋아하는 건 사람의 습성이다. 사실 리리카가 피요르드와 잘 지내는 건 '전략적으로' 나쁜 일이 아니었다. 과거의 자신이었다면 이렇게 저렇게 잔뜩 이용해 먹었겠지. 하지만 그때는 그때고 지금은 지금이다. 루디아는 고민하다가 말했다.

"지금은 괜찮지만, 나중에 피요르드에게 문제가 생기면……. 그때는 엄마가 만나지 말라고 할 거야."

리리카는 고개를 끄덕였다.

"그때는 안 만나는 거다?"

"네, 그럴게요."

"좋아, 그럼 약속."

엄마가 내민 손을 마주 잡고 위아래로 세 번 흔들었다.

"그럼 편히 만나도 괜찮아. 아, 그리고 혹시."

어머니가 리리카의 귓가에 속삭였다.

"피요르드에게 다른 형제가 있는지 알게 되면 엄마에게도 알려 주렴."

"네."

의아해하면서도 리리카는 고개를 힘차게 끄덕였다. 어머니가 허락해 주신다면, 그쯤이야.

루디아가 웃고 리리카에게 이어 작게 말했다.

"다음 주쯤이면 우바가 돌아올 거야."

"정말요?!"

"응, 뭘 가져왔을지 함께 기대해 보자."

어머니의 말에 리리카의 마음은 단숨에 들떴다.

'그렇구나. 무사히 돌아와서 다행이다.'

"셔벗 다 녹겠다. 얼른 마저 먹자."

"네!"

제 자리로 쪼르르 돌아가서 리리카는 열심히 은 스푼을 움직였다. 새콤달콤하고 차가운 레몬 셔벗 덕에 기분도 좋아졌다.

어머니의 이야기를 들으며 리리카는 연신 감탄했다.

"저도 얼른 어머니를 도와 드리고 싶어요."

"리리는 이미 충분히 도와주고 있는걸?"

"아뇨, 좀 더……. 음……. 저도 어머니처럼 살롱도 열고, 사람들도 만나고."

"그러려면 먼저 열 살은 되어야지."

리리카는 작게 한숨을 내쉬었다.

"그렇죠."

빨리 어른이 되면 좋겠다.

루디아는 그런 리리카를 가만히 보다가 말했다.

"뭐 가지고 싶은 거 없니? 옷을 새로 더 맞출까? 이번에는 어깨 망토가 어떠니?"

"네? 아뇨, 괜찮아요."

리리카는 고개를 저었다. 루디아가 말했다.

"그러지 말고. 리리카도 가지고 싶은 게 있을 거 아냐. 계속 엄마가 보기 좋은 것만 만들었잖아. 리리카도 마음에 드는 거 없었어?"

루디아의 말에 리리카는 망설였다. 말해도 될까 말까, 고민하는데 어머니가 다시금 말했다.

"뭐든 괜찮으니까 말해보렴."

리리카는 비워진 유리그릇을 바라보다가 용기를 냈다.

"저, 저는 사실 크리놀린 드레스가 입고 싶어요."

"뭐?"

생각도 못 한 말이라 루디아는 저도 모르게 되물었다. 그녀는 크리놀린을 머릿속으로 그려보았다.

'그 촌스러운 드레스를? 한물가다 못해 완전히 간 드레스를? 내 딸이? 말도 안 돼!'

심미안이 어떻게 된 게 아니냐, 하는 말이 목구멍까지 올라왔지만, 간신히 참았다.

세상에.

"그것보다는 지금 엄마가 입고 있는 드레스가 훨씬 예쁘지 않니? 응?"

"네에……."

리리카는 고개를 끄덕이고 다시 유리그릇으로 시선을 떨어트렸. 루디아는 초조해졌다.

차라리 "싫어, 난 크리놀린 입을 거야!" 하고 빼액 소리치고 떼를 쓴다면—다른 아이들은 그런다고 들었다—모르겠는데 이렇게 나오니, 마음이 안 좋았다.

루디아가 헛기침을 하고 물었다.

"크리놀린은 불편할 텐데, 어디가 그렇게 마음에 들어?"

"……."

"괜찮아, 그냥 물어보는 거야. 진짜로 궁금해서."

비난하려는 게 아니야, 하고 이야기하고서야 리리카가 작게 말했다.

"연극 포스터에 나오는 공주님 옷 같아서……."

"아."

작게 탄성을 내지르고 루디아는 주먹을 꽉 쥐었다.

리리카에게 크리놀린을 입히고 싶지 않았다. 남아 있는 귀족파 여자들이 뭐라고 생각하겠어? 황후의 항복이라고 생각할지도 몰랐다.

아이 마음에 드는 옷 같은 게 뭐가 중요해?

지금 입히는 옷이 훨씬 더 예쁜걸.

리리카도 조금만 더 크면 최신유행 옷을 입으려고 할 텐데, 지금 꼭 그런 옷을 입지 않아도—

"괜찮아요, 저 지금 옷도 무척 예뻐서 좋아해요. 어머니."

침묵이 길어지자 리리카는 얼른 고개를 들고 싹싹하게 말했다.

"죄송해요. 제가 자꾸 우겨서요. 저도 버슬이 훨씬 더 예뻐요, 그러니까……."

어머니가 버슬 드레스를 유행시켰는데, 마음 상하셨으면 어떻게 하나 하고 리리카가 고개를 휘휘 저었다.

그걸 보니 루디아는 더는 우길 수 없었다. 입매를 꾸욱 굳혔다가 말했다.

"그러니까 확 퍼지는 드레스가 입고 싶은 거지?"

"네? 아녀요. 저 버슬 드레스가 좋아요."

"아냐, 알았어. 엄마가 주문할게. 오늘 당장 맞추자."

"네? 그, 그렇지만……."

"괜찮아, 크리놀린을 넣은 드레스는 아닐 테니까. 그건 너무 무겁고 움직이기도 힘들거든. 그래도 리리카 마음에 들게 엄마가 노력할게."

루디아는 시녀장에게 손짓해서 디자이너를 입궁시키라 일렀다.

"걱정하지 말렴, 엄마가 꼭 리리의 마음에 드는 옷을 만들어 낼 테니까. 디자인은 엄마에게 맡겨."

"네."

리리카는 고개를 끄덕였다. 자신만만한 어머니의 말에 기대감이 높아졌다. 괜찮다고 말하기는 했지만, 그래도 퍼진 드레스를 입게 된다니 행복해졌다.

루디아는 딸의 얼굴에 행복감이 퍼지는 걸 바라보았다.

'치유된다.'

요사이 사랑 어쩌고 헛소리를 하는 알테어스 때문에 받은 스트레스가 여름날 얼음 녹듯이 사라졌다.

'그 인간, 아니 용은 진짜.'

어디서 이상한 소리를 듣고 온 건지 모르겠다.

'이상한 시를 써 오지 않나, 꽃다발을 가져다주지 않나, 자기가 직접 골랐다며 보석 상자를 내 주지 않나.'

헛웃음이 나왔다. 이 이상한 짓에서 가장 묘한 점은 시를 읊을 때 목소리가 정말 좋아서 그럴듯하게 들리고, 꽃다발도 센스 있고, 보석 상자도 지나치지 않게 최상품만 몇 점 골라서 모아둔 상자라는 점이었다.

그러니까, 하는 짓이 웃긴데 그럴듯하다는 게 더 문제였다. 주변의 시녀들은 꺅꺅거리고, 함께 차를 마시던 귀부인들을 한숨을 쉬며 부러운 얼굴로 이쪽을 바라보았다.

'정말로.'

골치 아픈 사람이야.

루디아는 웃음 섞인 한숨을 내쉬고 리리카를 바라보았다. 리리카가 그런 기색을 눈치채고 물었다.

"무슨 일 있으세요?"

"음, 아니. 아무것도 아니야."

이런 이야기는 리리카에게 할 만한 것이 못 된다. 루디아는 고개를 흔들고 물었다.

"그래서, 혹시 드레스에 더하고 싶은 게 있니?"

회랑을 걸으며 리리카는 브린에게 한숨 쉬듯 말했다.

"정말로 괜찮은데……."

정말로 괜찮다기보다는 '좋지만 이래도 괜찮을까?' 하는 것처럼 들려 브린이 웃었다.

"그래도 황후마마께서는 황녀님의 바람을 최우선으로 하고 싶으신 거겠지요."

리리카의 얼굴이 빨갛게 달아올랐다.

"그런 걸까?"

"네, 그럼요. 황후마마께서 얼마나 황녀님을 아끼시는데요."

"헤헤."

쑥스러워 헤실거리는 웃음을 지으며 리리카는 가슴께를 꾹 눌렀다. 예쁜 드레스를 맞춘다는 기쁨도 굉장히 컸지만, 그보다 어머니가 자신을 생각해 준다는 기쁨이 더 컸다.

폭신폭신한 기분.

아까 먹은 레몬 셔벗 같은 느낌이 났다. 새콤달콤, 입 안에서 찌릿찌릿하고 다디단 행복한 노랑.

그때 회랑 저편에서 파이가 걸어오는 게 보였다.

"파이!"

"황녀님."

파이가 얼른 다가와 인사하고 물었다.

"백룡실로 돌아가시는 길이신가요? 시간이 괜찮으시면 흑룡실에 들러 주세요, 황녀님."

"그러고 보니 브란이 아이스크림 먹으러 오라고 했는데. 전하와 이야기도 해야 하고."

파이는 호칭을 금방 눈치채고 눈을 깜박였다. 브린이 갸웃하고 물었다.

"그러고 보니 아까부터 황태자 전하를 호칭으로 부르시네요."

"음, 전하께서……."

리리카가 손을 까닥까닥해서 브린이 무릎을 굽혔다. 리리카가 속닥속닥 작게 말했다.

"내 출신 때문에 비굴하게 구냐고 하셔서."

"어머, 어머, 어머."

브린이 세 번이나 말하자 리리카가 고개를 끄덕였다.

"그런 내가 이름을 부르시면 기분 나쁘지 않으실까, 하는 심술."

브린은 입가를 가리고 쿡쿡 가볍게 웃었다.

"바람직하다고 생각합니다."

"그렇지?"

두 여성이 웃는 걸 보며 파이는 쓴웃음을 삼켰다. 작게 말한다고 해도 파이에게 들릴 만한 목소리였다. 그러잖아도 아틸이 걱정하는 걸— 물론 본인은 절대로 아닌 척하지만— 보고 온 참이어서 여러 생각이 교차했다.

'그래도 말랑말랑해지고 있는 건 좋은 경향이지.'

아틸의 인간불신이 리리카 덕분에 조금씩 누그러든다는 건 말벗이자 미래의 측근이 될 파이에게는 감사할 일이었다.

반드시 사람을 믿어야 한다는 건 아니지만, 그렇다고 아예 사람을 믿지 못하는 인간이라면 스스로가 가장 피곤할 터였다.

"안 그래도 전하께서 심려가 크십니다."

파이가 입을 열었다. 아틸은 절대로 하지 못할 말이니, 말벗인 제가 해 주는 게 도리리라.

"그래?"

리리카가 웃으며 걷기 시작했다. 파이가 그 옆에 나란히 서고 브린이 한걸음 뒤로 물러났다.

"네, 무척이요. 물론 그런 말을 겉으로는 하지 않으시지만 말이죠."

파이가 덧붙인 말에 리리카가 작게 웃었다. 회랑의 그림자를 가로질러 지나가는 일행과 마주치는 자들은 물러서며 무릎을 굽혔다.

그들을 지나치며 리리카가 파이에게 물었다.

"파이랑 전하는 하늘궁에서 사람들을 만나지? 나도 태양궁에서 만나지만 대화해 본 적은 없거든."

"신분 낮은 자는 높은 자에게 말을 걸 수 없으니까요."

"응, 그게 다행이기는 하지만……. 이렇게 계속 무시해도 괜찮은 걸까 싶어서."

만약 상대가 말을 건다면, 대체 무슨 대화를 하게 될까?

하지만 반대로 계속 무시하는 것도 걱정이었다. 사람들이 자신을 어떻게 생각할까.

훌륭한 황녀라면, 응당 이야기를 나눠야 하는 게 아닐까?

가끔 비슷한 또래—분명 열 살은 넘겼겠지만— 아이들이 인사하는 모습도 보였다.

"나랑 비슷해 보이는 나이의 아이들도 있더라고."

파이가 웃었다.

"그래야 황녀님께서, 혹은 전하께서 말 걸기 편하실 테니까요."

"어?"

놀라 파이를 보자 파이가 나긋나긋한 어조로 설명을 계속했다. 그의 밝은 크림색 머리카락이 회랑의 빛과 그림자에 빛났다가 흐려지기를 반복했다.

"굳이 아이를 데리고 입궁하는 이유가 뭐겠습니까? 황녀님께서 보시고 말을 걸어 주셨으면, 하는 바람 때문이지요."

"정말?"

"그럼요."

파이가 멈춰 서서 리리카 쪽으로 돌아섰다. 기둥 그림자에 서서 그는 눈부신 햇살 아래 서 있는 황녀님께 속삭이듯 말했다.

"황궁에서 우연이란 없습니다."

리리카의 밝은 청록색 눈동자가 놀란 듯 그를 바라보았다. 그가 천천히 손가락을 세워 입술에 가져가며 웃었다.

"완벽한 비밀도 없고요."

그의 손가락이 제 가슴으로 내려왔다. 그 스스로를 가리키며 그가 말했다.

"혼자 간직할 때만, 완벽한 비밀이지요."

리리카는 그 말에 주머니 속에 들어 있는 펜던트가 몹시 신경 쓰였다.

'그럼 내가 마법사인 것도……. 그렇구나. 폐하께서 알고 계시니까.'

둘이 간직하고 있는 비밀은 비밀이 아닌 걸까?

곤란한 듯, 복잡한 얼굴을 한 리리카를 보고 파이가 웃었다.

"비밀이 있으신가 보지요?"

"으, 으응?"

놀라 말을 더듬거리자 파이가 다시 웃었다.

"되도록 혼자 간직하세요, 황녀님."

리리카가 작게 고개를 끄덕이자 파이는 저절로 흐뭇한 미소가 흘러나왔다.

이렇게나 수긍을 잘하는 황녀님이라니. 제 동생들은 제 말에 입을 비죽이거나 반박이랍시고 헛소리를 늘어놓을 텐데.

리리카가 그림자 안으로 한걸음 걸어 들어와서 파이와 나란히 섰다. 그녀가 작게 말했다.

"하지만 파이."

"네."

"비밀을 나누지 않으면, 믿을 만한 사람도 찾을 수 없을 거야."

작은 목소리에 파이는 둔중한 충격을 받았다. 그와 동시에 웃음이 터지려고 해서 그는 입술을 깨물었다.

'이 황녀님은…….'

대책 없이 순진하거나 다정한 게 아니었다.

리리카는 갸웃하며 파이를 바라보았다. 파이가 고개를 끄덕였다.

"맞습니다. 옥석을 가릴 수 있는 방법이지요."

비밀을 흘려 간자를 찾아내거나, 역이용하는 방법 역시 많았다. 리리카가 그걸 이야기한 건 아니지만, 거기까지 닿아 있는 이야기였다.

비밀을 흘려서 배신자를 찾아낼 수 있다고 말하는 게 아니라, 비밀을 나눠서 신뢰할 사람을 찾을 수 있다고 말한다. 어둠을 모르고 빛을 논하는 게 아니라, 어둠을 충분히 알고 빛을 이야기하고 있다.

'하긴.'

저 아래 밑바닥의 어둠이나, 황궁의 화려한 어둠이나 같은 어둠이니까.

"제가 괜한 이야기를 했네요."

"아냐, 파이는 날 걱정해서 해 준 얘기잖아."

"그리 말씀해 주시니 감사합니다. 그럼 서두를까요? 기다리는 전하의 목이 빠질지도 모릅니다."

파이의 말에 리리카는 웃고 걸음을 빠르게 했다. 그래 봐야 어린아이의 걸음이라 파이가 물었다.

"황녀님, 괜찮으시다면—"

이제 뒷말이 뭔지 듣지 않아도 알아서 리리카는 고개를 끄덕였다.

파이가 허리를 숙이려는데 라우브가 나섰다.

"제가 하겠습니다."

그가 리리카를 반짝 안아 들었다. 이제 안정감 있게 착착 잘 안길 수 있다.

파이가 아틸의 편을 들어줄 겸 해서 말했다.

"무슨 이야기를 나누는지 궁금하시다면, 전하께 여쭤보세요."

"아, 그러네."

리리카는 고개를 끄덕였다. 빠르게 일행은 흑룡실 앞에 도착했다. 문에 새겨진 검은색 반짝이는 흑룡은 흑요석으로 세공한 작품이었다.

"이제 내려 줘."

라우브가 리리카를 내리자 파이가 직접 문을 열었다. 안쪽의 현관은 이미 열려 있는 상태였다.

브란이 가벼운 걸음걸이로 마중 나왔다.

"어서 오십시오, 황녀님."

"안녕, 브란."

인사하고 리리카가 커트시를 해 보였다.

"안녕하세요, 전하."

호칭에 아틸의 눈썹이 비딱하게 올라갔다. 그렇지만 바로 뭐라 하지는 않았다. 지은 죄가 있으니까.

"앉아."

리리카가 자리에 앉으니 곧 브란이 기다란 유리에 가득 담긴 아이스크림을 가져왔다. 바닐라 아이스크림 사이에 설탕에 절여 보관한 산딸기가 켜켜이 쌓여 있었다.

가장 위쪽에는 설탕으로 만든 산딸기 모양 사탕이 올라가 있었다. 리리카는 저도 모르게 감탄했다.

"와아—"

아틸의 얼굴에 뿌듯함이 스친다. 그가 직접 기다란 은 스푼을 내밀었다.

"자."

리리카가 은 스푼을 받아들자 아틸이 설명했다.

"맨 위에 있는 사탕을 가볍게 깨서 먹으면 돼."

리리카가 그 말에 스푼으로 산딸기 모양 사탕을 툭 치자 사탕이 깨지고 안에서 붉은 시럽이 흘러나왔다. 리리카가 다시 한번 감탄했다.

날은 여전히 더웠기 때문에 레몬 셔벗의 한기는 금방 사라졌다. 걸어오는 동안 가볍게 땀도 났다. 리리카는 즐겁게 산딸기 시럽을 뿌린 바닐라 아이스크림을 즐겼다.

"엄청 맛있어요."

리리카의 감탄에 아틸이 입술을 살짝 깨물고 말했다.

"그럴 줄 알았어."

리리카는 아틸을 바라보았다. 역시나 웃음을 참는 얼굴이었다. 시선이 마주치니 부드러운 미소로 바뀌었다.

"맛있어?"

리리카는 순순히 답했다.

"네."

맛있는 건 맛있는 거니까!

"천천히 드세요, 황녀님."

옆에서 브란이 혹시나 배탈 날까 걱정스럽게 말했다. 리리카의 손이 느려졌다. 그녀도 배앓이는 사양이었다.

"이제 피는 멈췄어?"

"네."

리리카가 고개를 끄덕였다. 그녀가 라우브를 돌아보며 말했다.

"지붕 위에 라우브 경이 던져줬어요."

"아."

아틸은 '그건 미신이지.' 생각하면서도 굳이 입 밖으로 내지 않았다.

열심히 아이스크림을 먹고 있는 여동생이 귀여우니 됐다, 싶었다. 그는 힐끗 브란을 바라보았다. 브란이 빙긋 웃었다.

아이스크림을 준비한 건 브란이었다. 제 측근을 향한 신뢰가 저절로 올라갔다.

파이가 자리에 앉자, 브란이 이어서 냉차를 두 잔 내왔다. 리리카가 물었다.

"전하는 아이스크림 안 드세요?"

"됐어. 너나 많이 먹어."

그의 말에 리리카는 갸웃했다가 스푼 가득 아이스크림을 퍼 올렸다.

"그래도, 자요."

아틸은 입 앞에 내민 아이스크림을 보고 당황했지만, 순순히 입을 벌렸다. 입가를 쓱 훔치고 아틸이 간단히 평했다.

"괜찮네."

"맛있죠?"

리리카가 방긋 웃었다. 그러자 그 앞니가 빠진 곳이 적나라하게 보여서 아틸은 웃음이 나왔다.

"품."

간신히 폭소가 터지는 걸 눌러 참았지만, 어깨가 떨렸다. 리리카는 당황해 물었다.

"어어? 전하, 사레들리셨어요? 괜찮으세요?"

아틸은 고개를 흔들었다. 여기서 웃음을 터트리면 큰일 날지도 모른다. 그는 헛기침 여러 번으로 웃음을 진정시켰다.

"아니, 괜찮아. 커흠, 흠."

목을 가다듬고 아틸은 걱정스러운 얼굴을 한 리리카를 보았다. 그가 슬그머니 시선을 유리잔으로 내리며 말했다.

"괜찮으니까, 마저 먹어."

"네. 전하."

꼭 뒷말을 덧붙여서 아틸이 결국 입을 열었다.

"계속 그렇게 부를 거야?"

"뭘 말이세요, 전하?"

"그 '전하.' 말야."

"하지만, 저 같은 출신의 황녀가 전하를 전하라고 부르지 않으면 전하께 누가 되는 거 아닐까요."

'그런 식으로 말하면서 호칭만 전하면 뭐 하냐.'

아틸은 눈썹을 모았다가 숨을 내쉬었다. 여기서 대답을 잘해야 했다. 그는 고민하다가 말했다.

"출신이랑 상관없이 내 동생은 내 동생이야."

리리카는 빤히 아틸을 바라보았고 그는 초조해졌다. 잠시 후 리리카가 고개를 끄덕였다.

"아틸의 생각이 그렇다면요."

'좋아.'

테이블 밑으로 주먹을 불끈 쥐어 보이고 아틸은 싱긋 웃었다.

첫 번째 문제가 일단락되자 파이가 입을 열었다.

"그런데 황녀님, 오두막에서 피요르드 바라트를 묵게 하셨다면서요?"

"응······."

리리카가 작게 고개를 끄덕였다. 파이가 고개를 흔들었다.

"아뇨, 추궁하려는 게 아니라 어째서 그러셨는지 궁금해서요."

"그게…… 피요르드가 몸 상태가 많이 안 좋아서."

중얼거리다가 리리카가 고개를 들었다.

"정원에서 만났는데 갑자기 쓰러졌어. 열도 펄펄 나고. 그런데 정원에 두고 갈 수도 없고, 여기에 있다는 게 알려지면 안 될 거 같아서 갈 곳이 그곳밖에 생각나지 않았어."

"그러셨군요."

파이는 고개를 끄덕였다. 피요르드 바라트가 황녀를 만난 직후 쓰러졌다고 하면 양측 모두에게 좋지 못한 이야기가 될 터였다.

숨기자고 판단한 황녀의 판단은 옳았다.

문제는 숨긴 곳이 하필 그곳이라는 거였지.

"왜 쓰러진 건가요?"

파이의 질문에 리리카는 눈을 굴리다가 대답했다.

"몸이 안 좋아서."

그가 심한 상처를 입었다는 걸 말해 주고 싶지 않았다. 피요르드의 자존심이 걸린 문제 같았다.

자신도 모른 척했는데, 그걸 모두가 있는 곳에서 미주알고주알 이야기하는 것도 그렇지 않은가.

파이는 빙그레 웃었다.

"알겠습니다."

시원시원한 대답에 오히려 리리카가 놀랐다. 파이가 부드럽게 대답했다.

"몸이 안 좋으면 그럴 수도 있지요. 그럼 지금은 괜찮은가요?"

"응, 그래서 집으로 돌려보냈어."

다친 야생동물을 치료해 주고 방생해 줬다는 듯한 말투였다. 파이가 힐끗 아틸을 보았다. 파이도, 아틸도 바라트 공작가에 대해 이리저리 흘러나오는 소문은 들었다.

아틸은 팔짱을 끼고 있었다. 파이가 리리카에게 물었다.

"그와 계속 교류하실 건가요?"

리리카는 고개를 끄덕였다가 "아!" 하고 말했다.

"어머니께 허락받았어. 만약에 피요르드에 대해서 나쁜 이야기가 돌면, 그때는 절교하라고 말씀하셔서 알겠다고 했어."

"그러셨군요."

파이가 고개를 끄덕이고 다시금 아틸을 힐끗 보았다. 리리카도 아틸을 보았다. 지금 피요르드에 대한 이야기는 아틸을 대신해 파이가 질문하는 것이나 마찬가지였다.

아틸이 한숨을 내쉬었다.

"숙모님께서 그리 말씀하셨다면, 이유가 있으시겠지."

리리카에 대한 일이라면 눈에서 푸른색 불꽃이라도 쏟아낼 사람이 숙모님이었다.

숙모님이 허락하셨다면, 리리카에게 위협이 되지는 않으리라. 그러면 남은 건 자신의 개인감정뿐.

아틸의 입꼬리가 비틀렸다.

"미래의 신하에게 관대한 건, 군주의 미덕인가."

아까 일이 있고서 머리가 식으니 자신이 너무 여유 없이 굴었다는 생각이 들었다.

그것도 피요르드 바라트 앞에서.

그보다 피요르드가 훨씬 더 여유 있어 보였다. 그게 아틸의 심기를 거슬렀다.

그렇다면 그 역시도 관대한 모습을 보이지 않을 이유가 없었다. 짜증은 나지만.

그가 턱을 괴며 말했다.

"네 마음대로 해."

리리카가 "정말요?" 하고 자리에서 벌떡 일어났다.

"두 번은 말 안 해."

아틸의 말에 리리카가 달려와 그의 품에 푹 안겼다.

"고마워요."

아틸이 그녀의 뺨을 꾹 누르며 말했다.

"하지만 그 녀석은 남이라는 걸 잊지 마."

우리는 가족이야, 이어져 있어. 가계도 밖에 있는 그 녀석이랑은 달라.

그것만은 확실히 해 둬야 했다.

리리카는 고개를 끄덕였다.

"알겠어요."

"정말이지?"

"네, 언제나 아틸이 먼저죠."

노골적인 리리카의 말에 아틸은 뻔뻔히 "알았으니 됐네." 하고 고개를 끄덕였다.

그녀가 웃으며 품에서 벗어나려는데 아틸이 "왜?" 하고는 그녀를 안아 올려 무릎 위에 앉혔다. 브란이 얼른 컵과 스푼을 가져다 주었다.

리리카가 고개를 뒤로 꺾어 아틸을 올려다보니 아틸이 스푼을 들어 올리며 물었다.

"내가 먹여 줘?"

"아뇨."

리리카는 얼른 스푼을 낚아챘다. 달캉달캉. 유리에 은 스푼이 부딪치는 소리가 명랑하게 났다.

리리카가 말했다.

"참, 아틸."

"응."

"하늘궁에 가잖아요. 가면 사람들 만나서 무슨 이야기해요?"

"무슨 이야기를 하기는, 그냥 이야기를 하지."

아틸이 심드렁히 대답하자 리리카가 눈을 찡그렸다. 그녀의 작은 발꿈치가 아틸의 정강이를 가볍게 탁 쳤다.

"아이참, 그런 거 말고요. 정말로 무슨 이야기 해요? 저도 인사하는 사람들 보면 마주 인사해 주고 싶은데, 그러면 대화해야 하잖아요."

"마주 인사할 필요가 있어?"

"계속 무시하면, 평판이 나빠지지 않을까요?"

"어설프게 상대하는 것보다, 아예 상대하지 않는 게 나아. 어차피 열 살 넘으면 상대해야 하는데."

아틸의 심드렁한 말에 리리카는 고민 끝에 고개를 끄덕였다. 아틸의 말이 맞았다. 지금 자신으로는 '어어' 하다가 쓸려갈지도 몰랐다.

'2년 동안 열심히 배우는 거야.'

열 살이 되면, 좋든 싫든 공개적인 자리에 나서게 했다.

'그때 실수하는 일 없게 해야지.'

또래 아이들이 초롱초롱한 눈빛을 보낼 때는 미안하지만, 당분간은 이대로 가야겠다.

'디아레랑 피요르드가 있으니까. 그래도 심심할 일은 없겠네.'

디아레를 생각하면 마음이 흐뭇해졌다. 언제나 솔직하고, 서툴지만 자신을 배려하려 애쓰는 디아레가 귀여웠다.

무엇보다도 그 풍성한 더스티 핑크의 머리색은 누구라도 사랑스러워할 색이라 생각한다. 물론 외모만 보고 귀엽다, 하며 손을 내밀었다가는 콱 물려 버리겠지만.

"무슨 생각을 그리 해?"

"아, 디아레요."

"걔가 너 괴롭히냐?"

아틸의 말에 리리카는 웃음을 터트렸다.

"아니에요."

말하고 리리카는 푹 하고 그의 가슴에 기댔다.

"그래도 제가 괴롭힘당하면 제 편을 들어주러 와 줄 사람이 있어서 좋은걸요."

"네가 말했잖아. 그런 게 부러웠다고. 그러니까 괴롭힘당하면 불러. 알았어?"

"네."

리리카가 고개를 끄덕였다. 궁에서 자신을 괴롭힐 사람은 없겠지만 말이다.

며칠 뒤, 어머니의 말대로 우바가 돌아왔다. 그가 배에 가득 싣고 온 물건은 그야말로 거대한 파문을 일으켰다.

그중에서도 몇몇 식물과 진귀한 물건을 가지고 우바는 가장 먼저 리리카를 방문했다.

"우바!"

리리카는 활짝 웃으며 그에게 달려갔다. 무릎을 꿇은 채로 기다리고 있던 우바 역시 웃으며 모자를 벗어 인사했다. 모자챙에 달린 깃털은 여전히 화려했다.

"황녀님을 뵙습니다."

"응, 나도 다시 봐서 엄청 기뻐! 무사해서 다행이야."

리리카의 말에 우바가 그녀를 번쩍 들어 올리려 양손을 뻗었다가 라우브에게 저지당했다.

청회색 눈동자가 사납다. 리리카는 '우리 집에 무는 개가 있어요.'라는 말을 하지 않은 주인처럼 당황해 말했다.

"라우브, 괜찮아. 우바, 이쪽은 내 호위인 라우브야. 이쪽은 내가 투자한 모험가인 우바."

라우브는 눈을 한 번 느리게 깜박이고는 희미하게 미소 지으며 인사했다.

"라우브 울프입니다."

얼결에 우바도 마주 인사했다.

"우바라고 합니다."

'아, 또 뭔가 위화감.'

라우브의 얼굴에서 또 이질감이 느껴졌다. 지적하기는 애매한 것이라, 리리카는 조금 더 지켜보기로 했다.

우바가 웃었다.

"호위 기사님이 하시는 게 맞겠지요. 나중에 제 신원이 더 확실해 지면, 그때."

우바가 아쉬운 손을 내린 후에 고개를 숙였다. 정중한 말투가 흘러나왔다.

"가장 먼저 큰 투자를 해 주신 황녀님께 달려왔습니다. 첫 번째로 물목을 고르시지요."

"내가? 어머님이 아니고?"

"황녀님 다음이 바로 황후마마이십니다."

우바가 자리에서 일어나며 눈짓하자 시종들이 재빠르게 물건을 늘어놓았다. 작은 화분에 담긴 식물들과 상자에 담긴 광물, 나무 열매 같은 것들이었다.

"전부 가져올 수는 없어서, 여기 목록이 있습니다."

우바가 내민 목록을 브린이 받아 펼쳐 주었다. 리리카는 신기하게 목록을 보았다가 실물로 시선을 돌렸다.

"이거 예쁘다."

눈덩이처럼 반짝이는 광물을 가리키자 우바가 말했다.

"불을 붙이면 아름다운 푸른색 불꽃이 나온답니다. 아주 밝고 오래 가지요."

"정말?"

"네."

"신기하다……."

돌을 손가락으로 콕 찔렀다가, 리리카는 관두었다. 신기하고 멋진 물건은 어머니께 가는 게 맞았다. 리리카는 식물 중에서 가장 수수하게 이파리만 보이는 식물을 가리켰다.

"이건 뭐야?"

"이건 아래 뿌리가 무처럼 큰데, 아주 달콤하답니다."

"달콤한 무?"

"그렇지요."

리리카는 가만히 식물을 바라보았다. 이거면 그렇게 화려하지도 예쁘지도 않으니까, 자신이 가진다고 해도 괜찮지 않을까?

오두막 주변에 심으면 달콤한 걸 잔뜩 먹을 수 있을 거야. 나중에 우리 집을 사면, 그때 심어도 되겠지.

"그럼 난 이걸로 할래."

"알겠습니다."

우바는 흐뭇한 미소를 지었다. 리리카가 그를 보고 말했다.

"사실 모험 이야기도 듣고 싶지만, 어머니께 가는 거지?"

"네, 나중에 다시 초대해 주시면 선박에 있는 달콤한 무를 전부 가지고 오겠습니다."

"응!"

리리카가 고개를 끄덕였다. 우바가 크게 다시 인사를 하고는 물러갔다. 리리카는 화분에 담긴 식물을 바라보았다.

"많이 달콤할까? 브린은 달콤한 식물을 알아?"

"남쪽에서 재배하는 사탕수수로 설탕을 만드는 걸로 알고 있어요."

"설탕을 식물로 만드는 거야?"

놀라 리리카가 묻자 브린이 고개를 끄덕였다.

"네, 궁금하시면 백과사전에서 찾아보시겠어요?"

"응, 갈래, 갈래."

리리카가 도서관에 갈 채비를 하는 동안, 우바는 은룡실을 방문했다.

그가 세 척 배 가득 싣고 온 물건은 하나같이 가치가 높은 상품들이었다.

루디아는 품목을 하나하나 넘기며 흐뭇한 미소를 지었다. 그런데 넘길수록 그녀의 얼굴이 흐려졌다.

'설탕무가 없네?'

이번 항해에서 가장 높은 이익을 얻는 것 중 하나가 설탕무였다. 남쪽에는 사탕수수, 그리고 북쪽에는 설탕무.

덕분에 설탕의 가격이 지금보다 저렴해지고, 수요는 폭발적으로 늘어났다.

덕분에 북쪽 영지들도 특수를 누리게 되고.

'그리고 멍청한 인간들이 밀과 호밀 대신에 설탕무만 재배하게 되지. 훌륭해.'

하지만 그것도 설탕무를 수해에서 구하지 못하면 써먹지 못하는 계획이다.

'커피로 만족해야 하나? 내가 개입해서 이야기가 달라진 걸지도 몰라. 다음 항해에는 가져올 수 있겠지.'

루디아가 미소를 지었다.

"정말로 고생했소, 우바. 내가 원하는 품목을 제외하면 나머지는 계약대로 이윤을 나눕시다."

"모두 황후마마 덕분입니다."

우바가 깊이 고개를 숙여 보였다.

며칠 뒤 루디아는 리리카가 설탕무를 재배하고 있다는 걸 알게 되었다.

"리리!"

"어머니? 갑자기―"

어쩐 일이세요, 묻기도 전에 루디아가 그녀를 끌어안았다.

"요 귀여운 것!"

"흐약?"

달려온 어머니 품에 폭 끌어안겨 리리카는 당혹했지만, 웃음이 나왔다

"똑똑하기도 하지, 우리 딸. 똘똘해."

몇 번이나 칭찬하고 루디아가 웃으며 리리카에게 말했다.

"우바가 내준 목록에서 설탕무를 골랐다면서?"

"네? 네에."

"엄마랑 나누자."

"네?"

루디아가 생글생글 웃으며 말했다.

"엄마가 투자처를 찾을 테니까, 이윤이 생기면 나누자꾸나."

"괜찮아요, 필요하시면 어머니가 다 가져가셔도."

"어허."

루디아는 짐짓 눈을 찡그리고 딸의 입술을 꾹 눌렀다.

"가족이라도 확실히 해야 할 게 있는 법이야."

리리카가 방그레 웃었다. 어른스럽게 웃는 딸을 보니, 루디아는 어쩐지 그녀와 자신이 바뀐 거 같았다. 마치 어머니의 고집을 들어 준다는 얼굴이었다.

리리카가 고개를 끄덕였다.

"알겠어요."

루디아가 리리카의 손을 꼭 잡으며 말했다.

"설탕무는 북쪽에서 잘 자라거든, 리리카가 받은 영지 있지? 거기에 심으면 될 거 같아."

"아!"

그제야 봉토 생각이 나서 리리카는 고개를 끄덕였다. 루디아가 희미하게 웃었다.

"그럼 엄마랑 자세한 이야기를 해 볼까?"

"네!"

계약서는 처음 써 보는 것이라, 어려운 말들을 읽는 것도 상당히 골치 아팠다. 서명만 하면 좋을 텐데 어머니는 이것도 전부 경험이라며 계약서를 읽게 했다.

"합의? 협의?"

옆에서 브린이 친절하게 설명해 주었다.

"협의는 상대의 의견을 구하는 것이고, 합의는 상대와 의견을 일치해야 하는 거랍니다. 합의가 훨씬 더 유리해요."

"비슷해 보이는데!"

"다릅니다."

브린이 빙그레 웃으며 말했다.

"그리고 여기 보세요 '영구적'이거나 '완전히 귀속', '일체의 모든 권리', '제삼자나 지정하는 자에게 양도' 이런 문구는 전부 삭제해야 해요."

리리카가 억울한 얼굴로 어머니를 보았다. 어머니는 그저 웃을 뿐이었다.

"브린이 봐 주니 다행이기는 한데, 이런 걸 봐 주는 사람도 필요할 거 같아."

"그래서 가문마다 법관을 둔답니다."

"진짜?"

"네, 그럼요. 하지만 기본적인 건 알고 계시는 게 유리해요. 귀족들은 구두로 계약하는 경우도 상당히 흔하니까요."

"선생님이 필요할 거 같아……."

리리카가 중얼거리자 루디아가 말했다.

"엄마가 붙여 줄까?"

"네."

리리카가 격하게 고개를 끄덕였다. 그녀가 손가락 두 개를 펴 보였다.

"2년 후면 그래도 공식적으로 인사받고 그러는데, 글렌데린 부인에게 배울 건 다 배운 거 같아요."

"그렇지, 그렇지."

루디아는 매혹적인 웃음을 지어 보이며 부채를 폈다.

"인로 가문 사람을 부르자꾸나."

그 말에 브린이 놀라 고개를 휙 들었고, 라우브도 눈을 깜박였다. 당황한 건 리리카였다.

"인로?"

반응을 보면 유명한 거 같은데 한 번도 들어보지 못한 가문이었다. 브린이 설명했다.

"꽃(花)의 바라트, 눈(雪)의 인로. 제국의 공작가 중 하나예요. 하지만 중앙정계에서는 완전히 물러나 있고, 내려오지도 않아서……."

"응, 그렇지. 하지만 리리의 선생으로는 딱이잖아."

루디아는 자신만만하게 리리카에게 말했다.

"엄마에게 맡겨 줘."

"네."

사교계에 깜깜인 자신보다는 어머니가 훨씬 더 아는 게 많겠지.

리리카는 신기하기만 했다. 언제나, 늘, 어머니를 지켜야 한다고 생각했는데.

'이제 어머니가 날.'

뺨이 따끈따끈해지고 웃음이 저절로 흘러나왔다.

"에헤헤—"

웃으니 어머니가 "어휴, 귀여워!" 하고 다시 꼭 안았다. 진짜로 '내가 귀엽나 봐.' 하는 마음이 자꾸 올라왔다.

"그럼 계약서는 수정해서 가져오라고 할게. 수익 분배는 리리카가 4고 엄마가 6이야."

"네."

자신은 어머니께 전부 맡기는 거니까 그 정도로도 충분했다. 오히려 너무 많이 가져가는 게 아닐까 싶었다. 어머니가 빙긋 웃고 말했다.

"그러고 보니 리리카에게도 소개해 줄까?"

"누구를요?"

"우바가 가져온 물건을 팔 상단주."

루디아가 가볍게 웃었다.

"사막 출신이지만, 실력은 믿어도 괜찮아."

"사막 출신이라고요?"

사막에 갔다가 돌아온 사람은 아무도 없었다. 그러니 사막은 수해와는 전혀 다른 의미의 개척지였다.

제국의 범죄자들이 사막으로 도망가는 일도 비일비재해서, 사막에 사는 사람들은 전부 사기꾼이나 협잡꾼이라는 이야기가 돌았다.

햇볕에 탄 듯 황금빛 섞인 어두운 피부를 가진 사막 민족은 경시의 대상이었다. 비슷한 피부색을 가진 황제 알테우스의 출신에 대해서 사람들이 수군거리는 것 역시 같은 맥락이었다.

"만나 볼래요."

리리카의 말에 어머니가 "그래." 하고 방긋 웃었다.

계약문제를 마무리하고 어머니는 바쁜 일정을 소화하기 위해 리리카의 양 뺨에 입 맞춰 주고는 방을 나섰다.

"어머니가 너무 바쁘신 거 같지 않아?"

"황후마마께서 새로 벌이는 사업이 제가 아는 것만 해도 서너 개는 되는걸요. 당연히 바쁘시죠."

"사업?!"

"네."

브린이 웃으며 하는 말에 리리카는 걱정이 앞섰다.

'사업이라니.'

빈민가에는 사업을 말아먹고 쫄딱 망한 사람들도 많았다. 그런데 어머니가 사업이라니.

'어머니가 망하셔도 먹고 살 걱정은 없게 내가 노력해야겠어.'

망하는 사업에 돈을 넣을 생각은 조금도 없었지만, 망하고 나서 먹고 살 거리는 있어야 하니까.

평소보다 큰 만월이었다.

여름의 밤공기에서는 각양각색의 냄새가 나 숨이 막혔다. 라우브는 그늘에 숨어 숨을 몰아쉬었다.

달을 보지 않으려 애써도, 시선이 자꾸만 달로 향했다. 몸속에 흐르는 피가 지글지글 들끓어 폭발할 것 같았다.

그의 임무는 호위이다. 자리를 떠서는 안 되는 걸 알고 있다. 잘 알고 있는데도, 참을 수가 없었다.

돌벽으로 감싼 성이 아닌, 정원으로 나오면 나아질 것이라 생각했으나 전혀 나아지지 않았다.

차가운 대리석 의자에 앉아도 소용없었다.

'사박사박'.

작은 발소리에 그는 고개를 들었다. 듣지 않아도 누군지 알 수 있었으나, 들 수밖에 없었다.

등불을 들고 밤 까마귀가 서 있었다.

보랏빛으로 일렁이는 등불은 분명 솔 가문에 내려오는 아티팩트겠지. 라우브는 그리 생각하며 브린을 바라보았다. 브린은 거침없이 다가와 등불을 그 앞에 디밀었다.

불은 뜨겁지 않고 오히려 차가웠다.

"당신 부적격자죠?"

브린의 입에서 나온 말은 불꽃만큼 차가웠다. 라우브는 아무 말도 할 수 없었다.

말을 하지 못하는 것은 인정이나 다름없지만, 까마귀는 대답을 원했다. 늑대는 불꽃에서 시선을 돌리며 작게 고개를 끄덕였다.

"탄 울프, 그 작자가!"

빠드득 이를 갈며 브린은 작고 날카롭게 외쳤다. 분명 황후도 알고 있던 게 틀림없었다. 그런데도 허락하시다니!

"그런데 뻔뻔하게 여기 이렇게 있어요?"

"황녀님께서—"

"황녀님의 무지를 이용할 생각은 꿈에도 하지 말아요."

라우브가 고개를 돌려 브린을 바라보았다. 야생동물 특유의 무감한 표정이 나타났다. 브린이 코웃음을 쳤다.

"날 죽여서 깊이 묻을 생각이라면 관둬요."

"……그런 생각은—"

"잠깐 했겠죠."

"……."

그래, 잠깐 했다. 하지만 황녀님이 아끼시는 측근 시녀를 그가 해칠 수는 없었다.

"이래서 부적격자는."

브린이 눈을 가늘게 떴다.

라우브는 뻔뻔히 서서 지껄이는 까마귀를 바라보았다.

네가 뭘 알아?

멀쩡하게 태어난 인간이.

그런 말이 목구멍까지 올라왔다.

피 안에 흐르는 야만을, 짐승의 울부짖음을, 흉포한 욕망을, 그 모든 걸 내리누르는 데 필사적이어서 다른 모든 걸 소진해 버리는,

그 무력감을 알아?

그럼에도 불구하고 꼬리표가 달린다. 어쩔 수 없다. 그건 알고 있다. 하지만 필사적으로 애쓰는데도 '너는 여기 있으면 안 돼.'라는 소리를

듣는 건 괴로웠다. 그래서 작은 황녀님이 자리를 제의했을 때, 그 손이 벼랑 끝에서 내민 손처럼 느껴져서 잡지 않을 수 없었다.

"황녀님께서, 위험하지 않다고 하셨으니까."

변명처럼 내뱉는 말이 얄팍해서 스스로도 우습다는 걸 알았다. 브린도 똑같이 생각했다.

"'우리 집 개는 물지 않아요.' 같은 소리 하지 말아요. 어이가 없네, 정말."

브린은 딱 한 번의 동작으로 마격총을 꺼내 라우브의 이마에 들이댔다. 라우브는 힐끗 시선을 들어 총을 보았다가 브린을 보았다.

마격총.

흔하다면 흔하고, 흔하지 않다면 흔하지 않은 아티팩트다.

약점은 발사 횟수가 정해져 있다는 것. 횟수를 소진하고 나면 하루가 지나고 나서야 쓸 수 있다는 것. 마격을 막아 주는 호신용 아티팩트가 존재한다는 것. 이런 문제 때문에 병기로는 그리 많이 쓰이지 않았다.

호신용으로는 간간이 쓰였지만.

라우브가 물었다.

"쏠 겁니까?"

"부적격자를 황녀님 곁에 두는 것보다, 깊이 묻는 게 낫지 않을까요?"

라우브가 웃었다.

"그쪽이 방아쇠를 당기는 것과 내가 총구를 치우고 그쪽 목을 부러트리는 것 중에 어느 쪽이 더 빠를까요?"

"……."

"가주님— 그러니까, 탄 경이 얼마나 강한지 잘 아시지요. 그분은 강철로 만든 창대도 구부리시죠. 그럼 규격 외인 저는 어떨까요?"

항상 모든 걸 억누르고 있다.

핏속의 괴물이 즐겁게 웃는다.

해 볼래?

방아쇠에 건 손가락이 미세하게 당겨지는 걸 보았다.

모든 소리도 색도 긴장 속으로 빨려 들어가는 듯한 순간, 목소리가 났다.

"두 사람 다 밖에서 뭐 해?"

까마귀와 늑대, 둘 다 놀라 고개를 돌렸다. 리리카가 한 손에 펜듈럼을 들고 서 있었다.

펜듈럼에서 희미한 빛이 흘러나오고 있었다. 그게 반짝이며 리리카를 밝히고 있었다. 너무 갑작스러워 두 사람이 아무 말도 못 하는데 리리카가 두 사람을 바라보다가 한숨을 폭 내쉬었다.

주인의 한숨 쉬는 모습에 둘 다 어쩔 줄 모르며 시선을 내렸다.

"황녀님, 밤에 혼자서 이런 곳까지 나오시다뇨."

브린이 슬쩍 총을 도로 집어넣으며 말했다. 리리카는 뺨을 부풀렸다가 눈을 찡그렸다.

"폐하께서."

말하다 그녀는 멈췄다.

―오늘은 다른 때보다 만월이 크니까, 라우브를 잘 지켜봐.

수업 중에 알테아스가 그리 말하지 않았다면 둘이 이러고 있는 것도 몰랐겠지.

리리카가 물었다.

"두 사람 다 나에게 할 이야기가 있지?"

6장 늑대, 까마귀 그리고 꽃 I 513

그녀가 브린을 한 번 보고, 라우브를 본 다음 말했다.

"먼저 브린 이야기부터 들을 거야. 그다음 라우브 이야기를 들을게."

브린은 힐끗 라우브를 보았다. 창백한 그 얼굴을 보고 그녀는 "흥." 하고는 리리카에게 다가갔다.

리리카가 브린에게 살짝 미간을 찡그려주고 말했다.

"저쪽으로 가서 이야기하자."

"네, 황녀님."

리리카는 나무에 가려진 돌 탁자에 앉았다. 리리카가 새끼손가락에 낀 실반지를 빼서 탁자 위에 올려놓자 사방이 조용해졌다.

브린이 놀라 반지를 바라보았다. 리리카가 말했다.

"오늘 폐하께 받은 거야. 바깥으로 소리가 새어 나가지 않게 해 주는 거래."

사실 그녀가 만든 거지만.

이런 일이 있을 줄 알고 만들라고 하신 걸까. 리리카는 반지를 보다가 고개를 들었다.

"그래서?"

"먼저, 제멋대로 자리를 비운 점을 용서해 주세요."

"응, 그래서?"

리리카의 물음에 브린은 작게 한숨을 내쉬고 탁자 위에 등불을 올렸다. 보라색 불은 이미 꺼져있었다.

"예전에 제가 각 가문이 어떻게 시작되었는지 말씀드렸지요?"

"응, 괴물들과 섞였다는 이야기 말이지?"

"네. 그리고 그걸 증명하듯이, 흉포한 자들이 나옵니다. 우리는 그걸 부적격자라고 불러요."

"부적격자?"

"네, 인간과 어울리기에는 부적합하다는 말이죠."

리리카가 팔짱을 꼈다. 자그마한 황녀님이 팔짱을 끼시는 건 귀엽지만, 브린은 시선을 아래로 살짝 내렸다.

어쨌든 그녀는 자신의 주인.

불쾌한 심정을 모르는 것도 아닌지라 브린이 설명했다.

"그런 자를 황녀님의 호위로 둘 수 없습니다. 탄 경도 무슨 생각을 하신 건지 모르겠어요."

"으음."

리리카는 '그때 울리던 경종이 이걸 말하는 거였나?' 생각하며 브린을 보았다. 그녀가 브린에게 말했다.

"그래서 브린은 어떻게 하려고 했어? 아까 라우브 경의 머리에 대고 있던 건 뭐야?"

"마격총이라는 아티팩트예요. 물론 공격할 생각은 아니었어요. 대신 내일 황녀님께 진실을 고하라고 하려 했을 뿐이에요."

"정말?"

"네. 어쨌든 황녀님께서 직접 고르신 호위인데, 제가 어떻게 하겠어요?"

브린의 말에 리리카는 고개를 끄덕이고 물었다.

"그 부적격자라는 게 그렇게 나쁜 거야?"

"언제 터질지 모르는 불량 아티팩트 같은 존재들이에요. 아무리 잘 길들인 개라고 해도 짐승은 짐승이죠. 제어가 안 될 때가 있는데, 그 '때'가 황녀님 곁에 있을 때 오지 않기를 바라는 거예요."

그야말로 통렬한 말투여서 리리카는 작게 숨을 삼켰다.

"일단 알겠어."

리리카가 고개를 끄덕였다. 그녀가 말했다.

"일단 가서 라우브를 불러 줄래?"

"지금 이런 때에 단둘은……."

리리카가 제 펜듈럼을 툭 치며 말했다.

"괜찮아."

"알겠습니다."

브린이 종종걸음으로 물러나며 라우브를 불렀다. 라우브는 느릿한 걸음으로 돌 탁자로 다가갔다.

리리카가 자리에 앉으라고 말했다. 그는 차마 의자에 앉을 수가 없어서 그녀 앞에 한쪽 무릎을 꿇고 앉았다.

똑바로 주군을 볼 수가 없었다. 브린이 무슨 이야기를 했을지 뻔했다.

"라우브, 브린에게 이야기는 대충 들었어. 라우브가 부적격자라면서?"

목소리는 부드러웠지만, 내용에 그의 턱이 경직되었다.

"네, 그렇습니다."

대답은 한숨처럼 흘러나왔다. 리리카가 쓴웃음을 지었다.

"많이 힘들겠네."

라우브가 번쩍 고개를 들었다.

떨리는 청회색 눈동자를 바라보며 리리카가 희미하게 웃었다.

"그러니까 다른 사람보다 본능이 강하다는 거지? 억누르는 것도 힘들지 않아?"

그가 시선을 아래로 내렸다. 목소리가 떨려 나오지 않기를 바라며 그는 솔직하게 말했다.

"힘……듭니다……."

누군가에게 말하는 건 처음이었다. 힘들다고 말하면, 그들이 자신을 더 멀리할까 봐 힘들다는 말조차 할 수 없었다.

애써 그는 열심히 연습한 울프가 특유의 붙임성 있는 미소를 지어 보였다.

"그러나 견딜 만합니다."

'아.'

위화감이 어디서 오는지 알겠다. 다른 사람이 보기에 평범한 게 라우브에게는 노력이구나. 심지어 노력하는데도, 완전히 평범해지지는 못했다.

"그렇구나."

리리카가 고개를 끄덕였다. 그녀는 자신의 펜듈럼을 뚫어지게 바라보다가 말했다.

"일단 알았어."

라우브의 눈이 커졌다. 그의 표정을 보고 리리카가 작게 웃었다.

"증상이 어떤지 말해 줘 볼래?"

"그건……."

망설였지만 라우브는 곧 솔직히 말한다고 해서 그가 내쳐지지 않을 거라는 묘한 확신이 들었다.

그는 고개를 숙인 채 증상을 이야기했다.

만월에는 더욱 견디기 힘들다는 것, 열이 오르는 것, 흉포해지는 감정, 제어되지 않는 분노, 울부짖고 싶어지는 폭풍이 온몸 안에서 날뛰고 있다는 것까지도 이야기했다.

놀랍게도, 모든 걸 숨기고 있을 때보다 전부 이야기하고 나자 훨씬 더 마음이 편했다.

리리카는 곰곰이 그 이야기를 듣고 말했다.

"알았어. 내가 한번 알아볼게. 그런 증상을 달래 주는 아티팩트가 있을지도 모르잖아."

라우브는 희미하게 웃었다. 그런 아티팩트가 있다면 울프가에서 가장 먼저 차지하려 애썼을 터였다. 아니, 늑대가 아니라 곰도 마찬가지였다.

그래도 부적격자들에 의한 문제가 늘 터지는 걸 보면, 그런 아티팩트는 존재하지 않는다.

그럼에도 찾아주겠다는 그 말은 참으로 달콤했다.

그는 대답 없이 가만히 있었다. 고개가 조금 더 아래로 숙여졌다. 스스로 원하는 게 뭔지 알아서 우습기도 했다.

알아차린 듯 살짝 조심스럽게 작은 손이 머리에 와 닿았다.

제 나이의 반도 살지 않은 아이에게 쓰다듬을 받는다고 생각하면 우습지만, 주인에게 쓰다듬을 받는다고 생각하면 전혀 다른 이야기가 되었다.

울프가 사람들은 치고받고 부딪치고 밀치는, 그런 스킨십을 좋아한다. 부모는 아이들을 끌어안고 입 맞추고 지나가면서도 머리를 마구 쓰다듬고는 했다.

라우브에게 그 부분은 동그랗게 비어있는 자리였다. 아이가 장성하고 나서도, 부모가 자신만큼 큰 아이의 머리를 쓰다듬는 장면은 울프가에서 자주 볼 수 있는 모습이었다.

　무엇보다 자신이 인정한 상대인 자신의 주인의 칭찬과 스킨십은 남달랐다.

　그것으로 채워지는 안정감은 울프가 사람이 아니면 느낄 수도, 표현할 수도 없으리라.

　만족스러운 한숨이 흘러나왔다.

　머리 위에서 주인이 얼핏 웃는 기척이 느껴져 멋쩍어졌다. 그녀가 손을 떼자 그는 얼른 자리에서 일어났다. 리리카는 고개를 돌렸다.

　예의를 지켜 적당한 거리를 두고 떨어져 있는 브린의 표정이 못마땅해 보이는 건 기분 탓일까?

　리리카는 그녀에게 가까이 오라고 손짓했다. 리리카가 실반지를 도로 끼우는 사이에 브린이 다가왔다.

　"이야기는 다 끝나셨나요?"

　"응, 끝났어. 이제 돌아가자."

　브린은 충실한 시녀답게 더는 라우브에 대해 아무런 말도 하지 않았다. 대신 그녀가 힐끗 달을 한 번 바라보고 말했다.

　"시간이 많이 늦으셨는데, 혹여 출출하진 않으신가요? 간식거리를 올릴까요?"

　"으음, 괜찮아."

　리리카가 빙긋 웃었다.

　"고마워, 브린."

　"아닙니다."

　"그럼 돌아가자."

슬쩍 브린의 손을 잡으며 리리카가 말하자, 브린의 입가에 미소가 그려졌다.

"네, 황녀님."

리리카는 펜촉으로 동글동글 마법진을 여럿 그렸다.

"음, 제어…… 구속, 아냐. 아냐. 내가 하고 싶은 건 제어나 구속이 아닌걸."

엑스 표를 죽죽 긋고 리리카는 창밖을 내다보았다. 햇볕이 잘 드는 서재 창문은 활짝 열려 있었다. 새하얀 리넨 커튼이 바람에 부드럽게 휘날렸다.

시원한 바람이 아니라면 여름이 더 견디기 힘들었으리라.

'시원해지는 아티팩트 같은 것도 만들고 싶다.'

리리카는 마법진과 고대어를 적어 놓은 종이를 북 찢어서 휴지통에 던져 넣고 익숙하게 불태웠다. 아무래도 아티팩트를 만들려면 더 자세히 이야기를 들어보는 게 좋을 것 같았다.

"으샤."

가볍게 의자에서 내려와 나풀나풀 서재를 나섰다.

"브린."

"네, 황녀님."

"샛별이를 준비해 줘, 탄 경을 만나러 가야겠어."

"알겠습니다."

태양궁 내에서 승마는 금지되어 있었다. 하늘궁 앞에서 모두가 걸어가야 했다.

그러니 태양궁 내에서 크림색 갈기를 빛내는 밤색 말을 타고 다닐 수 있는 소녀는 딱 한 사람뿐이었다.

리리카 나라 타카르.

황제의 양녀.

모두가 궁금해하며 고개를 빼 들었다. 갈색 머리카락을 가볍게 나부끼며 걷는다. 옆에는 솔과 울프가 따르고 있었다.

몇몇이 입을 비죽였다.

"양쪽에 솔과 울프라니, 진짜 타카르라도 된 것처럼 의기양양하네요."

"쉿, 조용해요. 지금 태양궁 실세가 누군지 몰라요?"

"그래 봐야 근본도 없는 외부인이죠. 변덕스러운 황제의 총애가 얼마나 갈 것 같은가요?"

몇몇은 동의하고, 몇몇은 침묵했다.

"하여간."

멀어진 황녀를 보며 처음 말을 꺼낸 사람이 코웃음을 쳤다.

"꼴불견이네요."

모두가 걸어야 하는 태양궁에서 말 타고 달리는 모습이 여봐란듯 했다.

악의는 작지만 착실하게 부피를 늘리고 있었다.

"탄! 어라, 라트도 있었네?"

무슨 일인지 기사단장실에 라트가 앉아 있었다. 그는 자리에서 일어나 공손히 인사했다. 언제나처럼 우아한 미소를 지었지만, 리리카는 부정적인 기운을 금세 감지해 냈다.

조심스레 말을 꺼낸다.

"내가 두 사람이 이야기하는데 방해한 거야?"

탄은 미간을 찡그렸고, 라트는 부드럽게 웃었다.

"아닙니다."

"아닌 게 아닌 거 같은데……."

중얼거리며 찬찬히 탄과 라트를 바라보다가 리리카가 말했다.

"그런데 나도 탄과 중요한 이야기를 하려고 온 거라서, 라트에게 양해를 구할게."

당당한 말에 놀란 듯 두 사람이 리리카를 바라보았다. 곧 라트가 웃으며 순순히 고개를 끄덕였다.

"알겠습니다. 전 이만 물러나도록 하지요."

"너, 나중에 나랑 다시 이야기해야 할 거야."

탄의 말에 라트는 그저 싱긋 웃고는 기사단장실을 나섰다. 탄이 리리카에게 자리를 권했다.

브린도, 라우브도 방 밖에 세워 둔 상태라 안에는 이제 두 사람뿐이었다.

"무슨 일이십니까? 중요한 이야기라니요."

탄이 부드럽게 웃으며 물었고, 리리카가 되물었다.

"부적격자가 뭐야?"

순간 탄이 숨을 삼켰다. 리리카는 빤히 그 얼굴을 바라보고는 한숨을 푹 내쉬었다.

"탄."

"네, 황녀님."

"내 감을 그렇게 믿었어?"

탄이 쓴웃음을 지었다. 리리카가 말했다.

"탄에게 울프가 소중하다는 걸 알아. 탄은 가주니까, 모두를 책임지는 게 탄의 일이잖아?"

탄은 가만히 황녀님의 이야기를 들었다.

"그게 무척 힘들 거라는 걸 알아. 선택의 기로에 놓이게 될 거라는 것도 알고."

라우브를 호위로 삼는 것에 대해서 탄이 '뭐든 지원하겠다.'라고 한 뜻이 뭔지 이제 알았다. 부적격자가 뭔지 알았다면— 아니, 알았어도 분명 자신은 라우브를 호위로 삼았을 테지만.

미리 알았다면 더 좋았을 터였다. 그래도 궁금한 점은 있었다.

"탄은 내가 위험에 처하는 것보다, 라우브를 더 중요하게 생각한 거야?"

"!!"

탄이 흠칫했다가 눈을 찡그렸다. 그는 천천히 말했다.

"아닙니다. 하지만, 상황을 보면 아니라고 할 수도 없겠군요."

탄은 물끄러미 리리카를 바라보았다. 분명, 이 어린 황녀님께 라우브를 떠맡기는 건 이성적으로 생각하면 절대 안 될 일이었다. 그런데도 어쩐지 괜찮게 느껴졌다.

그의 감이, 마음이 그렇게 말하고 있었다. 탄은 솔직하게 이야기했다.

"그때는 그게 최선으로 느껴졌습니다. 라우브를 그대로 고향으로 돌려보내면 자멸할 듯 느껴졌으니까요."

말을 끊고 한숨을 내쉰 후에 그가 퍼뜩 시선을 리리카에게 주었다.

"그가 무슨 문제를 일으켰습니까?"

"그건 아니야."

리리카가 그의 걱정에 고개를 흔들었다. 한눈에도 탄의 어깨에서 힘이 빠지는 게 느껴졌다.

리리카가 말했다.

"그때 나도 그렇게 느꼈어. 그래서 라우브를 맡았지만, 좀 더 자세히 알려 줬으면 좋았을 거야. 라우브가 그렇게 힘들어하는 줄 전혀 몰랐잖아."

맨 마지막 문장은 생각지도 못한 말이어서 탄은 황녀님을 바라보았다.

심지 굳은 청록색 눈동자가 가만히 탄을 바라본다. 그는 깊게 숨을 들이마시고 답했다.

"죄송합니다, 전부 제 불찰입니다."

깊은 사과에 리리카는 미소 지었다.

"사과는 받을게, 하지만 처음 질문은 유효해. 부적격자가 뭐야? 늑대의 피가 강하게 흐른다는 건 알겠지만."

라우브에게 들은 건 증상이고, 브린에게 들은 건 비난이었다. 가주인 그가 더 많은 정보를 가지고 있지 않을까?

탄의 시선이 슬쩍 문을 향하자 리리카가 얼른 반지를 빼서 올려뒀다.

탄이 놀란 얼굴을 했다.

"아티팩트군요."

"받았어."

리리카가 냉큼 답하자, 탄은 '폐하께서 주셨나.'하고 고개를 끄덕였다. 타카르 가문 창고에 쌓인 아티팩트는 목록만 해도 상당하다는 소문이 있으니까.

"무슨 이야기부터 해야 할지 모르겠군요. 일단 라우브의 이야기를 간단히 하자면, 그가 제 먼 친척이라고 했었죠?"

"응."

"그는 울프가에서 태어나지 않았습니다. 종종 그런 사람들이 있습니다. 갑자기 외부에서 가문의 피가 짙게 나타나는 사람들이죠. 가문에서는 소문을 듣고, 라우브를 데려와서 양자로 삼았습니다."

거기까지 가기 위해 거친 험난한 과정들을 탄은 굳이 이야기하지 않았다.

대신 짧게 말했다.

"그래서 라우브는 울프가에 적응하는 데에도 한참 고생했습니다."

짧은 한마디에 리리카는 고개를 끄덕였다.

탄이 등 뒤에서 칼을 뽑는 동작을 하며 말했다.

"그래서 무기도 저희와 다릅니다. 어릴 때 다른 곳에서 검술을 배웠기 때문이지요. 울프가는 검을 쓰는데 라우브는 도를 사용하죠."

"맞다! 그렇구나. 그리고 라우브는 등에 메잖아."

탄이 쓰게 웃었다.

"그건 라우브가 기사가 아니니까요. 기사가 아닌 자들은 허리에 검을 찰 수 없습니다."

"응?"

의아해하니 탄이 팔짱을 꼈다.

"기사가 아니면 허리에 무기를 찰 수 없다. 뭐, 기사가 아닌 자들이 함부로 무기를 들고 다니지 못하게 하려는 법이라고는 하지만……."

"쓸모없잖아."

리리카의 평에 탄이 웃었다.

"그건 그렇지만, 허리 아닌 다른 곳에 무기를 차면 여러모로 불편한 점이 생기니까요."

"그래?"

"네, 라우브만 봐도 도집이 아니라 슬링에 걸지요."

리리카는 잠시 생각하다가 고개를 끄덕였다. 탄은 리리카가 충분히 알아들은 걸 확인하고 다음 이야기로 넘어갔다.

"늑대의 피가 강하면, 힘도 강해지지만 그만큼 충동도 강해집니다. 감정의 폭이 심하게 흔들리게 됩니다."

"라우브는 전혀 안 그런데?"

리리카의 말에 탄이 고개를 끄덕였다.

"억누르는 훈련을 받았기 때문이죠."

"억누르는 훈련?"

리리카의 질문에 탄은 고개를 끄덕였다.

"본래 울프는 어릴 때부터 몸으로 뛰어놀면서 힘을 빼고, 그 후에 감정조절을 배웁니다. 넓은 숲이 놀이터지요. 그런데 라우브는 그런 교육을 받지 못했습니다. 그러니 모든 걸 억누르는 방법을 배우는 수밖에 없었죠."

"알겠어. 힘이 강하고, 감정조절이 잘 안 된다는 거지?"

"네, 충동에 대한 절제가 부족합니다. 만월이 되면 더 심해지지요."

"탄도 그래?"

리리카의 물음에 그가 살짝 웃으며 고개를 끄덕였다.

"네, 울프 가문 사람들은 만월만 되면 몸이 근질근질합니다. 그런데 늑대의 피가 강하면 그 충동이 더 강해져요. 라우브도 만월에 탈영한 적이 두 번이나 있습니다."

괜히 부적격자가 된 게 아니지요, 하고 탄이 말했다. 리리카는 고개를 끄덕이다가,

"적어도 괜찮아?"

"비밀로 해 주시면 얼마든지요."

"응, 진짜 중요한 부분은 안 적을게. 그리고 절대로 말하지 않을 거야."

"알겠습니다."

허락이 떨어지자 리리카는 얼른 펜을 꺼냈다. 그녀가 적을 준비가 된 걸 보고 탄은 더욱 자세히 이야기를 시작했다.

과거에 있었던 기록이나, 사건들도 함께 말해 주었다. 리리카는 가벼운 이야기는 적고, 무거운 건 머릿속에만 넣었다.

켜켜이 쌓인 이야기들이었다. 리리카의 표정이 심각해졌다.

그녀가 적은 걸 바라보다가 물었다.

"이거 울프가만 이런 거야? 아니면……."

"다른 가문에도 부적격자는 늘 나옵니다."

"그렇구나……."

여러모로 힘들어 보인다. 자신의 아이가 부적격일지도 모른다고 생각하면 부모는 무섭지 않을까.

"힘들 거 같아."

리리카가 그렇게 말하자 탄이 희미하게 웃었다.

"그렇기 때문에 저희는 타카르를 섬기고, 그렇기 때문에 타카르를……."

없애고 싶은 거겠죠.

목구멍까지 올라온 말을 간신히 멈췄다. 말실수했다 싶었다.

리리카를 슬쩍 보니 그녀가 장난스러운 얼굴로 집게손가락을 입가에 가져갔다.

"오늘 나눈 이야기는 다 비밀인 걸로."

"그렇게 하지요."

탄이 싱긋 웃었다.

이 황녀님은 정말 특이하다. 라트가 '황녀님 앞에서는 이상하게 편해져서 불편하다.'라고 말하는 게 뭔지 그도 알았다.

'간직할 비밀이 많은 산다르는 더더욱 불편하겠지.'

황후가 그 화려함과 재기, 날카로운 혀와 묘하게 달관한 사람 같은 태도로 사람들을 사로잡는다면, 황녀님은 전혀 달랐다.

"라우브가 잘하면, 머리를 쓰다듬어 주세요."

"머리?"

"네, 무척 좋아할걸요."

탄이 싱글싱글 웃으며 하는 말에 리리카가 '그러고 보니' 하고 고개를 끄덕였다. 짐작 가는 바가 있다는 그 끄덕임에 탄이 물었다.

"쓰다듬으신 적이 있으세요?"

"응."

"이야—"

덩치 큰 성인 남성의 머리를 쓰다듬는 건 쉽지 않은 일인데, 황녀님은 대범하기도 하시지.

"무척 좋아했겠는데요. 앞으로도 자주 쓰다듬어 주세요. 어릴 때 그런 접촉이 없었어서……. 그런데 또 저를 인정하지도 않고. 무리 안에 있는 걸로도 사실 어느 정도 안정이 되는데, 라우브는 하필 외부에서 들어와서……."

"탄을? 하지만 탄이 가주님이잖아, 탄의 명령대로 따르는 거 아냐?"

"아, 그야 제가 가주이긴 한데— 겉으로만 그렇고 마음속 깊이 저를 따르지는 않는다는 거죠. 그럼 소용없거든요."

탄이 빙긋 웃으며 리리카를 가리켰다.

"하지만 황녀님은 주인으로 확실히 인식한 거 같으니, 황녀님께서 그를 무리에 받아 주신 거죠. 그럼 훨씬 낫거든요."

"그렇구나……."

울프는 특이하네, 하고 리리카는 고개를 끄덕였다.

'앞으로도 자주 쓰다듬어 줘야겠다.'

제 손바닥을 들여다보다가 리리카가 장난스럽게 쓰다듬는 시늉을 하며 물었다.

"탄도 쓰다듬는 거 좋아해?"

탄은 순간 멈칫했다. 달을 닮은 금빛 머리카락과 새하얀 손이 떠올랐기 때문이었다.

　천천히, 누군가와 아주 닮은 리리카의 청록색 눈동자를 바라보며 탄이 웃었다.

　"네, 좋아합니다."

　알테어스는 오늘도 종종걸음으로 돌아다니는 리리카를 바라보았다. 그녀가 장담한 대로 조금 키가 큰 것 같기도 했다.

　'아닌가?'

　갸웃하면서 그는 그녀에게 손짓했다. 다가온 리리카에게 다시 보석을 한 줌 쥐여 주었다.

　"자."

　"가, 감사합니다."

　더듬거리면서도 거절하지 않고 납죽납죽 잘 받는 게 귀엽다.

　"그래, 그래."

　괜히 머리도 쓰다듬어 보았다. 네 어머니에게 내 칭찬 많이 해 주렴, 하는 속마음을 담고 있었다.

　리리카는 보석을 야무지게 제 지갑 안에 챙겨 넣고 주변을 살짝 둘러보았다.

　집무실에는 브린도, 라우브도 들어올 수 없다.

　심지어.

"오늘은 라트가 없네요."

"휴가."

"라트가요? 휴가요?"

"집안 내부에 문제가 생긴 모양이야."

말하는 어조는 느릿하고, 희미한 미소는 비소에 가깝다.

"재미있지, 작은 존재 하나로 흔들리는 모든 것들이."

그의 시선이 리리카에게 고정되었다. 침을 꿀꺽 삼키니, 알테어스가 싱긋 웃었다.

"네 어머니는 참으로 재미있어. 일 년도 안 돼서 이만큼이나 흔들어 놓을 줄은 몰랐는데."

리리카는 불안해졌다.

"어머니께 무슨 일이 있나요?"

"아니, 무슨 일을 벌이고 있는 축이지. 게다가 덤으로 굴러들어온 건……."

알테어스가 리리카에게 말했다.

"까마귀와 늑대를 잘 데리고 다녀."

그게 브린과 라우브라는 걸 알고 리리카는 고개를 끄덕였다. 자세히 물어볼 수는 없었지만, 저 충고가 무슨 뜻인지는 알았다.

몸조심해라.

라는 거지.

몸조심, 하니 생각난 게 있었다.

"폐하, 궁금한 게 하나 있는데요."

"뭔데?"

"마격총이 뭐예요?"

"마탄을 발사하는 무기."

간단한 설명에 리리카가 고개를 갸웃하는데 알테어스가 덧붙였다.

"네 어머니께 보여 달라고 하지 그래?"

"어머니께요?"

"그래. 마격총 여러 자루 가지고 있을걸."

누구에게 쏘려고, 하고 알테어스가 눈을 찡그린 후에 덧붙였다.

"내가 말했다고는 하지 마라. 아이에게 위험한 거 알려 줬다고 난리 치겠군."

그 말에 리리카는 쿡쿡 작게 웃었다.

"왜 웃어?"

"사이가 좋아 보이셔서요."

"싸우는 게?"

"싸울 수 있다는 게요."

웃으며 말하는 리리카의 말을, 알테어스는 알 듯 말 듯 했다. 자신보다 한창 어린 꼬맹이가 그럴듯한 말을 하는 게 묘해서, 괜히 이마를 쿡 찔렀다.

"아얏, 폐하."

양손으로 이마를 감싼 리리카가 울상을 짓자 알테어스는 피식 웃었다.

'폐하랑 아틸은 정말로 닮았다니까.'

리리카가 속으로 툴툴거리는데, 알테어스가 말했다.

"아니다, 아틸도 한 자루 가지고 있겠네."

그쪽에게 물어보지 그러냐, 하는 뜻에 리리카는 순순히 고개를 끄덕였다. 어머니께 말해도 무기라면 위험하다고 보여 주지 않을 가능성이 높았다.

'하지만 궁금한걸.'

리리카는 한 가지 더 궁금한 점이 생겼다.

'아틸은 왜 마격총을 가지고 있지?'

아틸에게 폐하와 같은 힘이 있다면 어떤 무기도 필요하지 않을 텐데.

서류를 툭툭 정리해서 나가려는데 알테어스가 손짓했다. 조심스럽게 다가가니 그가 자신을 번쩍 안아 올려 책상 위에 앉혔다.

그리고 물었다.

"바라트랑 어울려 다닌다며?"

'폐하, 완전히 신난 어린아이 같은 얼굴로.'

주변 사람들은 바라트 이야기에 곤란해하거나 분노하곤 했다. 하지만 알테어스는 달랐다.

'아틸처럼 바라트를 미워하는 게 아니었어. 그게 아니라. 흥미로워하신다고 할까?'

언제나 절대자의 위치에서 판을 뒤집을 수 있기에, 투기장에서 즐겁게 관람하는 사람처럼.

'사람보다는……'

용.

아틸과 닮았다고 생각했는데, 이런 데서 근본적으로 다르다는 걸 눈치채고 말았다.

'으음.'

그런 사람이 왜 어머니와 결혼한 걸까?

무엇을 위해 계약했을까?

'배신.'

그런 이야기를 했다. 폐하는 결코 배신당할 일이 없어 보이는데.

'모르겠다.'

작은 머리에서 쥐가 나는 거 같았다. 리리카는 고개를 흔들었다.

"모르겠어! 일단 할 수 있는 것부터 하자."

너무 많은 일이 머릿속을 지배할 때는 촘촘히 일을 나누는 게 좋다. 모든 일을 한 번에 생각하면 생각만으로 이미 지쳐버린다. 청소는 위에서부터 아래로. 그러니까 지금은 찬장부터!

청소일 할 때를 떠올리며 리리카는 눈을 부릅떴다. 그녀는 종이를 집어 들고 책상 위에서 내려왔다. 종이에는 완성된 마법진이 그려져 있었다.

"그리고, 이거."

리리카는 폐하에게서 받은 보석 중에 가장 라우브의 눈동자 색과 닮은 보석을 꺼냈다.

조심스럽게 책상 위에 올려 둔 후에 펜듈럼을 들었다.

한 손에 든 마법진을 다시 한번 확인하고 리리카는 보석을 바라보았다. 펜듈럼이 환하게 빛나기 시작했다. 리리카는 천천히 주문을 외웠다.

"후 아나 로우카 딜 리히."

펜듈럼이 크게 원을 그리고 그녀가 만든 마법진이 허공에 떠올랐다. 잡은 줄을 통해서 차가운 물줄기 같은 마력이 끊임없이 흘러가는 게 느껴졌다.

빙그르 회전하는 마법진의 빛이 보석에 반사되어 반짝였다. 한순간 모든 것이 보석 안에 한 점으로 수렴하듯 빨려 들어갔다.

'달칵.'

진동하던 보석이 멈췄다.

"후아……."

리리카는 저도 모르게 한숨을 내쉬었다. 이렇게 긴 주문과 마법진을 같이 쓴 건 처음이었는데, 무사히 성공한 듯했다.

리리카는 주머니에 펜듈럼을 쑤셔 넣고 얼른 보석을 들어 올렸다.

'차가워.'

기분 좋은 서늘함이 느껴졌다. 작게 웃고 리리카는 얼른 밖으로 뛰쳐나갔다.

"라우브, 라우브!"

입구에 대기하고 있던 그가 갸웃하고 걸어왔다.

"무슨 일 있으십니까?"

"손!"

리리카의 말에 라우브는 망설임 없이 손을 내밀었다. 리리카는 그의 손을 잡고 휙 뒤집어 손바닥이 위로 보이게 한 후에 보석을 떨어트렸다.

"ㅡ!!"

라우브가 흠칫했다.

순식간에 몸속을 돌던 열기가 보석 속으로 빨려 들어가듯 사라졌다.

서늘하고 예리해진 감각이 그 자리를 채웠다.

끓어오르던 충동과 속삭이는 듯한 말이 사라졌다.

기분 좋은 고요함과 침묵.

생애 처음으로 눈 내리는 겨울밤 같은 정적이 찾아왔다.

떨리는 시선을 돌려 제 주인에게로 고정했다. 청록색 눈동자가 가만히 그를 마주 보다가 웃었다.

"잘 작동하나 봐, 다행이다."

"어떻게……."

"힘 좀 썼지."

에헴, 들으란 듯 기침하고 어깨를 쭉 펴는 황녀님을 보자 눈 안쪽에 열이 차올라 그는 눈을 꾹 감았다가 떴다.

"감사합니다."

말재주가 없는 걸 한탄하는 건 처음이다. 그러나 그걸로 다 알았다는 듯 황녀님은 웃으며 까치발을 들고 손을 뻗었다.

반사적으로 몸이 숙어졌다. 쓰다듬는 손에 저절로 뺨이 달아오른다. 싫지 않았다.

그런데.

뾰족한 시선이 느껴졌다.

아니, 뾰족하다 못해 날이 선 가시 같은 시선이었다. 라우브는 그게 어디서 날아오는지 빤히 알았지만, 굳이 돌아보지는 않았다.

리리카는 충분히 그를 쓰다듬고 돌아섰다.

"브린."

"네, 황녀님."

새초롬하게 브린이 대답했다. 리리카가 쿡쿡 웃고 말했다.

"브린도 손."

"……!"

브린이 종종걸음으로 다가왔다. 살며시 손을 내미는 제 측근 시녀의 손에 리리카는 자수정을 올려 주었다.

라우브의 것을 만들기 전에 만들어 두었던 것이었다.

다이아몬드처럼 반짝이는 자수정을 브린은 황홀한 눈으로 내려다보았다. 리리카가 덧붙였다.

"밤에도 잘 보이게 해 주는 아티팩트래."

그냥 마법만 새기는 것보다 반짝이는 마법을 함께 새기는 게 좋을 거 같아서, 리리카는 이런저런 반짝반짝한 마법도 함께 걸었다.

브린의 표정을 보니 마음에 쏙 들어 하는 거 같아 뿌듯했다.

"예쁘지?"

다른 자수정과 달리 무지갯빛 휘광을 뿌리는 자수정에 매료된 브린은 리리카의 말에 고개를 끄덕였다.

"너무 마음에 들어요, 황녀님."

"다행이다."

당장이라도 콧노래를 흥얼거릴 듯한 얼굴로, 구름 위를 밟는 듯 가벼운 발걸음이 된 브린이 조심스럽게 자수정을 주머니에 갈무리한 후에 말했다.

"아까 아틸 전하의 시종이 들렀다가 갔습니다. 시간이 되신다고 하네요."

"그럼 바로 갈래."

"네, 황녀님."

"아, 잠깐! 서재만 정리하고."

후다닥 서재로 황녀님이 들어가자 브린은 얼른 자수정을 꺼내 들여다보았다.

"예뻐라……."

열기 섞인 한숨이 저절로 흘러나왔다. 난 얼마나 복 받은 측근 시녀인가 그런 생각이 들었다.

솔 중에서 그녀만큼 행복한 솔은 없을 것이다. 빛나는 자수정을 바라보다가 브린이 말했다.

"라우브 님."

모처럼 정중한 호칭이었다. 늑대의 시선만 이쪽을 향한다. 브린이 싱긋 웃었다.

"그 보석 제가 가공해 드릴까요?"

"……."

슬그머니 쥔 손을 등 뒤로 숨기는 그를 보고 브린이 미간을 찡그렸다.

"안 빼앗습니다. 지금 기분이 좋아서 호의를 베푸는 거예요. 솔에는 장인이 많으니까요."

반짝이는 걸 좋아하는 가문인 만큼, 관련된 일을 하는 장인들과 연계도 깊었다.

"괜찮습니다."

라우브의 말에 브린은 "마음대로 하세요, 그럼." 하고 자수정을 소중히 갈무리했다.

브로치를 만들까, 아냐. 머리띠나 머리 장식을 만드는 것도 좋을 것 같아.

상상만으로도 즐거웠다.

후후 웃음을 흘리는 브린을 힐끗 보고 라우브가 물었다.

"그럼 화해한 겁니까?"

"네? 저희가 언제 싸웠나요?"

"……."

그쪽이 내 머리에 마격총을 들이댔던 게 얼마 전 아니었냐, 하는 시선을 지그시 보내니 브린이 "아." 하고 웃었다.

"그건 싸운 게 아니죠."

"무슨—"

"제가 일방적으로 협박한 거지요."

그게 싸움이라뇨, 싸움은 그런 게 아니죠, 싱글싱글 웃는 브린을 보자 순간 말문이 막혔다. 그때 리리카가 서재 문을 열고 나왔다.

"정리 다 했어. 이제 가도 괜찮아."

"네, 황녀님."

브린이 공손히 답했다. 리리카는 공기 중의 기류를 눈치채고 두 사람을 번갈아 보았다.

"두 사람 혹시—"

"아닙니다."

"아니에요."

동시에 대답이 돌아와, 리리카는 살짝 웃었다.

아틸은 마격총을 직접 사용하는 모습을 보여 주겠다고, 리리카를 데리고 비밀정원으로 향했다.

'오늘따라 사람이 많은 거 같아.'

시선이 따가웠다.

정원 안으로 들어오자 그제야 살 것 같았다. 아틸이 중얼거렸다.

"사막 쥐들이 찍찍거리러 모였군."

"사막 쥐요?"

"남부 촌놈들."

아틸은 그렇게 말하고 리리카에게 마격총을 내밀었다. 리리카는 조심스럽게 총을 받아들었다.

차갑고 생각보다 묵직했다. 아틸이 말했다.

"돌아가는 상황 보면 너도 한 자루 정도는……, 아니다. 그냥 저 녀석이랑 붙어 다녀."

라우브를 힐끗 보며 하는 말에 리리카가 총을 들고 물었다.

"무슨 상황이요?"

아틸이 눈을 찌푸렸다.

"몰라?"

"네……."

고개를 끄덕이니 아틸이 그녀의 손에서 총을 도로 가져오며 말했다.

"설탕무. 네 것이라면서, 몰라?"

"그건 어머니와 권리를 나누기는 했는데……."

아틸이 "흠." 하고 총으로 시선을 내렸다.

"일단 알려 주고. 여기 공이를 당기면 축적된 마력이 총열 안쪽에 마법진을 활성화시켜서 마력이 압축돼. 이 가늠쇠로 어디를 쏠지 정하는 거야, 그리고 방아쇠를 당기면 발사되지."

아틸이 총을 들었다. 그사이 브란이 나무에 프라이팬을 걸어 두었다.

"공이를 당기고."

찰칵 소리가 났다.

"겨누고."

아틸이 프라이팬을 조준한 후에 말했다.

"당겨."

방아쇠를 당기자 총구에서 빛이 순간 번쩍 빛나며 앞쪽에서 마법진이 생성되었다.

"아!"

동시에 마탄이 발사되었다.

'땅!'

프라이팬을 두들기는 소리가 요란하게 났다. 브란이 가져온 프라이팬을 보고 리리카는 눈을 동그랗게 떴다.

"뚫렸어요."

"이 정도는 뚫어. 거리가 가깝기도 하고."

리리카는 실감이 나지 않아서 손가락을 구멍에 넣어 보았다.

"세상에."

리리카는 경악했다. 물론 마격총의 위력에도 놀랐지만.

'브린이 이런 걸 라우브 머리에 대고 있었던 거야?'

리리카의 반응에 아틸이 피식 웃었다.

"권족들은 다들 여러 자루 가지고 있을걸? 쓸만한 녀석은 적겠지만 말야. 총열 안쪽에 마법진이 망가진 경우도 많고, 총신이 구부러지면 쓸 수가 없어서."

"총신이 구부러져요?"

"성질 급한 인간은 총대로 사람을 후려치기도 하거든. 하루에 발사할 수 있는 횟수가 정해져 있으니까, 마탄이 떨어지면 물리력을 쓰겠다는 거지. 축마정이 깨지면 쓸 수 없기도 하고."

"축마정?"

"마력을 축적하는 역할을 하는 물건이야. 총신 안쪽에 들어가 있는데 그렇게 강하지 않거든."

"그렇군요. 하지만 위력은 어마어마해요. 이렇게 작은데."

사람을 한 방에 즉사시킬 수 있을 물건이었다. 활보다 다루기도 훨씬 쉽고.

아틸이 철컥하고 슬라이드를 당기는 시늉을 하며 말했다.

"이런 방식으로 움직이는 커다란 마격총도 있어. 산탄총이라고 하는데, 큰 만큼 위력도 강하지. 숙모님도 두 정쯤 가지고 계실걸?"

"어머니가요?"

어머니가 그렇게 큰 마격총을?

상상이 되지 않아 고개를 갸웃했다. 아틸이 그런 그녀의 머리를 마구 쓰다듬었다.

"뭐, 넌 됐어. 이런 거에 손대지 않는 게 좋아."

아틸이 브란에게 총을 건네주며 씩 웃었다.

"분명히 사고를 내서 다른 사람을 쏠 테니까. 자기 발을 쏘면 그나마 다행이지."

생각만 해도 아프다. 리리카가 물었다.

"아틸도 발 쏜 적 있어요?"

"있겠냐."

주먹 쥔 손으로 가볍게 그녀의 머리를 툭 치자, 리리카는 괜히 양손으로 머리를 감쌌다.

슬그머니 그를 올려다보자 푸른색 눈이 짓궂게 웃는다. 그가 번쩍 리리카를 안아 올렸다.

"요 쬐끄만 걸 어쩌면 좋냐."

"안 쬐끄매요."

"쬐끄만 애들이 그런 주장을 한다던데?"

"진짜로 아닌데……."

웅얼거리는 여동생은 어쩐지 늘 놀리고 싶었다. 이국의 바다 같은 눈동자가 휙휙 표정이 바뀌는 게 좋았다.

"브린이 그랬어요, 저 잘 크고 있다고."

"도토리가 자라 봐야 도토리 아닌가?"

"도토리가 자라면 큰 나무가 되거든요?"

"도토리인 건 인정하는 거군."

"……!"

한껏 인상을 찌푸리는데 아틸은 웃으며 그녀를 내려 주었다. 파라솔 그늘이 드리워진 탁자 앞이었다.

분노에 차서 차가운 레모네이드를 벌컥벌컥 들이키고 "캬—" 소리를 낸 후에—아틸은 웃음을 참았다.— 그녀가 물었다.

"그래서, 아까 설탕무가 무슨 말이에요?"

"아, 그거?"

아틸이 길쭉한 유리잔에 든 냉차를 수정 머들러로 저으며 말했다.

"남부 귀족들의 주요 수입원 중 하나가 설탕이거든. 사탕수수로 만든. 그걸 북부에서도 재배한다고 하니까 난리 난 거지. 설탕 가격이 떨어질 지도 모른다고 말이야."

생각도 못 한 일이라, 리리카는 눈을 끔뻑였다. 아틸이 비뚜름하게 웃으며 이어 말했다.

"그런데 남부 귀족들의 수장이 누구냐? 누구겠어? 산다르지."

"그렇게나 문제가 큰가요?"

"남부 귀족끼리 힘을 합쳐서 설탕을 독점하고 가격을 조정하고 있었거든. 그런데, 짠. 북부에서도 설탕이 생산되네?"

리리카의 조그마한 얼굴이 진지해졌다. 빈민가에서는 동전 하나로도 피 터지는 싸움이 난다. 자릿세니, 뭐니 하는 노상강도 같은 놈들이 자기들끼리 구역싸움이라도 하는 날은 숨어야 하는 날이었다.

'그런데 설탕이면 훨씬 더 많은 돈이 오가는 거니까……'

정말로 심각한 문제가 될 수도 있겠구나.

생각에 잠겼던 리리카가 "아!" 하고 말했다.

"그럼 아까 태양궁에 늘어났던 사람들이……"

"남부 귀족들이지. 다들 너에게 한소리 하고 싶을걸. 나랑 함께 있어서 뭐라고는 안 했지만."

"저에게요?"

"비열하니까."

리리카가 눈을 찡그리는데, 아틸이 말을 이었다.

"하늘궁에는 더 득시글하게 모였을 거야. 그것도 이제 소식이 전해졌으니, 영지 쪽에서는 산다르 저택이 들썩이고 있겠군."

아틸의 설명에 리리카는 요즘 라트가 집무실에 보이지 않았던 걸 기억해 냈다.

"파이도 안 보이네요."

중얼거리니 아틸이 서늘하게 미소 지었다.

"그런 거야."

리리카는 어쩐지 파이를 옹호해 주고 싶었다.

"파이도 파이의 사정이 있을 거예요. 그래도 아틸 옆에 계속 있기 위해서 노력하고 있을 거예요."

아틸이 머들러로 탁 유리컵 가장자리를 두들겼다.

"그러든지."

리리카는 눈을 찌푸렸지만 더는 말하지 않았다. 대신 그녀는 팔짱을 꼈다. 쬐끄만 게 어떻게 팔이 꼬아지네, 하고 아틸이 빤히 그녀를 보는데 제법 진중하게 리리카가 말했다.

"그러면 북부 쪽도 가만히 있지는 않을 텐데요. 큰돈이 될 기회잖아요. 남부가 산다르라면 북부는……."

"울프."

"아!"

리리카의 표정이 복잡해졌다. 라트와 탄의 사이가 나빠지는 걸까?

그러고 보니 저번에 찾아갔을 때 심각한 이야기를 하고 있는 거 같았다.

아틸이 손가락을 뻗어 그녀의 코를 꾹 잡았다.

"아팅!"

코맹맹이 소리가 저절로 나왔다. 리리카의 외침에 아틸은 웃고 말했다.

"네가 신경 쓸 일은 아니야."

"그래도—"

"숙부님과 숙모님을 믿어 봐."

리리카는 어머니와 황제를 떠올렸다. 조금 불안하기는 하지만, 그래도 알테어스와 같이 있으면 안전할 터였다.

아틸이 말했다.

"설탕을 본격적으로 생산하려고 해도 시간은 한참 걸려. 멍청한 놈들이 아니라면 진정할 거야. 그리고 산다르는 멍청하지 않아."

그 말에 리리카의 어깨에서 힘이 빠졌다. 아틸의 말이 맞았다. 농사는 하루아침에 지어지는 게 아니니까.

"디아레 울프가 말벗이지?"

"네."

"불러서 같이 다녀."

의아해하면서도 리리카는 고개를 끄덕였다.

깔끔하게 견습 기사복을 차려입은 디아레는 오늘도 사랑스러웠다.

 동그란 눈동자에 더스티 핑크 머리카락을 늘어뜨리고 애교 있는 미소를 지었다. 저 표정이 억지로 지어내는 게 아니라 천성이라는 점에서 라우브와 극단에 있는 존재 같았다.

 "오늘 정원에 있는 계곡으로 물놀이 가시지 않을래요?"

 제안도 너무 마음에 들어 리리카는 고개를 끄덕였다. 브린이 피크닉 바구니를 마련해서 일행은 태양궁을 나섰다.

 복도를 지나는데 한 무리의 사람들과 마주쳤다. 인사를 받으며 지나치려던 때, 뒤쪽에서 큰 목소리가 들렸다.

 "더러운 게 들어와서 태양에 구름을 드리우고 있네!"

 리리카는 저도 모르게 흠칫했다. 그녀의 걸음은 빠른 편이 아니었으므로 뒤쪽에서 지껄이는 목소리가 다 들려왔다.

 "천박한 무리가 돌아다니다니, 어휴, 어디서 시궁창 냄새가 나지 않나요?"

 "글쎄요, 아, 빈민가를 지날 때 맡아 본 적 있는 냄새 같네요."

 와르르 웃음을 터뜨리는 소리를 듣고 리리카는 고민했다. 뒤돌아서 그녀가 대꾸하면, 저쪽에 말을 거는 것이나 다름없었다. 게다가 자기들끼리 혼잣말이었다고 주장할 가능성이 높았다. 그리고 대화를 이어가겠지.

 그렇다고 무시하자니, 타카르를 무시하는 짓을 하면—

"황녀님, 어디서 고약한 냄새 나지 않아요?"

리리카가 놀라 디아레를 바라보았다. 그녀의 목소리는 높고 명랑해서 잘 퍼졌다.

그녀가 웃으며 말했다.

"어디서 암내 나요, 사막 쥐에게서 나는 이상한 냄새가 나는 거 같아요. 빨리 여기를 벗어나는 게 좋겠어요."

디아레가 생글생글 웃으며 리리카의 손을 잡아끌었다. 그녀의 목소리는 여전히 잘 울렸다.

"촌놈들이 암내가 심하다더니 사실인가 봐요. 아, 입에서도 암내 난다는데, 지금 딱 그런 냄새가 나요. 어휴, 싫다. 저 숨 막혀요, 죽을 거 같아, 윽, 죽는다. 이거 혹시 냄새 공격일까요?! 도망쳐야 해요, 황녀님. 디아레 살려, 얼른 지나가요."

남부는 더운 지역이라 땀을 많이 흘려, 냄새 이야기에 민감했다. 향 제품이 가장 많이 팔리는 곳이 남부였다.

자기들끼리도 향수를 뿌리지 않는 사람을 '고린내'라고 놀리고는 했다.

그들이 워낙 민감하게 받아들이는 부분이라 누구도 대놓고 그들 앞에서 저런 발언을 하지 않았다.

"저, 저런……!"

"무슨……!"

뒤에서 시뻘게진 얼굴로 씩씩거리는 자들이 있었지만, 디아레는 싹 무시하고는 코를 틀어막고 리리카에게도 손수건을 내밀었다.

"얼른 지나가요."

그리고는 빠른 걸음으로 복도를 지났다. 태양궁을 빠져나오는 순간,

리리카는 웃음을 터트렸다.

디아레가 깊이 숨을 들이마셨다.

"이제 좀 살겠어요. 그죠? 하, 공기 좋다."

리리카는 웃음을 멈추고 디아레를 바라보았다. 디아레는 언제나처럼 설탕 과자 같은 미소를 지었다.

"맑은 공기를 마시니까, 좀 낫지요?"

"응, 엄청 좋아."

리리카는 고개를 끄덕였다. 장난친 소녀들처럼 서로 마주 보고, 다시 웃고는 손을 잡고 걸었다.

'왜 아틸이 디아레랑 다니라고 했는지 알겠어.'

그래도 혹시나 하는 걱정에 리리카가 물었다.

"디아레, 나중에 괜찮아?"

나중에 디아레에게 무슨 일이 생기는 게 아닐까? 하는 물음에 디아레가 갸웃하고 물었다.

"하지만 이상한 냄새가 나서 이상한 냄새가 난다고 한 것뿐인데 제가 뭔가 잘못했나요?"

"그러네."

리리카는 웃었다.

남부 귀족인지 뭔지는 모르지만, 그들이 한 것과 같은 방식으로 갚아 준 것이다.

리리카가 그런 이야기를 했다면 '역시 빈민가 출신이라 말투가' 하는 험담이 따라올지도 몰랐다.

하지만 디아레라면?

디아레가 방긋 웃었다.

"저는 '참지 않는 디아레'인걸요."

웃는 디아레를 보고 리리카 역시 마주 웃었다. 두 사람은 신나게 맞잡은 손을 흔들며 걸었다.

넓은 정원에는 흐르는 계곡들도 많았지만, 가장 좋은 자리들은 황족 전용으로 정해져 있었다.

제법 널찍한 계곡 위에는 물장구를 칠 수 있도록 낮은 나무다리가 놓여 있었다.

주스와 우유병은 직접 계곡물에 담그고 리리카는 신발과 비단 양말을 벗어 던졌다.

"시원해!"

자리에 앉자마자 다리를 집어넣으니 차가운 계곡물이 종아리를 때렸다.

물장구를 치던 리리카는 한숨을 내쉬었다. 옆자리에 앉은 디아레가 물었다.

"왜 한숨이세요?"

"아니, 시원해서 기분 좋은데, 풍덩 들어가면 더 기분 좋겠지?"

"그렇겠지요. 아, 그러고 보니 올해는 여름 궁전으로 가지 않네요."

"여름 궁전?"

"네, 여기는 수도에 있는 본궁이고, 여름에는 여름 궁전, 겨울에는 겨울 궁전으로 놀러 가고는 하거든요. 아니면 별장이나요. 황실의 여름 별장은 섬에 있다고 들었어요."

"섬에?"

"네, 혹시 바다 보신 적 있으세요? 마음껏 바다에 들어갈 수 있다고 하던데요."

"아니."

리리카는 고개를 저었다. 바다를 본 적은 없었다. 커다란 물이 끝없이 펼쳐져 있다고만 들었다.

"삽화로는 본 적 있어."

백과사전에서 말이야, 하고 덧붙이니 디아레가 웃었다.

"사실 저도 본 적은 없어요. 바다는요. 나중에 같이 갈 수 있으면 좋겠네요."

"응, 내가 가면 디아레도 당연히 같이 가야지."

리리카의 말에 디아레가 "그렇죠?" 하고는 싱긋 웃으며 다리에서 뛰어내렸다.

'첨벙!'

시원한 물소리가 났다. 물은 제법 깊어 디아레의 허리 아래까지 왔다. 그녀는 제복이 젖는 걸 아랑곳하지 않았다.

"확실히 들어오니까 시원해요. 황녀님도 들어오세요, 어서요."

리리카는 옷을 내려다보고 잠시 망설이다가 "에잇" 하고 뛰어내렸다.

"시원해!"

리리카가 웃음을 터트렸다. 디아레가 그녀에게 물을 튕겼다.

"디아레!"

"시원하죠?"

"진짜!"

소리치고 리리카도 물을 튀겼다. 이미 옷 생각은 버렸다. 몸이 둥실

6장 늑대, 까마귀 그리고 꽃 I   551

둥실 가볍게 뜨는 것도 즐거웠다.

물속에서는 몸이 가벼워 커트시도 가볍게 할 수 있다는 디아레의 말에 두 사람은 몇 번 마주 보고 커트시를 해 보았다.

쓸모없는 일들은 무척 즐거웠다.

결국, 위아래 모두 홀딱 젖은 두 사람은 따끈따끈하게 데워진 돌 위로 올라왔다.

"몸이 무거워졌어."

리리카의 말에 브린이 커다란 수건을 가져와 덮어 주며 미소 지었다.

"젖은 옷은 무거우니까요."

디아레는 수건을 두르고 머리카락을 짜냈다. 그녀의 시선이 힐끗힐끗 바구니로 향했다.

브린이 바구니에서 먹을 걸 꺼내고, 계곡에 담가 뒀던 음료도 가져왔다. 허기진 소녀들은 금방 음식을 먹어 치웠다.

브린이 걱정스럽게 말했다.

"돌아가셔서 얼른 옷을 갈아입는 게 좋겠어요. 이러다가 감기 걸리실 것 같습니다."

"그래? 괜찮은 거 같은데."

디아레가 눈을 동그랗게 떴다.

"아닌데요, 떨고 계시잖아요. 황녀님."

디아레의 말에 브린이 잽싸게 가까이 다가왔다. 리리카의 뺨을 만져 보고 그녀가 깜짝 놀라 말했다.

"황녀님, 너무 차가우세요. 얼른 돌아가죠."

수건에 둘둘 말린 채로 브린이 그녀를 번쩍 안아 올렸다.

어어어, 하는 사이에 따끈따끈한 욕조에 푹 잠기게 되었다.

'좋다······.'

여름인데 따뜻한 물이 반가운 걸 보면, 체온이 내려가기는 한 모양이었다.

물놀이에 체력이 많이 빼앗겼는지, 씻고 나오니 온몸이 노곤노곤했다. 브린은 뺨이 사과처럼 붉게 달아오른 황녀님께 옷을 입히며 말했다.

"친구분이 와 계십니다."

"친구?"

작게 하품을 했다가 리리카는 "앗!" 하고 웃었다.

"피요르드가 왔어?"

"네."

브린이 미소 지으며 덧붙였다.

"디아레 양도 함께 기다리고 있습니다."

"그럼 얼른 나가봐야겠다."

두 사람이 만나는 건 처음이니 어색하지 않을까, 하며 리리카가 속도를 올렸다.

아직 덜 마른 머리로 응접실로 향하니 소파 끝과 끝에 디아레와 피요르드가 앉아 있었다.

어딘가에서 옷을 빌려왔는지, 디아레는 헐렁한 셔츠에 바지 허리를 꾹 졸라 입고 있었고, 머리카락에서는 아직 물기가 떨어지고 있었다. 그에 비해 피요르드는 언제나처럼 손끝부터 발끝까지 화려하게 차려입고 머리카락 한 올 흐트러짐 없이 단정히 다듬은 모습이었다.

리리카가 나오자 두 사람은 자연스럽게 자리에서 일어났다. 애교스러운 미소와 함께 디아레가 먼저 말문을 열었다.

"황녀님, 낯짝이 반드르르한 것 말고는 일절 쓸모없는 바라트가 황녀님의 친구라는 게 사실인가요?"

순간적으로 리리카가 당황했다. 피요르드는 화사하게 웃어 보였다.

"물거나 짖는 일 외에는 별 쓸모가 없는 울프는 불쌍하지요. 언제나 개소리를 내야 하니까요."

"앗, 개에게는 개소리를 해 줘야 한다고 배워서. 생각해 보니 개보다도 못한데, 개소리를 해도 알아들을 리가 없었네요. 참, 황녀님."

피요르드가 맞받아치기 전에 디아레가 쪼르르 달려가 리리카의 손을 꼭 잡았다.

"자, 여기 앉으세요."

디아레가 제 옆자리를 권하는데 반대쪽 팔이 덥석 잡혔다. 피요르드가 우아한 미소와 함께 말했다.

"옷에 개털 묻을까 봐요."

디아레가 한마디 하려는데 리리카가 "그만." 하고 낮은 어조로 말했다.

디아레는 재빠르게 꼬리를 내리고 울망울망한 표정을 지었다.

"하지만, 황녀님─"

"'하지만'이 아니지."

리리카가 엄한 얼굴로 말했다.

"피요르드는 내 친구야."

디아레가 시무룩해졌다.

"정말로 낯짝만 반드르─"

"응, 내 친구야."

디아레의 말이 더 이어지기 전에 리리카가 다시금 못 박았다. 피요르드는 이걸 기뻐해야 할지 아닌지 알 수 없는 묘한 기분이 되었다.

디아레가 휙 고개를 들더니 앙칼지게 말했다.

"황녀님께 상처 입히면 내가 가만두지 않을 겁니다."

"동감이야."

피요르드는 그렇게 말해고 리리카는 한숨을 푹 내쉬었다. 한숨 소리에 두 사람은 재빠르게 입을 다물었다.

그러면서도 서로 시선을 맞추며 리리카를 잡은 손을 놓을 생각은 없어 보였다.

결국 리리카가 에잇 하고 양손을 번쩍 들어 올렸다. 앗 하고 두 사람이 손을 놓자 리리카가 손을 내밀며 말했다.

"손!"

얌전히 두 사람이 손을 잡자 리리카는 종종걸음으로 소파에 가서 턱 앉았다.

셋이 나란히 손잡고 소파에 앉자 침묵이 감돌았다.

"……."

"……."

"……."

리리카는 입을 꾹 다물고 아무 말도 하지 않았다. 디아레는 입이 근질근질했지만 참았다.

두 사람에게 리리카는 늘 다정하게 말하는 사람이라, 그녀가 화났나, 싶어 눈치만 보게 되었다.

그 와중에 브린은 그런 상황 따위 보이지 않는 듯 찻잔을 세 개 내려놓고 차를 연속으로 따랐다.

"몸속도 덥혀야 하니까, 따뜻한 차로 준비했어요. 진저 시나몬 티랍니다."

독특한 향기가 공기 중에 맴돌았다. 이어서 간단한 다과가 함께 놓였다.

"최근에 새로 만든 과자인데, 금괴 모양을 닮았다고 해서 이름을 금괴라고 붙였다고 해요."

아몬드가루와 버터 향, 설탕 냄새가 달콤하게 났다.

다과가 놓이는데도 리리카는 꼼짝도 하지 않았다. 꾹 다문 입술이 오리 입처럼 나와 있는 게 보였다.

'귀여우셔.'

디아레는 그 생각을 했다가 힐끗 피요르드를 바라보았다. 그의 시선은 리리카가 잡은 손에 고정되어 있었다.

금홍색 눈동자 안쪽에 심지가 열기를 띄우고 있었다. 황녀님에게 못 박힌 시선은 애틋하기까지 했다.

'이 새끼가……?'

디아레의 눈이 가늘어졌다.

'황녀님 손은 나만 잡아야 하는데!'

디아레는 직감적으로 눈치챘다. 이놈은 라이벌이다. 황녀님의 절친 자리를 두고 다투게 될 놈이다.

이 녀석 머리를 쓰다듬는 황녀님을 본다면 참을 수 없을 것 같았다.

'하지만 지금 공격해 봐야 역효과만 날 거야.'

리리카는 여전히 아무런 말도 없었다. 따뜻한 차가 차갑게 식을 때까지 이러고 있을 예정인 듯했다.

아니, 어쩌면 밤이 될 때까지도.

새로운 면모를 보게 되어 디아레는 기뻤지만, 그건 그거고, 이 상황을 넘기기는 넘겨야 하지 않겠는가.

황녀님이 무얼 원하시는지는 확실했다.

게다가 그녀가 실수한 것도 맞기는 했다. 피요르드 바라트는 황녀님을 해치려고 접근한 게 아니었다.

'나랑 똑같은 걸 본 거지.'

깊게 숨을 들이마시고, 디아레가 말했다.

"죄송해요, 바라트 소공작님. 제가 실수했습니다."

피요르드는 놀라 디아레를 보았다. 디아레가 그를 똑바로 보았다.

"황녀님 앞에서 함부로 친구분에 대해 험담하면 안 되는 거였어요. 제가 무례했습니다."

잘못했다고 인정하면, 사과도 빨랐다.

피요르드는 디아레를 바라보았다. 이끼를 닮은 깊은 녹색 눈동자는 사무적이었다.

피요르드는 이런 시선에 익숙했다. 자신이 어떤 사람인지 재보는 시선.

피요르드는 그 시선을 피하지 않았다. 디아레 울프의 반응도 어느 정도 이해 가는 면이 있었다.

"이해합니다."

피요르드의 말에 디아레는 눈을 찌푸렸다가 재빠르게 미소로 전환했다.

"그럼 화해한 거네요."

디아레가 리리카가 잡은 손을 마주 잡으며 앞뒤로 살살 흔들었다.

"황녀님, 저희 화해했어요. 제가 사과했어요. 네?"

"맞습니다."

옆에서 피요르드도 거들자 리리카는 그제야 두 사람을 슬쩍 번갈아 보았다. 피요르드가 말했다.

"차가 식겠습니다."

"맞아요. 게다가 씻었더니 더 배가 고픈 거 같아요."

"좋아, 그럼."

리리카가 두 사람의 손을 놓아주고 얼른 찻잔을 들었다. 브린이 물었다.

"새로 따를까요?"

"아니, 약간 식은 게 더 좋아."

디아레의 손은 재빠르게 과자로 향했다. 아까부터 달콤한 냄새가 나서 참기 어려웠다.

푹신하고 가벼운 과자는 순식간에 입 속에서 녹아들 듯 사라졌다. 시녀가 재빠르게 새 접시로 바꿔주었다.

리리카도 푹신한 금괴를 맛보고 고개를 끄덕였다. 디아레의 말대로 허기졌는지 단맛이 혀끝에 스몄다.

"황녀님과 놀면 과자를 마음껏 먹을 수 있어서 좋아요."

디아레의 말에 리리카가 의아해져서 물었다.

"울프가에서는 과자를 많이 안 먹어?"

"음, 저희는 수가 많으니까요. 과자를 사 와도 한 사람당 한 조각씩 겨우 돌아가는걸요."

"그렇구나."

리리카가 작게 웃었다.

"나도 그런 적 있어. 우연히 남은 과자를 얻었는데 너무 맛있었거든. 그래서 여러 조각으로 쪼개서 매일 조금씩 먹어야지 했는데."

리리카가 폭 한숨을 내쉬었다.

"개미에게 다 빼앗겼지 뭐야? 그냥 다 먹어버릴걸 하고 엄청 후회했어."

피요르드와 디아레의 눈동자가 흔들렸다. 곧 정신 차린 디아레가 제 몫의 접시를 황녀님 앞으로 밀었다.

"많이 드세요!"

"앗, 지금은 많이 먹고 있어 괜찮아. 디아레야말로 많이 먹어."

그녀가 도로 접시를 디아레 앞으로 밀어 주었다. 그 모습을 지켜보던 피요르드가 말했다.

"이제 울프가도 과자를 마음껏 먹을 수 있게 될 것 같은데요."

디아레와 리리카가 동시에 시선을 그에게 돌렸다. 피요르드는 찻물로 입술을 적시고 말했다.

"북부에서 설탕이 나오기 시작하면, 북부 귀족들도 옹색함에서 벗어날 테니까요."

"옹색?"

브린이 설명했다.

"생활이 넉넉하지 못해서 필요한 걸 구비하지 못한다는 이야기지요."

디아레가 발끈했다.

"그 정도는 아니에요."

피요르드가 "실례했군요." 하고 찻잔을 내렸다.

"오랜 황제파인 울프가의 영지가 썩 소출이 좋지 않다는 건 모두가 아는 사실이니까요."

사치품을 걸치지 않는 건 가문 특유의 기사 정신 때문이기도 하지만 동시에 사치품에 쓸 돈이 없기 때문이리라.

넓은 숲과 척박한 땅이 대부분인지라, 울프가를 비롯한 북부 귀족들— 그리고 많은 황령—은 나라에서 주는 녹봉에 의지하는 경우가 많았다.

그러니 과자를 한 상자밖에 못 사 들고 돌아가는 게 아닌가.

리리카는 충격을 받았다.

'그 사탕, 탄이 엄청 돈을 쓴 거구나!'

아무렇지도 않게 사탕 병을 건네줘서, 귀족이니까— 하고 생각했는데 이 이야기를 들으니 탄이 무척 신경을 써 줬다는 걸 깨달았다.

"하지만 남부 귀족들은 난리가 났겠죠."

피요르드가 말을 이어, 리리카는 고개를 끄덕였다. 그러잖아도 낮에 일이 있지 않았는가.

디아레가 발끈해서 말했다.

"왜 황녀님께 그런 이야기를 하는 거예요?"

"그야……. 이게 말벗이 하는 일 아닌가요?"

피요르드가 갸웃하며 말했다.

"저는 말벗은 아니지만, 황녀님의 친구니까요. 필요한 정보는 알고 있으셔야죠."

모르고 있다가 당하면 곤란하지 않나?

디아레는 할 말이 없어졌다. 그녀가 그렁한 눈으로 리리카를 바라보았다.

"저는 저런 내용은 잘 모르는데."

리리카는 웃으며 디아레의 손에 과자를 하나 더 올려 주었다.

"괜찮아, 디아레는 오늘 나랑 신나게 놀아 줬잖아."

디아레는 우물우물 과자를 먹으며 좀 더 소식에 귀를 열어 두고 있겠다고 결심했다.

리리카는 피요르드의 말에 동감했다. 아틸이 아침에 말해 주지 않았으면, 갑자기 뒤에서 욕할 때 더 당황했을 터였다.

'그래도 디아레랑 같이 있었으니 괜찮았겠지만.'

슬쩍 디아레에게 과자 하나 더 쥐여 주고 머리를 쓰다듬었더니 수줍게 웃는다.

'귀여워.'

자기보다 큰 사람에게 이래도 되나 싶지만, 그래도 역시 디아레는 귀여웠다.

'생각해 보니 라우브도 송송 귀여운걸? 울프가는 다 귀여운 걸지도 몰라.'

당당하게 귀여워하자고 마음먹고 리리카는 피요르드를 바라보았다. 걱정되고, 하고 싶은 말도 잔뜩 있었는데, 디아레와 함께 있으니 말할 수가 없었다.

그녀가 손을 내밀자 피요르드는 아주 조심스럽게 그녀의 손을 잡았다. 리리카가 웃었다.

"오늘 디아레랑 같이 물놀이 했는데 정말 시원하고 좋았어. 나중에 피요르드랑도 같이 가면 좋을 거 같아."

나중에 둘이서 시간 내자는 말이라 피요르드는 맞장구쳤다.

"무척 즐거울 거 같습니다."

"그렇지?"

리리카가 고개를 끄덕인 후에 이어 말했다.

"그런데 아까 그 설탕. 그렇게 반대하는데 괜찮은 걸까?"

"괜찮지 않을 이유가 없지요. 남부에서 나는 설탕 가격은 현재 독점 형태거든요."

피요르드의 답은 술술 나왔다.

"독점?"

"네, 남부연합에서 설탕 가격을 담합하고 있지요. 하지만 북부에서 설탕이 나온다면 이익으로 묶여있던 남부의 설탕 동맹은 깨지게 되겠죠. 그러면 남부 귀족들의 수장이나 다름없는 산다르 가문의 위신도 조금은 꺾이지 않을까요?"

피요르드가 빙긋 웃었다.

"하지만 그러면 설탕값이 떨어지는 건 피할 수 없지요. 또한……."

피요르드가 리리카를 보고 우아하면서도 완벽하게 차가운 미소를 지어 보였다.

"갑작스러운 이익 앞에서 북부 귀족들은 어떻게 나올까요? 그리고 이 일을 주도하신 황후마마께서 어찌 일을 처리하실지 참 궁금합니다."

어머니가 등장하니 리리카의 눈썹이 축 처졌다.

"내가 어머니를 도와 드릴 방법은 없을까?"

"새로운 상단주와 이야기를 나누시는 것 같던데요."

"아, 맞아. 소개받기로 했어."

"그 쪽에게 이야기를 들어보면 더 자세히 알 수 있겠죠."

"응, 고마워. 피요르드."

조용히 답하고 리리카는 가만히 피요르드를 보았다. 그의 어머니가—바라트 공작이 피요르드가 이런 이야기를 하는 걸 알면 굉장히 싫어할 것이었다.

나랑 이렇게 만나고 돌아가면, 혼나는 게 아닐까? 그때처럼 또 다치는 게 아닐까?

혼자 아픈 걸 참고 있지는 않을까? 오늘은 괜찮은 걸까?

복잡한 리리카의 표정을 보고 피요르드가 물었다.

"저와 함께 있는 게 싫으신가요?"

"그럴 리가 없잖아!"

리리카가 목소리를 높였다. 디아레는 뒤에서 고개를 끄덕이다가 안타까운 표정을 지었다.

"그럼 됐습니다."

시원스레 말한 피요브느가 웃었고, 디아레는 축 처졌다.

그 뒤로 대화가 계속 이어졌지만, 디아레와 피요르드가 함께 있으니 적당한— 겉핥기식의 대화가 되고 말았다.

한마디로 지루해졌다.

목욕도 끝났겠다, 따뜻한 차도 마시고 배도 채웠겠다. 리리카는 연신 졸음이 몰려오는 걸 참아내고 있었다.

그걸 눈치챈 피요르드가 먼저 물러가겠다고 하고, 브린이 눈치를 주자 디아레도 그와 함께 떠났다.

리리카는 평소보다 더 일찍 잠자리에 들었다.

엄마가

계약결혼

했다

fin.